미국소설 다시 읽기

지은이   공명수

고려대학교 문학박사
대진대학교 영어영문학과 교수

● 주요 저서: 『생태학적 상상력과 사회적 선택』(2011년 대한민국 학술원 우수학술도서),
　　　　　　『미국소설의 안과 밖』, 『포스트모던 사회의 이해』, 『편집증적 환상과 실재』
● 주요 역서: 『가족』

미국소설 다시 읽기

초판 1쇄 발행일 2014. 3. 1

지은이	공명수
펴낸곳	도서출판 동인
펴낸이	이성모
주 소	서울시 종로구 혜화로3길 5 118호
전 화	(02)765-7145, 55
팩 스	(02)765-7165
HomePage	www.donginbook.co.kr
E-mail	dongin60@chol.com

등록번호	제 1-1599호
ISBN	978-89-5506-561-9
정 가	16,000원

미국소설
다시 읽기

공명수 지음

도서출판 동인

한 나라의 문화를 이해하는 일은 쉽지 않으며, 미국의 경우는 더욱더 그러하다. 미국이라는 나라의 역사는 비록 일천하지만 어느 나라보다 다양하고 복잡한 사회구조를 가졌기에 그들의 삶의 모습이 묻어 있는 미국문화 또한 단순하게 접근될 수 있는 성질의 것이 아니기 때문이다. 사실 미국인의 의식구조는 단층구조로 이루어져 있지 않고 한편으로는 통합된 듯하면서도 다른 한편으로는 이중화된 모습을 드러내고 있기에, 미국문화의 접근을 놓고 나누는 이러한 난해성의 말들은 단순한 논의가 아닌 것이 분명하다.

미국은 겉으로 보기에는 매우 복잡하고 다양한 사회구조를 지닌 듯하나, 그 표면적인 외피를 걷어내면 내면 깊숙이에는 일관된 복합심리가 내재되어 있음을 알 수 있다. 이 말은 미국인들 개개인이 저마다 자신들의 의식 깊숙한 곳에 정신적 자유를 갈망하는 아담적 이상과 세속적인 물질을 추구하는 드림적 욕구를 감추고 있다는 뜻이다. 메이플라워호를 타고 아메리카라는 신대륙에 건너온 이주자들은 이상적이고 민주적인 나라를 세우기 위해 노력하는 과정에서 두 가지 반응을 보였다. 하나는 이주자들이 처음에 품었던 순수하게 이루어질 수 있는 이상세계의 가능성을 언제나 찾으려는 자유추구의 노력이었고, 다른 하나는 이주자들이 신대륙의 험난한 현실을 접하면서 이들의 이상을 쉽게 포기하고 세속적인 욕망에 동화된 점이다. 전자의 부류는 상상 속에서든 현실 속에서든 끊임없이 정신적 자유의 대상인 제2, 제3, 제4의 아담을 찾아 이주의 길을 떠났는가 하면, 후자의 부류는 언제나 자신들의 꿈을 그들의 공동체 속에서 정치적이고 경제적인 성공을 통해 이루어 내려는 열망으로 가득 차 있었다.

신대륙 이주민들이 저마다 품었던 이러한 복합심리는 긴 역사의 여정에서 개개인의 의식 차원에 그치지 않고 자연과 문명의 숙명적인 충돌로 대변되는 '미국의 아담'과 '미국의 꿈'이라는 미국인의 기질에 관련된 독특한 고유명사를 만들어 놓았다. 이러한 이원화된 대립양상은 미국역사에서 제퍼슨의 중농주의와 해밀턴의 중상주의, 지방분권주의와 중앙연방주의, 목가주의와 산업주의, 남부와 북부, 그리고 민주당과 공화당이라는 양극화된 사회체제를 파생시켰다. 그런데 미국인들이 상상 속에서는 정신주의를 실용주의보다 더 중시하면서도 현실 속에서는 이와는 정반대인 실용주의 노선을 선택하는 표리부동성을 드러내고 있기에, 이들의 기질은 자신들의 양극화된 사회체제만큼이나 단순하지 않다.

미국소설은 통일성이나 조화보다는 모순과 상충에 의해 형성된, 바로 이러한 이율배반적인 미국인의 의식을 담고 있다. 이는 미국소설가들이 저마다 자신의 소설에서 미국인의 정신에 내포된 모순과 상충으로 가득 찬 애매모호한 딜레마에 대한 인과관계를 찾고 있다는 말이기도 하다. 쿠퍼, 멜빌, 호손, 마크 트웨인, 드라이저, 피츠제럴드, 샐린저, 조셉 헬러, 그리고 토마스 핀천 등이 바로 미국인의 의식 속에 내재해 있는 그러한 종류의 악몽을 추적한 대표적인 소설가들로 분류될 수 있을 것이다. 이들만큼 미국인의 표리부동하면서도 갈등의 형태로 존재하고 있는 심층의식 속에 내재되어 있는 복합심리를 구체적인 방법들을 통해 추적한 작가는 보기 드물기 때문이다.

　　필자는 이 책에서 미국인의 의식구조와 사상적 토대를 해부하기 위해 미국소설에 대한 몇 가지 특별한 접근을 하였다. 필자는 미국의 정신주의라고 말할 수 있는 아담적 이상이 소멸하고 실용주의적인 세속화된 꿈의 추구가 미국인의 의식 한 가운데에 자리 잡게 된 시기를 19세기 후반으로 판단하고, 제1부와 제2부를 "미국, 도가니 그릇"과 "미국, 도가니 그릇의 그림자"로, 제3부와 제4부를 "미국, 샐러드 그릇"과 "미국, 샐러드 그릇의 그림자"로 구성하였다. 미국의 정신적 이념으로 자리매김된 청교도주의와 개척정신의 실상을 논의하기 위해 제2부에서 호손의『주홍글자』와 멜빌의 『모비딕』과 트웨인의『허클베리 핀의 모험』을 언급하였고, 미국 꿈의 와해 과정을 묘사하기 위해 피츠제럴드의 소설을 제4부 첫머리에 두면서 스타인벡의『생쥐와 인간』과 캐더의『나의 안토니아』와 핀천의『49호 품목의 경매』를 통해 복잡다단해지는 미국사회에서 파편화 되고 있는 개인의 존엄성과 자아정립 과정을 조명하였다.

　　특히 필자는 강의실에서 미국소설의 사상적 배경의 근간이 되는 소설 텍스트를 생생하게 접근하고 싶어 기존에 출판되었던『미국소설의 안과 밖』의 일부 내용을 빼고『주홍글자』,『모비딕』,『허클베리 핀의 모험』,『위대한 개츠비』,『생쥐와 인간』, 그리고『나의 안토니아』의 주요 영문을 포함시켜『미국소설 다시 읽기』로 새롭게 재편하였다. 끝으로 전공서적 출간에 많은 어려움이 있음에도 불구하고 깊은 배려를 해주신 도서출판 동인 이성모 사장님께 감사의 뜻을 전한다.

2014. 3. 1

저자 공 명 수

제1부
미국, 도가니 그릇

- 미국의 건국신화에 대한 재해석
- 청교도주의의 두 얼굴
- 개척지의 확장과 청교도주의의 위기
- 청교도주의의 연장으로서의 초절주의
- 남북전쟁과 노예해방에 대한 재해석
- 개척지의 적자생존적 다윈주의와 모조화 현상

1

미국의 건국신화에 대한 재해석

　　미국의 건국신화는 유럽인들의 신대륙 집단 이주에서 출발하며, 이는 영국의 종교개혁 방향과 연관을 맺고 있다. 그러므로 여기서 16~17세기 영국의 종교적 상황을 잠시 살펴보자. 영국의 종교개혁은 15세기 유럽 전역에 몰아치고 있었던 가톨릭교회의 정화운동과 관련되어 있다. 당시 타락과 악습의 온상이었던 가톨릭교회의 수장인 교황은 과다한 십일조와 온갖 종류의 세금과 벌금을 부과하였다. 가톨릭교회는 금식, 기도, 그리고 철저한 금욕주의적 생활을 선행의 핵심으로 강조하였는데, 이 선행의 심사는 실질적으로 교황이 행사하였다. 선행의 판단기준이 단식, 기도, 그리고 엄격한 금욕생활이었다면 별다른 문제는 없었을 것이다. 그런데 이들은 표면상의 기준이었을 뿐 사실은 자선금, 기부금, 과다한 십일조 등이 선행의 중요한 심사기준이 되었으므로 가톨릭교회는 부패하지 않을 수 없었다.

　　마틴 루터가 교황의 이 같은 특권남용을 문제 삼자 이를 계기로 종교개혁 운동이 확산되었다. 루터는 모든 신자들이 보편적인 사제단이라는 생각에 따라 중재자로서의 교황의 권위와 역할에 반대하고, 신도들의 일상적인 삶 속에서 신의 은총의 직접적인 체험과 예정설을 중시하였다. 그리고 모든 선행들 중에서 가장 숭고한 것은 그리스도에 대한 믿음이고 그 다음으로 일상생활의 평범한 직업과 일이 중요하다고 말했다. 하지만 루터가 교회의 폐습을 공격하기는 했지만 외형과 의식에서 가톨릭 예배의 색채와 허식의 많은 부분을 유지하였다.

그러나 존 캘빈은 가톨릭교회의 외형적인 의식의 절차를 비판하는 데 있어 루터에 비해 급진적이었다. 캘빈은 가톨릭교회의 중재역할을 거부하고 개인의 삶 속에 작용하는 신의 은총에 대한 개별적인 통찰을 강조하였으며 개인의 영적 생활에서 비교적 단순하고 비의례적인 예배의식으로 돌아갈 것과 또 교회의 목사들, 집사들, 그리고 장로들의 지도 과정에 교회 신도들의 동의가 필요하다는 원칙을 내세웠다. 가톨릭교회에서 문제가 되었던 선행의 대상에 있어서도 신의 능력과 은총에 대한 확고한 믿음의 실천이 선행의 실질적인 기준이 되며, 이러한 선행들은 구원이나 처벌여부와는 아무런 관계가 없다고 하였다. 이러한 엄격하고 비타협적인 캘빈주의는 유럽전역에 빨리 수용되었다.

이러한 유럽의 종교개혁은 영국에도 영향을 미치게 되었으나, 특이하게도 영국에서의 그것은 종교 자체보다는 정치적 사건들과 연관되어 대립의 골이 깊었다. 대륙에서 종교개혁이 일어나자 영국의 헨리 8세는 1534년에 수장령Act of Supremacy을 발표하여 로마 교황과의 관계를 일방적으로 단절하고 스스로 영국교회의 최고 통치자가 되었다. 헨리 8세가 외국의 통제를 싫어했던 영국의 국민감정을 교묘하게 이용하여 로마 가톨릭교와 결별하고 자신을 영국교회의 최고의 수장으로 선언하였던 것이다. 이것도 어떻게 보면 종교개혁이라고 말할 수 있겠지만 헨리 8세가 만든 영국 국교회

The Anglican Church는 교황이 임명한 사제들을 몰아내고 국왕이 사제들을 임명한 것에 불과하다. 교회의 조직이나 교리는 로마교회를 거의 그대로 따르고 있으므로, 이는 곧 로마교회의 권위가 국가의 권위로 대체된 것이었다. 영국 국교도들은 하나님이 성서와 이성의 창조주라고 믿고 전국적인 조직을 이루고, 모든 종파를 포괄하며 주교의 감독을 받는 교회조직을 구축하였다. 그들은 하나님의 은총 속에 이루어지는 구원의 과정에서 인간의 지성과 감성이 중요한 역할을 담당한다고 인정하였다.

바로 여기에서 청교도주의가 시작되었다. 종교개혁주의자들은 헨리 8세가 설립한 영국 국교회의 의식과 예배가 로마 가톨릭교회의 그것과 너무 닮았다고 생각하고 이들을 더욱 '깨끗이 정화하자는 운동'puritanism, 다시 말해서 청교도주의를 전개하였다. 청교도들은 모든 행위의 특별한 근거를 성서 속에서 찾는 성서 직역주의자로서, 이성과 감성의 중요성을 인정하지 않았고, 또한 교회의 순수성과 신도들의 경건성을 유지하기 위하여 철저한 교육을 실시하여야 한다고 생각하였다. 그들은 오직 성서의 가르침만이 은총으로 나아가는 수단이라고 믿고서 재생, 체험, 그리고 회심을 강조하였다.

그런데 이 청교도주의 운동에 가담하고 있었던 청교도들은, 영국 국교회에 대한 견해는 근본적으로 동일하였으나 실천 방법론에 있어서 차이를 보였다. 이들은 급진적인 개혁을 내세우면서 영국 국교회와 완전히 단절하고자하는 분리파들Dissenters과 영국 국교회에 잔류하면서 이를 자체적으로 내부에서 점진적으로 개혁하자는 잔류파로 나누어졌던 것이다. 특히 전자의 분리파들은 그들의 지도자 로버트 브라운(1550-1633)의 이름을 따서 스스로 브라운파라고 부르면서 사실상 잔류파와는 결별하였다. 브라운은 1580년 경 영국 국교회와 완전히 단절한다는 분리원칙을 받아들였고, 1587년 노르위치에 조합파 교회 설립을 돕다가 구속된 후 네덜란드로 피신하였다.

일명 비국교도로 통칭되는 분리파들은 배우지 못한 사람도 신의 계시에 의해 성경을 이해할 수 있다고 주장했는데, 이들의 주장이 국교회파 사람들에게는 교회의 위계질서를 부정하고 정신적, 정치적 무질서를 야기한다고 생각될 정도로 급진적으로 보였다. 반면 영국 국교회에 캘빈주의 도입자들이었던 잔류파 청교도들은 영국 국교회에 남아 있는 가톨릭교의 깊은 잔재에 불만을 가지고 있으면서도 그 체제 내에서 그들의 정화를 달성하려는 희망을 가지고 개혁을 실행하려 애쓰고 있었다. 청교도들은 영국 국교회를 지지하면서도 예배의 단순화와 반자율적인 조직을 강조하는 캘빈의 원칙을 실천하려 하였다. 심지어 이들은 한 때 자신들과 견해를 같이 하였던 브라운파와 같은 부류의 비국교도들도 거의 무시하였으며 그들을 박해하는 데에도 아주 가혹하였다.

그런데 처음 영국 국교회를 정화하자고 의기투합했던 분리파와 잔류파들은 반세기 후에 미국이라는 신대륙에서 또 다시 만나게 된다. 브라운이 중심이 된 분리파들은 영국 국교회와 당장 결별하지 않고, 있는 청교도들을 공격하며 네덜란드 라이든으로 자리를 옮겨 조합파 교회를 설립하였으나 스페인군의 학살위협에 못 이겨 버지니아 주식회사로부터 식민지 개척의 허가장과 자금을 받아 메이플라워호를 타고 두 달 간의 힘든 항해 끝에 1620년 11월 11일, 원래 예정했던 지점보다 훨씬 북쪽인 케이프 코드에 도착했다. 이들이 미국 최초의 필그림즈인 셈이다. 종교적 박해를 피해 건너온 필그림즈에게는 신대륙의 자연환경이 자신이 살아가야할 터전이었지만 1620년 겨울, 메이플라워호 이주민 중 무려 과반수이상이 풍토병과 추위로 쓰러져 죽었다. 이들에게 북미의 자연은 황량하고 적대적이며 자신들은 이러한 황야에 던져진 추방자 신세라는 생각을 갖게 했을 정도였다. 그러나 이들 분리파들은 총독인 윌리엄 브래드포드를 중심으로 플리머스 식민지를 만들었고, 후에 식민지에서 처음 9년 동안 정식 목사 없이 지냈을 정도로 미국교회의 위계질서나 관습적인 조직에 반대하는 청렴성을 보였다.

잔류파 청교도들의 영국 국교회 정화노력은 그들의 생각만큼 쉽지 않았다. 그들은 하원에서 단행한 정치, 사회, 경제적 변화를 지지하고 그들의 개혁의지를 구체화하려 할 때 제임스 국왕이 이들을 박해하기 시작하자 경건한 사람들이 불경한 사회 속에서 살 수 없다고 자문하고 아메리카 대륙으로 이주하였다. 청교도들은 1630년에 제임스 국왕의 탄압에 못 이겨 존 윈스럽의 지휘로 신대륙으로 이주하여 보스턴을 중심으로 매사추세츠만 식민지 건설에 참여하였는데, 이곳 식민지는 초기 필그림즈의 비참한 생활과는 대조적으로 법적 허가서와 풍부한 재정적 후원도 갖추었다. 그 식민지는 인구가 급격히 증가하게 되어 곧 플리머스에 있는, 과거에 동지였던 초라한 자매 식민지를 부와 영향력 면에서 앞질러, 후에 이를 완전히 흡수한다. 캘빈주의에 영향을 받아 자신들의 본국인 영국에서 부패한 가톨릭교회를 그대로 답습하고 있는 영국 국교회를 개혁하려고 고군분투하였으나 정화 방법론에 있어 의견 차이를 보여 결별한지 대략 반세기 후에 분리파들과 잔류파 청교도들은 또 다시 신대륙에서 캘빈주의의 실천이라는 대의명분 하에서 합병되었다.

캘빈주의 목사들은 이 세계의 목전에 현존하는 신을 더욱 명백히 보여주기 위해서 과학 발명품들과 르네상스 인문주의적인 고전문학의 보배들을 기꺼이, 그리고 열성적으로 받아들이느라 모든 지성과 논리의 수단을 동원하였다. 이때 인쇄기가 발명되었고 많은 가정에 새 번역본 성경이 보급되었고 하버드대학이 세워졌다. 그들은 지상에 신의 도시를 창조하기 위해 온갖 역경과 싸우면서 존 캘빈의 교리를 신앙의 기초로 삼는 청교도 사회를 건설하였다. 그러나 그들 사이에 근본적인 종교관의 차이는 엄존하고 있었으므로 후에 줄곧 갈등을 표출하였다.

사실 미국의 이민사를 살펴보면 신대륙에 처음으로 이주한 개척자들은 청교도들이 아니다. 콜럼부스가 1492년에 미 대륙을 발견한 후 영국은 오랫동안 이 신대륙에 관심을 보이지 않았으나, 탐험가이자 시인이었던 월터 롤리경이 처음으로 엘리자베스 여왕의 명을 받고 1587년 북아메리카를 탐험하였다. 물론 그는 플로리다 북부를 처녀인 자신의 국왕에게 바친다는 뜻에서 '버지니아'로 명명하고 그곳에 식민지를 건설하려고 하였으나 실패하였다. 이 실패는 영국인들에게 신대륙 진출의 어려움을 일깨워주었지만 이것이 계기가 되어 영국은 신대륙 진출에 박차를 가하기 시작했다. 1607년에 투자가들의 모임인 런던주식회사가 제임스 국왕으로부터 남부 버지니아에 대한 특허권을 획득한 후, 식민지 건설을 위한 일단의 개척자들을 파견하였다. 존 스미스를 총독으로 임명한 이민단들은 원래는 120명의 성인 남자들이 세 척의 배에 나누어 타고 떠났으나, 항해 도중 16명이 사망하고 104명만이 체사크만 연안에 도착하여 이곳을 제임스타운이라고 불렀다.

런던 주식회사는 의욕적인 사업계획을 가지고 신대륙 진출을 추진하였으나 개척자들이 이곳에 도착해서 발견한 것은 모기, 말라리아, 사나운 맹수, 울창한 원시림, 그리고 거친 원주민들뿐이었고 첫 겨울을 넘기면서 전체의 반가량이 목숨을 잃었다. 당시 개척자들의 삶의 조건은 너무나 비참하고 암담하였고 감옥에 투옥되어 있는 사형수들이나 죄수들이 감형 받고 그곳으로 투입되었다. 그런데 그곳에서 뜻밖에도 담배재배에 성공하여 담배 식민지로 자리 잡았다. 그 당시에 인디언들이 피우던 담배는 스페인 사람들에 의해 유럽에 처음으로 소개된 후 유럽 귀족들의 필수 기호품이 되었는데, 제임스타운 근처에 살던 인디언들이 어렵게 생활하고 있는 개척자들에게 담배농사를 가르쳐 주었던 것이다. 개척자들은 앞다투어 담배를 재배하기 시작하여 고생 끝에 큰돈을 벌었고, 이 소식이 유럽에 알려지면서 제임스타운에는 꿈에 부푼 이민단들이 대거 몰려들었다.

그런데 이러한 미국의 이민사에는 아이러니컬한 모순이 드러나고 있다. 미국은 건국신화의 시작으로 플리머스 식민지와 매사추세츠 식민지의 개척사를 자랑스럽게 내세우고 있다. 그러나 이들 신대륙 이주는 엄격히 말하면 다른 일반인들의 그곳으로의 이주보다 상당히 후에 일어났다. 어찌되었던 미국인들이 오늘날 그들의 선조로 자랑스럽게 내세우는 사람들은 소위 '순례시조'Pilgrim Fathers라고 하는 1620년 메이플라워호를 타고 뉴잉글랜드 플리머스로 건너온 일단의 청교도들이다. 더 정확히 말하면 이들은 분리주의자들이라고 하는 청교도의 한 급진적 분파다. 제일 먼저 버지니아에 건너온 최초의 제임스타운 개척자들이 온갖 역경을 이겨내고 신대륙에 통치의 기반을 마련했지만 오늘날 미국인들은 이들을 자기네들의 진정한 조상으로 여기지 않는다. 그 이유는 제임스타운의 이민자들의 대부분이 자신들의 건국시조로 내세우기는 낯 뜨거운 빈민자, 부랑자, 전과자, 탈옥수, 강간자, 심지어 사형수 등 파렴치한 죄수들이거나 비천한 계층 출신이었기 때문이다. 이들이 신대륙으로 건너온 목적은 런던 주식회사에 고용되어 돈벌이를 하려는 것이었지 개척, 자유, 그리고 모험 등의 이상적인 가치와는 거리가 멀었다. 뿐만 아니고 이들이 훗날 만들어낸 노예제도, 귀족제도, 그리고 장원제도 등 남부의 생활모습도 오늘날 미국인들이 생각하는 신대륙의 이상과는 전혀 맞지 않는 것이었다. 그러므로 자유와 평등의 숭고한 이념을 가진 개척자들에 의해 시작되었다는 미국의 프론티어 정신이 어느 나라에나 있을 법한 미화된 건국신화에 불과한지 아니면 실증적인 자료에 근거하고 있는지는 앞으로 계속해서 연구의 과제로 남을 것이다.

2

청교도주의의 두 얼굴

아메리카의 원시대륙은 초기 청교도들이 편히 살기에는 너무 거칠었고, 그곳의 원주민들도 그들의 침입을 너그럽게 받아들여 주지 않았다. 낯설고 거친 새 삶의 조건은 그들의 세계관을 더욱 암울하고 혹독한 것으로 만들어 놓았기에 그들에게는 꿈의 세계를 건설하려는 일보다 살아남는 일이 더 급박했다. 청교도 정착민들은 내세의 영원한 행복에 가치를 두면서 현세의 고통과 죽음의 공포를 어느 정도 감수하고 받아들일 수 있는 정신적 이상주의로서 청교도주의를 필요로 하였던 것이다. 사실 청교도주의는 미국이라는 낯선 나라에서 종교라기보다 의식의 한 형태로, 특정한 사고체계라기보다 사유의 한 방식으로 자리 잡아 가고 있었다. 청교도주의는 그 당시 신대륙의 신정일치 공동체 사회에서 일종의 정신적 지주이자 공동체의 이념으로서 사회적 관습, 법, 질서, 그리고 규율의 역할을 함께 담당하고 있었다. 청교도들의 공동생활의 중심지는 읍민회였으며, 이곳은 이주자들의 일상적인 생활과 교육 그리고 정치적인 활동의 중심지 역할을 담당하였다.

　여기서 아메리카라는 낯선 황무지 위에 공동체의 한 이상으로 존재하면서 미국적 삶의 한 방식을 결정해 준 청교도주의의 핵심사상인 캘빈주의를 교리적인 측면에서 조금 더 구체적으로 살펴보자. 캘빈주의의 기본은 성경에서 신의 창조기능과 아담의 타락에 대한 문자 그대로의 해석에 기초를 두면서, 신의 전지전능함과 인간의 타락성을 이끌어 내고 있다. 이 교리는 하느님이 세상의 창조주인 동시에 운영자로서 물질세계를 만들어 그의 섭리로 인간세계를 통치하는 절대 주권자라는 점과, 또한 인간의 원죄의 원형으로서의 최초의 인간인 아담이 죄를 범하여 타락하였으므로 인간의 본성은 부패하게 되었다는 사실을 강조하고 있다. 다시 말해 캘빈신학은 인간 개개인이 원죄의 굴레에서 벗어나고 또한 절대적인 통치자로서의 신의 진정한 본질과 역할을 파악하기 위해 저마다 철저한 금욕적인 생활을 실천하여야 한다는 점을 중시하고 있는 것이다.

　캘빈주의를 근간으로 삼고 있는 청교도주의 신봉자들은 하느님이 창세기 전부터 구원할 사람을 선택한다는 예정설을 핵심교리로 삼고서 최상을 위해 준비하고 최악을 위해 예상하였다. 청교도주의에 의하면 인간은 선천적으로 죄인이고 고통을 겪을 운명을 타고났으나 신의 은총을 받은 소수자만이 구원을 받을 수 있는 지라 초기 이주자들은 선택된 자가 되기 위해 종교적 믿음과 열정을 게을리 하지 않을 수 없었다. 청교도들은 아담이 신의 명령을 어기고 선악과를 따먹음으로써 세상에 죽음과 원죄를 불러들였을 때 그가 은총의 약속을 접었지만, 은밀히 새로운 '은총의 약속'을 준비하고 있다고 믿고 있었다. 청교도들이 인간세계의 모든 일에 신의 뜻이 나타나고, 신이 선행에 복을 주고, 그리고 악행에 벌을 내린다고 굳게 믿는 것에는 신이 한 민족을 착하게 여기는 자비와 은총의 징표가 그 민족의 성공과 번영에 의해 입증된다는 견해와 동일한 맥락에서 해석이 가능하였다. 이 것은 그리스도가 십자가에 못 박힘으로써 자기를 믿는 모든 사람에게 다짐한 굳은 약속이라는 것이다.

물론 이론적으로 이 교리는 인간이 자신의 무능함과 타락을 냉정하게 수용하고 최선을 위해 준비하고 최악을 예상하는 가운데서 신의 은총과 자비의 힘으로 구원을 기대할 수 있는 것이었다. 청교도주의의 교리는 신이 은총을 베풀려고 하는 사람들을 생전에 미리 선택한다고 주장하면서도 대부분의 사람들이 저주를 받고 세상에 태어난다고 단언하지는 않았기 때문에, 이들은 예정설과 선택설에서 신대륙에서의 구원의 가능성에 대한 자신감을 갖고서 현실에서의 구원을 얻기 위해 피나는 노력을 하였다. 청교도들은 금욕적인 생활과 성실성, 근면성, 그리고 극기의 정신으로 당시의 험난한 고비들을 이겨낼 수 있었고, 더 나아가 이들의 정신이 당대 삶의 가치기준으로 머물지 않고 미국인의 정신적 이념으로 발전될 정도였다. 한편으로 이들은 신의 말씀을 절대적 권위로 생각하면서 현세에서의 고통과 슬픔을 잊고 내세에서 그들의 소망을 이루어 보려고 하였는가 하면 다른 한편으로는 열심히 노력만 하면 현세에서도 얼마든지 번영을 누릴 수 있다는 현실 속에서의 행복의 가능성을 저버리지 않았다. 그리하여 그 당시 청교도들은 오직 하느님만을 섬기는 경건한 생활을 실천하면서 일반사람들이 즐기는 오락을 금기시할 정도로 금욕적인 생활만을 선행으로 여겼던 구교의 교리에서 벗어나, 직업과 상업에 종사하여 열심히 노력하는 일도 선행으로 여겼다.

그런데 이 예정설은 각자의 관점에 따라 다양한 해석이 가능하다는 것이 문제였고, 이로 인해 자연히 청교도 목사의 해석과 설교가 무엇보다도 큰 비중을 차지하게 되었다. 이 교리 속에는 청교도 목사의 설교와 자의적이고 임의적인 해석에 따라 천국과 지옥이 결정될 수 있는 개연성이 숨어 있었던 것이다. 예정설은 개인의 영적생활에서 진정한 개종의 경험을 지나치게 강조한 나머지 유해할 정도로 자기불신과 내적인 고통을 초래하였다. 이 정신적인 극기 훈련은 자신에게 재난을 가져오게 한 감추어진 죄를 더욱 더 깊이 반성하든가 아니면 다른 일반 개인의 사생활에 있어서도 엄격한 반성을 요구하였는데, 이러한 내적인 성찰과 자기반성은 도덕적인 타락을 막기 위한 수련의 과정이었지만 진지한 사람들을 신경 과민증의 상태로 몰아 '퓨리턴 반사증'이라는 강박감을 만들어 내었다. 그들은 일상생활에서 우연히 일어나는 큰 재난을 모두 신의 뜻이라고 해석하였는가 하면 심지어 이것을 구실 삼아 비청교도들을 악마 혹은 마녀로 호도하고 탄압하는 데 악용하였다.

　　청교도주의의 중심교리인 예정설과 선택설이 신대륙의 이주민들에게 신앙의 깊이를 깊게 하고 처참한 현실의 삶을 인내할 수 있는 원동력이 되었다는 사실은 부인할 수 없지만, 이러한 교리가 진정한 구원보다는 신정일치사회 속에서 정치적으로 악용되었다는 주장도 간과할 수 없다. 청교도들은 이 낯선 신대륙에서 아무리 힘들더라도 참고 견디면서 자연 속의 인간이 아닌 자연 위의 인간관을 구축하려 했다. 청교도들은 신대륙의 황야를 기독교적 의미의 낙원으로 바꾸어야 했으므로 본래의 주인이었던 인디언들의 존재를 자연히 청산의 대상으로 삼지 않을 수 없었던 것이다. 신대륙이 처한 본래의 타락 내지 야만상태에서 거듭나기 위해서는 완전한 개발과 문명화가 절대적으로 필요했는데, 아이러니컬하게도 인디언들이 그들의 첫 번째 희생 대상이 되었던 것이다. 인디언들이 낯설고 거주하기도 힘든 신대륙에서 담배농사를 친절하게 가르쳐준 생명의 은인이었는데도 그들은 학살되어야 할 첫 번째 대상이었다.

　　결국 그들은 신대륙의 자연과 그 속에서 생활하는 인디언들이 주변 곳곳에 들끓고 있는 잡신에 의해 물들고, 이교도와 악마의 무리에 의해 더

렵혀졌다고 판단하여 기독교 신의 말씀과 은총에 따라 이들을 개종시키려 하였다. 신의 섭리를 독단적으로 해석하여 자연을 개척하고 새로운 사회를 일구려는 청교도들의 꿈은 다른 민족을 타자로 삼으려는 백인우월주의적 이데올로기로 변질되었던 것이다. 그들의 순수하면서도 이상적인 청교도주의가 백인우월주의라는 극단적인 생각으로 변질되어 변경지역의 인디언 학살이나 흑인 등 소수인종 차별주의로 변질되는 부정적인 결과를 만들어내었다고 하겠다. 바로 이 이데올로기는 미국 백인 조상들이 다른 종파, 가령 반율법주의자나 퀘이커교도, 인디언들의 신념 등을 폄하하고 호도함으로써 자기들의 신념체계를 주입시켜 보편화하였다. 예정설과 선택설은 구원된 자와 구원받지 못한 자, 선택된 자와 탈락자 등으로 양분되는 이분법적 사고를 사회전반에 뿌리내리게 하였고, 이러한 획일화된 관념은 단순한 종교적 신념을 피력하는 차원을 벗어나 지배자와 피지배자로 구분되는 정치적 이데올로기로 변질되어 19세기 후반기부터 제국주의적 이데올로기로 나아 갔다.

3

개척지의 확장과 청교도주의의 위기

      17세기에 신대륙으로 건너온 유럽의 이주민들은 초반기에 인디언들의 강력한 저항, 험악한 자연환경, 거친 맹수, 그리고 갖가지 질병과 예상하지 못했던 적들을 대면하여 상당한 어려움을 겪었다. 그러나 18세기 이후부터 대규모 이민단들이 점차 새로운 이주의 물결에 합세하여 신대륙으로 몰려와 저마다 서부의 건조한 땅들을 경작하기 시작하면서 개척의 분위기는 갑자기 활기를 띠기 시작하였다. 이 무렵, 수천 명의 독일인들과 스코틀랜드계 아일랜드인들이 뉴잉글랜드에 집단으로 몰려 왔는데, 전자는 주로 펜실베니아에 정착하고, 후자는 뉴욕, 버지니아, 그리고 캐롤라이나의 변경 지방까지 나아갔다. 독립전쟁 기간 동안에는 앨러게이니 산맥을 넘어 오하이오주의 비옥한 계곡과 테네시 강에 이르는 광활한 지역과 뉴잉글랜드 변경지방, 뉴욕의 모호크 계곡, 중앙 펜실베니아 군들, 버지니아 셰난도 계곡, 남부의 피드먼트 고원지역과 해안 평야 등이 개척자들에 의해 문명화되고 있었다. 그 당시에 이들 개척자들은 한편으로는 애팔래치아 산맥을 통해 서부로 흐르는 항해 가능한 강이 없고, 다른 한편으로는 프랑스와 인디언들이 합심하여 미시시피 계곡의 내륙지역으로 개척지의 확장을 저지하려고 강력히 저항하고 있어 상당한 어려움에 빠졌던 것이다.

미국은 그 후 광활한 국토에 매장된 무진장한 천연자원의 덕분으로 대량 생산국가로 발돋움하게 되었다. 미국행정부는 중앙정부를 통해 강력한 보호관세법(1816)을 통과시키고 국립은행을 신규설립(1816)하여 서부개발을 추진하였는데, 이러한 정책의 혜택은 보통사람들의 삶에도 돌아갔다. 제조업의 중심지로 갑자기 성장하였던 북동부의 도시들은 1816년에 통과된 보호관세법의 혜택을 입고 목재와 철강과 다른 원료들을 활용하여 조선업, 철강업, 그리고 철도건설 등의 기간산업을 활성화하였다. 새로 생겨나는 동부도시의 공장들이 이주민, 심지어 여성과 어린이들의 숙련된 노동력을 긴급하게 필요로 하고 있었으므로 신대륙은 농업적 민주주의 정신을 과거의 희미한 기억으로 남기고 산업자본주의로 나아가게 되었다. 물론 이 당시의 개척지의 활성화는 로크가 주장한 현대 자본주의론에도 상당한 영향을 받았다고 하겠다. 존 로크는 생명과 자유 등과 같은 인간이 지닌 고유하면서도 자연적인 본능 중에서 특히 재산에 대한 본능을 강조하였는데, 이런 그의 견해가 미국의 헌법에 그대로 반영될 정도로 미국인들의 의식에 상당한 영향을 끼쳤다고 하겠다.

그러나 무엇보다도 서부로의 팽창에 실질적으로 촉매역할을 하였던 것은 독립전쟁에서의 미국의 승리였다. 이 전쟁의 승리로 미국이 얻은 가장 큰 수확은 당시에 영국이 차지하고 있었던 애팔래치아 산맥과 오대호로부터 미시시피 강 하구에 이르는 서부의 광대한 땅의 획득이었다. 미국의 차지가 된 이 거대한 땅은 당시 13개 주를 합친 것보다 훨씬 넓은 면적이었다. 전쟁 후 서부로 이주민이 급증하면서 이 광활한 서부의 토지관리가 시급한 과제였는데, 이 지역이 옛날 영국으로부터 받은 특허장을 근거로 한 소유권이 무효화되는 바람에 보다 자유로운 입장과 파격적인 조건에 서부 이민단을 영입할 수 있었다.

연방의회는 서부의 땅을 처리하기 위해 '1785년의 영지법'The Ordinance of 1785과 '북서부 영지법'(1787)을 제정하였다. 전자는 토지를 매각하기 위한 불하의 기준을 명시한 법령인데, 토지매각은 1평방 마일 당 1달러를 최저가로 하여 경매방식으로 이루어졌다. 이 지역은 최소불하 단위가 대단위였던 까닭에 최저 입찰가보다 훨씬 높은 가격에 경매가 낙찰되었고, 그리하여 대부분의 땅이 일반인이 아닌 투기꾼이나 부동산 회사의 손에 넘어갔다. 후자는 연방의회가 이주민들의 행정적인 관리를 위해 제정한 법령인데, 이는 이주민들이 집중되는 오하이오에서 위스콘신에 이르는 북서부 지역에 장차 3개에서 5개의 독립 주를 세우는 것을 목표로 하고 있었다. 이 조례에 의하면 성인 남자 자유민의 인구가 5천명이 될 때까지는 연방의회에서 1명의 지사와 3명의 판사들을 파견하여 이를 관리하고, 성인남자 자유민이 5천명을 넘어서면 주민들이 자체 의회를 세우고 연방에는 투표권이 없는 1명의 대표자를 파견하며, 그리고 성인남자 자유민의 수가 6만을 넘어서면 주로서 독립하여 다른 주와 같이 연방에 하원위원과 상원위원을 내보낼 수 있다고 명시되어 있다. 게다가 이렇게 해서 탄생한 주들은 반드시 연방제를 채택해야 하고 노예제도를 금지하도록 했다. 당시 미국연방에 동부의 제조업, 국가자원 채취, 제련, 판매, 그리고 서부진출의 정책 방안 등을 주된 내용으로 하는 '미국제도'라는 것이 구성되었는데, 그 목표는 미국을 유럽의 부패한 경제적, 정치적 압력들로부터 단절하고 발전된 자립국가를 건설하는 것이었다. 이로 인해 독립전쟁이 끝난 후 10여 년 동안 미국은 일반적으로 '호감의 시대'라고 일컬어지는 시대를 즐겼다.

사실 미국사에서 프론티어 정신은 미국인 특유의 의식과 기질을 형성하는 데 상당히 중요한 역할을 하였다. 해밀턴의 산업주의에 편승하여 이 정신이 미국전역에 급속도로 확산되면서 자발적인 대중인구의 이동 이외에도 삶에 대한 적극적이고 실용적인 접근, 강렬한 활력과 창조주의적 개성, 호언장담과 허풍, 구체적인 문제들을 다루는 임기응변, 낭만적인 안하무인격적인 태도, 그리고 개인주의적 낙천주의 등을 만들어 내었다. 특히 외설적인 사투리, 과장되고 억제된 표현의 결합, 효과적인 사투리 사용, 활기찬 일상적인 농담, 무표정하게 능청떠는 이야기들은 문명의 변두리 생활에서나 설명이 가능한 변경지역 개척자들의 소탈함에서 비롯된 것이다.

여기서 프론티어 정신이 미국인의 정신적 토대가 되고 있는 청교도주의와 어떤 관계를 맺고 있는지를 살펴보자. 개척자들이 초반기에 신대륙에 이주했을 때 청교도주의가 용기와 자립심뿐만 아니라 창의력을 갖고 어려움을 극복하는데 상당히 정신적인 힘을 주었다는 사실은 부인할 수 없다. 성실하고 청렴하면서도 엄격한 자기수련에 의해 인간본래의 죄악을 극복하려는 청교도들의 자세가 열심히 노력하여 현실에서의 물질적 번영과 행복을 얻으려는 개척자들에게 정신적인 큰 힘이 되었다. 개척자들이 험악한 광야에서 말라리아, 모기, 맹수, 그리고 인디언들을 만나 고초를 겪을 때 그들은 청교도주의가 지닌 철저한 자기 통제적인 금욕생활에서 큰 힘을 얻어 현실의 어려움을 극복할 수 있었기 때문이다.

그러나 개척활동에 적극적으로 가담하여 물질적으로 성공을 거두면서 저마다 현실에서 행복과 번영에 대한 확신을 갖게 되자, 이주자들은 청교도주의가 강요하는 암울한 금욕주의적 생활관과 내세관을 부정하는 태도를 보였다. 개척자들은 생존의 위협이 줄어들고 부가 축적됨에 따라 현세의 행복에 주된 관심을 표명할 뿐이지 종교적 생활의 철저한 실천에 무관심하게 되었던 것이다. 많은 개척자들이 천연자원이 풍부한 지역에서 짧은 시일안에 부자가 될 수 있었으므로 당초 신대륙의 어려운 환경조건을 극복하기 위한 수단이었던 청교도주의의 이념은 그들에게 거북스런 배척의 대상이 되었다고 하겠다. 결과적으로 청교도주의가 개척정신의 정신적 자양분은 되었지만, 개척의 활성화로 인해 그 모태가 쇠퇴하는 이율배반적인 현상이 일어난 것이다. 개척정신이 성실과 극기 및 금욕적인 생활의 측면에서는 청교도주의를 필요로 하였으면서도 그 교리가 지닌 현세를 부정하는 비관주의적 요소는 단호히 배척했기 때문이다.

　17세기 후반으로 접어들어 엄격한 사생활 통제를 부담스럽게 생각하는 신대륙 정착자들의 수가 점차 늘어나면서 아메리카 대륙에 새로운 신세계를 세우려는 청교도들의 꿈은 쇠퇴하고 있었다. 매사추세츠만 식민지를 설립한지 35년이 채 안 되는 1662년에 개종의 경험을 중요하게 여기지 않은 자유주의가 공식적으로 승인되는가 하면, 이후에 청교도들의 사상은 급속히 수정되어 갔다. 그들의 신정일치 체제는 1691년에 영국의 국왕이 인정하는 설립 허가서에서 투표권의 기초가 신앙 대신 재산소유권으로 변경되었을 때 결정적인 타격을 입고 무너지기 시작하여 교회의 궁극적인 통제권이 주state에 귀속되었다. 필그림즈가 메이플라워호를 타고 신대륙으로 건너온 지 150년이 지난 후에 그들의 이상주의적 공동체는 조금씩 균열의 조짐을 노출하고 있었는데, 당시의 이러한 청교도주의적 세계관의 쇠퇴는 결국 막을 수 없는 대세였다.

　개척이 활성화될 무렵에 유럽의 계몽정신이 신대륙에 유입되었는데, 이 계몽주의도 개척지에 실용주의적인 낙관적 분위기를 조성하면서 청교도주의의 쇠퇴에 큰 영향을 미쳤다. 이 새로운 시대정신은 인간이 불가사의한 신의 작은 장난감이 아니라 자기운명의 주인으로서 정당한 대우를 받아야 한다는 것이자 우주 속에 작용하고 있는 자연법칙도 이성의 힘으로 발견할 수 있다는 것인데, 이는 세상을 눈물과 고통의 골짜기로 보는 청교도주의를 원천적으로 부정하는 것이었다. 신은 우주의 최초의 원인으로, 혹은 우주의

선한 원리로 물러나고 우주는 신이 잘 돌아가도록 태엽을 감아 놓은 거대한 기계로 인식되었다. 이 사상이 신대륙에 도입되자 종전에 가졌던 신과 인간의 관계가 재조정되고 인간의 위치는 상대적으로 격상되었으며 신대륙에는 젊은 2, 3세대 식민지 정착자들을 중심으로 종교적 자유주의가 확산되었다. 18세기 후반에는 미국 독립전쟁을 주도한 지도자들 대부분이 새롭게 발전하는 과학에 깊은 관심을 갖고 계몽운동을 주도하면서 동부 연안도시들을 합리적 사고의 중심지로 만들었다. 결국 계몽주의의 유입으로 이성과 과학적 탐구가 중시되고 인간과 세계의 완전 가능성에 대한 믿음이 팽배하게 되어 신세계에는 비관주의보다는 낙관주의가 소생하여 청교도주의는 적잖은 타격을 입게 된다.

그밖에 청교도주의의 쇠퇴에 큰 영향을 미친 요인으로는 비청교도들의 강력한 저항을 들 수 있다. 초기 개척자들 중에서 20% 정도가 청교도 교회신자로 추정되었으나 청교도주의의 편협성과 독단을 경험한 식민지 개척자들이 차츰 그 신정공동체에 반감을 품기 시작하여 이를 추종하는 수가 엄청나게 줄어들었다. 여기에다 로저 윌리엄즈와 앤 허친슨, 토마스 후커 같은 비국교도들이 청교도주의의 교조주의에 대해 노골적으로 표출한 반항적인 견해도 청교도주의를 위기로 몰아넣었다. 이들 비국교도들은 1620년 최초의 필그림즈로서 신대륙에 이주하여 플리머스 식민지를 세운 실질적인 미국의 건국시조들이었는데, 이들이 10년 후에 도착한 매사추세츠 주 식민지의 외부적인 강압에 의해 흡수 통합되자 이에 강력히 반발하였던 것이다.

비국교도였던 로저 윌리엄스(1604-1683)는 뉴잉글랜드에 도착할 당시에 이미 분리주의적 사상을 갖고 세일럼 교회의 교사임용을 거절하였을 정도로 진보적인 종교가였다. 그는 청교도들이 양심의 자유를 지키기 위해 신세계로 건너왔으므로 성경에 계시된 신의 진실을 추구하는 다른 사람들의 권리를 부정할 권리가 없다고 주장했다. 신정교회가 종교적 견해가 다르다는 이유로 다른 사람들을 처벌할 권리가 없다는 것이다. 또한 그는 영국 왕이 진정한 주인인 인디언들의 토지를 분배할 권리가 없으므로 그들로부터 합법적으로 그것을 구매해야 한다고 주장하였다. 분리주의적 전통을 따르다가 박해를 피해 로드 아일랜드로 피신하였던 앤 허친슨은 종교적 율법에 얽매이지 않은 자주적인 정신을 소유한 여성으로서 율법지상주의적인 청교도 목사들의 교조주의를 강도 높게 비판하였다. 그녀는 '마음속의 빛'을 진실한 믿음의 근거로 삼고서 교조화 된 신학주의를 공격하였던 것이다.

청교도주의는 아이러니컬하게도 스스로 쇠퇴를 유발하였다. 청교도들이 이 세상을 죄인이 천국으로 가는 길에 꼭 지나야 하는 눈물의 계곡으로 여기면서도 현세에서의 물질적 성공을 부정하지 않았기에 그들은 세속적인 삶을 포기할 수 없었다. 인간이 고통스런 삶을 살아갈 운명을 타고났지만 하느님의 선택을 받은 소수자가 구원과 자비를 받을 수 있다는 청교도주의에 내포된 예정설과 선택설을 자의적이고 임의적으로 해석한 청교도들은, 개척지에서 일어나는 삶의 환희와 즐거움을 포기할 수 없었던 것이다. 결과적으로 당시의 청교도들이 개척지에서 물질적인 성공을 이루었을 때, 정도의 차이는 있겠지만 그들의 부와 명예를 신의 뜻으로 생각하면서도 정작 그것의 교리가 강조하는 금욕적인 생활원칙을 소홀히 하는 경향을 빈번하게 노출하였기에 청교도주의가 자연히 퇴조할 수밖에 없었다.

청교도주의의 연장으로서의
초절주의

    1830년대에 뉴잉글랜드의 보스턴 지역을 중심으로 자연 속에서 새로운 기쁨을 찾으려는 초절주의 운동이 일어났는데, 이는 미국이라는 독특한 풍토 속에서 새로운 도덕적 어조와 종교적, 철학적 사상이 어우러져 형성된 신낭만주의였다. 한 세대 전에 꽃 핀 유럽 낭만주의의 연장으로서의 이 초절주의 운동은 미국이라는 신대륙의 자유로운 풍토에서 나름대로의 고유한 특징을 지니고 있었다. 유럽의 낭만주의가 산업혁명이 몰고 온 억압적 물질문명을 거부하고 자연과의 관계회복을 강조한 것이었다면, 미국의 초절주의는 오히려 자연과의 첫 교류를 의미하였다. 미국인은 어떤 의미에서 아직 자연과 본격적인 관계를 가져보지 못한, 거친 광야의 벌거벗은 야만인이었다. 비록 정치적 독립을 얻고 있긴 했지만 미국인들이 자연환경 속에서 독자적 삶을 형성할 수 있는 정신적 독립까지 얻은 것은 결코 아니었다. 그들은 그 어느 때보다 진정한 자아의식의 확립을 필요로 하여 지금까지 그들의 정신적 토대였었던 청교도주의에다 당시에 새롭게 싹트기 시작한 일신론주의의 합리주의적 사고방식과 동양의 신비주의를 접목하여 초절주의라는 미국 특유의 사상을 탄생시켰다.

　　18세기 중반 이후로 신대륙에서는 계몽주의 운동과 개척지의 확장으로 청교도주의는 쇠퇴하고 일신론주의가 새롭게 생겨났는데, 이는 종교 내에서의 합리주의를 추구하려는 운동이었다. 이 교리에 따르면, 성서는 영감에 의해 생겨난 것이 아니고 인간이 창조한 것이며, 그러므로 그것은 하나의 진리에 불과하다. 또한 교회는 인간의 삶의 편의를 위해 만든 제도이므로 어떠한 교회도 구원의 방법에 대한 절대적 권능을 가져서는 안 된다. 예수는 전지전능한 능력을 소유하였지만 한 인간에 불과하고 신의 삼위일체설과 절대적인 구원이나 저주의 교리에 내포된 선천적 타락설이 부정되고 있다. 이는 곧 죄는 도덕성의 문제이지 신의 뜻의 반영물이 아니므로 원죄에 따른 예정설의 해체와도 통한다.

　　사실 일신론주의는 1620년에 처음으로 신대륙에 이주한 소위 분리파들로 이루어진 순례자들 그룹과 이들의 견해를 행동으로 실천하면서 청교도들과 정면대립을 불사하였던 비국교들의 종교적 견해를 계몽주의의 인본주의와 접목하여 재정립한 것이었다. 이는 1785년에 일신론주의가 그 교리를 소개하였을 때 분리파 교회의 전신이었던 보스턴의 킹스 예배당과 조합파 교회들 중 14개가 일신교적 원리들을 채택한 것에서 적절히 반영되고 있다. 이 원리가 종교 속에서 인간중심적 합리주의를 모색하는 까닭에 보스턴의 부유한 상인들 같은 입지전적인 인물들에게 청교도주의의 암울한 비관주의보다 설득력이 있었다. 무엇보다도 이 같은 급진적인 인간중심적 교리는 보스턴의 상인들에게 원죄에 대한 두려움과 내세의 공포를 불식시키고 자립의식을 심어주는 정신적 토대가 되었던 것이다. 19세기 초반기의 미국인들은 일신론주의가 보인 선천적 타락설과 예정설의 부정에서 자기신

뢰에 대한 발판을 마련하였다.

초절주의는 이 같은 일신론주의의 특징에다 독일 관념철학, 힌두교의 베다주의와 유교, 그리고 이슬람교 수피의 종교시 등 동양의 신비주의 사상과 결합하여 범신론적 특성을 드러내었다. 초절주의에서 인간과 자연에 내재하는 신성에 대한 강한 믿음은 신과 인간 그리고 자연을 우주의 영혼의 공유자로서 통일적 존재로 생각한다. 에머슨은 이 통일적 존재를 대령 oversoul이라고 불렀는데, 대령은 모든 사물이 생겨나는 근원이자 인간이 가지는 정신적 힘의 원천이면서도 우주에 내재하는 통합된 영적인 힘을 의미한다. 그 대령의 토대는 동양의 범신론적인 사상과 연결되고 있으며 에머슨은 그의 주요 에세이집 "자연"에서 대령을 느끼기 위해 자연으로 눈을 돌려 이를 실천하였다. 그는 신을 자신의 영혼 안으로 끌어들이고 자신의 영혼을 자연으로 투사시켰다. 자연은 세상의 조화에 대한 신선한 증거들을 보여주는 새로운 터전으로 작용하고 있으며, 여기에서 인간은 자신의 내적 생기와 삶의 방향을 발견할 수 있을 뿐만 아니라 그것으로부터 자신의 목적을 성취할 수 있다. 사실 초절주의는 청교도주의와의 단절을 표명하고 미국의 토착적인 정신적 사상을 신대륙에 정착시키려 하였으나 청교도주의의 범신론을 계승하는 측면이 강하다. 초절주의자들이 우주 속에서 어떤 신성의 이미지를 체험하고 그것의 실체에 접근하려고 노력하는 자세는 우주가 도덕적 본질의 주체라는 데 인식을 함께 한다는 뜻이면서도 창조자로서의 신의 역할을 청교도주의로부터 그대로 이어받고 있는 것이다.

그러나 이들의 범신론적 견해는 신의 현존을 입증하는 태도에 있어서 다소 서로 다르다. 초절주의는 자연을 통해서 신이 창조한 우주의 아름다움과 조화를 확인하고 신의 창조적 능력을 인간 개개인의 삶에서 찬미한다는 점에서 청교도주의의 교리와 차이를 보인다. 신성의 실체에 접근하는 구체적인 방법론으로 청교도주의가 엄숙한 의식이나 예배, 고백 같은 절차를 강조하였다면, 초절주의는 인간 개개인의 삶과 자연 속에서의 자유로운 친교를 중시하였다. 청교도주의자들이 신과의 관계에서 개인적 접촉과 인식을 배제하는 것과 달리 초절주의자들은 신과 접하는 영혼에 심취된 개인과 인간의 타고난 선에 대한 믿음을 확고히 하였다.

그런데 초절주의는 청교도 선조들의 성실, 근면, 절제, 그리고 금욕적인 행동양식을 받아들여 자립정신을 확립하였다는 점에서 청교도주의의 도덕관과 흡사하다. 초절주의자들은 시종 도덕적 진지함을 견지하며 열정을 가지고 삶의 매순간을 충실하게 살도록 권고하였는데, 이는 청교도주의의 금욕적인 윤리관에서 출발한 것이다. 다만 청교도들은 자신들이 처한 근원적인 비관적 운명을 극복하기 위해서 금욕적인 생활윤리를 실천하였다면, 초절주의자들은 강한 자아확립을 위해서 이들의 덕목을 실천하여 자신들에게 주어진 낙관적인 운명을 자신들의 끊임없는 노력으로 유지하려고 애썼다. 초절주의는 자신의 마음속에 있는 신을 따르고 살면서 과거와 전통으로부터의 종속과 관습의 허물을 벗도록 권고한다면, 청교도주의자들은 이들로부터의 단절을 불허하고 있다. 마음이 유일한 실체이며 인간과 모든 자연물은 마음의 반사물일 뿐이다. 그들은 인간 개개인의 정신의 중요성을 믿었고 또한 사물의 본질을 통찰하기 위해 삶에 대한 지성적이고 이성적인 접근 태도보다는 감성적인 직관을 강조하였다. 자연히 초절주의는 전통과 관습과 결별하고 개인주의가 중시되는 분위기로 흘렀다.

초절주의가 청교도주의적 전통이 깊이 뿌리 내린 미국의 토양 위에서 유럽의 전통과 관습으로부터 단절하고 미국인들의 고유한 정신사로 정착하여 그들의 자아확립에 기여를 한 것은 어느 누구도 부인할 수 없다. 그런데 초절주의는 우주 내에서 힘의 진행을 선의 방향으로 나아가게 하고 악의 실체를 파악하지 못하여 추상적인 낙관주의가 만연하게 하는 부정적인 결과를 초래하였다. 초절주의에 따르면 이 우주 속의 거대한 자연은 선한 존재라서 악이 원천적으로 존재하지 않게 된다. 우주는 필연적으로 도덕적이게 되고 우주적 견지에서 볼 때 인간은 동일한 목적을 향해 나아가게 된다. 그러므로 궁극적으로 사회문제들은 해결되지 않을 수 없다. 인간 개개인이 이익을 놓고 겪는 갈등은 피상적인 단순한 반목행위에 불과하며 결국 해소된다는 것이다. 인간이 자신의 내적인 자아와 직관을 충실하게 따르며 이를 실천할 때 개인의 삶의 목적은 성취되고, 이는 더 나아가 이웃의 그것과 일치를 이루어 조화로운 세계를 잉태한다는 것이다. 이러한 지나친 낙관주의는 모든 인간의 고통과 번뇌를 무의미하게 만들고, 인간 개개인이 특수한 상황 속에서 안고 있는 인생에 대한 비극적 운명을 거부하기에 이른다. 결과적으로 악의 실체에 대한 부정은 도덕적 분개를 근거가 없고 타당하지 않게 하여 스스로 우주적 실체로서의 도덕적 요체를 부정하는 아이러니컬한 역설을 초래하고 있다.

그리고 초절주의의 낙관주의는 에머슨이 주장하는 보상이론에 입각하여 살펴보면 많은 부작용을 초래하고 있다. 모든 일시적 불균형이 보상에 의해 재조정된다는 우주의 평형바퀴로서의 보상에 대한 그의 믿음은, 존재하는 것은 무엇이나 옳다는 것으로 이어져 모든 경우에 있어서 관점과 이데올로기의 횡포를 낳게 만들었다. 눈이 오늘은 균등하게 내리지만 내일은 바람에 날려 이곳저곳에 쌓인다는 보상이론의 입장에서 보면 모든 악한 행동이나 모든 물질의 불합리한 분배나 부당한 이익추구도 그 나름대로의 정당하고 불가피한 논리를 갖게 된다. 언젠가 모든 이익은 지금의 이익만큼이나 손해를 입을 것이고, 모든 악한 행동은 선한 행동으로 보답될 것이라는 추상적인 낙관주의는 결국 빈익빈 부익부와 선악 이분법을 초래한다.

이점은 상호모순적인 아이러니가 아닐 수 없다. 보상이론에 입각하여 인간세계를 살펴보면 그것은 일견 서로에게 동등한 기회를 주는 민주주의 이론 같지만, 이는 독단적이고 편협한 개인주의를 초래하고 있는 것이다. 인간 개개인의 입장에서 살펴보면 한번 부와 선의 영광을 누리게 되면 그곳에 언제나 자신의 개별적인 욕망이 작용하여 자신의 이익을 영속화하고 자신의 선을 합리화하여 타자에게 보상의 기회를 빼앗아 버리게 되므로 처음의 보상수혜자는 영원한 주체이고 처음 배제된 자는 영원한 타자로 남을 수밖에 없다. 결국 보상이론이 표면상으로는 도덕적 낙관주의에서 출발하고 있으나 결과적으로는 도덕불감증과 비관적 염세주의를 띤다고 하겠다. 이 같은 초절주의의 보상이론은 청교도주의의 예정설과 선택설과 궁극적으로 맥을 같이하고 있는 것이라고 볼 수 있다.

초절주의가 결국 청교도주의의 연장이면서도 미국적 자연주의의 이론적 토대가 된다는 주장의 근거가 바로 여기에서 출발하고 있다. 모든 제도 자체가 보상이론의 입장에서 살펴보면 양면성을 지니는 까닭에 노예제도나 제국주의적 팽창주의도 일견 서로에게 유리한 명분으로 작용하나 그 속에는 엄청난 폐해가 숨어 있다. 가령 노예제도 자체도 흑인들에게 매우 가치 있는 혜택으로 합리화될 수 있다. 노예제도로 인해 흑인들이 백인의 문명에 그 만큼 더 빨리 접촉하는 계기가 되었으며, 또한 인종적 편견이 장차 근절되고 보편적 형제애 속에서 화해될 수 있는 시기가 앞당겨 질 수 있다는 아이러니한 논리를 유추할 수 있다. 이는 제국주의자들이 식민지에 적용하는 근대화이론에도 그대로 적용된다. 제국주의자들이 식민지를 침략하여 식민통치를 하는 목적은 곧 미개한 나라를 문명화시켜 그들을 멀지 않아 후진국과 개발도상국에서 선진국으로 발전시키려는 의도가 있다는 것이다. 19세기 미국의 팽창과 발전이 바로 이 이론에서 출발하고 있듯이 초절주의는 순수한 인간본성이나 도덕적 이상주의를 엄격하게 실천하지 않는 경우 팽창주의를 향한 압력의 논리적 근거가 될 수 있다.

5

남북전쟁과 노예해방에 대한 재해석

1776년 당시 13개 주로 연방체제를 결성하고 있었던 신대륙은 영국에 대해 공식적으로 독립을 선언하고 전쟁에 들어갔다. 1763년에 일어났던 프렌치-인디언 전쟁 후, 영국은 식민지에 각종 세금을 과다하게 부과하였고, 이것이 독립전쟁의 직접적인 원인이 되었다. 그동안 영국이 지출한 막대한 전비를 보충하기 위해 설탕조례(1764), 군대숙영조례(1765), 인지조례(1765), 그리고 타운젠드조례(1767) 등을 통과시켜 신대륙의 식민지는 가중한 재정 부담을 떠맡았다. 각 식민지는 이 조례들이 자신들의 동의 없이 제정되었다는 이유를 들어 '대표 없는 곳에 과세 없다'고 주장하면서 이들의 철폐요구뿐만 아니라 영국 상품들에 대한 대규모 불매운동을 벌여 나갔다. 심지어 '자유의 아들'이라고 하는 비밀결사대는 거세게 항의하는 차원을 넘어 영국 세무원들에게 테러를 가하기도 하였다.

그런데 독립전쟁의 실질적인 도화선은 1773에 일어났던 '보스턴 차

사건'이었다. 영국이 타운젠드조례를 악용하여 영국 동인도회사에 식민지 차 수출의 독점권을 부여하고 수출관세를 면제해 주었는데, 이 정책은 식민지 전체에 상당한 파장을 몰고 왔다. 동인도회사의 차가 밀수품보다도 낮은 가격으로 팔리게 되자 영국이 식민지 차 시장을 사실상 독점하게 되었고 차 밀무역으로 돈을 벌던 미국상인들은 도산의 위기에 빠졌다. 식민지에서는 영국산 차에 대한 대대적 불매운동이 벌어지고 반영여론이 비등해져 차를 싣고 필라델피아와 뉴욕에 도착한 동인도회사의 배들은 짐도 풀지 못하고 항구를 떠나야 했다. 모호크 인디언으로 분장한 일단의 '자유의 아들'들이 1773년 12월 16일에 항구에 정박 중이던 세 척의 동인도회사 소속 배에 올라 그 위에 쌓인 342개의 차 상자를 바다에 던지며 항의 캠페인을 벌였으며 항구에 늘어선 주민들은 박수를 치며 환호했다.

반면 영국의회는 바다에 버려진 차 값을 매사추세츠 식민지가 배상할 때까지 보스턴 항구를 폐쇄하고 사건 주모자들을 재판하기 위해 영국에 압송하려는 일련의 강제법을 마련하였다. 영국의회는 이듬해에 영국군 4개 연대를 보스턴에 급파하여 캐나다 이남으로부터 오하이오에서 미시시피 강에 이르는 지역을 퀘벡 식민지에 병합하는 퀘벡법을 통과시켰다. 이 조치는 식민지인들의 서부진출을 사실상 봉쇄한 것으로서 1774년 6월 조지아를 제외한 12개 식민지 대표들이 모여 퀘벡법의 철회를 영국 왕에 요청했으나, 영국 왕은 이를 단호히 거부하였다. 따라서 식민지 대표들은 필라델피아에 모여 영국과의 전쟁을 결의하고 식민지 연합군을 조직하기로 결정하고 조지 워싱턴을 연합군 총사령관으로 임명하였다. 1776년 7월 4일 세 번째로 열린 식민지 회의에서 토머스 제퍼슨이 기초한 '독립선언서'가 만장일치로 채택되었으며 미국 독립전쟁은 7년을 지루하게 끌다 미합중국의 승리로 끝났다.

여기서 건국초기의 사회체제가 어떠하였는가를 살펴보기로 하자. 당시의 사회체제는 해밀턴이 중심이 된 강력한 연방주의와 제퍼슨을 주축으로 하는 지방 분권주의가 대립하는 구도로 나아갔다. 연방주의자 해밀턴은 고도로 중앙 집권화 된 정부의 기능을 통한 중상주의 정책으로 경제적 혁명을 가속화하려고 했고, 이에 반해 제퍼슨은 지방자치제를 통한 농업경제를 강조하는 중농주의를 옹호하였다. 그 후 중농주의와 산업주의 세력들 간의 대립은 단발적으로 끝나지 않고 미국의 정치적, 사회적, 그리고 경제적 갈등으로 이어졌다.

초기에 연방주의자들은 독립전쟁 때 영국지지자들로 이루어진 집단, 상업적인 속성의 재산을 소유했던 상인들, 선주들, 그리고 북부의 토지 소유자들이 대부분이었다. 이들은 계몽운동이 대변하는 진보적인 생각들에 그렇게 호의적이지 않았다. 알렉산더 해밀턴을 비롯하여 존 아담스, 존 마샬, 그리고 조지 워싱턴 등의 연방주의 옹호자들은 그들의 태도가 공공의 이익을 위한 것이며, 또 그들의 정책적 방법을 통해서만 국가가 전체적으로 번창할 수 있다고 확신했던 사람들이다. 그들이 대중을 무시할 정도로 강하고 고도로 중앙 집권화 된 정부를 지지하는 가운데 개인 기업을 통해서 소유재산을 증식하도록 허용하였으므로, 지방분권주의자들은 연방주의자들을 그들 자신의 목적을 추구하는데 눈이 어두운 귀족주의적 생각을 가진 이기적인 집단이라고 강하게 비판하였다.

대체로 농업세력으로부터 지지를 받은 공화주의자들로 이루어진 지방분권주의자들은 제조업을 강화하고 대도시에 자본을 집중시키려는 연방주의자들의 제안에 자연히 반감을 가졌다. 이들의 지방분권주의는 관습과 전통에 입각하여 담배와 목화를 중심으로 하는 농업주의에 식민지 경제의 토대를 두면서 다수의 지배, 만인을 위한 경제적 기회, 그리고 소규모의 재산 소유자와 노동자의 권리옹호라는 개념 위에서 기초되었다. 물론 중농주의의 옹호론자들 중 다른 집단에 의한 지배나 변화를 두려워한 무리들도 있었으나, 토마스 제퍼슨을 비롯한 프랭클린, 페인 같은 사람들은 연방주의를 강력한 중심적 권위의 창조, 국립은행을 통한 채무의 통제, 그리고 산업자본주의를 통한 부유층의 지지 등 봉건적 귀족주의만을 창조하려는 비인간적인 계획들이라고 생각하고 이들을 강하게 비판하였다. 그런데 제퍼슨이 노예제도를 비판하였으나 현실적으로 노예들 없이는 그 당시의 농업경제는 유지될 수 없었다. 그 후 제퍼슨이 대통령이 되었던 때에 지방분권주의자들도 미국의 경제가 유럽으로부터 진정으로 독립하기 위해서는 제조업의 육성이 시급하다는 점을 인정하고서 농업주의를 일부 수정하는데 찬성하였다. 그렇다고 그들이 상점과 공장들에 대한 거부감을 가지지 않은 것은 아니었다.

한편 이러한 사회체제의 두 구도 속에서 잭슨은 보통사람의 민주주의를 실천하려 하였다. 물론 이상주의적인 평등주의를 실현하려 하였던 잭슨주의자들은 모든 인간은 법률로 제정된 권위로부터 이익이나 권리를 방해받지 않고 자신의 노력을 통해 발전할 수 있는 기회를 가져야 한다고 생각하고 한편으로는 제퍼슨의 자유방임주의 정책과 농업주의와 연합하였다. 그런데 이미 해밀턴 쪽으로 기운 국가정책 속에서 잭슨이 제퍼슨 원칙을 되살리기는 역부족이었다. 당시에 다수의 미국인들은 농업주의의 건전한 평범성보다 산업주의에서 성공적인 보상과 그것의 발전 가능성을 찾으려 하였다. 다시 말해서 다수의 미국인들은 농업주의에서 개개인의 존엄성과 만족감을 느낄 수는 있었지만 물질적인 발전과 화려한 번영의 영역을 현실적으로 더 우선적으로 취급하지 않을 수 없었다.

그 후 미국사회 내에서 아이러니컬한 현상이 일어났다. 초기에 다수의 필요와 욕구에 잘 부합되며 인도주의적이고 합리적인 원칙으로 출발하였던 제퍼슨주의는 대중의 관심으로부터 멀어지고, 반대로 비민주적이고 독선으로 가득 차 있었던 해밀턴주의 체제가 대다수 미국인들에게 더욱 보편화되고 그들에게 큰 영향을 미치게 된 것이다. 그러나 제퍼슨주의와 해밀턴주의는 미국의 헌법에 그대로 반영되었고, 이어서 이들은 미국의 정치체제에 있어서 양당 제도를 만들어 내었다. 미국의 양당제도는 지역이익이나 계급투쟁, 급진주의와 보수주의 등의 정치노선에 기초를 둔 것이 아니고 농업과 산업, 농장과 공장, 농촌과 도시, 없는 자와 있는 자, 사회 민주주의와 중산층 자본주의 같은 경제적 노선에 뿌리를 둔 것이다.

사실 19세기 중반기로 접어들면서 미국의 영토는 비약적으로 확장되었으나 남부와 북부 간에 반목의 골이 깊어져 1861년에는 미국 남북전쟁이 벌어졌다. 그런데 대부분의 사람들은 지금도 그 내란의 원인을 노예제도에서 찾는 경향이 있다. 대다수의 사람들은 남북전쟁이 비인간적인 남부 농장주들로부터 고통 받는 노예를 해방시키려고 북부인들이 벌였던 성스러운 투쟁사로 생각하고 있다. 남북전쟁에 대한 이러한 도식화된 이분법적 접근은 미국역사에 대한 지나친 미화이다. 당시 북부는 표면상으로는 노예제 폐지를 주장하였으나 그곳의 공장주들은 노동자들을 노예처럼 비인간적으로 부당하게 학대하였고 값싼 노동력 확보를 위해서 노예제도의 완전 폐지를 지지하지 않았다. 반면 남부는 북부의 연방체제에 반대하면서 노예제를 고수하였으나 그곳에는 상당히 많은 농장주들이 양심적으로 노예들을 대우하고 있었다.

남북전쟁의 보다 근본적인 원인은 남북 간의 사회, 경제, 그리고 정치체제에 대한 근본적인 인식의 차이에서 비롯되었다. 17세기부터 남부는 담배와 면화 재배가 중심이 된 전원적인 농업위주의 사회체제였고, 북부는 철강, 육류가공업, 석탄, 그리고 철도를 중심으로 재편된 공업위주의 사회체제였다. 남부는 제퍼슨의 중농주의에 바탕을 두고 각 주들의 독립적인 자치권을 비교적 존중하는 정책을 펼쳤던 반면, 북부는 해밀턴의 중상주의에 토대를 두고 각 주들을 연방체제로 끌어들이려는 강력한 중앙집권제를 고수하였다. 초기에는 남부와 북부가 그런대로 조화와 균형을 이루고 있었으나 개척지가 확장되고 산업이 발달하면서 북부의 경제발전이 남부를 압도하기 시작하면서, 남부의 정치적인 입지는 좁아져갔다. 연방의회는 북부에 일방적으로 유리한 법령만을 통과시키고 철도의 대부분은 북부에만 건설되었다. 이주민들이 노다지에 대한 꿈과 도시생활에 대한 달콤한 환상에 젖어 북부로만 집중되어 남부인들은 위기의식을 갖지 않을 수 없었다.

사실 미연방의회가 1783년에 발표한 '북서부 속령지역'Northwest Territory법령에 의해 미시시피 강과 오하이오 강 사이의 거대한 V자 모양의 지대에서는 노예제도를 영원히 금지한다는 규정이 마련되어 노예들의 자유로운 활동이 보장되었는데, 남부는 그 지역에 개척자들이 대거 몰려들어 인구 집중화와 새로운 도시들이 생겨나자 이에 대한 상당한 불만을 갖고 있었다. 그래서 남부는 멕시코와의 전쟁을 통해 빼앗은 캘리포니아, 뉴멕시코, 그리고 유타 등에 대한 처리를 놓고 북부에 더 이상 양보를 할 수 없는 입장이었다. 남부의 고민은 이들 지역에 몰려든 이주민들이 대부분이 북부 출신이었으므로 그대로 두면 그들이 북부 중심의 연방체제에 가입할 것이 거의 확실했고, 더 나아가 이를 방치하면 불안하게나마 유지되어 왔던 자유주와 노예주 간의 균형이 결정적으로 무너지게 될 위험이 있다는 판단에서 비롯되었다.

비록 남부와 북부가 이 지역의 사회체제를 거주민들의 투표로 결정하자는 데에 의견을 모았으나 그들은 구체적인 방법론에 있어서 심각하게 대립되었다. 남부출신의 헨리 클레이 상원의원이 노예제 허용여부는 주민의 의사를 존중하되 대신 기존 탈출 노예법을 더욱 엄격하게 개정하여 남부의 권리를 보장하자고 했다. 그의 입장은 탈출노예를 도와주면 형사처벌을 받도록 하고, 탈출노예는 주인이 당국의 영장 없이도 체포하여 끌고 갈 수 있다는 요지였다. 반면 북부출신 시워드 의원은 탈출노예법의 경우 신의 명령에 명백히 위반되는 것이며 국회가 이러한 불경한 법률을 승인할 권한이 없다고 주장했다. 북부의 노예해방론자들은 탈출노예법을 공공연히 무시하고 지하조직을 더욱 강화하였고, 남부는 노예제에 관한 주민자결의 원칙이 적용될지 모른다는 의구심을 가지고 있었다.

1849년 캘리포니아는 주민들 투표에 의해 압도적인 표차로 자유노예지역으로 결정되었는데, 이로 인해 남부와 북부는 극한적인 대립으로 나아갔다. 급기야 1856년 5월 캔자스의 로렌스에서 노예주의자들과 반노예주의자들 간에 무력충돌이 일어나 유혈사태가 초래되었다. 스티븐 더글러스 상원의원이 당시 이주민이 급증한 미주리, 오하이오 서부지역을 네브라스카와 캔자스 두 지방으로 나누고, 노예제 허용여부는 주민투표로 결정한다는 법안을 제출하여 통과가 되었는데, 이 법령은 북위 36도 30분 이북에서는 앞으로 노예제도를 허용하지 않는다는 '미주리 타협안'을 무효화시켰던 것이다. 남부의 법령이 주민투표에서 채택되고 노예제도가 법령화되자 이제 반노예주의자들이 이에 반대하고 주 정부를 세웠다. 양 세력 간의 대립은 심각한 유혈사태를 야기 시켰고 그 후 이는 두 개의 정부가 서로 다른 주 헌법을 들고 연방가입을 신청하는 사태로 나아갔다. 결국 연방정부의 개입으로 1858년에 캔자스의 문제에 대한 재선거가 실시되었고, 결과는 반노예주의자들의 압도적 승리로 끝나자, 남부는 점차 고조되어가고 있는 생활기반의 해체와 몰락의 위기를 반전시킬 대책이 시급하였다.

그래서 남부는 1860년의 대통령 선거에 사활을 걸고 임했으나 불행히도 북부의 후보인 링컨의 당선으로 더 이상 희망이 없었다. 당시 연방에는 18개의 자유주와 15개의 노예주가 가입되어 있었는데, 링컨의 당선으로 반연방주의를 강하게 요청하였던 남부의 사우스캐롤라이나 주를 시작으로 미시시피, 플로리다, 앨라배마, 조지아, 루이지애나, 그리고 텍사스가 연방을 탈퇴했다. 남부의 연방 탈퇴는 곧 내란으로 규정되고 남북전쟁이 시작되었다. 초기에는 남부군이 압도적으로 우세하여 프랑스와 영국이 남부를 공식적인 정부로 승인할 조짐마저 보이는 형국이었는데, 이때 북부군이 대반격을 시도하는 과정에서 링컨의 노예해방선언이 나왔다. 링컨진영 자체 내에서도 반대세력이 엄존하고 있었으므로 그의 노예해방선언은 실질적인 노예해방의 보장으로 이어졌다기보다는 선언적인 의미가 강했다. 그러나 이 선언은 엄청난 효과를 가져왔고 남부의 수많은 노예들이 북군의 의용병으로 가담하여 전황을 일시에 반전시켰다. 결국 미국의 내란은 북부의 승리로 끝나고 1865년 1월 노예금지수정 헌법 13조가 통과되어 법률상으로 노예제도는 폐지되었다. 그러나 노예제도는 그 후 상당히 오랜 기간 동안 지속되었다.

앞서 언급한 것처럼 남부와 북부 간의 실질적인 대립의 원인은 주 자치제를 중시하는 제퍼슨의 반연방주의와 강력한 중앙집권체제를 고수하려 하였던 해밀턴의 연방주의와의 반목 때문이었고, 노예해방은 다만 표면적인 투쟁의 명분에 불과하였다. 남부와 북부가 노예제도의 존폐를 놓고 각 주들 사이에는 이해관계가 복잡하게 얽혀 있었고, 북부가 이들 주들을 자신들의 연방체제 유지에 유리한 위치로 끌어들이기 위해 노예제도를 정치적 명분으로 내세운 것뿐이었다. 당시 링컨 대통령이 노예해방을 놓고 마지막까지 고심하면서 우유부단한 행동을 취한 것도 북부진영에도 노예해방 자체에 상당한 거부감을 가지고 있었던 것을 무시할 수 없었기 때문이었다. 남부를 굴복시키고 북부가 원하는 강력한 중앙집권적 연방 체제를 고수하기 위해서는 노예해방이라는 핫 이슈를 내세우지 않으면 북부는 승리할 수 없는 절박한 현실에 직면하였던 것이다.

한 예로 당시에 남부와 북부가 첨예하게 대립한 캔자스 사태의 근본 원인이 노예제도의 존폐문제에서 비롯되었는데, 아이러니컬하게도 당시 캔자스에는 흑인노예가 전무했다. 1860년에 조사된 인구분포를 살펴보면 흑인노예는 공식적인 통계상으로는 고작 1명뿐이었다. 이를 놓고 보더라도 남부와 북부의 대립은 흑인노예 문제가 핵심이 아니었다. 어떻게 보면 노예 문제는 남부와 북부의 사회체제를 둘러싼 대립의 표면적인 명분에 불과했다고 하겠다. 다시 말해, 여기에는 어떤 근본적인 지역감정, 문화적 차이, 그리고 경제적 이해관계 같은 것이 저변에 깔려 있으며, 노예문제는 단지 구실이었던 것이다.

그런데 문제는 남북전쟁으로 인해 인종 간의 증오와 적대감의 골이 회복불능의 상태로 빠져들었다는 데에 있다. 남부인들은 패배주의에 빠져 자신들의 상실감과 박탈감을 흑인들에게 돌렸다. 해방된 신분을 외치며 거들먹거리는 흑인들에 대한 증오감이 폭발적으로 고조되어 KKK라는 이동 테러단체를 결성하여 그들에게 무차별적인 테러를 자행하였던 것이다. 남부에서는 남부우월 의식이 고취되었고 의회에서는 흑백 간의 결혼과 공공장소에서 흑인과 백인이 함께 어울리는 것을 금지하는 '검은법'Black Codes을 제정하여 이를 어기는 흑인에 대해서는 미국의 극우 백인 비밀 결사단체인 KKK 단원들이 무서운 테러를 자행했다. 1866년 테네시 주 풀라스키에서 처음 조직된 KKK란 말은 희랍어 'kyklos'에서 따온 것이며 비밀결사라는 의미를 지니고 있다. KKK의 지도자는 흔히 '대룡'Grand Dragon이라는 별명으로 불렸는데, 그들은 '대룡'을 정점으로 철저하게 위계질서를 지키고 종교적 의식을 거행하며 항상 얼굴을 흰 두건으로 가리고 다녔다. 이 비밀 결사 조직은 처음에는 위협과 공갈, 협박으로 백인의 지배권 회복을 꾀했으나 세력이 커지자 흑인과 흑인해방에 동조적인 백인들을 구타하거나 그들의 집을 불태우고 폭행을 가하는 등 보다 잔인한 테러수단도 서슴지 않았고, 특히 선거 때 투표소에 얼굴을 내민 흑인들은 예외 없이 KKK의 혹독한 보복을 받았다.

6

개척지의 적자생존적 다원주의와
모조화 현상

19세기 중반에 해밀턴이 예견한 산업주의 노선을 따라 발전해온 서부 개척지는 갖가지 미국적 특징을 만들어 냈는데, 이를 계기로 하여 미국인들은 삶에 대한 실용적 접근 자세, 활동적이고 열정적인 의식, 개인주의, 그리고 낙천주의를 갖게 되었다. 프레더릭 잭슨 터너는 「미국사에서 프론티어의 의의」에서 프론티어가 민주주의와 평등에 대한 미국인의 신념뿐만 아니라 심지어는 미국인의 독특한 기질을 형성하는 데 원인이 되었다고 주장하였다. 이러한 프론티어의 이상주의로 인해 미국인들은 제각기 민주주의, 평등주의, 인도주의, 그리고 인생의 행운에 대한 믿음으로 충만하였던 것이다. 예를 들자면 변경개척지의 소탈한 개인주의, 호언장담과 허풍, 구체적 문제들을 다루는 임기응변, 그리고 낭만적 안하무인격적인 태도 등은 변경지역에서만 설명될 수 있는 생활태도였다. 이러한 견해를 두고 미국의 개척정신이 너무 낭만적으로 표현되었다고 비판할 수 있으나 개척정신이 미국의 발전터전과 미국인의 기질을 형성하는 데 초석이 된 것은 사실이다.

　　그러나 프론티어 정신에는 이상주의적 낙천주의 못지않게 물질에 대한 강한 열망이 숨어 있었다. 물론 프론티어들 중에는 모험과 자유를 찾아 서부로 떠나간 사람들도 일부 있었겠지만, 프론티어들이 갖은 위험을 무릅쓰고 서부로 건너갔던 이유는 노다지를 향한 부푼 꿈 때문이었다. 골드러시는 1848년 1월 24일 캘리포니아 새크라멘토 계곡의 한 물방앗간 수로에서 제임스 마셜이라고 하는 젊은 목수가 그곳의 개천 바닥 전체에 지천으로 널려 있는 사금을 발견한 후부터 시작되었는데, 당시 금을 찾아 캘리포니아로 이주하는 사람들은 '49년 노다지꾼들'Forty Miners이라고 불릴 정도로 대규모였다. 1849~52년까지 4년 동안 캘리포니아에서 당시 시세로 2억 달러어치가 넘는 막대한 양의 금이 채집되었고, 1849년 골드러시가 절정에 달했을 때는 하루에 800대 이상의 달구지 마차가 서부로 향했다. 골드러시 이전 캘리포니아의 인구는 15,000명에 불과했지만 1849년에 10만, 그리고 1852년에 무려 25만으로 급증하였다.

　　골드러시는 강력한 흡인력으로 이주민들을 서부로 끌어들여 그곳에는 '캘리포니아에서 한탕하든지 망하든지'California or Bust라고 하는 말이 유행할 정도로 한탕주의가 팽배해 있었다. 지금까지 정부가 아무리 토지가격을 낮추고 이주를 장려하는 정책을 써도 지지부진하던 서부개척은 골드러시 때문에 급속도로 진전되었다. 캘리포니아의 금이 소멸되면서 노다지꾼들은 새로운 금광을 찾아 네바다, 콜로라도, 몬태나, 사우스다코다, 그리고 알래스카 등으로 몰려갔고, 광산 주위로 인구가 집중되고 새로운 도시가 생겨났다. 금광발견에 뒤이어 오레곤 주의 인구가 증가하자 대륙횡단 철도를 건설하려는 계획이 현실로 나타났다.

　　대륙횡단철도는 사실상 1862년 북부의 전쟁수단으로 건설되기 시작했으나 그 후 급증하는 이주민들의 운송을 위해 철도건설이 불가피했다. 이를 위해 연합태평양철도회사와 중앙태평양회사가 창립되어 로키산맥을 통과하는 도로를 개설하기에 이르렀다. 1865년에 철도가 미주리 강까지 확장된 데 이어, 1869년에는 두 철도회사가 합작하여 유타까지 철도를 부설하는 등 미국 최초의 대륙횡단선을 완성했다. 1870년대와 80년대에는 10,000마일 이상의 철도선로의 건설이 이루어지고 강철생산이 5배 증가하였는가 하면 이 기간 동안 미국의 산업자본주의 체제가 확고하게 자리 잡았다.

더구나 이러한 철도선의 서부지역까지의 확대는 정부의 재정지원과 1860년 이후 실시한 정부의 토지무상불하 정책과 병행되면서 개척의 열기를 더욱 가속화하였다. 1862년에 연방의회는 홈스테드법Homestead Act을 통과시켰는데, 그 법은 21세 이상의 미국시민이면 누구나 160에이커를 초과하지 않는 범위 내에서 공유지를 점유하여 사용할 수 있으며, 또 누구나 그곳에서 5년 이상 거주하고 그 지역에 정착하게 되면 그 땅을 10불에 매입할 수 있도록 규정하였다. 후에 연합태평양철도회사는 토지무상불하지를 철도선로 양쪽의 10마일로 확장하는 특혜를 누리기도 하였다. 연방체제가 추진한 이러한 강력한 서부 이주정책으로 인해 미국인들 가운데 엄청난 규모의 이주민들이 1865~90년 사이에 서부로 몰려들었다.

그러나 산업제일주의적인 팽창주의는 곳곳에 불만을 야기했다. 제퍼슨이 예언하였듯이 소규모 농업경영자들은 자신들이 은행, 투기자들, 그리고 운수회사들에게 좌지우지된다고 느꼈는가 하면, 공장이 급증하였으나 그 혜택을 실제로 받지 못하는 소외된 프롤레타리아 계층이 대두되었다. 점차 기업가는 법률을 악용하여 고용자들을 착취하게 되고 가진 자와 못가진 자 간의 대립으로 나아갔던 것이다. 어떤 의미에서 살펴보면 미국의 역사에 있어서 서부 개척정신은 여러 가지 문제를 남겼다고도 볼 수 있다. 당시에 이주자들은 그들이 가졌던 서부진출의 꿈이 표면적으로는 신의 진정한 뜻을 찾기 위한 끊임없는 순례행진이었다고 강변하겠지만, 이면에는 토지에 대한 욕망과 좀 더 우호적인 환경조건 하에서 새로운 삶을 시작하고자 하는 야망이 숨어 있었다.

그동안 개척자들이 신대륙을 거주의 관점으로 생각하면서 거친 황야에 새로운 생활방식의 기초를 세우려 하지 않고 오로지 신대륙의 광활한 자연과 인디언들을 정복의 대상으로만 여기고 약탈했다는 점에서 프론티어 정신이 받게 된 제국주의적 패권주의의 원조라는 비판은 벗어날 수 없을 것이다. 신대륙으로의 이주가 시작된 이후 그곳에서 어느 지역보다 성공한 사람들 못지않게 낙오된 사람들이 많이 속출하였던 이유도 따지고 보면 그곳에서 주체의 타자화가 성공이데올로기로 강하게 작용하였기 때문이다. 결과적으로 이주자들이 광활한 서부를 향해 부단히 나아가도록 촉매역할을 하게 된 프론티어 정신은 장차 미국이 대서양을 넘어 팽창주의와 제국주의적 패권주의로 나아가게 되는 계기를 마련해 주었다고 말할 수 있다.

여기에다 골드러시와 정부의 서부 이주정책은 산업의 발전이라는 긍정적인 순기능 못지않게 한탕주의와 모험주의로 얼룩진 미국식 자본주의에 나쁜 영향을 미쳤는가 하면 인플레이션과 토지가 상승 등의 심각한 경제문제를 야기하기도 했다. 당시 캘리포니아에는 노다지를 찾느라 가산을 탕진하고 알거지가 된 사람들에다 총잡이, 도박꾼, 매춘부, 그리고 사기꾼이 들끓었고, 돈과 이권을 둘러싼 투기꾼들의 싸움, 광산채굴업자들과 원주민간의 충돌, 그리고 역마차 강탈사건 등이 끊일 날이 없는 무법천지의 아수라장이었다. 이런 분위기는 한탕하려다가 패가망신한 사람들에다 모험으로 졸지에 부자가 된 사람들이 뒤섞여지면서 더욱 혼탁해졌는데, 특히 투기꾼들로 대변되는 졸부들은 사회 곳곳에서 갑자기 상승한 자신의 위상을 뽐내기 위해 거들먹거리고 옛날의 상전들을 의도적으로 멸시하였다.

바로 이 당시 활기찬 개척의 물결로 나아가고 있었던 미국에 품위의 전통이 만연하였는데, 이는 예절이라는 허식 속에 도금시대의 물질적 천박함을 감추려는 위선적인 정서였다. 이 품위의 전통에 휩싸였던 당시 미국인들은 한결같이 그들의 물질의 정도와 우아하고 안정적인 가정의 분위기를 풍기려고 적갈색 사암으로 된 육중하고 호화로운 저택을 세웠다. 거기에다 예를 들어 로코코풍 소용돌이 장식, 사치스럽고 부자연스러운 기괴한 형태의 뾰족 탑들, 발코니, 장식용 복도들, 박물관을 방불케 하는 각종 골동품, 위압적인 창살, 인조 꽃바구니들, 용도가 불분명한 온실, 장식부채, 공작 깃털 다발, 박제된 조류와 동물들, 그리고 가짜 책표지들 등 외부시설물들과 실내 장식물들은 모두 하나같이 인위적이면서도 획일적이었다.

　　이들은 도금시대의 조야하고 탐욕스러운 분위기를 감추고 세련되고 정제된 인상을 풍기려고 하였으나 케케묵은 체면중시 전통은 예의를 적당히 차리면서 물질적 부를 내심 존중하는 행동방식으로 바뀌어 그나마 건전한 생활방식을 유지하고 있던 일부 변경지역을 오염시키기에 이르렀다. 이 행동양식은 개척지를 정신없이 활보하던 야성적인 프론티어들에게는 어딘지 모르게 어색하였으나 투기꾼들이 득세하던 개척지도 속수무책의 상태에서 이를 지켜볼 뿐이었다. 결국 19세기 말엽에 접어들면서 악덕 자본가들이 득세하자 이 품위전통은 허식과 과시적인 소비의 잔치판으로 변질되었다. 세기의 전환기에 미국사회는 물질적 사치에 대한 초기 청교도의 경계심을 모조리 잊고 있었다. 이들이 강조하는 까다로운 예절과 형식적인 도덕적 절차는 예술, 문학, 건축, 의상, 그리고 일상적 관습에 영향을 미치면서 미국사회 전체를 허식과 과장으로 채색시켰다.

　　이 같은 품위의 전통은 정신세계의 왜곡으로 이어져 허위나 자기기만의 감상성과 편협성을 만연시키면서 사회적인 무책임, 고상한 체하기, 그리고 위선과 무지를 조장하여 도덕성의 이중화와 문화적 정체현상을 야기시켰다. 미국 역사상 남북전쟁 이후의 미국에서처럼 예절과 도덕의 형식적 절차가 까다롭게 강조된 적은 없었다고 말할 만큼, 당시의 미국인들이 신앙심, 미덕, 도덕이라는 보호막으로 자신들의 과오를 은폐하려고 애쓴 적도 없을 것이며, 또 그들이 이웃을 무시하면서 그들의 사회적 체면만을 내세운 적도 없을 것이다. 도금시대의 조야하고 탐욕스런 분위기에 예의바른 체면이라는 가식적인 외양으로 치장한 그 이면에 위치해 있는 대부분의 사람들은 더 이상 순박하고 점잖은 부류들이 아니었다. 그들은 편협함과 독단에 빠져 새롭고 미지의 것을 경계하고 폄하하였는가 하면 소외된 자들, 범죄자들, 이혼자들, 그리고 병든 자들의 문제를 천편일률적으로 나태함이나 또는 도덕적 타락에서 생겨나는 것으로 치부하고 무시하였다. 이 전통은 산업화에 따라 어쩔 수 없이 직면해야 했던 비도덕적이고 물질적인 추악함을 가리려는 단지 현혹적인 겉치레이자 좋지 않은 가면에 불과하였다.

사실 이 전통은 예전의 대지주들로 이루어진 귀족들이 벼락출세주의자들을 견제하려고 만들어 내었던 것이다. 땅 재벌들의 지나친 허세와 거들먹거림에 위기감을 느낀 기존의 귀족들은 형식적인 예절과 도덕의 절차를 까다롭게 강조하면서 신흥졸부들을 인정하지 않고 영국 빅토리아조 풍의 미국적 변형의 형태인 품위의 전통을 꾸몄던 것이다. 여기에 청교도주의가 혼란기의 미국인들의 의식에 크게 작용하였다. 당시 근면, 극기, 그리고 금욕생활을 실천하는 가운데서도 물질세계의 허례허식을 피하지 못했던 청교도의 후예들은 자신들의 품위와 도덕적 위상을 건전하게 지켜줄만한 사회적 제도가 절실했던 것이다. 이 새로운 문명의 얼개는 상당히 보수적이었던 동부해안의 귀족들이 성숙과 고상함을 크게 의식하고, 또한 신흥 개척인들이 거친 광야에서 악착스럽게 일하여 물질적 기반을 다지고 나서 정신적 품위를 갈구하던 때에 이루어진 기묘한 전통이었다. 특히 동부해안의 귀족들은 이 전통이 혼란을 겪고 있는 미국에 도덕적, 사회적 자신감을 가져온다고 강변하고 있으나 미국이 그것을 내세우기에는 아직은 너무 이른 것이었다.

19세기 중반에 미국의 사상계를 지배한 초절주의의 밑바탕에는 범신론적 사고와 인간중심주의적 휴머니즘이 깔려있었다. 우주와 인간을 창조한 궁극적 실체로서 신의 존재가 인정되는 가운데 인간의 정신은 우주에 존재하는 어떤 다른 피조물과 구별되는 독특한 성격을 지닌 것으로 여겨졌다. 초절주의자들이 파악하는 인간은 우주의 본질과 일치를 이루면서도 유한한 육체 속에 무한한 정신을 가진 자립적인 인간이었다. 그런데 19세기 후반에 미국의 사상계는 다윈주의의 영향을 강하게 받아 인간에 대한 초절주의자들의 입장을 수정하지 않을 수 없었다. 다윈주의에 따르면 인간이라는 존재는 여러 많은 동물들 중 하나의 피조물이자 진화의 오랜 과정을 거쳐서 발전한 최후의 종일 따름이다. 초절주의에서 말하는 것처럼 인간정신은 무한한 것이 아니며 단지 생존경쟁에서 살아남기 위해 환경과 투쟁하는 과정에서 발전된 도구에 불과하다. 여기에는 신이 만물을 창조했다는 어떠한 증거도 없고 모든 것은 환경과 우연에 의해 생겨날 뿐이다.

이러한 다윈주의 이전에 어거스트 꽁트(1798-1857)는 과학에 기초한 새로운 신학을 제시하면서 인간중심주의 철학을 펼쳤다. 꽁트에 의하면 과학은 선을 이해하려는 인간의 추구에서 한 걸음 더 나아간 단계에 지나지 않는다. 인간의 사고는 신학적 단계에서 권위주의적 단계를 거쳐 과학적 단계로 옮아간다. 첫 번째 단계에서 인간은 초자연적이며 전지전능한 신들에 의해 동기를 부여받은 우주 속에서의 자신을 체험하고, 두 번째 단계에서 그에게는 신의 존재에 대한 회의가 일어나고 세상현상들의 원인이 일상적 존재의 실체들 밑에서 움직이는 정의되지 않은 힘들에 놓여 있다고 여긴다. 마지막 단계에서 인간은 우주 속에서의 근거 없는 신비주의를 부인하고 정확하고 증명할 수 있으며 예측 가능한 실증적 결과를 중시하는 단계에 이른다. 수학, 천문학, 물리학, 그리고 화학 등의 학문의 근본 개념은 신학으로부터 형이상학을 거쳐 실증적으로 검증되어야 하고 과학적 관점에서 필히 입증되어야 한다.

　　존 듀이가 이러한 실증주의를 이론적으로 완성하였는데, 그는 실증주의의 출발점을 애매모호한 관념에서 구체적인 결과의 도출을 위한 실험정신에서 찾는다. 실증주의에 따르면 진리란 실험의 결과나 실제적인 사실로 입증될 때에만 의미가 있으며, 실증될 수 없는 모든 명제는 설령 진리라 할지라도 무의미한 것으로 취급되고 있다. 이 경우 관념은 상황을 바꾸기 위한 하나의 도구에 불과하고 실험에 의해 나타난 사실적 결과만이 진리로 여겨진다. 예컨대 실용주의자들은 신이 절대자이므로 신의 목소리를 무조건적인 진리로 생각하기보다는, 신을 믿음으로써 마음의 평화를 얻거나 구세군의 자선사업에 동참하여 소외자들에게 빛을 던져주는 것과 같은 실제적 결과를 통해 진리의 가능성을 구체적으로 확인하였다. 종교적인 믿음이 세계를 더욱 평화롭게 만들 수 있다면 종교 역시 단순한 관념의 차원을 넘어 실증적 진리로 받아들여진다. 진리가 되기 위해서는 실제적 유용성을 가져야 하는데, 오늘 유용성을 가진 지식이 내일도 여전히 유용성을 가진다는 보장이 없는 까닭에 영구불변한 절대적인 진리는 존재할 수 없다. 진리는 항상 가변적이므로 새로운 발견이 있을 때마다 과거의 관념, 과학적 지식, 심지어 다윈의 진화론마저도 수정이 불가피하다는 것이다.

　　사실적인 결과를 중시하는 실증주의는 프론티어 정신으로 무장된 미국인들에게 삶의 보편적인 상식으로 여겨져 사회발전의 이론적 근거로 작용하면서 강력한 추진력을 갖게 되었으나 이 같은 결과제일주의는 사회가치관 자체를 약육강식의 논리로 바꾸어 놓았다. 영국 출신 허버트 스펜서는 다윈주의에다 철학을 적용하여 사회 다위니즘을 이끌어 내었다. 그의 견해에서 살펴보면 인간의 의식, 사회, 정치 제도, 그리고 윤리적 가치관도 진화의 대상에 포함되어 있다. 이 진화의 과정은 끊임없이 좀 더 높고 복잡한 생명의 형태로 나아가기 때문에 인간사회는 불가피하게 전개되는 상황의 추이 속에서 전체적으로 발전된 방향으로 나아가게 된다. 그의 사회 다위니즘은 사회도 하나의 유기체로서 생물처럼 단일적이고 동질적인 상태에서 복잡하고 이질적인 상태로 발전하여 끝내는 완전한 상태까지 진보한다는 내용이다. 다윈의 자연도태설에서 원용된 '적자생존'의 원리가 이러한 스펜스의 철학에 의해 미국인의 의식으로 자리 잡게 되었던 것이다.

1880년대부터 약 30년 동안 스펜서의 철학이 미국인에게 먹혀 들어간 이유는 그의 이론이 지닌 인간사회의 발전에 대한 확신과 비전 때문이었다. 이미 청교도주의에 숨어있는 물질주의에 물들어 있던 미국인들은 자신들의 존재의 근거가 세속적인 성공과 연결되고 있었으므로 스펜스의 생존경쟁 철학이 자신들의 미래의 삶에 대한 확실한 후원자였던 것이다. 적자생존의 법칙이 정부의 자유방임주의적인 경제정책 하에서의 치열한 자유경쟁을 정당화하는 까닭에 꿈을 가진 자들은 이 법칙을 자신들의 성공에 좋은 이념적 방패막이로 삼았다. 미국인들은 물질지향주의가 가져온 예상치 못한 엄청난 폐단에 일시적으로 당황하였으나 사회전역에 만연되었던 악을 발전 도상에서 비롯된 불가피한 파생물로서 진보의 한 과정으로 낙관적으로 해석하여 곧 해소될 수 있는 것으로 받아들였던 것이다. 이는 적자생존의 냉혹한 법칙 밑에서 애처롭게 맹목적으로 버둥거리는 인간의 신세를 한탄하는 비관론으로 나오기도 하였지만 카네기 같은 실업계 거물들에게 무한한 낙관을 안겨주었다.

그러나 실증주의와 사회 다위니즘은 19세기 후반기 미국사회 전역에 엄청난 파장을 몰고 왔다. 마크 트웨인이 이 시기를 '도금시대'Gilded Age라고 명명한 것이 적절하게 입증해 주고 있듯이 이 시대는 이기적이고 비인간적인 기업윤리가 자립의 철학으로 왜곡되었다. 록펠러 사장의 비정한 기업경영, 카네기나 몰간과 같은 인물들의 정권 배후조종, 제이 쿡의 비정한 사업수완, 그리고 신흥 백만장자들의 금융시장 독점에서 볼 수 있는 기업가들의 비인간적인 교활함이 진보와 발전이라는 명분 속에서 굉장한 이익을 내는 영리함으로 변질되었던 것이다. 더구나 비밀리에 이루어진 이들의 부당한 행위는 사회적 제도와 가치관, 심지어는 법으로 보호받았기에 당시의 사회의 모순은 말할 수 없을 정도로 엄청났다. 이 이론은 자본가들의 행위를 은연중에 합리화할 뿐만 아니라 범죄, 착취, 그리고 인종차별 같은 사회문제들을 피해가는 이론적인 근거가 되었다.

적자생존의 입장에서 보면 환경에 적응하는 자가 사회에 생존한다는 논리는, 힘 있는 자만이 사회에서 살아남고 힘없는 자는 도태되는 것이 거역할 수 없는 약육강식 법칙이다. 이 경우 인간의 품위나 도덕의식은 찾을 수 없고 자연의 약육강식 논리만 사회에 그대로 통용된다. 개인들이 생존을 위해서 서로 싸우는 동안 국가는 아무런 역할을 수행하지 못하는 까닭에 가진 자들의 잔혹하고 비인간적인 행위는 어느 누구도 규제할 수 없다. 비어드는 「미국헌법의 경제적 해석」에서 미국헌법이 신의 숭고한 명령에 따라 만들어진 지고의 진리라는 견해를 통박했다. 미국 헌법은 다수의 이익을 보장해야 하는데, 그것도 결국은 타인의 노동생산물을 독차지하려는 이기적 소집단에 불과하며 극소수의 재산을 보호하기 위해 만든 것이라고 주장했다.

인간의 완전가능성과 진보에 대한 신념을 핵심으로 하는 실증주의와 사회 다위니즘은 역설적으로 자연주의를 낳았다. 자연주의로 인해 프론티어 정신에 내재되어 있는 낙관적 이상주의, 민주주의적 제도에 대한 신뢰, 그리고 인간의 성장과 발전에 대한 희망 등은 산산이 부서져 이제 사람들은 사회란 궁극적인 완전을 향해 발전해 가는 이치에 맞고 정신적으로 감각적인 집단으로 여기지 않는다. 자연주의는 이성을 통한 인간의 구원에 대한 낙관적인 믿음을 거부하며 과학을 통해 불가사의한 세력에 직면한 인간의 무력함만을 확인한다. 미국의 자연주의는 탐욕적인 산업과 정치의 파생으로 야기된 사회현상의 상징으로서 프랭클린과 제퍼슨이 희망하였던 자유, 평등, 그리고 박애사상 등과 기묘한 대조를 이룬다.

1865년에 종결된 미국의 남북전쟁에서 북부의 승리는 미국 역사상 가장 획기적인 변화를 가져왔다. 미국 경제구조의 근본적인 기반이 중농주의에서 산업자본주의를 바탕으로 하는 중상주의로 변모되면서 산업현장에서는 급속한 기계의 보급이 이루어지고 대량생산 체제와 금융자본화가 이루어졌다. 성공한 기업가들은 노동자를 착취하여 엄청난 부를 축적하게 되었으나 그들의 복지에는 관심이 없었다. 농업도 대기업화되어 소자본 농민들이 농토를 버리고 저마다 성공의 꿈을 안고 도시로 이주하였는데, 이는 도시의 인구집중화를 가속화시키는 계기가 되었다. 1860년에서 1914년 사이에 뉴욕의 인구가 85만에서 400만으로 늘었고, 시카고가 11만에서 200만으로, 그리고 필라델피아가 65만에서 150만으로 증가하였을 정도로 인구이동의 폭은 대규모였다.

이러한 미국의 산업화는 철도와 강철의 개발과 육류 가공업자들의 부상으로 더욱 활기를 띠었다. 오하이오, 인디아나, 그리고 웨스트버지니아 등에서 유전이 발견되면서 윤활유와 연료 등이 주요 산업품목으로 등장하여 난터케트와 뉴 베드포드의 포경선들이 사라지게 되었고, 철도망, 기선, 그리고 자동차의 발달이 수송을 혁신하고 공업화를 뒷받침하였다. 이로 인해 미국은 전례 없는 산업주의의 호황을 누렸으며 이 시기에 미국의 산업 발명품 중 공식적으로 등록된 특허권만도 모두 65만 종에 이르렀다. 크리스토퍼 숄져의 타자기(1874), 벨의 전화기(1876), 에디슨의 백열등(1879)과 축음기(1878), 오트마 머겐댈러의 라이노 타이프(1883)와 이스트먼의 사진기(1888), 그리고 라이트 형제가 발명한 비행기(1903) 등은 미국인들의 일상적 삶을 놀랄 정도로 향상시켰다.

연방정부는 1865년부터 1890년까지 기업의 활동을 감시하고 규제하는 어떠한 법령도 제정하지 않고 이 기간 동안 철저하게 자유방임주의적인 경제정책을 펼쳤다. 이런 까닭에 미국의 경제체제는 첨단기계의 도입과 자유로운 금융자본주의에 의한 대기업의 대량생산체제의 형태로 탈바꿈해 갔다. 농촌에서 도시로의 인구이동, 흑인, 여성, 심지어 어린이들의 노동시장 진출 등으로 직장에 대한 경쟁이 심해져 대도시의 산업근로 현장에서는 산업주의의 폐해가 속출하였다. 노동자들은 생산과정에서 그들의 역할이 아주 미미하고 단조로워 기계의 감시인에 불과했고, 공장에서의 근로환경은 너무나 나빠 엄청난 산업재해를 야기 시켰다. 특히 19세기 후반기에 여성의 노동인력은 전체 15%에서 20%로 늘고, 취업 미성년자의 수가 무려 130%나 증가함에 따라 이들의 부당한 근로조건이 중요한 사회문제로 대두되었다.

당시에는 모든 기업 활동이 경제논리에 의해 이루어졌으므로 어떤 특정기업의 저임금, 시장독점, 기업합병, 미성년자 고용이외에도 근로자의 일방적 해고, 그리고 근로시간 초과 등이 전혀 불법적 행위로 여겨지지 않았다. 이로 인해 독점재벌들이 형성되고 이들에 의한 무책임한 금융조작이 이루어져 근로자들은 자신의 의사와는 아무런 상관없이 적자생존의 정글의 법칙이 일어나는 노동현장에서 냉혹하게 내몰리고 거리의 노숙자 신세가 되기도 하였다. 그들은 자본과 기계의 결정적인 힘 앞에 무기력하고 절망적인 존재에 불과하다는 사실을 확인했다. 근로자들은 비인간적인 공장주의 해고에 완전 무방비상태에 놓이게 되어 공장주가 일방적으로 제시하는 부당한 노동조건을 수용할 수밖에 없었다. 대기업들의 횡포로 자본가와 노동자가 서로 대립하여 노동분쟁과 파업이 연일 끊이지 않았고 사회혼란은 가중되었다. 급기야 1877년에 철도파업이 광범위하게 퍼졌으며 카네기 철강회사에 반대했던 대규모의 홈스테드 공장파업이 발생하였다.

여기에다 연방정부가 막대한 재정을 들여 지원하였던 서부개척사업의 부작용들이 곳곳에서 속출하였다. 첫째는 홈스테드 토지정책으로 인해 경작지 면적이 급속히 증가하여 식량가격이 큰 영향을 받지 않을 수 없었다. 곡물생산이 엄청나게 늘어났으나 인구는 세 배가 채 못 되게 증가하여 곡물가격이 급락하게 되었는데, 이 곡물가격의 하락은 서부인들의 동요와 불안의 중요한 요인으로 이어졌다. 서부의 농부들은 동부인들의 수송시설을 이용하여 자신들의 곡물을 동부의 시장에 내놓았으나 자신들의 생산품의 가격이 시카고 곡물거래소의 상인들에 의해 통제되고 결정되는 불합리한 현실을 참담한 심정으로 바라볼 수밖에 없었다. 둘째는, 서부개척지역에 투기열기가 가열되어 대기업주들이 곡물가격의 하락에 낙담한 정착자들로부터 수천 에이커에 달하는 토지를 저렴한 가격으로 구매하여 개척지를 독점하는 기묘한 현상이 벌어졌다. 그동안 미국사회는 누구나 노력하면 부와 성공을 이룰 수 있다는 기회와 평등을 강조하였지만, 지금에 와서는 그 어떤 제도도 빈익빈 부익부 현상을 막을 수 없는 가운데 지금까지 깊이 숨기고 있었던 미국사회 내부의 이중화 현상을 뚜렷하게 노출하고 있었다. 셋째는, 새로운 기계의 보급으로 곡물을 추수하는데 필요한 절대적인 노동량이 계속해서 감소하여 노동자들은 이에 대처할 방법이 전혀 없었다. 도시 근로자들의 실질 임금이 어느 정도 상승하게 되어 서부 이주민들은 새로운 영토에 대한 매력보다는 정기적으로 나오는 임금에 희망을 걸고 농촌에서 도시로 이동하는 이민 역류현상이 일어났다.

이러한 사회현실의 변화로 인해 개인을 환경의 일부로 생각하는 자연주의가 미국전역에 급속도로 확산되기에 이르렀다. 그것의 핵심사상은 인간이란 우주의 조그마한 일원체에 머무르는 미생물에 불과하며 맹목적인 생존본능이 작용하여 그 미생물의 운명을 결정한다는 생물학적 우주관이었다. 자연주의자들은 부패한 사회를 맹목적이고 불합리한 우주의 구체적인 하나의 현상으로 파악하였고, 이러한 사회 속에 살아가고 있는 인간은 선과 악을 선택할 수 있는 도덕적 책임감을 가진 존재로 더 이상 보지 않는다. 이때의 인간은 단지 생존하기 위해 몸부림치는 동물과 다름없다. 인간은 알 수 없는 자연적 힘들이 지배하는 세계의 피조물이자 약육강식의 상황 속에서의 무자비한 계급투쟁 상태에 속박된 갈피를 못 잡는 존재이다. 인간은 자연계의 일부로서 유전과 환경의 산물이며 우주의 알 수 없는 힘에 시달리는 무력한 존재인 것이다. 이러한 비정한 사회에서 살아남기 위해서는 약육강식의 생존경쟁에서 승리하기 위한 끊임없는 투쟁만이 있을 뿐이다. 자연주의자들은 사회의 결정론을 부분적으로 수용하고서 우주의 주인이었던 신의 위상이 과학의 발달로 상대적으로 격하되었을 따름이지 실질적인 힘을 행사한다고 보았는데, 그들은 우주 속에 과학적인 증거로 해결될 수 없는 오랫동안 뿌리박힌 지고한 정의가 내재되어 있다고 판단하고 있었다.

결과적으로 보면 해밀턴이 강조하였던 산업주의는 다수의 이익보다는 부의 편중, 빈부의 격차, 자유기업체제 하의 극심한 경쟁과 무자비한 착취, 그리고 도시 빈민굴의 참상 등 자본주의의 극단적 폐단을 가져와 참다운 인간관계를 각박하게 만들었다. 다수의 번영을 약속하였던 산업화가 빈익빈 부익부라는 자본주의의 모순을 잉태하여 대다수 사람들은 자유와 평등과 관용이라는 프론티어의 이상과 에머슨의 낭만적인 초월사상을 차차 현실과 동떨어진 낡은 이념으로 여기고 오히려 제퍼슨적 농본주의에 대한 향수를 갖기에 이르렀다. 결국 1890년대에 접어들면서 서부에 개척해야 할 토지가 소멸되어 프론티어 정책의 종결을 선언하고 이주민들에 대한 연방 정부의 공식적인 재정 후원이 중단되었을 때, 미국인들은 무모한 개척정책에 숨은 성장제일주의의 폐단을 뼈저리게 체험하고 비관주의로 빠져들었던 것이다. 이제 미국인들은 한편으로는 약육강식의 소용돌이에 휩싸여 나름대로 그것에 적응하려는 생존원리를 모색하여야 하고, 다른 한편으로는 청교도주의에 깊이 뿌리내려져 있는 정신적 이상주의를 추구하지 않으면 안되었다.

　정신사적인 의미에서 볼 때 신대륙으로 이주해 온 청교도들이 미국이라는 나라를 세워 새로운 문명을 일구어 낸지 이미 250년이란 세월이 지난 시기였던 19세기 후반기에, 미국인들은 매우 중대한 전환기를 맞이하였던 것이다. 미국인들은 남북전쟁 후 미국사회 전역에 걸쳐 몰아닥친 혁명적인 변화와 갈등현상들을 지켜보면서 거대한 기계의 힘 앞에 자기 자신이 왜소해지는 것을 목도하고서도 물질적 번영에 안주하는 속물근성을 노출하기 시작하였다고 하겠다. 미국인들은 복잡한 정치, 경제, 그리고 사회적 문제들로 인해 미국적 순수함, 미국적 평등, 미국적 기회, 그리고 그 위에 세워진 밝은 미래의 전망 등의 가치체계가 혼란에 빠지는 불합리한 현상에 회의를 느끼면서도 그 흐름에 편승하여 들어갔던 것이다.

　엄밀히 말해서 그들의 비전은 청교도들과 비청교도들의 진정한 화합이나 변경지의 아름다운 자연이나 유색인들과 정다운 우정 등이 아니라 뉴욕이나 시카고 도시 한복판에 반짝이는 네온사인과 대저택에서 발하는 푸른 불빛이었다. 이때의 아메리칸 드림을 추구하는 인물은 표면상으로는 기존의 관습을 깨트리고 자아를 추구하고 동시에 스스로 성공하기 위한 자립정신으로 무장된 것 같지만, 실제로 그들은 세속적인 기회주의가 강했다고 말할 수 있다. 이러한 삶의 자세는 어떻게 보면 현실과 동떨어진 과거의 인습으로부터 단절하고 급변하는 냉혹한 사회현실을 적극적으로 수용하는 실용주의적 태도로 볼 수도 있지만 다른 측면에서 보면 그들이 신대륙으로 건너오면서 품었던 정신적 이상의 포기였던 것이다. 이러한 이들의 꿈에는 기존문명이나 사회규범에 의해 제재를 받지 않는 범위 내에서 개인적인 능력에 의해 성공하고자 노력하는 미국인의 이기적인 물질적 욕망이 숨어 있다. 당시 미국사회의 변화와 미국인들의 변화된 사회관이 미국적 순수성으로 대표되는 긍정적 가치들을 몰아내고 세속적인 물질주의로 변모하게 만들었다고 하겠다.

　　미국의 꿈의 추구자들은 물질적 성공을 부도덕한 것으로 여기기는커녕 신의 호의와 선의의 표시로 받아들여, 인간다운 삶을 잃어버린 채 자신도 모르게 향락주의로 빠져들어 정신적 황폐성과 대면하게 되었다. 이들은 그들 본래의 이상주의적인 정신적 가치를 점차 잃고서 물질적 풍요로움 속에서 진정한 행복을 찾으려 하였지만 물질만능의 배금사상은 인간 개개인의 무력함과 왜소함, 그리고 획일화를 재촉한다는 사실을 까마득하게 잊고 있었다. 사실 이 시점이 아메리칸 아담이 아메리칸 드림으로 변모되는 시기인데, 이는 순수한 정신주의에서 타락한 물질주의로의 전이이기도 하다. 이 시기에 있어 이상적인 낙원을 찾아 그들의 사회에 반항하는 헤스터 프린, 내티 범포나 이쉬마엘, 그리고 헉 핀 같은 인물들은 역사 속으로 자취를 감췄다. 미국인들의 밝은 미래를 상징하던 긍정적 가치들인 미국의 순수성이 물질적 가치에 의해 그 본래의 이상을 상실해 갔던 것이다. 당시 미국인이 갖고 있는 아메리칸 드림은 부와 권력, 그리고 개인적인 만족에 바탕을 두고 있었다. 그들이 상상 속에서 그려왔던 무릉도원이 현실에서 이루어지기 어렵다는 것을 사실로 확인하자 이들의 후예들은 재빠르게 변신하여 다른 형태로 그들의 선조의 꿈을 이루려 한 것이다.

제2부
미국, 도가니 그릇의 그림자

- 미국인의 정신적 토대는 미국의 아담인가 아니면 미국의 꿈인가?
- 청교도주의의 교조화를 염려하는 헤스터 프린
- 개척지에서 유색인과 우애를 나누는 내티 범포
- 개척지에 만연된 아집과 편견을 관조하는 이쉬마엘
- 개척지의 가식적인 모조화 현상을 조소하는 헉 핀

1

미국인의 정신적 토대는
미국의 아담인가 아니면 미국의 꿈인가?

오늘날 미국의 꿈에 대한 이야기는 전 인류의 꿈으로 통하고 있다. 대다수의 사람들은 미국이라는 나라를 누구나 열심히 노력하면 성공할 수 있는 기회의 땅이자, 자유와 평등의 이상이 실현되는 신천지로 떠올리게 되므로 미국의 꿈이라는 말은 자연히 인류전체의 소망에 대한 상징으로 연결되고 있다. 미국이라는 나라는 처음부터 성공과 좌절, 적응과 소외가 함께 하는 곳이었으므로 미국의 꿈의 실현은 결과적으로 실망과 좌절과 마음의 상처를 겪고서 자신의 비전을 이루는 모든 인류의 소중한 꿈의 성취물로 여겨지고 있다. 신대륙으로 건너온 이주민들이 자신도 모르는 사이에 무의식적으로 추상적이고 모호한 '그 무엇'의 명령을 충실히 이행하여 얻은 결실이 미국의 꿈의 결과물이 되었던 까닭에 그것에 대한 언급은 자연스러우면서도 보편적으로 인간 모두의 꿈으로 다가오고 있는 것이다.

그런데 신대륙으로 건너온 최초의 미국인들의 정체성을 두고 논란이 상당히 제기되고 있다. 사실 신대륙 이주자들의 이주 열기 뒤에는 처음부터 말 못할 어두운 딜레마가 숨어 있었다. 신대륙에 이주하는 사람들 중에는 종교적, 정치적, 그리고 경제적으로 자유로운 인간이 되고 싶은 열망에 의해 신세계를 찾은 무리들도 있었겠지만, 단순히 생존 자체를 위해 그곳으로 건너간 부류도 많았다고 볼 수 있다. 1782년에 「한 아메리카 농부의 편지」의 저자 끄레브꾀르가 미국에 대한 인상을 "여기에는 귀족가문도 없고, 왕도 없으며, 지배자도 없으며, 권력의 행사자도 없고, 그리고 명령하는 고용주도 없다"고 기록하였는데, 그의 견해를 로렌스는 미국에 대한 너무 감상적이고 표피적인 기록물에 불과하다고 평가절하 하였다.[1]

로렌스는 1620년경 청교도들이 종교적 자유를 찾아 신대륙으로 건너갔다는 주장 자체를 문제 삼으면서 미국의 건국신화가 종교의 자유에서 출발한다는 공식적인 견해 자체에 석연찮은 의문을 표시하고 있다. 그는 그 당시에 영국이 미국보다 예배의 자유가 훨씬 더 보장되었고 또한 이민자들의 구성원 대부분도 도망노예와 다를 바 없었으므로 그들에게서 정신적인 자유추구를 찾기 어렵다고 보았다.[2] 그가 "도대체 나는 이곳처럼 개인이 참담하게 자기 동포들을 겁내는 나라를 본 적이 없다"고 말한 대목은 당시의 이주민들 사이에 벌어진 세속적 삶에 대한 치열한 반목과 살벌한 생존의식을 설명해 주고 있다. 신대륙으로 이민을 갔던 사람들의 진정한 동기 속에는 유럽의 통치와 계급구조, 낡은 권위와 질서에 대한 보다 근원적인 반발이 숨어 있었기 때문에, 그들의 건국신화에는 순수한 의미에서의 종교적인 자유를 향한 이주로 보기 어려운 점이 많다고 볼 수 있다.

초기의 백인 정착자들은 뉴잉글랜드 보스톤 지역을 중심으로 주변의 대지를 조금씩 개척하고 본국으로부터 독립을 쟁취하는 과정에서 다른 유

---

1) D. H. Lawrence, *Studies in Classic American Literature*(Penguin Books, 1971), p. 30.
2) *Ibid.*, p. 9.

색인종들을 무참히 짓밟았다. 아메리카라는 대륙에서 이주민들은 이상적이고 민주적인 나라를 세우기 위해서 현실적으로 인디언들과 다른 유색인종들을 불가피하게 이용하고 도구화 하였기에 처음부터 목표는 잘못된 방향으로 나아가고 있었다. 새로운 낙원을 세우기 위해 메이플라워호에 승선했다고 공언한 사람들이 이미 자신들의 삶의 터전을 잡고 마야문명을 이룩한 인디언들과, 인간적인 삶을 영위할 고귀한 권리를 타고난 흑인들을 각각 멸종시키고 노예화 하는 두 가지 원죄를 품에 안고 있었던 것이다. 이렇게 자신들의 꿈을 꿈꾸는 사람들은 자신들의 이상을 실현하는 과정에서 너무나 많은 장애물과 제약들이 가로놓여 있었던 까닭에 그들의 순수한 낙원건설의 꿈이 어쩔 수 없이 비인간적인 악몽으로 변하는 이율배반적인 아이러니를 겪게 되었다고도 볼 수 있다. 레슬리 피들러는 미국정신의 심층부에는 인종관계의 꿈과 악몽이 나란히 존재하고 있다는 사실을 주장하면서 미국인의 심리와 의식의 가장 깊은 곳에 영향을 미치는 요소로 인종적 악몽을 들었다.[3] 그의 견해에 따르면 미국서부와 미국남부의 전설을 이루고 있는 이러한 인종적 갈등이 민주국가를 세우려는 미국의 이상적인 비전에 그 시작부터 어두운 악몽의 그림자를 드리우고 있다는 것이다.

그런데 신대륙 이주민들의 이러한 낙원상실에 대한 반향은 크게 두 가지 형태로 나타났다. 하나는 이주자들이 처음에 품었던, 순수하게 이루어질 수 있는 이상세계의 가능성을 언제나 찾으려는 자유추구의 노력이 계속되고 있는 점이다. 설령 이들은 자신들의 무릉도원이 실제로 이루어질 수 없는 신기루 같은 환영일지언정 이를 끝까지 포기하지 않고 상상 속에서든 현실 속에서든 끊임없이 제3, 4의 낙원, 즉 제3, 4의 아담을 찾아 이주의 길을 떠났다. 이런 정신적인 자유추구의 패턴이 현실 속에서는 서부를 향해

---

3) Leslie A. Fiedler, *Love and Death in the American Novel*(New York: Stein and Day, 1960), p. 25.

끊임없이 개척해 나가는 프론티어 정신으로 나타나고 있었고, 19세기 후반 프론티어가 소멸하였을 때는 상상 속에서 미국인들의 정신적 이념으로 자리 잡았다. 다른 하나는, 이주자들이 제2의 아담을 동경하고 신대륙으로 건너와 그곳의 험난한 현실을 접하고서 그들의 이상을 쉽게 포기하고 세속적인 욕망에 쉽게 동화된 점이다. 이들에게 있어서 실질적으로는 자신들의 공동체 속에서의 정치적이고 경제적인 성공이 최대의 열망이었으나 그들은 저마다 표면상으로는 자신들의 이기적인 꿈을 잃어버린 아담복원으로 치장하고 있었다. 이들의 마음속에 자라잡고 있는 것은 순수한 의미에서의 아메리칸 아담이 아니라 세속화된 아메리칸 드림인 것이다. 낙원건설에 대한 숭고한 아담적 이상이 적응과정에서 상상 속에서만 머물고 세속화된 미국의 꿈으로 변질되었다고 볼 수 있으나 어쩌면 로렌스의 지적처럼 이상적인 사회에 대한 그들의 염원이 처음부터 존재하지 않고 세속적인 야망만이 그들의 삶의 궁극적인 목표였는지 모른다.

신대륙 이주민들이 품었던 미국의 아담과 꿈의 이러한 이원화된 패턴들은 미국의 역사 속에서 항상 끄레브꾀르가 관찰한 목가주의와 벤자민 프랭클린이 실제로 실천한 실용주의 사이의 충돌로 나타났다. 전자의 입장은 개척정신에 살아있는 낭만적이고 신비로운 아담적 존재를 강조한 반면, 후자의 입장은 현실적이고 물질적인 미국의 꿈에 부합되는 것이다. 이들의 입장 차이는 개인 의식의 마찰로 그치지 않고 미국의 정신사에서 줄곧 목가주의와 산업주의, 이상주의와 실용주의, 그리고 자연과 문명의 숙명적인 충돌로 이어졌다. 다시 말해서 미국의 삶의 체제는 처음부터 이상주의와 실용주의, 목가주의와 테크놀로지, 인본주의와 산업주의, 낙관주의와 비관주의, 자연과 문명, 개인과 사회, 순진성과 경험, 그리고 유색인과 백인의 숙명적인 대립과 충돌에 의해 형성되어 왔다고 볼 수 있다.

더 나아가 이들의 충돌은 단순한 구호에 그치지 않고 미국의 사회체제의 이원화로 이어졌다. 제퍼슨이 중농주의에 입각한 지방분권주의를 주장하였던 반면, 해밀턴은 중상주의에 바탕을 둔 중앙연방주의를 강하게 고수하였는데, 이들의 대립된 이념은 미국사회에서 남부와 북부, 진보와 보수, 그리고 민주당과 공화당이라는 양극체제로 굳어졌다. 그동안 미국인들이 상상 속에서는 언제나 낭만주의를 사실주의보다, 신화를 역사보다, 그리고 추상성을 실재보다 더 중시하였고 현실 속에서는 이와는 정반대로 실용주의 노선을 선택하였듯이, 이들의 이러한 이율배반적 속성은 오늘날의 현실 정치에서도 부분적으로나마 그대로 반영되고 있다. 오늘날 끊임없이 비판의 대상이 되고 있는 미국의 꿈속에 내재된 물질주의적이고 이기적인 세속성은 어쩌면 원래의 목가적인 꿈을 스스로 배반하고 기계문명에 물들어버린 그들이 짊어져야 할 어쩔 수 없는 원죄적인 고충인지도 모른다.

　　이러한 논의를 토대로 하여 미국인의 정신적 토대에 대한 평자들의 견해를 살펴보자. 미국의 역사학자인 터너는 팽창하는 프론티어에 내포된 출생과 신분 등의 수평화에서 미국인의 민주주의 정신의 토대를 찾고 있다. 반면에 비어드는 미국 국민의식의 바탕이 종교적, 민주적 정신보다는 경제적 기회주의에 의해 결정되었다고 생각한다.4) 비어드는 미국헌법이 동산, 부동산, 흑인노예, 그리고 공채를 많이 소유했던 귀족집단들의 경제적 이해관계에 의해 결정되었다고 판단하기 때문이다. 그러나 에드워즈와 호턴은 이러한 두 견해가 매우 극단적이라고 지적한다. 이들은 터너가 프론티어적 환경에서 생겨난 목가적 이상주의를 지나치게 강조한 나머지 미국의 동부 연안에서 시작된 도시화, 산업화의 영향력을 배제한다고 여기며, 반면에 비어드는 인간행위를 지나치게 경제적인 이해관계에 따라 파악하여 이상주의나 목가주의를 무시하는 경향을 노출한다고 비판한다.5) 대신 이들은 정신

---

4) Rod W. Horton and Herbert W. Edwards, *Backgrounds of American Literary Thought* (Englewood Cliffs: Prentice Hall, 1974), p. 3.
5) *Ibid.*, p. 3.

적 이상주의와 물질적 기회주의가 복합체로 상호작용하여 미국의 국민의식을 형성한다고 판단하였다.

그런데 라이오넬 트릴링은 에드워즈와 호턴의 견해에 한편으로는 동의를 하면서도 이들과는 다소 다른 입장을 밝히고 있다. 그의 견해에 따르면 산업주의와 목가주의는 상호보완적인 것이 아니라 항상 갈등의 형태로 존재하면서 변증법적으로 작용하여 미국특유의 문화를 형성하고 있다.6) 사실 미국인의 의식의 전반적인 특징을 놓고 볼 때, 라이오넬 트릴링의 진단이 적절할지 모른다. 로렌스는 미국문화의 모순적 속성이 미국인의 의식의 표리부동성에서 비롯된다고 생각하는데, 이는 라이오넬 트릴링의 견해와 일정한 유사점을 지니고 있다. 로렌스는 일반적으로 미국인의 표리부동성은 고상한 정신주의와 실용적인 경험주의 사이의 고질적인 갈등에서 비롯된다고 여기고, 그 갈등의 동인으로 디오니소스적 순수성이나 아폴로적인 폭력성을 들고 있다.

이러한 상충현상은 상상 속에서의 도덕적 충실과 현실 속에서의 세속적 열정이 함께 충돌하는 데에서 생겨났다. 토크빌은 「미국의 민주주의」에서 이러한 미국정신의 상호모순성의 원인을 미국인의 일반적인 삶에 입각하여 설명하면서 미국인들이 제각기 이상과 실재 사이의 불균형, 사상과 경험 사이의 부조화, 몹시 미세하고 명료하거나 아니면 아주 일반적이고 애매모호한 사상 사이를 극단적으로 오가는 경향이 있다는 점에 주목하였다.7) 토크빌이 진단하는 이러한 부조화에 대한 근본적인 원인은 신대륙에서 노출되고 있는 전통과 관습의 부재에서 발견된다. 귀족사회에서는 대대로 이어지는 관습과 제도의 통합된 체계가 존재하여 개인과 사회, 부분과

---

6) Lionel Trilling, *The Liberal Imagination: Essays on Literature and Society*(New York: Doubleday, 1950), p. 7.

7) Richard Chase, *The American Novel and Its Criticism*(Baltimore and London: The Johns Hopkins UP, 1980), p. 8.

전체 사이에 균열이 없었다. 그런데 신생국가에서는 이들 사이에 조정역할을 담당할 사회 내에 매개 장치가 없어 부조화의 간극에 수없이 노출되었다.

　　미국인들 개개인은 거의 습관적으로 자기 자신의 미묘한 개인적인 문제에 집중할 뿐 사회 전체를 아우르는 통합의 문제에는 무관심하였고, 그 결과 사회의 거대한 구조와 당당한 개인 간에 부조화의 간격이 커져 이들 사이에 메울 수 없는 텅 빈 공간만 남게 되었다. 그 공백이 때로는 상충과 모순의 공간이 되고, 때로는 애매모호한 공간이 되었다. 개인을 중시하는 자유의식이 한편으로는 미국인들에게 민주주의 정신을 심어주었지만, 다른 한편으로는 도덕과 정치에 엄청난 혼란과 근원적 불안정을 야기시켰다는 것이었다. 토크빌은 이로 인해 이것 아니면 저것 식의 이분법이 미국인의 의식 내에 자리 잡게 되었던 만큼 이 같은 흑백논리를 치유하기 위해 미국인들이 사상과 경험에 있어서 양극성을 조절하고 융합시키는 전통적인 의식습관과 이에 상응하는 민주적인 가치체계를 마련해야 한다는 점을 강조하였다.

　　리차드 체이스는 미국소설의 특성을 논하는 과정에서 "미국소설이 통일성이나 조화보다는 모순과 상충에 의해 형성된 미국문화를 그려내고 있다"라고 지적하였다.8) 그의 이 같은 견해는 미국작가들이 자신들의 소설에서 미국정신의 모순성과 딜레마에 대한 해결책을 명료하게 제시하지 않고 애매모호하고 우회적으로 처리하는 이유를 모순과 상충으로 가득 차 있는 미국인들의 국민정신에서 찾은 것이다.

　　이러한 맥락에서 살펴 볼 때 쿠퍼, 멜빌, 호손, 그리고 마크 트웨인 같은 작가들이 우선적으로 미국인의 의식 속에 내재해 있는 바로 그러한 종류의 악몽을 추적한 대표적인 소설가들로 분류될 수 있고, 또한 존 스타

---

8) *Ibid.*, p. 11.

인벡, 윌러 캐서, 피츠제럴드, 그리고 토마스 핀천 등도 배제시킬 수 없다. 이들이 저마다 미국사회의 모순성에 심한 정신적 갈등을 겪으면서 그러한 모순과 상충의 정신적 악몽에 대한 통찰력 있는 진단과 바람직한 대안을 제시하고 있기 때문이다. 여기에서 저자는 『주홍글자』의 헤스터 프린, 『가죽양말 이야기』의 내티 범포, 『모비딕』의 이쉬마엘, 그리고 『허클베리 핀의 모험』의 혁 핀, 『생쥐와 인간』의 죠지, 『위대한 개츠비』의 개츠비, 『나의 안토니아』의 안토니아, 그리고 『49호 품목의 경매』의 에디파 마스 등이 저마다 자신들의 부당한 사회조건들에 대처하는 구체적인 삶의 방법들과 함께 미국소설의 안과 밖을 다시 살펴보려 한다.

2

청교도주의의 교조화를 염려하는
헤스터 프린

나다니엘 호손의 주요 소설 『주홍글자』는 청교도정신이 지닌 편협성과 획일성에 의해 겪게 되는 초기 이민자들의 정신적 갈등 문제를 다루고 있다. 이 작품에서 중요한 논점으로 대두되고 있는 청교도들은 로마 가톨릭과 영국 국교회의 종교적 박해를 피하여 1620년경 메이플라워호를 타고 신대륙에 건너와 보스톤을 중심으로 정착을 하였는데, 이들은 신대륙의 거친 자연환경과 인디언들과 야수들의 끊임없는 공격에 맞서고 냉혹한 현실에서 비롯되는 험난한 고통을 잊기 위해 청교도주의를 절대적인 정신적 이념으로 삼았다. 그런데 청교도주의의 중심 교리인 예정설과 선택설이 신대륙의 이주민들에게 신앙을 깊게 하고 자신들의 처참한 삶을 인내할 수 있는 정신적 원동력이 되었다는 사실은 부인할 수 없지만, 이러한 교리는 신정일치 사회 속에서 정치적으로 악용된 점이 없지 않았다.

나다니엘 호손이 19세기 중엽에 발표한 『주홍글자』는 청교도주의가 내포하고 있는 편협성과 모순점을 등장인물들의 행동방향과 내면심리의 변화과정을 통해 들춰내고 있다. 호손 자신이 작가활동을 펼친 19세기와 2백년 정도의 시간적 간격을 두고 있는 17세기를 이 작품의 시대적 배경으로 삼은 것은 그 시대가 이상과 현실 사이에서 동요하고 있는 청교도주의의 실상을 살피기에 적합한 시기였다고 판단했기 때문이다. 이 작품의 배경인 뉴잉글랜드 세일렘은 청교도들이 종교의 자유를 자신들의 삶의 이상적인 목적으로 삼고 정착한 지역이었지만, 아이러니컬하게도 이곳은 자신들의 이해관계에 부합되지 않는다고 하여 종교적 박해를 무참하게 일삼았던 마녀재판의 기억이 생생한 고장이다. 뿐만 아니라 호손 자신의 선조 중, 존 호손이 이 처참한 마녀재판에 가담하여 후손인 그가 정신적으로 괴롭힘을 당한 곳이기도 하다. 조상 대대로 이어져 내려오고 있는 고향을 지켜온 그는 한편으로는 청교도주의가 지닌 내적 모순점을 파헤쳐야만 하는 정신적 압박감에 시달리고 다른 한편으로는 교리 자체의 순수성을 옹호해야 하는 심리적 부담감을 안고 있었던 것이다.

호손은 이러한 자신의 고민을 이 작품에 등장하는 중심인물들을 통해 토로하고 있다. 이 소설은 헤스터 프린, 딤즈데일, 칠링워스, 그리고 펄 등이 청교도주의가 초래하는 모순성의 최대 희생자이자 피해자이면서도 청교도주의로부터 끝내 벗어나지 못한다는 궁극적 지향점을 유지하는 가운데, 크게 세 가지 방향으로 논점의 줄기를 잡아가고 있다. 이 소설의 한편에서는 청교도주의의 경직되고 획일화된 분위기가 대세를 이루어 나가며, 다른 한편에서는 이에 대응되는 자유롭고 인간적인 정조가 나름의 활로를 찾아가고 있다. 이런 가운데 호손은 두 가지 주된 플롯에 밀고 당기는 거듭된 긴장을 연출하여 바람직한 중간점을 모색하려 한다.

호손은 작품의 도입부부터 청교도주의가 내포한 억압성과 편협함을 전달하는 이야깃거리와 이와 대조되는 소재를 대립적으로 설정하여 양자

간의 긴장감을 예고한다. 보스톤의 청교도 조상과 그들이 세운 감옥과 묘지를 상징하는 '우중충한 회색 차림에 고깔모자', '코온힐', '아이작 존슨', 그리고 '킹스 채플' 등이 처음으로 언급되는가 하면 뒤이어 감옥 앞에 핀 '야생장미'가 또 다른 중요한 배경으로 등장한다. 게다가 육중한 참나무 기둥과 뾰족한 철 못으로 지어진 감옥의 문과 그 앞에 서 있는 청교도 군중들이 침울하면서도 암울하게 묘사되는 가운데 감옥 안에 갇혀 있는 간통녀 헤스터에게는 희망찬 밝은 빛이 감돈다. 더군다나 초기 청교도사회에 온몸으로 저항한 성자 앤 허친슨이 감옥 앞에 피어 있는 야생장미에 이어 감옥 속의 헤스터와 연결되면서 청교도 군중들과 헤스터의 대립은 간통녀에 대한 단순한 의미에서의 징벌 차원을 벗어나 초기 청교도사회에 얽힌 복잡한 내적 갈등의 문제로 비약되고 있음을 암시한다.

광장에 모인 아낙네들이 감옥에서 나오는 헤스터에게 하는 비난은 매정하고 단호하나 이에 못지않게 전례 없이 강하게 내리쬐는 따뜻한 햇살을 온몸으로 맞이하는 헤스터의 태도도 당당하다. 한 심술궂게 생긴 오십대 노파가 "우리 신자들이 헤스터 같은 부정한 죄인의 문제를 다루는 게 훨씬 이로울 것 같은데요. 안 그렇수?"라고 말하자 다른 한 여인은 "정말이지 헤스터는 이마빡에 달군 쇠로 낙인을 찍히는 벌을 받는다 해도 심할 게 없어요"로 답한다. 이들 중에 다른 한 명은 헤스터에게 낙인을 찍는 것보다 마땅히 죽여야 한다는 극단적인 언사도 서슴지 않는다. 청교도주의의 획일화된 율법이 그곳 이주민들의 의식을 마비시켜 이들은 진정한 자아나 정체성에는 눈먼 채 집단화된 폭력과 언행을 일삼고 있다. 이러한 청교도 교육을 엄격하게 받은 장터에 모인 군중들의 태도 속에는 윌슨 목사나 벨링헴 주지사의 편협하고 독단적인 지배담론이 묻어 있다.

이들은 헤스터의 간통죄에 얽힌 구체적인 상황이나 사건의 전모를 소상하게 파악하여 그들 나름대로의 개별화된 주관적인 견해를 갖지 못하고 신성불가침의 공동체가 만들어낸 이데올로기화된 견해만 노출하고 있다. 이를 통해 호손은 헤스터의 깨어있는 열린 견해와 광장에 모인 아낙네들의 경직된 닫힌 사고방식을 각각 비교하고 대비시키면서 공동체의 편협한 도덕률이 그 사회 속에 살고 있는 사람들의 의식에 미치는 좋지 못한 영향과 폐단을 독자들로 하여금 예의주시하게 한다. 헤스터가 청교도사회가 요구하는 공동체적 질서와 도덕에 일방적으로 편승하지 않고 개인의 구체적인 경험에 입각하여 당당히 처신하려 애쓰는 모습에서 호손은 획일화된 공동체의 도덕규범을 비판하려 한 것이다.

헤스터는 화창한 아침의 태양을 발그레하고 토실토실 살찐 두 뺨과 널찍한 어깨, 앞으로 부풀어 오른 가슴으로 마음껏 품으며 위엄 있는 자태와 도도한 표정으로 아낙네들의 비난에 정면 대응한다. 그녀는 튼튼히 꿰맨 치욕의 표적을 감추지 않은 채 갓난아기 펄을 꼭 껴안고 조금도 부끄러운 기색 없이 거만스러운 미소를 머금고 광장에 모인 군중들을 휘둘러보기까지 한다. 영원히 마을로 들어오지 못하게 추방당하는 처벌이 내려지는 데도 불구하고 그녀는 뉴잉글랜드를 떠나지 않고 그곳에 머물면서 버림받은 사람들을 위해 살겠다고 스스로 다짐한다. 그녀는 자신의 간통죄를 솔직히 공표하고 사회가 자신에게 부과하는 온갖 형벌을 감수하기에 이른다. 소외된 자들을 위한 그녀의 삶이 뉴잉글랜드에 머물게 되는 직접적인 동기는 아니겠지만 "죄를 지은 곳에서 벌도 받아야 한다"는 그녀의 진솔한 생각은 개인의 존엄성을 억압하고 무시하는 청교도사회에 비해 훨씬 더 인간적인 견해로 여겨진다.

『주홍글자』에서 호손은 헤스터에 이어 청교도들의 집단화된 허위의식의 실체를 해부하고 이에 대한 극적 효과를 높이기 위해 청교도 사회에서 매우 명망 높은 딤즈데일 목사를 등장시킨다. 딤즈데일 목사는 융통성 없는 청교도들과, 또한 적극적인 행동으로 자신의 의지를 실천하는 헤스터와 비교되는 인물로서 한편으로는 전자의 맹목성에, 다른 한편에서는 후자의 자유로운 열정과 실천적 행동에 대비되는 역할을 담당한다. 그의 사고와 행동방식이 헤스터의 적극적인 열정 앞에서는 몹시 무기력하고 나약한 지성으로 비춰지고 있지만, 청교도들의 경직성과 편협성에 비교하면 융통성과 유연성이 돋보여 청교도주의의 획일화된 논리를 희화하는 데 적절한 메타포로 쓰인다.

　딤즈데일은 영국의 명문 옥스퍼드 대학을 졸업한 고결한 지성과 예민한 감수성을 두루 갖춘 종교적 이상주의자로서, 신세계의 낙원 건설에 동참하기 위해 대서양을 건너 왔다. 그는 그동안 그곳에서 열성적인 목회자로서 만인의 추앙을 받아왔는데, 헤스터와 함께 당시 청교도주의의 도덕으로는 도저히 용납될 수 없는 불륜을 범한 뒤 고통을 받는다. 그는 고상한 인품과 감동적인 설교로 인해 보스톤 교구민들의 사랑과 존경을 한 몸에 받고 있는 처지이지만 그의 육신은 마음 저편에 은밀히 감추고 있는 간통죄로 인해 양심의 고통에 몹시 시달려 점점 쇠약해진다. 그가 범한 죄에 대한 고통이 커져 가면 갈수록 그의 설교는 교구민들에게 인간적으로 깊은 감동을 주게 되어 어느 때보다도 그는 주변인들로부터 존경을 받게 된다. 그에 대한 회중들의 존경심이 커져 가면 갈수록 그는 이들의 뜨거운 애정에 죄스러운 마음이 작용하여 더욱더 번민의 늪으로 빠져들어 간다. 그의 고통스런 고민은 냉혈적인 청교도들의 비인간적인 행동방식과 견주어 볼 때 인간애가 물씬 풍기지만 자신의 개성을 따라 인간적인 행복을 추구하는 헤스터의 냉철한 행동에 비하면, 그의 숭고한 지성은 매우 무기력하고 나약하기만 하다. 호손은 자신의 모든 작품에서 죄의 문제를 먼저 언급하지만, 논점을 죄 자체에 국한시키지 않고 그 이후에 동반되는 고통스럽고 고립된 삶의 극복 문제로 옮아간다는 점을 고려해 볼 때 헤스터와 딤즈데일의 인식은 상당한 차이를 드러내고 있다.

헤스터는 사랑하는 연인에 대한 그녀 자신의 감정에만 도취되지 않고, 그의 명예에 손상이 가지 않도록 냉철하게 처신하면서 이성적으로 자신의 의지를 실천해 간다. 외딴 오두막에서 그녀가 이웃에게 베푼 자비와 여러 가지 선행을 통해 주홍글자는 간통의 의미가 점차 퇴색하고 오히려 선행의 표시나 수녀의 십자가처럼 보이게 된다. 특히 그녀가 서구유럽의 자유사상을 주입 받아 당시의 사고방식으로는 이해될 수 없는 시각을 가지고 숲 속에서 딤즈데일을 만났을 때, 그녀의 견해는 매우 진보되어 있다.[1] 헤스터의 실천적 행동은 그녀에게 마음의 평화를 가져오고 그녀의 평화스러운 마음은 이웃과의 인간애와 사랑으로 발전된다. 뭇 사람들의 멸시와 말할 수 없는 치욕을 감수하는 인내 속에서 싹튼 그녀의 따뜻한 인간애가 마침내 그녀를 괴롭히는 주변사람들의 저주와 미움을 녹여 진정한 사랑과 이해에 도달하게 된 것이다. 그녀가 처음 처형대 위에 섰을 때 간통의 의미이자 치욕의 상징이었던 주홍글자는 이제 버림받고 상처받은 소외된 사람들에게 위안이 되고 자선의 의미가 담긴 유능한 여성과 아름다운 천사의 이미지로 각인된다.

한편 딤즈데일 목사의 번민이 형식적인 회개만으로는 도저히 해결될 수 없는 지경에 이르자 그는 자신의 간통죄를 만인에게 고백하여 진정한 회개를 하지 않을 수 없게 된다. 그가 남의 눈을 피해서 부분적으로 행하는 참회는 더 큰 정신적 부담이 되고, 자신이 위선자로 여겨져 가슴을 불로 지져 주홍글자를 새기면서 자기 고문을 시도해 보기도 한다. 헤스터가 마지막 숨을 거두는 딤즈데일에게 "다시 만나서 영원히 살지 않겠느냐?"고 애원할 때 그는 "순수하고 영원한 재결합"은 불가능하다는 입장을 밝힌다. 그는 내세에서 결합할 수 있는 가능성을 확인하려는 헤스터의 애타는 호소를 두려

---

1) Richard Harter Fogle, *Hawthorne's Fiction: The Light and The Dark*(Norman: U of Oklahoma P, 1965), p. 145.

움에 떨면서 부정한 것이다. 그는 자신의 수명이 얼마 남지 않은 것을 인식하면서 혼신의 힘을 다하여 경축일 설교를 준비하여 일생일대의 유명한 설교를 한 후에 사형대에 접근한다. 헤스터와 펄을 불러 부축을 받으면서 사형대에 올라 7년 동안이나 고민해 오던 자신의 은밀한 죄를 고백하고 그는 고통과 신의 자비가 없었던들 자기는 영원히 파멸했을 것이라고 토로하며 마지막 숨을 거둔다. 자신이 범한 죄로 인해서 고뇌와 고립 속에 살다가 일생을 마치는 딤즈데일을 통해 호손은 인간의 삶에 대한 비관적인 견해의 일단을 드러내고 있다.

『주홍글자』에서 칠링워스의 행위는 딤즈데일이 차지하는 역할과는 상당히 대조적이다. 칠링워스는 인간적이고 진실한 마음으로 가득 차 있는 딤즈데일의 태도와는 달리 냉혈적이고 비정하고 몰인정적이다. 칠링워스는 본래 기질이 조용하고 친절하며 순수하고도 예절바른 과학자이자 지성인이었다. 그런데 그는 헤스터가 신대륙에 도착한 당시보다 2년 후에 온갖 풍상을 겪고 뉴잉글랜드 지역으로 건너와 그의 아내의 부정을 눈치 챈 후로 이전과는 완전히 다른 모습을 보인다. 그는 남편이 항해 도중에 죽은 줄로만 알고 고립무원의 삶을 살다 어쩔 수 없이 빠져들게 된 헤스터의 부정의 죄를 조금도 이해하지 못하고 있는 것이다. 이점에 있어서 그의 태도는 청교도들의 비인간적인 행동방식을 그대로 닮고 있다. 청교도들이 헤스터가 처한 입장을 이해하지 못하듯 칠링워스는 그의 아내의 개별적인 특수한 상황을 용납하지 않고 있는 것이다.

칠링워스 자신이 인도에서 1년 넘게 야만족들에 붙잡혀 갖은 고초를 당하다 기사회생하였으므로, 지성인으로서의 품격에다 거친 삶의 풍파가 함께 어우러져 그의 외향은 마치 점술인과 흡사하다. 그의 체구는 작고 말랐으며 한 쪽 어깨는 다른 쪽 어깨보다 처져있고 나이를 많이 먹지 않았는데도 늙은이처럼 주름진 얼굴을 하고 있다. 이 이지적인 냉혈인간은 기존의 모든 인간적 관계를 포기하고 딤즈데일을 상대로 교활하고도 잔인한 방법으로 그의 영혼을 파멸시켜 나간다. 그는 딤즈데일과 한 집에 살면서 가장 가까운 친구로 위장하여 무려 7년간이나 자신의 정체를 숨기고 복수의 일념으로 살아가는 존재이다. 칠링워스의 비정한 복수는 목사의 타락한 간통죄보다 더 사악한 것이며 인간으로서 지켜야할 마지막 양심의 경계선으로부터 일탈하는 용서받을 수 없는 죄이다. 그가 딤즈데일 목사가 잠든 사이 그의 앞가슴에 죄의 흔적인 주홍글자를 발견하고 기뻐하는 모습은 사탄의 이미지와 흡사하다. 그는 간통죄로 처형대에 선 아내와의 첫 대면에서 자신의 신분을 숨기고 분노한 모습을 보이지도 않으며 감정을 억제한 채 내심 복수를 다짐한다.

호손은 칠링워스를 인간으로서의 본성적인 사랑이 결핍된 인물로 그리고 있다. 칠링워스의 냉혈적 지성은 인간의 생명과 영혼의 존엄성을 침범하고 있는 당시 청교도들의 빗나간 지성을 재현하고 있다. 사실 호손은 청교도주의가 안고 있는 교조주의적 폐단과 명목성을 인식하면서도 그것의 해악을 직접적으로 지적하기에는 심적 부담이 무거웠는지 모른다. 뉴잉글랜드 지역에서 대대로 이어져온 독실한 청교도의 후손으로서 그는 청교주의의 실체를 정면으로 해부하지 못하고 헤스터와 딤즈데일, 그리고 칠링워스가 벌이는 삼각관계로 하여 그것의 부정적인 결과를 노출시키려는 우회적인 방법론을 선택한다. 결국 호손이 취하고 있는 청교도주의에 대한 공격패턴의 최종적인 형식은 칠링워스의 비정한 복수 행각 속에 묻어 있을 수 있다.

그렇지만 칠링워스가 독실한 청교도라는 기록이나 이를 뒷받침할 만한 결정적인 증거는 출처되지 않는다. 다만 그가 미국으로 건너오기 전에 헤스터와 함께 청교도주의를 믿은 신자였다는 사실과, 다른 청교도들의 무리에 섞여 신대륙으로 건너와 처음으로 접한 딤즈데일 목사의 의식이 그 자신의 생각과 견주어 볼 때 상대적으로 몹시 표리부동하게 느껴진다는 점 등을 종합하여 볼 때 그는 독실한 청교도라는 사실을 유추할 수 있다. 호손은 소설 속에서 칠링워스와 청교도들을 직접적으로 동일시하여 용서할 수 없는 그의 사악한 일면을 노골적으로 들춰낼 경우 닥쳐올 여러 가지 여파를 치밀하게 계산하였는지도 모른다. 청교도들의 비인간적인 행각을 칠링워스를 통해 노골화하기에는 그 자신이 청교도들과 끊을 수 없는 인연이 깊게 맺어져 있어 청교도들의 사악한 행각이 백일하에 드러나는 점을 마음속으로 염려했는지 모른다.

그런데 이 소설에서 헤스터와 딤즈데일의 불륜의 소산인 펄은 그녀의 부모와 칠링워스의 사고형태와 행동방식을 종합적으로 재현하고 있다. 펄은 자신의 어머니가 지닌 자유로운 열정과 아버지의 번민적인 사색, 그리고 의붓아버지의 기괴스럽고 난폭한 행위들을 그대로 닮고서 이를 일상적인 언행 속에 그대로 노출한다. 작가는 수수께끼 같은 인물이자 아직 성숙하지 않은 펄의 변화무쌍한 행동을 통해 청교도 율법을 어긴 자들의 회개적 삶의 태도, 억압적인 사회 속에서의 실천적 힘, 그리고 엄격한 율법 하에서의 자유 등 복합적인 사유와 인식의 문제를 제시한다.

펄은 헤스터가 갖은 치욕 속에서도 강한 모성애로 자신의 삶을 이어갈 수 있게 하는 희망의 대상이자, 그녀로 인해 괴로워지는 곤혹스러움의 원인 제공자이다. 펄은 살아 있는 주홍글자로서 헤스터의 죄의 증거이자 결과물이다. 사생아로서의 펄은 보통 아이와는 다른 난폭함과 자기 방어적 자세, 그리고 어린애답지 않은 의심스러운 행동과 어른스런 의연함으로 모든 사람들의 호기심의 대상이 된다. 이렇게 행동하는 동안에도 그녀는 자신이 상처 입힌 새에게 미안함을 느끼는 순수한 모습도 종종 보인다. 펄이 주홍빛 옷을 입고 요정처럼 현란하게 뛰노는 변화무쌍한 모습은 그녀의 어머니가 내외적으로 품고 행동하였던 자유로운 열정일지 모른다.

펄은 헤스터뿐만 아니라 딤즈데일에게 고통을 주고 엄한 속죄의 형벌을 내리는 죄의 간접 집행자이자 감시자일 수 있다. 헤스터와 딤즈데일이 어느 숲 속에서 7년 전의 죄로 인한 고립무원의 사면초가 상태에서 벗어날 수 있는 재활의 길을 모색하던 도중, 펄로 인해 예기치 않았던 골머리를 앓게 된다. 이들이 위험을 무릅쓰고 뭇사람들의 시선을 피하여 숲 속에서 재회하여 지나간 세월을 잊고 재생을 다짐하면서 그들의 죄의 증거물인 주홍글자를 떼어보지만 금세 그들 자녀의 반대에 부딪힌다. 이들은 유럽으로 탈출할 계획을 세우면서 다시 한 번 이전의 사랑을 느끼며 주홍글자를 떼어내려고 하지만 펄의 반대에 직면하고서 그들의 계획을 이내 포기한다. 헤스터는 잠시 후 그 표적을 다시 달라고 단호하게 요구하는 펄의 주문을 거절하지 못한 채 치욕의 표적을 다시 꿰맨다. 이점은 죄의 증거물을 외면하려는 어머니의 비겁한 행위에 항의하는 행위이다. 이 같은 딸의 태도는 부모에게 던지는 영원한 속죄의 요청이기도 하다.

호손은 이 소설에서 펄을 통해 죄와 벌을 논하는 과정에서 자신이 범한 죄는 자신이 해결해야 한다는 메시지를 남기고 있다. 그는 죄에 대한 엄정한 형벌의 문제를 소홀히 취급하지는 않았지만, 인간 개개인이 저지른 죄는 결자해지의 입장에서 본인 스스로가 회개하고 이를 책임진 후에야 비로소 용서된다고 보았다. 따라서 그의 소설 속 인물들은 모두가 하나 같이 죄의 상처와 흔적에 시달리고 고민한 후에 자신들의 죄를 본인들 스스로 거두어들인다. 헤스터와 딤즈데일은 고통스러운 형벌을 겪고 난 후 그들의 죄에 대한 영원한 해방 차원에서 새로운 삶을 모색하지만 작가는 이들에게 속죄의 면죄부를 쉽게 던져주지 않는다.

따라서 딤즈데일 목사는 자신이 저지른 죄로 인해 갖은 고초와 환란을 겪은 후에, 제2의 인생길을 모색할 수 있는데도 불구하고 스스로 청교도 청중들 앞에 자신의 간통죄를 솔직히 고백하는 고뇌어린 책임을 짊어진다.

헤스터는 뉴잉글랜드 밖에서 주홍글자를 떼어내고 펄과 함께 행복하게 생활할 수 있지만 끝내 보스톤에 영원히 정착한다. 그녀는 펄이 숙녀가 되어 유럽의 백작과 혼인하자 곧 자신의 인생역정이 짙게 묻어 있는 보스톤 지역으로 다시 돌아와 마지막까지 자신의 삶에 책임을 진다. 칠링워스도 마찬가지이다. 그는 자신의 아내의 간통이라는 감내하기 어려운 시련을 의연하게 대처하지 못하고 처절한 복수를 일삼았지만, 그도 궁극에 가서는 자신의 삶에 대한 책임을 떠맡는다. 그는 용서받지 못할 인간으로서 뭇사람들의 따가운 눈총을 받았지만 자신의 저주의 대상이자 복수의 목표물인 딤즈데일 목사가 스스로 자신의 죄를 책임지게 되자 허탈감에 사로잡혀 몹시 괴로워한다. 그 후 그는 끝내 자신의 재산을 펄에게 물려주는 결단을 내림으로써 의붓아버지로서 자기의 책임을 다한다.

　　사실 이들이 범한 간통행위는 당시의 청교도주의나 요즘의 일반적인 도덕률에 천편일률적으로 적용하면 무거운 죄에 해당된다. 하지만 다른 관점에서 접근해 보면 청교도주의와 같은 도덕이나 규범은 지배체제의 통치 이데올로기에 불과하므로 이들의 죄는 고통스러운 회개가 동반되는 경우 용서받을 수 있다. 윌슨 목사와 빌링헴 주지사의 엄한 죄의 집행과 광장에 모인 아낙네들의 갖은 모욕을 당차게 이겨내고 간통녀로서의 험난한 고행길에 의연하게 처신한 헤스터는 자신의 인생을 적극적으로 모색할 수 있다. 당시에 그녀가 처한 상황을 고려하여 보면 그녀의 남편 칠링워스는 그녀에게 아무런 소식도 희망, 전망도 주지 못했다. 외로움에 시달린 헤스터로서는 남편이 신대륙으로 항해 도중 조난사 했다는 믿기 어려운 소문을 현실로 받아들이지 않을 수 없는 불가피한 상황이었다. 이러한 어쩔 수 없는 처지에서 헤스터의 딤즈데일에 대한 사랑은 그 나름대로 정당성을 지닌다.

　　이와는 반대로 획일적인 청교도주의의 입장에서 보면 이들의 간통행각은 끝내 용서할 수 없는 불륜의 죄로 남는다. 상황이야 어떻든 남편이 생존해 있는 아낙네로서의 헤스터와 만인에게 구원의 길을 인도하는 충실한 청교도 목사로서 딤즈데일은 공동체의 규범과 질서를 위반한 죄인으로서 엄한 벌을 받아야만 비로소 청교도 사회의 도덕적 질서가 유지된다는 논리이다. 뉴잉글랜드를 중심으로 한 청교도들이 애초에 품었던 이상적 국가의 건설을 위해서 헤스터와 딤즈데일 같이 도덕률을 어긴 이들은 엄한 처벌의 대상이 되지 않을 수 없다. 청교도들이 아메리칸 드림을 달성하는 과정에서 헤스터와 같은 자유주의자는 그들의 공동체를 혼란으로 몰아넣는 해악자인 것이다. 신대륙으로 이주해 오기 전에 본국에서 자유를 무한히 갈망하였던 경험을 가진 자들로서 이들이 취하는 행위는 다분히 도덕률을 구실로 내세운 지배이데올로기에 불과하다. 종교적 자유를 위해 신대륙으로 이민해온 순례자들이 비청교도들과 다른 이교도들을 탄압하는 종교적, 인종적 우월주의와 편협성을 드러낸 것이다.[2]

이 소설에서 뉴잉글랜드 사회와 그 지배자들의 통치를 호손이 곱지 않은 시선으로 바라보는 이유는 그들의 건국조상들이 일삼은 모순에 찬 지배행위 때문이다. 메이플라워호를 타고 신대륙으로 건너올 때 당시의 건국조상들이 품은 이상은 그들의 잃어버린 낙원의 복원이었다. 그들은 제각기 본국에서 이미 상실되어 버린 본래의 아담을 그리워하면서 신대륙에서 제2의 아담을 재건하려는 염원을 가졌던 것이다. 그런데 정작 그들이 만들어가고 있는 현재의 사회는 사랑이나 자비와 자유로운 열정 같은 기독교적 인본주의는 찾아볼 수 없었다. 이들이 꿈꾼 이상사회에는 묘지와 감옥이 계획된 바 없음에도 불구하고 맨 먼저 이들의 건설을 실행에 옮겼다. 이상사회를 건설하기 위하여 신세계에 건너가 식민지 개척에 착수한 청교도들은 감

---

2) Joseph Schwartz, "Three Aspects of Hawthorne's Puritanism," *Twentieth Century Interpretations in The Scarlet Letter*, ed., John C. Gerber(Englewood Cliffs, New Jersey: Prentice Hall, Inc., 1963), p. 37.

옥을 짓고 공동묘지를 조성하여야만 하는 냉엄한 현실에 처한 것이다. 그들이 애초에 지녔던 도덕적 이상주의는 이미 타락하여 그곳 정착자들을 다스리는 정치적 지배담론으로 변질되었다고 볼 수 있다.

유토피아의 꿈을 가지고 건너온 청교도들의 순수한 목적의식이 세대가 변함에 따라 현실과의 괴리가 커져 안팎으로 변화를 겪지 않을 수 없었음에도 불구하고, 청교도주의가 교조주의를 그대로 유지하고 있는 그 자체에 호손은 상당히 회의를 느꼈다고 볼 수 있다. 18, 19세기로 접어들면서 산업혁명과 과학의 발달, 그리고 합리주의 도래 등으로 이주자들은 현실 속에서 호화로운 생활과 신천지의 넓은 개척지에서 누릴 수 있는 무한한 자유와 이상에 주된 관심을 가지게 되었지만, 금욕적인 선민의식 그 자체만큼은 변하지 않고서 그들의 의식을 억누르고 있었다. 심지어 청교도주의에 내포된 예정설과 선택설로 인해 구원된 자와 구원받지 못한 자, 선택된 자와 탈락자 등으로 양분하는 이분법적 사고가 사회전반에 뿌리내리게 되어 신대륙은 지배자와 피지배자로 구분되어 있었다. 이는 청교도주의가 백인우월주의라는 극단적인 생각으로 악용되어 변경지역의 인디언 학살이나 소수인종차별주의를 파생시키는 이론적 단초가 되었다는 점을 반증하는 것이다.

따라서 이 소설에서 호손은 청교도주의의 획일화된 교조주의를 비판하기 위해 로망스 기법을 활용한다. 로망스의 기본적인 역할 가운데에는 '이것 아니면 저것'이라는 이분법의 엄격한 구분을 비판하는 기능이 포함되어 있는 만큼, 그는 가시적인 것과 비가시적인 것을 혼용하고, 상상과 환상을 뒤섞어 획일화된 청교도사회를 희화하면서 청교도사회의 갈등을 해결하려 했다.3) 로망스가 제시하는 현실과 허구의 경계를 뛰어넘는 가운데 모호하게 교차되는 애매한 상황이 현실세계의 복잡한 갈등을 이겨내고 이를

---

3) Richard Chase, *The American Novel and Its Criticism*, pp. 74-75.

적절히 조화시킬 수 있기 때문이다. 이런 점에서 볼 때, 숲은 로맨스 스타일의 이 소설에서 중요한 메타포를 담당한다고 볼 수 있다. 이 지역은 청교도와 비청교도가 은밀히 교우할 수 있는 장소이자, 그들의 죄를 고백하는 장소이며, 또한 이곳은 청교도와 이교도가 그들의 율법이 주는 정신적 압박으로부터 벗어나 화해하는 진정한 만남의 장소이자 이들의 첨예한 감정을 누그러뜨리고 대화를 나눌 수 있는 가교 역할을 하는 곳이다. 숲은 헤스터와 딤즈데일이 감옥과 광장, 그리고 읍민회에서 시달리던 고통스런 고민을 고백하고 자신들의 삶을 재정립하는 완충지대로서 생태학적 공간이다.

사실 호손의 사고는 생각 이상으로 매우 복잡하다. 그는 어릴 적에 가난한 집안 사정과 한쪽 다리의 신체적 결함 때문에 몹시 괴로워하면서도 독서에 열중하고 사색하기를 좋아하였다. 그의 사춘기 시절이 어느 시기보다 암울하였던 까닭에 그는 매사에 예민하게 반응하는 등 감수성이 유달리 풍부하였다. 그는 성인이 되어 당시 초절주의자들이 강하게 부르짖었던 자아추구에 입각한 노예해방이나 남녀평등, 그리고 브룩농장 같은 이상적인 농업사회를 옹호하는 한편, 마음 저편에서는 이러한 진보적인 견해들을 일시에 부정해 버리는 변덕스러운 기질을 반복하여 노출하였다. 당시 신대륙은 유럽에서 강하게 휘몰아친 과학주의에 입각한 합리주의와 산업혁명의 유입으로 인해 산업화의 부작용과 그 후유증을 단단히 앓고 있었다. 이러한 시대적 분위기를 접할 때면 그가 한편으로는 급진적인 생각을 갖고 있으면서도 그것의 실천단계에서 언제나 보수적인 의식의 테두리를 벗어나지 못했음을 알 수 있다. 그의 의식은 항상 적극성에서 소극성으로, 소극성에서 적극성으로 변화하는 가운데 우유부단한 모호성을 드러내었던 것이다.

■ Main Points in *The Scarlet Letter*

1. A throng of bearded men, in sad-colored garments and gray, steeple-crowned hats, intermixed with women, some wearing hoods, and others bareheaded, was assembled in front of a wooden edifice, the door of which was heavily timbered with oak, and studded with iron spikes.

   The founders of a new colony, whatever Utopia of human virtue and happiness they might originally project, have invariably recognized it among their earliest practical necessities to allot a portion of the virgin soil as a cemetery, and another portion as the site of a prison. (35)

2. But, on one side of the portal, and rooted almost at the threshold, was a wild rose-bush, covered, in this month of June, with its delicate gems, which might be imagined to offer their fragrance and fragile beauty to the prisoner as he went in, and to the condemned criminal as he came forth to his doom, in token that the deep heart of Nature could pity and be kind to him. (35-36)

3. The grass-plot before the jail, in Prison Lane, on a certain summer morning, not less than two centuries ago, was occupied by a pretty large number of the inhabitants of Boston; all with their eyes intently fastened on the iron-clamped oaken door. Amongst any other population, or at a later period in the history of New England, the grim rigidity that petrified the bearded physiognomies of these good people would have augured some awful business in hand. It could have betokened nothing short of the anticipated execution of some noted culprit, on whom the sentence of

a legal tribunal had but confirmed the verdict of public sentiment. (36)

4. "Goodwives," said a hard-featured dame of fifty, "I'll tell ye a piece of my mind. It would be greatly for the public behoof, if we women, being of mature age and church-members in good repute, should have the handling of such malefactresses as this Hester Prynne. What think ye, gossips? If the hussy stood up for judgment before us five, that are now here in a knot together, would she come off with such a sentence as the worshipful magistrates have awarded? Marry, I trow not!" (37-38)

5. "People say," said another, "that the Reverend Master Dimmesdale, her godly pastor, takes it very grievously to heart that such a scandal should have come upon his congregation." (38)

6. "The magistrates are God-fearing gentlemen, but merciful over much,— that is a truth," added a third autumnal matron. "At the very least, they should have put the brand of a hot iron on the Hester Prynne's forehead. Madam Hester would have winced at that, I warrant me. But she,—the naughty baggage,—little will she care what they put upon the bodice of her gown! Why, look you, she may cover it with a brooch, or such like heathenish adornment, and so walk the streets as brave as ever!" (38)

7. "Ah, but," interposed, more softly, a young wife, holding a child by the hand, "let her cover the mark as she will, the pang of it will be always in her heart." (38)

8. "What do we talk of marks and brands, whether on the bodice of her gown, or the flesh of her forehead?" cried another female, the ugliest as well as the most pitiless of these self-constituted judges. "This woman has brought shame upon us all, and ought to die. Is there no law for it? Truly there is, both in the Scripture and the statute book? Then let the magistrates, who have made it of no effect, thank themselves if their own wives and daughters go astray!" (38)

9. "Mercy on us, goodwife," exclaimed a man in the crowd, "is there no virtue in woman, save what springs from a wholesome fear of the gallows? That is the hardiest word yet! Hush, now, gossips; for the lock is turning in the prison-door, and here comes Mistress Prynne herself." (38)

10. Stretching forth the official staff in his left hand, he laid his right upon the shoulder of a young woman, who he thus drew forward; until, on the threshold of the prison-door, she repelled him, by an action marked with natural dignity and force of character, and stepped into the open air, as if by her own free-will. She bore in her arms a child, a baby of some three months old, who winked and turned aside its little face from the too vivid light of day; because its existence, heretofore, had brought it acquainted only with the gray twilight of a dungeon, or other darksome apartment of the prison. (38-39)

11. On the breast of her gown, in fine red cloth, surrounded with an elaborate embroidery and fantastic flourishes of gold thread, appeared the letter A.

It was so artistically done, and with so much fertility and gorgeous luxuriance of fancy, that it had all the effect of a last and fitting decoration to the apparel which she wore; and which was of a splendor in accordance with the taste of the age, but greatly beyond what was allowed by the sumptuary regulations of the colony. (39)

12. She was lady-like, too, after the manner of the feminine gentility of those days; characterized by a certain state and dignity, rather than by the delicate, evanescent, and indescribable grace, which is now recognized as its indication. And never had Hester Prynne appeared more lady-like, in the antique interpretation of the term, than as she issued from the prison. Those who had before known her, and had expected to behold her dimmed and obscured by a disastrous cloud, were astonished, and even startled, to perceive how her beauty shone out, and made a halo of the misfortune and ignominy in which she was enveloped. It may be true, that, to a sensitive observer, there was something exquisitely painful in it. Her attire, which, indeed, she had wrought for the occasion, in prison, and had modelled much after her own fancy, seemed to express the attitude of her spirit, the desperate recklessness of her mood, by its wild and picturesque peculiarity. (39)

13. But the point which drew all eyes, and, as it were, transfigured the wearer, —so that both men and women, who had been familiarly acquainted with Hester Prynne, were now impressed as if they beheld her for the first time, —was that Scarlet Letter, so fantastically embroidered and illuminated upon her bosom. It had the effect of a spell, taking her

out of the ordinary relations with humanity, and inclosing her in a sphere by herself. (39-40)

14. From this intense consciousness of being the object of severe and universal observation, the wearer of the scarlet letter was at length relieved by discerning, on the outskirts of the crowd, a figure which irresistibly took possession of her thoughts. An Indian, in his native garb, was standing there; but the red men were not so infrequent visitors of the English settlements, that one of them would have attracted any notice from Hester Prynne, at such a time; much less would he have excluded all other objects and ideas from her mind. By the Indian's side, and evidently sustaining a companionship with him, stood a white man, clad in a strange disarray of civilized and savage costume. (43)

15. He was small in stature, with a furrowed visage, which, as yet, could hardly be termed aged. There was a remarkable intelligence in his features, as of a person who had so cultivated his mental part that it could not fail to mould the physical to itself, and become manifest by unmistakable tokens. Although, by a seemingly careless arrangement of his heterogeneous garb, he had endeavoured to conceal or abate the peculiarity, it was sufficiently evident to Hester Prynne, that one of this man's shoulders rose higher than the other. (44)

16. At his arrival in the market-place, and some time before she saw him, the stranger had bent his eyes on Hester Prynne. It was carelessly, at first, like a man chiefly accustomed to look inward, to whom external matters

are of little value and import, unless they bear relation to something within his mind. Very soon, however, his look became keen and penetrative. A writhing horror twisted itself across his [Chillingworth's] features, like a snake gliding swiftly over them, and making one little pause, with all its wreathed intervolutions in open sight. His face darkened with some powerful emotion, which, nevertheless, he so instantaneously controlled by an effort of his will, that, save at a single moment, its expression might have passed for calmness. (44)

17. While they passed, Hester Prynne had been standing on her pedestal, still with a fixed gaze towards the stranger; so fixed a gaze, that, at moments of intense absorption, all other objects in the visible world seemed to vanish, leaving only him and her. Such an interview, perhaps, would have been more terrible than even to meet him as she now did, with the hot, midday sun burning down upon her face, and lightning up its shame; with the scarlet token of infamy on her breast; with the sin-born infant in her arms; with a whole people, drawn forth as to a festival, staring at the features that should have been seen only in the quiet gleam of the fireside, in the happy shadow of a home, or beneath a matronly veil, at church. (46)

18. "Good Master Dimmesdale," said he[Wilson], "the responsibility of this woman's soul lies greatly with you. It behooves you, therefore, to exhort her repentance, and to confession, as a proof and consequence thereof."

The directness of this appeal drew the eyes of the whole crowd upon the Reverend Mr. Dimmesdale; a young clergyman, who had come from one of the great English universities, bringing all the learning of the age into our wild forest-land. His eloquence and religious fervor had already given the earnest of high eminence in his profession. He was a person of very striking aspect, with a white, lofty, and impending brow, large, brown, melancholy eyes, and a mouth which, unless when he forcibly compressed it, was apt to be tremulous, expressing both nervous sensibility and a vast power of self-restraint. (48)

19. Such was the young man whom the Reverend Mr. Wilson and the Governor had introduced so openly to the public notice, bidding him speak, in the hearing of all men, to that mystery of a woman's soul, so sacred even in its pollution. The trying nature of his position drove the blood from his cheek, and made his lips tremulous.

"Speak to the woman, my brother," said Mr. Wilson. "It is of moment to her soul, and therefore, as the worshipful Governor says, momentous to thine own, in whose charge hers is. Exhort her to confess the truth!" (48)

20. "Never!" replied Hester Prynne, looking, not at Mr. Wilson, but into the deep and troubled eyes of the younger clergyman. "It is too deeply branded. Ye cannot take it off. And would that I might endure his agony, as well as mine!"

"Speak, woman!" said another voice, coldly and sternly, proceeding from the crowd about the scaffold. "Speak; and give your child a father!"

"I will not speak!" answered Hester, turning pale as death, but responding to this voice, which she too surely recognized. "And my child must seek a heavenly Father; she shall never know a earthly one!"

"She will not speak!" murmured Mr. Dimmesdale, who leaning over the bacony, with his hand upon his heart, had awaited the result of his appeal. He now drew back, with a long respiration. "Wonderous strength and generosity of a woman's heart! She will not speak!" (49)

21. Closely following the jailer into the dismal apartment, appeared that individual, of singular aspect, whose presence in the crowd had been of such deep interest to wearer of the scarlet letter. He was lodged in the prison, not as suspected of any offence, but as the most convenient and suitable mode of disposing of him, until the magistrates should have conferred with the Indian sagamores respecting his ransom. His name was announced as Roger Chillingworth. The jailer, after ushering him into the room, remained a moment, marvelling at the comparative quiet that followed his entrance; for Hester Prynne had immediately become as still as death, although the child continued to moan. (50)

22. With calm and intent scrutiny, he felt her pulse, looked into her eyes,—a gaze that made her heart shrink and shudder, because so familiar, and yet so strange and cold,—and, finally, satisfied with his investigation, proceeded to mingle another draught. [. . .]

"Drink, then," replied he, still with the same cold composure. "Dost thou know me so little, Hester Prynne? Are my purposes wont to be so shallow? Even if I imagine a scheme of vengeance, what could I do better for my object than to let thee live,—than to give thee medicines against all harm and peril of life,—so that this burning shame may still blaze upon thy bosom?" As he spoke, he laid his long forefinger on the scarlet letter, which forthwith seemed to scorch into Hester's breast, as if it had been red-hot. He noticed her involuntary gesture, and smiled. (52)

23. But now, with this unattended walk from her prison-door, began the daily custom, and she must either sustain and carry it forward by the ordinary resources of her nature, or sink beneath it. She could no longer borrow from the future, to help her through the present grief. Tomorrow would bring its own trial with it; so would the next day, and so would the next; each its own trial; and yet the very same that was now so unutterably grievous to be borne. The days of the far-off future would toil onward, still with the same burden for her to take up, and bear along with her, but never to fling down; for the accumulating days, and added years, would pile up their misery upon the heap of shame. (55)

24. What she compelled herself to believe,—what, finally, she reasoned upon, as her motive for continuing a resident of New England,—was half a truth, and half a self-delusion. Here, she said to herself, had been the scene of her guilt, and here should be the scene of her earthly punishment; and so, perchance, the torture of her daily shame would at length purge her soul, and work out another purity than which she had lost; more saint-like, because the result of martyrdom. (57)

25. Here, indeed, in the sable simplicity that generally characterized the Puritanic modes of dress, there might be an infrequent call for the finer productions of her handiwork. Yet the taste of the age, demanding

whatever was elaborate in compositions of this kind, did not fail to extend its influence over our stern progenitors, who had cast behind them so many fashions which it might seem harder to dispense with. Public ceremonies, such as ordinations, the installation of magistrates, and all that could give majesty to the forms in which a new government manifested itself to the people, were, as a matter of policy, marked by a stately and well-conducted ceremonial, and a sombre, but yet a studied magnificence. (57-58)

26. She[Hester] has in her nature a rich, voluptuous, Oriental characteristic — a taste for the gorgeously beautiful which save in the exquisite productions of her needle, found nothing else, in all the possibilities of her life, to exercise itself upon. Women derive a pleasure, incomprehensible to the other sex, from the delicate toil of the needle. (59)

27. When strangers looked curiously at the scarlet letter, — and none ever failed to do so, — they branded it afresh into Hester's soul; so that, oftentimes, she could scarcely refrain, yet always did refrain, from covering the symbol with her hand. But then, again, an accustomed eye had likewise its own anguish to inflict. Its cool stare of familiarity was intolerable. From first to last, in short, Hester Prynne had always this dreadful agony in feeling a human eye upon the token; the spot never grew callous; it seemed, on the contrary, to grow more sensitive with daily torture. (60)

28. But little Pearl was not clad in rustic weeds. Her mother, with a morbid purpose that may be better understood hereafter, had bought the richest tissues that could be procured, and allowed her imaginative faculty its full play in the arrangement and decoration of the dress which the child wore, before the public eye. So magnificent was the small figure, when thus arrayed, and such was the splendor of Pearl's own proper beauty, shining through the gorgeous robes which might have extinguished a paler loveliness, that there was an absolute circle of radiance around her, on the darksome cottage-floor. And yet a russet gown, torn and soiled with the child's rude play, made a picture of her just as perfect. Pearl's aspect was imbued with a spell of infinite variety; in this one child there was many children, comprehending the full scope between the wild-flower prettiness of a peasant-baby, and the pomp, in little, of an infant princess. Throughout all, however, there was a trait of passion, a certain depth of hue, which she never lost; and if, in any of her changes, she had grown fainter or paler, she would have ceased to be herself;—it would have been no longer Pearl! (63)

29. In the afternoon of a certain summer's day, after Pearl grew big enough to run about, she amused herself with gathering handfuls of wild-flowers, and flinging them, one by one, at her mother's bosom; dancing up and down, like a little elf, whenever she hit the scarlet letter. Hester's first motion had been to cover her bosom with her clasped hands. (68)

30. "There is truth in what she says," began the minister, with voice sweet, tremulous, but powerful, insomuch that the hall reëchoed, and the hollow

armour rang with it. —"truth in what Hester says, and in the feeling which inspires her! God gave her the child, and gave her, too, an instinctive knowledge of its nature and requirements, —both seemingly so peculiar, — which no other mortal being can possess. And, moreover, is there not a quality of awful sacredness in the relations between this mother and this child?" (78-79)

31. Old Roger Chillingworth, throughout life, had been calm in temperament, kindly, though not of warm affections, but ever, and in all his relations with the world, a pure and upright man. He had begun an investigation, as he imagined, with the severe and equal integrity of a judge, desirous only of truth, even as if the question involved no more than the air-drawn lines and figures of a geometrical problem, instead of human passions, and wrongs inflicted on himself. But, as he proceeded, a terrible fascination, a kind of fierce, though still calm, necessity seized the old man within its gripe, and never set him free again, until he had done all its bidding. He now dug into the poor clergyman's heart, like a miner searching for gold; or, rather, like a sexton delving into a grave, possibly in quest of a jewel that had been buried on the dead man's bosom, but likely to find nothing save mortality and corruption. Alas for his own soul, if these were what he sought! (89)

32. While thus suffering under bodily disease, and gnawed and tortured by some black trouble of the soul, and given over to the machinations of his deadliest enemy, the Reverend Mr. Dimmesdale had achieved a brilliant popularity in his sacred office. He won it, indeed, in great part, by his

sorrows. His intellectual gifts, his moral perceptions, his power of experiencing and communicating emotion, were kept in a state of preternatural activity by the prick and anguish of his daily life. His fame, though still on its upward slope, already overshadowed the soberer reputations of his fellow-clergymen, eminent as several of them were. (97)

33. Walking in the shadow of a dream, as it were, and perhaps actually under the influence of species of somnambulism, Mr. Dimmesdale reached the spot, where, now so long since, Hester Prynne had lived through her first hour of public ignominy. The same platform or scaffold, black and weather-stained with the storm or sunshine of seven long years, and foot-worm, too, with the tread of many culprits who had since ascended it, remained standing beneath the balcony of the meeting-house. The minister went up the steps. (101)

34. She silently ascended the steps, and stood on the platform, holding little Pearl by the hand. The minister felt for the child's other hand, and took it. The moment that he did so, there came what seemed a tumultuous rush of new life, other life than his own, pouring like a torrent into his heart, and hurrying through all his veins, as if the mother and the child were communicating their vital warmth to his half-torpid system. The three formed an electric chain. (105)

35. In this matter of Hester Prynne, there was neither irritation nor irksomeness. She never battled with the public, but submitted

uncomplainingly to its worst age; she made no claim upon it, in requital for what she suffered; she did not weigh upon its sympathies. Then, also, the blameless purity of her life, during all these years in which she had been set apart to infamy, was reckoned largely in her fervor. With nothing now to lose, in the sight of mankind, and with no hope, and seemingly no wish, of gaining anything, it could only be a genuine regard for virtue that had brought back the poor wanderer to its paths. (110)

36. Her breast, with its badge of shame, was but the softer pillow for the head that needed one. She was self-ordained a Sister of Mercy; or, we may rather say, the world's heavy hand had so ordained her, when neither the world nor she looked forward to this result. The letter was the symbol of her calling. Such helpfulness was found in her,—so much power to do, and power to sympathize,—that many people refused to interpret the scarlet A by its original signification. They said that it meant Able; so strong was Hester Prynne, with a woman's strength. (110-11)

3

개척지에서 유색인과 우애를 나누는 내티 범포

　페니모어 쿠퍼가 작품 활동을 활발하게 하였던 1830, 40년대는 처녀지에서의 새로운 삶에 대한 향수가 솟구쳐 어느 때보다도 미국의 상상력을 필요로 하였던 시기였다. 신세계의 변경지역에서는 사회의 모든 가치들이 진부하고 낡은 것이 되어 사라져 없어지고 오로지 사냥기술, 개인적인 행동에 대한 자부심, 자연에 대한 경애심, 금욕적인 인내력과 남성적 기질의 실천 등만이 새로운 생활의 원칙이 되었다. 쿠퍼는 이러한 미국특유의 독창적인 소재와 프론티어 주인공을 창조하여 미국인의 의식과 잘 조화시켜 인기를 얻는 행운을 누렸다. 일부 비평가들은 그의 소설이 초기 미국문명에 대한 보고서가 되고 있을 뿐만 아니라 미국인의 삶을 새롭게 이해하는 심미적인 방법들을 제시한다고 평가하는데,[1] 이러한 견해는 상당한 설득력이 있다.

---

1) Richard Chase, *The American Novel and Its Criticism*, p. 46.

쿠퍼는 생전에 소설과 비소설을 모두 합쳐 45권 가량의 책을 썼다. 그런데 그의 작품들은 한결같이 읽는 사람들로 하여금 몇 가지 이해할 수 없는 논점을 남기게 한다. 그는 전통적인 계급사회에 집착하면서 귀족주의의 가치관과 도덕성을 옹호하였고, 다른 한편으로는 기존사회와 동떨어진 변두리 지역을 찾으며 금욕주의적 삶을 실천하였다. 그의 보수주의적 태도에서는 귀족주의적 계급주의가 물씬 풍기는가 하면, 이와는 반대로 그의 무정부주의적 자세에서는 사회의 전반적인 질서와 제도 자체를 강하게 거부하는 아나키즘의 정서가 드러나고 있다.[2] 그의 의식 속에 신대륙에 대한 애정과 증오가 함께 병존하고 있다는 점에서 쿠퍼가 다루는 주된 주제는 법적권리 대 자연권리, 질서 대 변화, 그리고 문명 대 원시적 황야와 같은 그 당시 미국사회의 갈등문제들이었다.

그러면 이제 쿠퍼가 안고 있는 딜레마를 그의 작품 속에서 구체적으로 살펴보기로 하자. 그는 1823~41년까지 5부작 연작물『개척자들』(1823), 『모히칸족의 최후』(1826),『대초원』(1827),『길 안내자』(1840), 그리고『사슴 잡이』(1841) 등이 수록된『가죽양말 이야기』를 발표하였다. 이들 연작 시리즈는 1740~1806년에 이르는 주인공 내티 범포의 인생역정을 기록하고 있는데, 여기서 내티 범포는 가죽양말, 사슴 잡이, 장총, 길 안내자, 매 눈, 그리고 덫 사냥꾼 등의 많은 별명들을 지니고 있다. 사실 이 5부작은 보는 관점에 따라 여러 가지로 해석될 수 있다. 내티가 유색인 친구와 변경지역의 숲을 무대로 하여 펼치는 모험담에 비중을 두면 이면에 숨어 있는 백인 우월주의가 가려지고, 인종적 편견을 부각시키다 보면 처녀지의 활기찬 모습이 빛을 잃고 만다. 쿠퍼가 이중적인 플롯과 인물을 동원하여 이러한 이율배반적인 속성을 교묘하게 가리고 있어 어느 한 가지 주제를 단정적으로 설명하기 어려운 것이 사실이다.

---

2) *Ibid.*, p. 52.

우선 여기에서 내티 범포가 개척지에서 나누는 백인과 유색인의 지고지순한 우정을 살펴보자.『가죽양말 이야기』연작물 중 첫 소설인『개척자들』에서 가죽장화를 신은 길 잃은 술주정꾼으로 등장하는 내티 범포는 상상 속에서 그려온 이상적인 아담의 인물이 현실 속에 나타나고 있는 것이다. 내티 범포가 어렸을 때 생활하였던 뉴욕과 경계를 이루는 템플턴 지역의 1793년 당시의 실상이 그 고장의 역사와 풍습과 조화되어 있는데, 그 지역은 쿠퍼 자신이 성장한 쿠퍼타운에서의 기억들이 묻어 있는 곳이다. 내티 범포는 성미가 까다롭고 논쟁적이며 수다스런 촌뜨기 모습이었으며, 도시 외곽지역과 인접한 누추한 오두막에 생활하면서 금렵기에 사슴사냥을 하여 당국에 체포되는 등 문명에 반항하는 삶을 살았다. 이 단계에서 한때 '설펀트'라는 인디언 귀족이었고 내티의 둘도 없는 친구였던 칭카츠국은 경멸적인 의미인 '인디언 존'으로 통하는 사회의 낙오자이자 술주정뱅이의 모습으로 등장한다.

『개척자들』에 이어 출판된『모히칸족의 최후』에서 쿠퍼는 중년기에 접어든 '매의 눈'으로 통하는 내티와 칭카츠국의 절친한 우정을 칭찬하고 있다. 영불전쟁 3년째인 1757년, 영국 태생의 젊고 용감하고 아량 넓은 미국장교인 헤이워드 소령은 먼로 대령의 딸 코라와 앨리스를 프랑스 점령지에서 영국 헨리요새로 안내하는 임무를 수행한다. 그 와중에 미국장교는 프랑스와 손잡은 '나쁜' 인디언 마구아의 방해를 받아 어려운 상황에 처한다. 그때 사냥꾼이자 정찰병인 내티와 인디언 추장 칭카츠국, 모히칸족의 마지막 자손인 운카스가 헤이워드 소령 일행에게 도움을 주게 되는데, 그들은 숲의 방랑자들인 내티와 칭카츠국의 배려로 무사히 먼로 대령의 요새로 가게 된다. 여기에서 감성적이고 냉정하며 넉넉한 자아를 간직한 내티와 고결하면서도 숲과 몹시 친숙한 선한 인디언 칭카츠국은 사계절 내내 함께 잠자고 식사하며 무리지어 황야를 수색하면서 자신들의 우정을 백인우월주의로 가득 찬 헤이워드 소령 앞에서 마음껏 과시한다.

이 소설에서 백인 장교인 헤이워드는 혼혈족인 코라를, 코라는 인디언 운카스를, 그리고 사악한 인디언 마구아는 코라를 사랑한다. 코라가 사랑하는 사람은 운카스인데, 헤이워드는 그 사실을 확인하자 '너무나 빨리' 코라를 포기하고 대신 앨리스를 약혼자로 선택하여 결혼한다. 이 백인장교의 마지막 선택에는 약간의 고뇌를 읽을 수 있지만 코라에 대한 그의 너무 빠른 포기가 쉽게 납득가지 않으므로 자연히 이 소설을 극화한 쿠퍼의 의식 자체에 의심을 갖지 않을 수 없다. 한 남성이 한 여성을 사랑하였다가 이것이 좌절될 때 갈등과 번뇌는 필수적으로 동반되기 마련인데, 이 말쑥하게 생긴 백인 장교는 깊은 고민이나 갈등 없이 다른 여성으로 자신의 애정과 관심을 옮긴다. 여기에는 내티 범포와 유색인 친구 칭카츠국의 우정에 대한 배려처럼 쿠퍼가 헤이워드와 앨리스의 사랑과 결혼에 대한 주위의 따가운 시선을 피하기 위하여 통과의례로 헤이워드와 코라의 사랑에 대한 언급을 한 것인지도 모른다.

사실 이 소설에서 백인 장교와 혼혈족 코라의 사랑은 불가피한 관계라기보다는 인위적으로 배려한 흔적이 다분하다. 헤이워드 소령이 코라를 사랑함에도 불구하고 그녀와 결혼하지 못할 처지에 놓였을 때, 소령은 코라의 아버지가 토로하는 "자네는 자신의 피를 더 천한 피와 섞는 것을 싫어한다"는 비난을 수용하지 않으려 한다. 그녀의 아버지는 그의 주저하는 행동이 앨리스의 맑고 상냥하고 아름다운 마력 같은 힘을 내심 더 좋아하기 때문일지도 모른다고 의심한 것이다. 먼로 대령의 눈에 그녀는 검은 피부의 어머니의 딸이 아니고 20년 이상 독신으로 차가운 북극지역에서 기다렸던 스코틀랜드의 고통 받는 천사의 후예인데, 소령의 입장에서 보면 그녀가 원시적인 열정의 진한 어두움을 갖기 훨씬 이전에 그녀의 어머니가 불운한 하층 노예계급의 자손이기에 그녀도 더렵혀진 여인으로 비춰질 수 있다.

헨리요새로 가는 도중에 두 여성들과 이들의 호위병은 인디언 안내인 마구아의 배신으로 적에게 노출되고, 결국 코라는 마구아의 수행자에 의해 죽고, 그 수행자는 운카스에 의해 살해되며, 운카스는 마구아의 칼에 찔려 죽는다. 그 나쁜 인디언을 총으로 죽이는 마지막 사람은 내티 범포이다. 이 와중에 앨리스와 헤이워드가 살아남아 순수한 백인의 피를 이어가는데, 이 과정을 통해 쿠퍼는 백인우월주의의 비정함을 은연중에 강조하고 있다.

쿠퍼는 내티 범포의 만년의 생활상이 담긴 『대초원』에서 신세계 개척인들의 대립적이고 양극단적인 자세와 사고를 함께 아우르는 자세를 취하고 있다. 이 작품을 서술하는 과정에서 쿠퍼는 반성적이고 회개하는 부시 가족을 원용하여 자신의 집안뿐만 아니라 그 자신이 지주제도에 바탕을 둔 귀족주의에 지나치게 집착한 데 따른 죄의식과 그것의 속죄를 표하고 있다. 이와 함께 쿠퍼는 내티 범포가 백인문화에 환멸을 느끼는 모습을 통하여 식민지 개척시대 당시 백인들이 저지른 무자비한 정복과 살상, 즉 미국의 팽창주의를 비판하면서 화해와 용서의 방안을 모색하고 있다.

『대초원』에서는 가을 하늘을 배경으로 새들이 음산하고 텅 빈 광활한 평원을 거쳐 인디언들의 최종 집합지역인 진하고 어두운 구름 속으로 날아가고 있는 초원 자체가 전체적인 분위기를 예고한다. 인생역정은 어둡고 진한 구름과 비바람이 휘몰아치는 하늘을 외롭게 날아가는 새에 비유되고, 인간의 희노애락은 나무가 자라 꽃을 피우고 열매를 맺은 다음, 시들어 죽고 썩어 없어지면 그 자리에 다른 나무가 똑같은 자연의 운행을 밟아가고 있는 것으로 은유되고 있다. 내티 범포는 이 과정을 바라보며 가식적이고 덧없는 삶에 대한 애가적 읊조림을 반복하는데, 이점은 그가 개척지의 저지대에서 부시가족을 조우하는 데에서 정점에 달하고 있다.

내티 범포의 부시가족들에 대한 첫인상은 무단 침입자이자 악당과 다름없었다. 그 가족의 가장격인, 중년기를 넘어선 이쉬마엘 부시는 햇빛에 살결이 이글이글 탄 나머지 구리 빛을 띠고, 키가 크며 무표정한 얼굴에 활기 없는 생활태도를 지녔다. 그의 체격은 단단하지 않고 전체 모습이 산만하게 보였으나 엄청난 힘을 가진 장사였다. 처음 내티 범포에게 비춰진 부시가족은 몰락한 귀족가문의 후예들이 흔히 지닐 수 있는 세속적인 물질주의자이며 자연과 인간에 대한 경외심의 표정은 찾아 볼 수 없는 인상이었다. 그런데 황야에서 유목생활을 하며 개척지를 욕심 없이 즐거운 마음으로 넘나들고 있는 부시가족을 줄곧 지켜본 후부터 그는 그들이 성직자의 삶으로 전향하여 진솔한 삶을 실천한다는 사실을 확인한다. 다시 말해서 그는 부시가 도시의 타락한 문명을 벗어나 개척지의 원시적 삶으로 회귀하였다는 사실을 목격한 것이다. 결국 이 소설의 마지막 장면인 포니 야영지에서 석양을 마주하고 인디언의 집에서 체념적으로 임종을 맞이하는 내티 범포와 초자연적이면서도 상념적으로 변한 부시는 정신적 교감의 일치를 이루는데, 이는 내티 범포와 부시의 시간과 영원의 신비함을 떠나 황야를 침범한 데 따른 속죄의 불가피성을 반영한 것이다.

이와 함께 이 소설에는 어린 '포니 아폴로'인 '하드 하트'가 대표하는 순수한 아이에서 귀족의 대변자인 '아이네즈'와 '미들튼'에 이르기까지 여러 부류의 인물들이 총망라되어 등장한다. 고지대에는 젊은 연인들인 앨런 웨이드와 폴 후버가 자리하고 있는데, 이들은 쿠퍼의 소설에서 진솔하고 건장하며 가정적인 중산층이다. 이들은 신대륙의 중산층으로서 자신들의 삶을 풍요롭고 모범적으로 이끌고 있다. 코라와 앨리스 뒤에서 수행원의 임무를 조용하게 맡고 있는 데이비드 개무트라는 방랑시인은 황야에서의 애수를 대변하는 대표적인 쿠퍼의 인물이다. 데이비드 개무트는 무기휴대의 사회에서 비무장인으로서 삶의 조건이나 생존에 필요한 기초적인 기술을 전혀 모른 채 폭력의 세계와 타협하지 못하고 고결하게 생활한다. 지나치게 목가주의에 치우치지도 않고 이기적인 욕망에도 물들지 않는 이들의 생활 속에는 양보와 이해와 관용이 자리 잡고 있다. 그의 애타적 꿈은 청교도 윤리에 대한 신랄한 비판이자 백인우월주의에 대한 자기반성이다.

쿠퍼는 착취와 정복으로 얼룩진 백인문화의 본질에 대해 의구심을 던진다. 그는 유럽에서 건너온 앵글로색슨 계열 백인들에게 신세계의 풍경이 너무나 이질적이고 낯설다는 점을 인정하나, 그들이 힘을 앞세워 무자비하게 유색인종을 살육한 것 자체에는 문제가 있다고 생각한다. 백인들이 그들의 생존 자체의 두려움 때문에, 유색인들과의 화해나 조화에 비중을 두기보다 자신들의 삶에 편리한 정복과 살상을 택하여 서부를 개척해 나가는 과정에서 두 이질적인 인종 사이의 긴장, 위협, 그리고 적대감이 더욱 깊어졌다는 것이다. 그는 거의 전멸하다시피 한 인디언들의 깊은 원혼을 달래기 위해서는 승리한 백인들의 적대감을 누그러뜨리지 않으면 안 된다고 보고 있다. 이 같은 맥락에서 백인세계를 떠나 인디언 친구들과 함께 모험을 즐기는 내티 범포의 자세는 속죄와 함께 인종의 화해를 실현하는 셈이다.

내티 범포의 초법적이고 폭력적인 태도들은 지워지지 않는 아픈 상처의 한 부분으로 남아 있지만, 그의 행동패턴은 전형적인 미국인다운 기질로서 미국소설에 구현되고 있는 의미 있는 인물상의 전통을 형성하고 있다. 로렌스는 내티 범포에게서 미국인의 원형을 발견하여 "미국인의 저변에 흐르는 근본적인 영혼은 강하고 외롭고 금욕적이면서 동시에 악마적이다"라고 결론 맺고 있다.3) 로렌스는 미국인의 근본적 심성이 무엇인지 구체적으로 말하기는 어렵지만 내티 범포의 행동방식이야 말로 작가들이 이상적으로 창조할 수 있는 미국인의 원형이라는 점을 강조한다. "미국인의 원형으로서 내티 범포와 『귀부인의 초상화』의 길버트 오즈본드 같은 인물들은 강하면서도 외롭고, 금욕적이면서도 나름대로 악마적이다. 헤밍웨이가 이 같은 원형의 일관된 추구자이지만 멜빌, 쏘로, 그리고 포크너 등도 이 원형을

---

3) *Ibid.*, p. 62.

흠모하였다"고 그는 지적하고 있다.4)

　　피들러는 미국의 실제 역사를 점철해 왔던 인종간의 갈등과는 달리, 우리의 상상 속에 있어서만큼은 인종 간의 화해라는 순수한 꿈이 추구되어 왔다고 말하면서 『가죽양말 이야기』뿐만 아니라 『허클베리 핀의 모험』, 그리고 『모비딕』을 예로 들고 있다.5) 이 소설들 속에 백인과 유색인간의 목가적인 화해의 정서가 내재해 있다는 것이다. 쿠퍼가 꿈꾼 세계는 능력이나 지위에 따라, 그리고 부의 정도에 따라 달리 대우받는 사회가 아닌 신분과 계급과 인종 간의 차별이 없는 이상적인 사회였다. 그 꿈은 폴리네시아인 퀴켁의 품에 안긴 백인 방랑자 이쉬마엘의 감정, 그리고 도망노예 흑인 짐과 동고동락하는 백인 소외자 허크의 애정처럼 문명을 떠나 광야 또는 자연 속에서 만나는 유색인과의 순수한 우정을 통해 현실화되고 있다. 이는 백인과 유색인 사이의 상호 대립으로 얼룩진 미국사회에서는 실현불가능한 일이다. 그러나 이들 작품들에서는 대부분 문명으로부터 도망친 백인 방랑자와 검은 피부의 야만인 남자 사이에 순수한 사랑이 이루어지고 있다. 미국인들의 일상생활 속에서 불가능한 일로만 여겼던 백인과 유색인종 간의 동성애적 사랑이 변경지의 숲에서, 때로는 바다 한가운데에서, 그리고 때로는 미시시피 강변에서 이루어지고 있다.

　　프론티어 주인공 내티 범포는 아메리칸 아담의 원조인 셈이다. 백인이면서 백인문화에 환멸을 느껴 그곳으로부터 일탈하여 인디언 문화에 공감을 느끼고 인디언들과 함께 지내는 내티 범포는, 백인사회를 버리고 아름다운 초원에서 조용히 살아가는 미국사회로부터의 이단자이자 반항아이다. 내티는 가정도 없이 홀로 개척지의 대자연을 누비고 다니는 용감한 사냥꾼이자, 인디언 거주지역과 백인 거주지역의 경계선에 존재하는 소수의 백인

---

4) *Ibid.*, p. 62.
5) Leslie Fiedler, *Love and Death in the American Novel*, p. 25.

지식인이다. 그의 본질적인 영혼은 냉혹하고 고립되어 있으며 부드럽게 풀린 적이 없고, 자기를 강하게 주장하기보다 감추고 포기하는 사람이었다. 그런데 그는 궁극적으로 총을 가진 '킬러'이다. 그의 총 휴대는 영토와 재산을 늘리기 위해서가 아니라, 자신의 진정한 자유와 최소한의 도덕적인 온전함을 지키려는 자기보존의 수단일 뿐이다.

세속적인 물질과 타락한 도시문명보다는 아름다운 영혼과 신뢰하는 정신을 찾아 개척지를 향해 나아가는 내티 범포의 모습은 프론티어들이 이상적인 제2의 아담을 동경하면서 신대륙으로 건너올 때의 각오와 흡사하다. 어쩌면 내티 범포는 1620년경에 신대륙에 처음 상륙한 필그림즈가 200년이 지난 1830년대에 부패하고 현실에 안주한 선조들의 세계를 버리고 제3의 아담을 찾아 길을 떠나고 있는 것인지도 모른다. 이들의 자유추구는 언제나 운명적으로 자신들의 이상과 자유가 침해받을 때 자신들의 잃어버린 낙원을 복원하기 위한 또 다른 대책을 마련하여야 했기 때문에 불가피하였다. 이것이 바로 미국의 본질에 관한 신화의 핵심이다.

여기서 지금까지의 논점에서 벗어나 서두에서 조금 언급한 바 있는 쿠퍼의 인생편력에서 드러나는 이중적 일면을 잠깐 살펴보자. 쿠퍼는 뉴저지 주 버링턴에서 태어나 뉴욕 중심부 웃세고 호반 쿠퍼스타운에서 살다가 1790년에 뉴욕으로 이주하였고, 그 후 예일대학을 3년간 다녔으나 비정상적인 행동을 했다는 이유로 퇴교 당했다. 이로 인해 그는 평생 동안 뉴잉글랜드인들에 대한 혐오감을 갖게 되었다. 그는 20세 때 부친으로부터 유산 상속을 받고 수잔 랜시와 결혼하였는데, 처가는 독립전쟁 때 영국 편을 들었던 관계로 재산을 상실했으나 여전히 뉴욕 주 웨스체스터 군에 토지를 소유하고 있었다. 아버지가 판사이자 대지주였던 관계로 그는 어느 곳에 정착하든 지주행세를 하며 살아갔으나, 그가 소유한 토지 중 일부는 인디언들로부터 약탈한 것이었다. 물론 이점은 쿠퍼와 직접적인 연관성은 없지만 정식절차에 의한 매입보다는 인디언들의 토지를 억지로 빼앗았던 것은 사실이다. 그러나 당시에 체결된 토지대금 지불 반대와 관련된 법률은 기존의 웨스트 체스트 토지제도를 붕괴시키는 데 성공하여 계급적이고 위계적인 귀족사회의 질서를 용인하지는 않았는데, 쿠퍼가 자신의 부와 사회적 지위의 토대가 되었던 토지 불법유용을 설명하고 합당화 하려는 것은 자신의 내부 목소리가 반영되어 있다고 볼 수 있다.

또한 그의 소설에서는 가파른 낭떠러지와 급류, 들소 떼의 집단이동, 초원의 화재, 인디언들과의 치열한 격돌장면, 그리고 사계절의 변화 등 변경지역의 자연의 변화가 리얼하게 묘사되고 있지만 쿠퍼가 개척지역의 숲을 찾아본 적이 별로 많지 않다는 견해도 있다. 일부 비평가는 그가 미국의 풍경에 대해 특별한 애정이 없어 숲속을 걸어가 본 적 없이 꿈만을 꾸었다고 혹평하기도 한다. 기껏해야 인디언들이 사냥을 즐기는 숲 속 변두리 지역에서 어린 시절을 보낸 것이 전부라는 것이다. 그 당시에 인디언들은 오래 전에 서부에서 사라져 버렸으며, 반쯤 기독교화 된 술주정뱅이 방랑아 인디언과 문명의 침입으로 당황하고 괴로워하는 사냥꾼이 그의 고향 거리에서 종종 목격되었을 정도일 뿐이다. 그는 환상 속에서 미시시피 강을 가로질러 서부로의 순례행진을 계속하였지만 그와 그의 가족은 당시에 대서양을 건너 프랑스와 이탈리아로 향하는 동부로의 문화적 순례행진을 계속하는 아이러니를 노출하였다. 쿠퍼가 그의 상상 속에서 미국의 황야로 더 깊숙이 진입할 때 현실 속에서 그곳으로부터 더 멀리 철수한 것은 그가 평생 동안 이상과 현실 사이에서 얼마나 큰 갈등을 겪었는지를 반증해 주는 대목이다.

리차드 체이스는 이런 상반된 형태로 자리 잡고 있는 그의 삶의 태도가 당시 신세계에 정착한 미국인들의 의식과 흡사하므로 그의 소설에 신화적 의미를 부여하고 있다. 쿠퍼의 사고의 모순성이 단순히 그 자신의 개인

차원의 문제가 아니라 미국사회의 전반적인 문화현상을 반영하고 있다는 것이다.6) 그의 모순된 행동은 전통적인 사회에 의해 형성된 가치관과 신세계의 변두리에서 경험할 수 있는 이상적이고 유익한 삶과의 갈등에서 비롯된 것이라고 해석할 수 있는데, 어쩌면 이러한 아이러니 현상은 미국인 전체가 안고 있는 고뇌를 반영한 것인지도 모른다.

---

6) Richard Chase, *The American Novel and Its Criticism*, p. 53.

4

개척지에 만연된 아집과 편견을 관조하는 이쉬마엘

　　『모비딕』은 모비딕이라는 흰 고래에게 한쪽 다리를 잃고 자신의 원수를 갚을 목적으로 포경선 피쿼드호를 이끌고 출항하여 그 고래와 정면충돌하면서 격렬한 사투를 벌이는 에이헵 선장의 처절한 복수심에 얽힌 이야기이다. 이 소설의 결말은 사흘간의 투쟁 끝에 에이헵을 비롯한 모든 선원들이 바다 속으로 사라지고 이쉬마엘만이 유일하게 살아남는 덧없는 허무적인 분위기로 처리되고 있다. 자칫 흰 고래와 에이헵과의 단순한 싸움으로 비춰질 수 있는 이야기에 백과사전과 같은 해박한 지식과 깊이 있는 철학적 사상이 덧붙여지면서 이 소설은 독자들에게 미국사회를 이해하는 데 중요한 자료가 되고 있다.

　　『가죽양말 이야기』에서 문제시되었던 인종 간의 화해와 갈등의 주제는 허만 멜빌의 『모비딕』에서 보다 복잡한 양상을 띤다. 전자의 소설에서 내티 범포와 칭카츠국 사이에 맺어진 백인과 인디언의 우정과 그 이면에 가려진 백인우월주의는 비교적 단선적인 구조로 묘사되면서 백인들이 가진 집착과 편견이 표면적으로 노출되지 않고 있지만, 후자의 소설에서는 신세계의 프론티어인 백인들의 변경지의 대자연에 대한 노골화된 정복욕이 드러나고 있다. 『가죽양말 이야기』에서 중심 플롯이었던 유색인종 간의 동성애적 우애는 『모비딕』에서 이쉬마엘과 퀴켁의 진솔한 만남으로 이어지고 있지만, 험난한 고래잡이 여정 속에서 에이헵과 흰 고래가 벌이는 극한적 대결구조에 의해 중심 플롯의 자리에서 밀려나 있다. 도시생활이 주는 권태로부터 벗어나기 위해 포경선에 승선한 이쉬마엘은 오히려 바다 한가운데에서 흰 고래와 에이헵 선장의 끈질긴 사투를 무기력한 관찰자의 입장에서 지켜볼 뿐이다.

여기서 우선 이 소설이 그리고 있는 에이헵 선장의 모비딕에 대한 집요한 복수극은 과연 무엇을 뜻하며, 흰 고래가 무슨 상징인가에 대한 의문이 제기된다. 로렌스가 "나는 멜빌 스스로도 정확히는 모르지 않을까 싶다. 바로 그 점이 제일 멋진 대목이다"라고 언급하는 것처럼,[1] 이 소설의 모험담은 여러 가지 해석이 가능하다. 선과 악의 투쟁, 정신과 물질의 갈등, 인간과 자연의 대립, 파악할 수 없는 삶의 환영, 선과 악을 동시에 내포한 삶 자체 등. 여기에다 워드가 말하는 "표면상으로는 흰 고래의 추적이지만 우주 비밀의 내력에 대한 근본적인 탐색의 상징"이라는 대목[2]과 "자만심이 만들어낸 비극"이라고 평하는 매티슨의 견해[3]도 참고해 볼 만하다. 이러한 입장들은 대략 우리 인간들의 생에 대한 추구나, 진리에 대한 탐색이나, 신의 모호한 역할에 대한 공격적인 해석 행위로도 정리할 수 있을 것이다. 그

---

1) D. H. Lawrence, *Studies in Classic American Literature*, p. 153.
2) J. A. Ward, "The Function of the Cetological Chapters in *Moby-Dick*," *American Literature*, 23(May, 1965), p. 177.
3) F. O. Matthiessen, *American Renaissance: Art and Expression in The Age of Emerson and Whitman*(New York: Oxford UP, 1941), p. 449.

밖에 에이헵 선장과 모비딕의 대립관계는 사회와 개인의 갈등 이전에 구대륙과 신대륙과의 갈등일 수도 있다. 에이헵 선장이 한쪽 다리를 모비딕에게 잃게 된 것은 이주민들이 그들의 본국에서 빼앗겼던 삶의 보금자리일 수 있다. 이들은 본국에서 종교적으로나 정치적으로나 경제적으로 소외되어 신대륙으로 건너온 이후에 자신들의 정체성 회복에 관심이 각별했기 때문이다.

『모비딕』에 등장하는 모비딕은 바다에서 최강의 생물로서 흰 고래, 앨비노 고래, 거대한 레비야탄 고래 등 여러 가지 이름으로 불리며 무수한 화제를 뿌리고 다닌다. 레이먼드 위버가 "모비딕은 정복할 수 없는 악의 구체적 상징물"이라고 말하듯, 이 고래가 교활한 지혜로 흉악한 횡포를 자행하며 도주하는 척하다 추격자에게 역습을 하여 보트를 산산조각 나게 한 다음 추격자의 생명을 앗아간 것도 적지 않다. 이 고래는 "눈처럼 하얀 주름진 흰 이마와 거대한 피라미드 모양의 흰 혹"을 지니고서 옆구리에 창살이 무수히 꽂혀도 상처 하나 없이 시공을 초월해 유유히 헤엄쳐 나가는 불사신의 모습도 보인다. 신은 전지전능한 존재로 때에 따라 인간들에게 선과 악이란 상반된 성격을 띠고 나타난다는 점에서 모비딕은 고래로 화신한 신일 수 있다. 이 경우 모비딕은 신의 상징으로 볼 수 있으며 에이헵이 이를 추격하는 것은 신에 대한 도전 행위라고 할 수 있다. 써머셋 모옴은 이 같은 모비딕의 모습을 선으로 보고 "흰 고래가 우아한 아름다움과 엄청난 몸집과 강인한 힘으로 자유롭게 바다를 헤엄치고 있는데, 왜 악보다는 선을 대변하지 않는가?"라고 반문한다.[4]

현실에서의 고래는 물짐승 가운데도 순한 짐승이요, 더운 피가 흐르는 젖먹이 동물이다. 고래가 자기를 잡으려던 인간의 다리를 물어뜯은 것은

---

4) W. Sommerset Maugham, *The Art of Fiction: An Introduction to Ten Novels and Their Authors*(New York: New York Times Company, 1977), p. 211.

당연한 일이며 나중에 피쿼드호를 침몰시키는 것도 마찬가지이다. 그런데 모비딕에게 한쪽 다리를 잃은 에이헵은 모비딕이야말로 자기의 육체와 정신에 침해를 주고 자기를 파멸시키려는 악마로 보면서 전 인류의 증오의 대상으로까지 확대 해석한다. 에이헵이 "나에게 있어 흰 고래는 벽이다"라고 말하는 바, 그는 모비딕 내부에 있는 그 불가 사이한 한계성을 알기 위해 모비딕을 공격하며 파괴하려 한다. 그는 알 수 없는 미지의 것을 알기 위해, 넘을 수 없는 벽과 같은 존재인 모비딕을 증오한다.

그런데 이쉬마엘은 이런 에이헵의 태도와는 달리 다소 관조하는 태도를 취한다. 그는 모비딕이 지닌 다의성을 흰색에 대한 정의를 통해 설명하고 있다. 이쉬마엘은 고래의 백색이 주는 아름답고 명예롭고 숭고한 연상들을 열거한다. 즉 진주의 기품, 왕의 권위를 나타내는 백상, 신부의 순결성, 노인의 인자성, 그리고 정의의 위엄을 표시하는 법관의 법의 등이 모두 백색으로 표현되고 있다. 이와는 대조적으로 그는 백색이 핏속의 빨간 빛보다 더 공포감을 일으킨다고 지적하면서 백색을 악이나 마귀의 세계로도 해석한다. 그의 견해에 따르면 극지의 흰 곰과 열대의 흰 상어의 백색은 요괴의 미를 더하며 신천옹의 흰 환상은 창백한 공포를 일으키며, 서부 연대기에 나오는 초원의 백마는 외경적인 공포증을 일으키며, 백색증 환자에 대한 혐오감, 시체의 창백한 빛깔, 창백한 말을 탄 공포의 왕인 죽음의 신 등은 백색의 마성을 가지고 있다는 것이다.

로버트 조우엘너가 "이쉬마엘은 모비딕을 하얀 백색의 특성과 같은 속성으로 보고 있다"고 말하는 바와 같이[5] 흰색의 특성은 모비딕 해석에 중요한 기준이 된다. 태양광선 그 자체가 무색이나 자연물의 온갖 색조를 조성시키는 신비를 가지는 것처럼, 백색은 무색이면서 전 색의 신비를 가지

---

5) Robert Zoellner, *The Salt-Sea Mastodon: A Reading of Moby-Dick*(California: U of California P, 1973), p. 150.

고 있다. 본질적으로 백색은 빛깔이 없는 상태이며 동시에 모든 빛깔이 응집돼있다. 그러므로 백색은 아무런 의미도 없는 것 같으면서도 온갖 의미를 다 포함하고 있다. 그는 흰색이 갖는 기독교적 신성의 베일과 인류에게 공포를 주는 색으로서의 이중성에 대해 이렇게 묘사한다. "흰색은 그것의 불확실함으로 인해 의미 없는 공허감과 우주의 광대함을 그늘지게 하여 본질적으로 어떤 색이라기보다는 색의 부재이며 또 동시에 모든 색의 혼합이기도 하다. 때로는 바로 그러한 이유로 해서 눈으로 덮인 들판에는 의미로 가득 찬 텅 빈 공간이 있는 것처럼 느껴지기도 한다."

그런데 『모비딕』에 얽힌 다양한 의미와 비평가들의 견해 가운데서도 로렌스가 "포경선 피쿼드호가 미국영혼의 배이고, 흰 고래는 백인들의 의식이 쫓고 쫓는 그들 자신의 가장 깊은 피의 본성"이라고 정의하는 대목은 미국사회의 구체적인 역사성을 잘 드러내고 있다고 하겠다. 여기서 멜빌이 부여하는 배에 대한 관점이 "사회로서, 세상 자체로서, 혹은 소우주로서의 배"6)라고 보면 피쿼드호는 작은 세계라고 할 수 있다. 복수의 일념에 불탄 낸터켓 출신의 건실한 기독교인 피쿼드호 선장 에이헵 밑에는 배의 항로를 수정할 수 없는 세 명의 항해사와 마치 인종 박물관처럼 가지각색인 선원들이 있다. 그 세계에는 군주와 같은 에이헵 선장을 비롯하여 1등 항해사 스타벅, 2등 항해사 스텁, 3등 항해사 플래스크, 작살 잡이 인디언 태쉬테고, 흑인 대고, 야만인 퀴켁 등이 모두 함께 생활하고 있다. 이들은 피부색이 각양각색이고, 세계의 각처에서 모여든 모든 인종의 집합체로서 철저한 계급 조직의 사회를 이루고 있다. 로렌스는 피쿼드호의 세계를 "영혼이 미친 선장과 세 명의 실무적으로 탁월한 항해사들. 미국! 게다가 그 희한한 선원들—배신자와 도망자와 식인종들, 이쉬마엘과 퀘이커들. 미국! [. . .]

6) James Dean Young, "The Nine Game of The Pequod," *American Literature* 25(January, 1954), p. 449.

무엇을 사냥하는가? 모비딕, 크고 흰 고래를 사냥한다. 하지만 세 명의 실무적인 항해사들이 일을 더없이 실무적으로 처리한다. 미국의 산업이다"라고 묘사한다.[7]

　　로렌스가 언급하는 바와 같이 피쿼드호는 미국이라는 국가의 형성비밀과 미국인의 정신과 문화형성 원리를 대변하고 있다. 피쿼드호의 선원이 전 세계의 잡다한 인종과 국적을 가진 외지인으로 채워져 있다는 것, 그리고 피쿼드호의 항해가 거의 오대양을 편력하고 있다는 사실 등은 '용광로'라고 표현되는 미국과 그들의 열정적인 신천지 탐험과 모험을 설명하고 있는 듯하다. 18세기와 19세기 초엽에 뉴잉글랜드에 정착한 초기 식민지인들은 면화와 담배와 함께 포경선의 숫자가 그들의 부와 힘을 표시하기도 했다. 에이헵의 의지는 신대륙을 개척하는 개척자들의 긍지와, 아무리 잡아들여도 고래의 수는 무한하다던 초기 포경업자들의 포부를 연상한다. 한편 그 도도한 그의 생의 의지는 개척정신이 불러온 힘겨운 생존경쟁을 향한 투쟁의지에 다름없다.

　　그러나 『모비딕』의 어느 작중 인물은 "자 이것이 이 세상의 링이란다. 카인이 아벨을 죽인 것도 그 링에서였다. 멋진 이야기지. 좋은 일이지. 틀리다고? 그럼 신께선 왜 이 세상이라는 링을 만드셨나요?"라고 빈정거린다. 피쿼드호가 모비딕을 잡기 위해 일본해 근처를 떠다니고 있던 1851년, 이쉬마엘은 "현대의 위대한 식민지를 낳은 어머니는 포경선이다"라고 말하고 있다. 이는 작중화자가 외치는 "키를 바람 부는 쪽으로! 바람을 안고 온 세계를 달려라!"라는 독백은 포경업으로 대변되는 지배욕구의 발로인지 모른다. 에이헵이 "제일 크고 기운이 센 놈"이기 때문에 쫓을 가치가 있다고 누누이 말하듯, 단지 흰 고래 추적을 단순한 의미의 모험이나 인생의 여정이라고 말하기에는 그 노선장의 집착이 심상치 않다. 그는 지나치게 '큰 것'

---

7) D. H. Lawrence, *Studies in Classic American Literature*, pp. 158-59.

에 편집광적으로 집착하고 있는데, 이는 숭배와 추구에 매몰된 미국문화를 풍자하고 있는 것 같기 때문이다. 따라서 에이헵의 모비딕 추적은 오만에 빠진 한 인간의 원시적 대자연에 대한 약탈행위와 연관되고, 이는 미국이 후에 시도하는 제국주의적 식민지 정복과 연관될 수 있다. 멜빌은 흰색을 백인들의 이중적인 행위에 대한 메타포로 삼고 있다. 무서운 파괴력을 지닌 모비딕이나 복수심에 불타고 있는 에이헵 선장 역시 백인이다. 선원들의 눈에서 보면 이들의 싸움은 서로의 이해관계에서 비롯된 싸움으로 비춰지기 때문이다.

이제 피쿼드호의 노선장 에이헵이 모비딕을 추적하는 과정에서 읽혀지는 그의 내면적 집착을 살펴보자. 에이헵은 선원들에게 항해의 목적인 모비딕을 추격해서 죽이는 일이 최대 과업이라는 것을 분명히 밝힌다. 모비딕 추격을 선언하는 선상에서도 에이헵은 지구상의 어느 곳에라도 이를 추격할 것이며 지옥의 불꽃에까지 포기하지 않고 추격할 결심을 선원들에게 말하면서 그들의 도움을 청한다. 그리고 스타벅을 제외한 모든 선원들이 열광적으로 이에 찬성한다.

에이헵 일행은 모비딕과 두 번 조우해서 두 번 난파당하고 세 번째 만남을 초조하게 기다린다. 그 긴박한 추적의 과정에서 피쿼드호는 난터켓의 홍조옹호를 시작으로 9척의 다른 포경선과 만나는데, 그 때마다 어떤 이유로든 대화가 단절되는 것을 보게 된다. 이러한 대화 단절 현상은 사회적 유대 관계의 단절, 즉 고립을 예고한다. 3일 간 3회에 걸친 모비딕의 추적 중에 스타벅은 간절한 충고를 하나 에이헵은 듣지 않고 추격을 재결심하고 굳게 맹세할 뿐이다. 에이헵 선장은 스스로 모비딕에 대한 편집증에 빠져 있는 것이다. 그의 이 같은 편집증은 자기 자신의 욕망의 투사와 다름없다. 그는 스스로 이렇게 독백한다. "나는 이중으로 미친 미치광이다. 이 광란하는 나의 광기는 이해할 때에만 가라앉는다. 예언에 의하면 나의 몸이 산산이 흩어질 것이라 한다. 하지만 이 다리도 날아가 버렸지. 이제부터 나는 그놈을 산산조각 내겠다고 예언한다. [. . .] 소용돌이치는 격류 속, 나는 똑바로 돌진한다. 방해하는 자는 없다." 선원들의 반대에도 불구하고 기어이 모비딕을 쫓는 에이헵의 집념은 죠카스터와 테레시아스의 만류에도 불구하고 라이어스의 살인자를 찾으려 했던 오이디푸스를 연상시킨다. 에이헵이 자기 자신에 대해 소경인 탓에 끝없는 욕망의 희생자가 됨을 예견하고 있는 듯하다.

에이헵이 광기에 직면하자 선원들의 불만도 심상찮아 진다. 스타벅은 에이헵의 미친 추적의 중지를 탄원하며 신적인 존재를 더 이상 추격하는 것은 불경과 모독임을 일깨우려 한다. 스타벅은 포경선이 원래 목적하는 대로 고래 기름을 많이 얻어 난터켓의 선주들에게 푸짐한 배당금을 제공하기를 원한다. 그러나 에이헵은 고래 기름 같은 것은 전혀 생각 밖에 있고 오로지 모비딕을 추적하여 복수하기만을 원한다. 123장에서 스타벅의 독백 장면은 노선장과 선원들의 갈등장면을 잘 묘사하고 있다. "이같이 미친 늙은이가 모든 선원들을 지옥의 길동무로 삼으려는데 얌전하게 따라야 한단 말인가? 그렇다. 만일 이 배가 파멸의 구렁텅이로 떨어진다면, 그는 30여 명을 고의로 죽인 사람이 된다. 그리고 단언하겠는데, 만약 저 에이헵에게 맡겨 놓는다면 이 배는 파멸의 구렁텅이로 빠지고 만다. 그렇다면 이 순간에 그가 제거된다면, 그는 그 죄를 범하지 않고 끝나게 되는 것이다. 하! 잠꼬대를 하는 건가." 스타벅은 에이헵 선장의 모비딕 집착이 병적임을 알고 있고 이로 인해 자신뿐만 아니라 모두에게 찾아들 비극적 운명을 직감하고 있다. 그리하여 그는 스스로 그 운명을 극복하기 위해 선장을 살해할 것인가에 대해 고민하고 있다.

그런데 에이헵 선장은 계속 도전적이고 모독적이며 비정하기만 한 태도를 취하며 그의 말을 경멸하고 오히려 그가 신의 뜻을 성취한다고 스타벅을 설복시킨다. 마침내 에이헵 일행은 세 번째이자 마지막으로 모비딕과 만난다. 그들의 추격은 점점 더 심해지고 주변 보트들의 불안한 상황과 바다의 거친 물결, 고래를 추적하는 노선장의 격노한 얼굴 모습과 선원들의 불안한 표정들이 번갈아 가며 묘사된다. 이 긴박한 추격전에서 화자는 모습을 감추고 그가 그 사나이로, 우리가 그들 선원들로 바뀌고 있다. 에이헵과 흰 고래와의 거리가 매우 가까워지면서 마치 거대한 자연의 힘과 인간의 왜소함이 비교되듯 모비딕의 거대한 몸집과 왜소하고 무력한 에이헵의 보트가 한눈에 대조적으로 대비된다. 보트를 타고 출격한 에이헵 선장은 모비딕과 부딪힌 충격으로 잠시 눈이 먼 순간, "눈이 보이지 않아. 이봐, 그래도 나는 앞으로 나갈 테다. 내 앞을 손으로 더듬어라. 벌써 밤인가?"라고 소리친다.

소설의 최후의 장면에서 에이헵은 자기 자신이 던진 작살의 줄에 걸려 바다에 내동댕이쳐져 죽고, 모비딕은 무수히 많은 작살을 간직한 채 바다 속 어디론가 사라져 버린다. 모비딕과 최후의 대면이 끝난 후 이쉬마엘은 바다 아래로 가라앉다가 퀴켁의 관을 붙잡고 다시 수면에 떠오른다. 그와 진한 우정을 함께 나누었던 퀴켁의 관 덕분에 살아남은 것이다. 이들의 쫓고 쫓기는 사투는 문명의 멸망과 한 시대의 종말을 예고한다. 그리고 흰 고래와 사흘에 걸친 사투 끝에 에이헵과 피커드호 전체가 물속에 잠겨버릴 때, 우리는 여기서 백인역사의 최후를 읽는다.

이 소설에서 방관자 이쉬마엘의 입장은 에이헵의 광기어린 도전적 태도와는 사뭇 다르다. 이쉬마엘은 문명세계의 어지러운 현실을 벗어나 자연적인 정취와 원시성이 살아있는 바다로 나왔다. 소설의 첫 페이지에서 이쉬마엘은 바다가 곧 자살충동을 해소시켜주는 곳이라고 고백하고 있다. 육지에서 텅 빈 지갑에다 극도의 정서불안과 절망감을 느끼고, 하는 일에 흥미를 잃게 된 이 의욕 상실자의 마음속에는 늘 우울증이 도사려왔다. 육지에서 갈 데까지 간 소외인생은 이제 대지보다 더욱 원초적이고 광대한 바다에 기대를 걸고 있다. 이쉬마엘에게는 안전한 육지를 떠나 위험한 바다로 가는 일이 순진한 유소년의 세계에서 복잡하고 세속적인 성인의 세계로 들어가는 것인데, 그에게 있어 바다는 하나의 즐거운 은신처이다. 그는 에이헵이 모비딕을 광적으로 추적하는 동안 해상생활을 즐기고 자연에 대한 명상에 빠져드는 등 바다에 대한 신비스럽고 낭만적인 꿈을 꾸고 있다. 바다는 또 하나의 자연으로써 명상하고 분석의 존재일 뿐 도전의 대상은 아닌 것이다.

이쉬마엘은 '돛대 감시탑' 장에서 발아래 신비스러운 바다를 내려다보며 그 수면 아래에서 헤엄치고 있을 무서운 흰 고래에 대해서는 완전히 잊어버린 채 낭만적 꿈속에서 초월적 순간을 경험한다. 이러한 그의 태도는 '후갑판'에서 은화를 돛대에 박는 에이헵 선장의 기계적인 망치소리나 모비딕과의 처절한 사투와는 사뭇 대조적이다. 피쿼드호 안에 고조되는 긴장감과는 달리 이쉬마엘의 심리상태는 항상 온화하고 조용한 자연인의 모습이다. 이쉬마엘은 이들의 대립에 가려진 진실의 정체에 대한 호기심만 가질 뿐이다. 에이헵이 바다를 정복과 탐험의 대상으로 삼았다면, 이쉬마엘은 바다를 신비의 세계에 대한 경험과 여행과 관찰의 대상으로 삼고 있다. 그는 넓고 넓은 바다 한 복판에서 다른 인간들의 삶과 에이헵과 모비딕과의 갈등을 객관적인 관찰자의 입장에서 편안하게 관조하고 있는 것이다.

이쉬마엘은 모든 인간들을 차별 없이 공정한 눈으로 바라보는 인간애가 물씬 풍기는 휴머니즘을 지니고 있다. 이점은 그가 고래잡이 선원들이 붐비는 '고래 물줄기 여관'에서 폴리네시아인 퀴켁을 만나 함께 생활하는 데서 드러난다. 이쉬마엘이 문명사회의 개화된 백인종족이며 기독교인데 반해, 퀴켁은 야만사회의 미개인이고 얼굴에는 상처투성이인 식인종이며 피부가 검은 이교도이다. 퀴켁은 코코보코 섬에서 태어났으며 문명화된 선진사상을 배워 몽매한 자기 동포들을 개화시킬 목적으로 죽음을 무릅쓰고 기독교 국가로 탈출해 온 이교도국의 왕자이다. 이쉬마엘은 이 여관에서 함께 밤을 지내야만 되는 동료가 거리에서 사람의 머리 가죽을 파는 남태평양의 야만인이라는 사실을 알고 몹시 불안해한다. 그들이 같은 여관, 같은 침상에서 동숙하는 것은 기존 상식으로는 도저히 상상할 수 없다. 하지만 처음에는 그의 첫 인상에 놀라 소란을 피우며 경계하던 이쉬마엘은 문신만 했을 뿐 자기와 똑같은 인간이라는 사실을 알고 그의 처지를 자기의 처지와 바꾸어 생각해 본다. "저 친구도 나와 똑같은 인간이고, 내가 그를 두려워하듯 그도 나를 두려할 이유가 있겠지. 술 취한 기독교도와 동침하는 것보다는 점잖은 식인종과 같이 자는 것이 더 나으리라."

이쉬마엘이 야만인과 같은 침대에서 하룻밤을 기분 좋게 잤다는 사실은 놀랍다. 이쉬마엘은 퀴켁과 동숙하던 날 밤 가장 기분 좋고 편안한 잠을 잤으며, 죽음이외에는 둘을 갈라놓을 수 없을 것처럼 포옹하고 있었다. 이쉬마엘은 기독교인데도 퀴켁의 이교도 의식에 함께 참여한다. "어떤 암시에 의해서 나는 그가 나의 참여를 원하고 있다는 것을 알았다. [. . .] 그러면 하느님의 뜻은 무엇인가?—내 이웃이 내게 해주기를 바라는 것을 나도 그에게 해주는 것이다. [. . .] 그렇다면 나는 퀴켁에게 무엇을 바라는가? 내 기독교 예배에 같이 참여해 주는 것이다. 그렇다면 나도 그의 의식에 참여해 주어야만 되리라." 그는 서서히 그 검은 피부의 폴리네시아인의 생활습관을 이해하고 포용하게 된다.

이쉬마엘이 퀴켁의 우상숭배를 존중하면 퀴켁은 은화 30달러를 둘로 나누어 한 몫을 이쉬마엘에게 주며 이에 화답한다. 그들의 우정은 종족, 피부색, 종교, 그리고 재산 등을 초월하고 있다. "당신도 나도, 그리고 필레그 선장도 이 퀴켁도 모두, 그리고 이 세상의 모든 사람들은 하나도 남기지 않고 그 태고 적부터 보편적인 교회입니다. [. . .] 이 세계의 신을 숭배하는 자가 모두 그 조합원입니다. [. . .] 우리가 모두 손을 잡는 것이 신앙입니다." 이쉬마엘은 기독교인이면서 백인이고 평범한 인물로 자신이 살고 있는 문명사회에 염증을 느껴 바다로 도피하였던 반면, 퀴켁은 이교도이자 유색인이고 그의 고향에서는 왕자라는 신분으로 통했으며 백인문명을 동경하여 왔다. 그러나 지금 이들은 외부적으로 서로 다르게 보이는 피부색, 외모, 신분, 그리고 종교 등의 편견을 초월하고 있다. 이들은 같은 침대에 동숙하면서 편안하고 안락함을 느낄 수 있었고 우정을 쌓을 수 있는 동등한 인격과 따뜻한 인간애를 발견하게 된다. 서로에게 원하는 것을 해주기 위해 기독교 의식과 우상숭배에 교대로 참여하는 이들의 우정은 편협하고 획일화된 청교도들과는 전혀 다르다. 이 획기적인 사고의 전환은 지배문화에 대한 새로운 반항의 자세이기도 한데, 이는 칭카츠국과 내티 범포의 우정이나 노예 짐을 신고하지 않고 차라리 지옥에 가기로 한 허크의 결정이나, 헤밍웨이의 단편 『살인자들』에서 닉 아담스가 흑인 조지와 나누는 우정과 흡사하다.

　　이쉬마엘의 이러한 사고의 전환은 그가 타자를 이해하고 포용할 수 있는 한 사람의 자유로운 인간으로 다시 태어나게 된 사실을 반영하는 것이다. 또한 정통 장로교회의 품에서 태어나고 자란 순수 기독교도이면서 남태평양 출신의 야만적 이교도인 퀴켁과 친밀한 우정을 나누는 이쉬마엘의 존재는 자신의 세계에서 홀로 떨어져 나와 방랑자로 떠돌면서도 이방인과 만나 그들과 함께 하는 것을 강조하는 것이다. 리차드 체이스는 "『모비딕』같은 민주주의적 서사시에서 우리는 한편으로는 평등과 형제애를, 그리고 또 한편으로는 개인주의를 기대하게 된다"고 말하고 있다.8) 기독교사회에서 냉대를 받아온 이쉬마엘과 퀴켁이 죽을 때까지 쌍둥이처럼 친한 친구로 지내게 되는 친교를 통하여 멜빌은 휴머니즘적 인본주의의 중요성을 강조

---

8) Richard Chase, *The American Novel and Its Criticism*, p. 101.

하고 있는 것이다. 작가는 모든 백인을 향해, 그리고 우월감과 편견에 사로잡혀있는 모든 지배층들을 향해 의미 있는 메시지를 던지면서 이쉬마엘의 눈을 통해 백인과 유색인 기독교도와 이교도로 이분법화 하고 있는 백인문명의 획일성을 비판하고 있다.

■ Main Points in *Moby-Dick*

1. Whenever I find myself growing grim about the mouth; whenever it is a damp, drizzly November in my soul; whenever I find myself involuntarily pausing before coffin warehouses, and bringing up the rear of every funeral I meet; and especially whenever my hypos get such an upper hand of me, that it requires a strong moral principle to prevent me from deliberately stepping into the street, and methodically knocking people's hats off—then, I account it high time to get to sea as soon as I can. This is my substitute for pistol and ball. With a philosophical flourish Cato throws himself upon his sword; I quietly take to the ship. (12)

2. Why did the poor poet of Tennesse, upon suddenly receiving two handfuls of silver, deliberate whether to buy him a coat, which he sadly needed, or invest his money in a pedestrian trip to Rockaway Beach? Why is almost every robust healthy boy with robust healthy soul in him, at some time or other crazy to go to sea? Why upon your first voyage as a passenger, did you yourself feel such a mystical vibration, when first told that you and your ship were now out of sight of land? Why did the old Persians hold the sea holy? Why the Greeks give it a separate deity, and make him the own brother of Jove? Surely all this is not without meaning. (13-14)

3. But what most puzzled and confounded you was a long, limber, portentous, black mass of something hovering in the centre of the picture over three blue, dim, perpendicular lines floating in a nameless yeast. A

boggy, soggy, squitchy picture truly, enough to derive a nervous man distracted. Yet was there a sort of indefinite, half-attained, unimaginable sublimity about it that fairly froze you to it, till you involuntarily took an oath with yourself to find out what that marvellous painting meant. [. . .] But alas, deceptive idea would dart you through. It's the breaking up of the ice-bound stream of Time. But at last all these fancies yielded to that one portentous something in the picture's midst. *That* once found out, and all the rest were plain. But stop; does it not bear a faint resemblance to a gigantic fish? Even the great Leviathan himself? (20)

4. As I sat there in that now lonely room; the fire burning low, in that mild stage when, after its first intensity has warmed the air, it then only glows to be looked at; the evening shades and phantoms gathering round the casements, and peering in upon us silent, solitary twain; the storm booming without in solemn swell; I began to be sensible of strange feelings. I felt a melting in me. No more my splintered heart and maddened hand were turned against the wolfish world. This soothing savage had redeemed it. There he sat, his very indifference speaking a nature in which there lurked no civilized hypocrisies and bland deceits. Wild he was; a very sight of sights to see; yet I began to feel myself mysteriously drawn towards him, and those same things that would have repelled most others, they were the very magnets that thus drew me. (53)

5. "Why, thou monkey," said a harpooner to one of these lads, "we've been cruising now hard upon three years, and thou hast not raised a whale yet. Whales are scarce as hen's teeth whenever thou art up here." Perhaps

they were; or perhaps there might have been shoals of them in the far horizon; but lulled into such an opium-like listlessness of vacant, unconscious reverie is this absent-minded youth by the blending cadence of waves with thoughts, that at last he loses his identity; takes the mystic ocean at his feet for the visible image of that deep, blue, bottomless soul, pervading mankind and nature; and every strange, half-seen, gliding, beautiful thing that eludes him; every dimly-discovered, uprising fin of some undiscernible form, seems to him the embodiment of those elusive thoughts that only people the soul by continually flitting through it. In this enchanted mood, thy spirit ebbs away to whence it came; becomes diffused through time and space; like Wickliff's sprinkled Pantheistic ashes, forming at last a part of every shore he round globe over.

There is no life in thee, now, except that rocking life imparted by a gently rolling ship; by her, borrowed from the sea; by the sea, from the inscrutable tides of God. But while this dream is on ye, move your foot or hand an inch; slip your hold at all; and your identity comes back in horror. Over Descartian vortices you hover. And perhaps, a mid-day, in the fairest weather, with one half-throttled shriek you drop through that transparent air into the summer sea, no more to rise for ever. Heed it well, ye Pantheists! (140)

6. This midnight-spout had almost grown a forgotten thing, when, some days after, lo! at the same silent hour, it was again announced: again it was described by all; but upon making sail to overtake it, once more it disappeared as if it had never been. And so it served us night after night, till no one heeded it but to wonder at it. Mysteriously jetted into the clear moonlight, or starlight, as the case might be; disappearing again for one

whole day, or two days, or three; and somehow seeming at every distinct repetition to be advancing still further and further in our van, this solitary jet seemed for ever alluring us on. (200-201)

7. I mention this circumstance, as if the cows and calves had been purposely locked up in this innermost fold; and as if the wide extent of the herd had hitherto prevented them from learning the precise cause of its stopping; or, possibly, being so young, unsophisticated, and every way innocent and inexperienced; however it may have been, these smaller whales—now and then visiting our becalmed boat from the margin of the lake—evinced a wonderous fearlessness and confidence, or else a still, becharmed panic which it was impossible not to marvel at. Like household dogs they came snuffling round us, right up to our gunwhales, and touching them; till it almost seemed that some spell had suddenly domesticated them. Queequeg patted their foreheads; Starbuck scratched their backs with his lance; but fearful of the consequences, for the time refrained from darting it.

But far beneath this wonderous world upon the surface, another and still stranger world met our eyes as we gazed over the side. For, suspended in those watery vaults, floated the forms of the nursing mothers of the whales, and those that by their enormous girth seemed shortly to become mothers. The lake, as I have hinted, was to a considerable depth exceedingly transparent; and as human infants while suckling will calmly and fixedly gaze away from the breast, as if leading two different lives at the time; and while yet drawing mortal nourishment, be still spiritually feasting upon some unearthly reminiscence;—even so did the young of these whales seem looking up towards us, but not at us, as if we were but a bit of Gulf-weed in their new-born sight. (325)

8. To a landsman, no whale, nor any sign of a herring, would have been visible at that moment; nothing but a troubled bit of greenish white water, and thin scattered puffs of vapor hovering over it, and suffusingly blowing off to leeward, like the confused scud from white rolling billows. The air around suddenly vibrated and tingled, as it were, like the air over intensely heated plates of iron. Beneath this atmospheric waving and curling, and partially beneath a thin layer of water, also, the whales were swimming. Seen in advance of all the other indications, the puffs of vapor they spouted, seemed their forerunning couriers and detached flying outriders. (191-92)

9. And how nobly it raises our conceit of the mighty, misty monster, to behold him solemnly sailing through a calm tropical sea; his vast, mild head overhung by a canopy of vapor, engendered by his incommunicable contemplations, and that vapor—as you will sometimes see it—glorified by a rainbow, as if Heaven itself had put its seal upon his thoughts. For, d'ye see, rainbows do not visit the clear air; they only irradiate vapor. And so, through all the thick mists of the dim doubts in my mind, divine intuitions now and then shoot, enkindling my fog with a heavenly ray. And for this I thank God; for all have doubts; many deny; but doubts or denials, few along with them, have intuitions. Doubts of all things earthly, and intuitions of some things heavenly; this combination makes neither believer nor infidel, but makes a man who regards them both with equal eye. (314)

10. Excepting the sublime *breach*—somewhere else to be described—this peaking of the whale' flukes is perhaps the grandest sight to be seen in all animated nature. Out of the bottomless profundities the gigantic tail seems spasmodically snatching at the highest heaven. So in dreams, have I seen majestic Satan thrusting forth his tormented colossal claw from the flame Baltic of Hell. But in gazing at such scenes, it is all in all what mood you are in; if in the Dantean, the devils will occur to you; if in that of Isaiah, the archangels. Standing at the mast-head of my ship during a sunrise that crimsoned sky and sea, I once saw a large herd of whales in the east, all heading towards the sun, and for a moment vibrating in concert with peaked flukes. As it seemed to me at the time, such a grand embodiment of adoration of the gods was never beheld, even in Persia, in the home of the fire worshippers. (317)

11. But in the great Sperm Whale, this high and mighty god-like dignity inherent in the brow is so immensely amplified, that gazing on it, in that full front view, you feel the Deity and the dread powers more forcibly than in beholding any other object in living nature. For you see no one point precisely; not one distinct feature is revealed; no nose, eyes, ears, or mouth; no face; he has none, proper; nothing but that one broad firmament of a forehead, pleated with riddles; dumbly lowering with the doom of boats, and ships, and men. (292)

12. The more I consider this mighty tail, the more do I deplore my inability to express it. At times there are gestures in it, which though they would well face the hand of man, remain wholly inexplicable. In an extensive

herd, so remarkable, occasionally, are these mystic gestures, that I have heard hunters who have declared them akin to Free-Mason signs and symbols; that the whale, indeed, by these methods intelligently conversed with the world. Nor are there wanting other motions of the whale in his general body, full of strangeness, and unaccountable to his most experienced assailant. Dissect him how I may, then, I but go skin deep; I know him not, and never will. But if I know not even the tail of this whale, how understand his head? Much more, how comprehend his face, when face he has none? Thou shalt see my back parts, my tail, he seems to say, but my face shall not be seen. But I cannot completely make out his back parts; and hint what he will about his face, I say again he has no face? (317-18)

13. In life, the visible surface of the Sperm Whale is not the least among the many marvels he presents. Almost invariably it is all over obliquely crossed and re-crossed with numberless straight marks in thick array, something like those in the finest Italian line engravings. But these marks do not seem to be impressed upon the isinglass substance above mentioned, but seem to be seen through it, as if they were engraved on the body itself. Nor is this all. In some instances, to the quick, observant eye, those linear marks, as in a veritable engraving, but afford the ground for far other delineations. These are hieroglyphics; that is, if you call those mysterious cyphers on the walls of pyramids hieroglyphics, then that is the proper word to use in the present connexion. By my retentive memory of the hieroglyphics upon one Sperm Whale in particular, I was much struck with a plate representing the old Indian characters chiselled on the famous hieroglyphics palisades on the banks of the Upper

Mississippi. Like those mystic rocks, too, the mystic-marked whale remains undecipherable. (260)

14. Squeeze! Squeeze! Squeeze! all the morning long; I squeezed that sperm till I myself almost melted into it; I squeezed that sperm till a strange sort of insanity came over me; and I found myself unwittingly squeezing my co-laborers' hands in it, mistaking their hands for the gentle globules. Such an abounding, affectionate, friendly, loving feeling did this avocation beget; that at last I was continually squeezing their hands, and looking up into their eyes sentimentally; as much as to say, —Oh! my dear fellow beings, why should we longer cherish any social acerbities, or know the slightest ill-humor or envy! Come; let us squeeze hands all round; nay, let us all squeeze ourselves into each othher; let us squeeze ourselves universally into the very milk and sperm of kindness.

Would that I could keep squeezing that sperm for ever! For now, since my many prolonged, repeated experiences, I have perceived that in all cases man must eventually lower, or at least shift, his conceit of attainable felicity; not placing it anywhere in the intellect or the fancy; but in the wife, the heart, the bed, the table, the saddle, the fire-side, the country; now that I have perceived all this, I am ready to squeeze case eternally. In visions of the night, I saw long rows of angels in paradise, each with his hands in a jar of spermaceti. (348-49)

15. And thus, through the serene tranquillities of the tropical sea, among waves whose hand-clappings were suspended by exceeding rapture, Moby Dick moved on, still withholding from sight the full terrors of his

submerged trunk, entirely hiding the wrenched hideousness of his jaw. But soon the fore part of him slowly rose from the water; for an instant his whole marbleized body formed a high arch, like Virginia's Natural Bridge, and warningly waving his bannered flukes in the air, the grand god revealed himself, sounded, and went out of sight. Hoveringly halting, and dipping on the wing, the white sea-fowls longingly lingered over the agitated pool that he left.

With oars apeak, and paddles down, the sheets of their sails adrift, the three boats now stilly floated, awaiting Moby Dick's reappearance.

"An hour," said Ahab, standing rooted in his boat's stern; and he gazed beyond the whale's place, towards the dim blue spaces and wide wooing vacancies to leeward. It was only an instant; for again his eyes seemed whirling round in his head as he swept the watery circle. The breeze now freshened; the sea began to swell. (448)

16. They were one man, not thirty. For as the ship that held them all; though it was put together of all contrasting things—oak, and maple, and pine wood; iron, and pitch, and hemp—yet all these ran into each other in the one concrete hull, which shot on its way, both balanced and directed by the long central keel; even so, all the individualities of the crew, this man's valor, that man's fear; guilt and guiltlessness, all varieties were welded into oneness, and were all directed to that fatal goal which Ahab their one lord and keel did point to. (455)

17. "Great God! but for one single instant show thyself," cried Starbuck; "never, never wilt thou capture him, old man—In Jesus' name no more

of this, that's worse than devil's madness. Two days chased; twice stove to splinters; thy very leg once more snatched from under thee; thy evil shadow gone—all good angels mobbing thee with warnings:—what more wouldst thou have?—Shall we be dragged by him to the bottom of the sea? Shall we be towed by him to the infernal world? Oh, oh,—Impiety and blasphemy to hunt him more!" (459)

18. "I've oversailed him. How, got the start? Aye, he's chasing me now; not I, him—that's bad; I might have known it, too. Fool! the lines—the harpoons he's towing. Aye, aye. I have run him by last night. About! about! Come down, all of ye, but the regular look outs! Man the braces!" [. . .]

A whole hour now passed; gold-beaten out to ages. Time itself now held long breaths with keen suspense. But at last, some three points off the weather bow, Ahab descried the spout again, and instantly from the three mast-heads three shrieks went up as if the tongues of fire had voiced it.

"Forehead to forehead I meet thee, this third time, Moby Dick! On deck there!—brace sharper up, crowd her into the wind's eye. He's too far off to lower yet, Mr. Starbuck." (461)

19. "Oh! Ahab," cried Starbuck, "not too late is it, even now, the third day, to desist. See! Moby Dick seeks thee not. It is thou, thou, that madly seekest him!" [. . .]

Whether fagged by the three days' running chase, and the resistance to his swimming in the knotted hamper he bore; or whether it was some latent deceitfulness and malice in him: whichever was true, the White Whale's way now began to abate, as it seemed, from the boat so rapidly nearing him once more; though indeed the whale's last start had not been so long a one as before. And still as Ahab glided over the waves the unpitying sharks accompanied him; and so pertinaciously stuck to the boat; and so continually bit at the plying oars, that the blades became jagged and crunched, and left small splinters in the sea, at almost every dip. (465-66)

20. Almost simultaneously, with a mighty volition of ungraduated, instantaneous swiftness, the White Whale darted through the weltering sea. But when Ahab cried out to the steerman to take new turns with the line, and hold it so; and commanded the crew to turn round on their seats, and tow the boat up to the mark; the moment the treacherous line felt that double strain and tug, it snapped in the empty air!

"Whale breaks in me? Some sinew cracks! — 'tis whole again; oars! oars! Burst in upon him!"

Hearing the tremendous rush of the sea-crashing boat, the whale wheeled round to present his blank forehead at bay; but in that evolution, catching sight of the nearing black hull of the ship; seemingly seeing in it the source of all his persecutions; bethinking it — it may be — a larger and nobler foe; of a sudden, he bore down upon its advancing now, smiting his jaws amid fiery showers of foam. (466-67)

21. The harpoon was darted; the stricken whale flew forward; with igniting velocity the line ran through the groove; — ran foul. Ahab stooped to clear

it; he did clear it; but the flying turn caught string their victim, he was shot out of the boat, ere the crew knew he was gone. Next instant, the heavy eye-splice in the rope's final end flew out of the stark-empty tub, knocked down an oarsman, and smiting the sea, disappeared in its depths.

For an instant, the tranced boat's crew stood still; then turned. "The ship? Great God, where is the ship?" [. . .] And now, concentric circles seized the lone boat itself, and all its crew, and each floating oar, and every lance-pole, and spinning, animate, all round and round in one vortex, carried the smallest chip of the Pequod out of sight. (469)

5

개척지의 가식적인 모조화 현상을 조소하는 헉 핀

    마크 트웨인은 신세계의 토착 소재로 미국의 고유한 사회상을 다루려고 부단히 노력하였다는 점에서 가장 미국적인 작가라고 볼 수 있다. 그의 주요 3부작인 『톰 소여의 모험』(1876), 『미시시피 강에서의 생활』(1883), 그리고 『허클베리 핀의 모험』(1885)에서 마크 트웨인은 종잡을 수 없지만 때 묻지 않은 한 소년의 의식 성장 과정을 통해 당시 신세계가 추구하고 있는 진정한 의미의 미국정신과 이상적인 미국인의 상이 무엇인가를 설명하고자 했다. 작가가 창조한 톰이나 헉 핀은 자유와 정의를 추구하고 인간의 거룩한 정신의 오염을 거부하며 부당한 외적인 환경의 강요에 도전하는 자세로 일관하는데, 이러한 모습은 끝없이 개척지로 나아가는 순진무구한 미국인 자체에 대한 이상화인 것이다. 가장 미국적이라 할 수 있는 토착인인 주인공이 그의 시각으로 세상을 바라보면서 수사적인 문어체나 과장된 언어보다는 실제로 쓰이는 구수한 방언을 구사함으로써 토속적인 미국의 정서를 전달하고 있다. 버나드 디보트는 "마크 트웨인이 그 지방의 방언, 비어, 그리고 속어 등을 마음대로 구사하여 소설 자체를 사실적인 방향으로 유도하였다"고 언급하고서는 "헉 핀의 이야기가 가장 민주적인 것을 표현하고 있다고 설명한다.[1] 그런가 하면 라이오넬 트릴링은 이 소설을 미국문화의 주요 기록서들 중의 하나"라고 논평한다.[2]

『허클베리 핀의 모험』에는 한 소년에 관한 단순한 이야기의 차원을 넘어 남부사회 비판이나 자유의 추구, 그리고 도덕적 성장 등 인간의 삶 전체에 대한 작가 자신의 진지한 통찰과 초월의식이 담겨 있다. 이들 이야기는 대략 1840년대 전후로 작가의 미시시피 강에 대한 새로운 관찰과 과거의 추억을 토대로 하여 유년시절의 공포와 환희를 긴밀하게 결합시켜 전개하고 있다. 이 소설의 줄거리는 남북전쟁 이전의 미국 남부사회에서 소일하던 14살짜리 부랑아 소년의 재미있고 유머스런 사회 편력담으로 이루어져 있지만, 다른 한편으로는 신대륙에서 겪은 개척민들의 삶의 애환이 담긴 인간의 투쟁사이기도 하다.

마크 트웨인은 당시 미국사회의 병폐와 허위, 그리고 가식을 하나씩 벗겨가면서 미국사회의 이상향을 갈망하였다. 당시의 사회상황은 비인도적인 요소들이 많았다. 이미 남부사회를 비롯한 미국전역은 노예제도, 계급제도, 물질만능주의, 그리고 종교적 위선 등 사회악이 만연해 있었다. 정착자들은 자유와 정의를 찾아서 신대륙을 찾았던 선조들의 의지와는 상반되는 모습을 보이고 있었다. 이들이 경제적 안정을 찾으면서, 오히려 그들의 최초의 목표였던 자유와 정의는 상실하고 있었다. 작가는『허클베리 핀의 모험』에서 왕과 공작의 사기극과 서커스장에서의 관객 기만, 셔번의 복스 살해 사건과 브릭스 빌 주민들의 반응, 그리고 그랜저퍼드 가문과 셰퍼드슨

---

1) Bernard Devoto, "The Artist as American," *Twentieth Century Interpretations of Adventures of Huckleberry Finn*(New Jersey: Prentice Hall Inc., 1968), p. 14.
2) Lionel Trilling, *The Liberal Imagination*, p. 368.

가문의 분쟁을 통해 당시의 미국의 이러한 젠체하는 사회상을 비판하고 있다.

작가의 타락한 미국사회에 대한 비판의지는 문명사회의 일원으로서 적응해 가기보다는 기존사회를 거부하려 애쓰는 헉의 태도에 의해 대변된다. 이쉬마엘처럼 헉 핀도 미시시피 강으로 모험을 시작하기에 앞서 강렬한 죽음의 유혹을 느끼는 인물이다. 헉 핀이 처한 상황은 그에게 여러 가지 점에서 힘들다. 어머니는 돌아가신지 오래되었고, 아버지는 가장으로서의 능력이 전혀 없고, 오히려 그에게 갖은 폭력과 학대를 일삼는 알콜 중독자이다. 학교생활은 새롭고 창의적인 수업보다는 매일 반복되는 획일적이고 지루한 일상사에 불과하다. 자유분방하게 거의 혼자서 살아 가정교육을 받아본 적이 없는 헉 핀으로서는 더글러스 아주머니 집에서의 규칙적인 생활과 교양교육은 하루하루가 지옥처럼 힘들고 무미건조하기만 하다. 더글러스 과부댁은 언제나 헉을 사회적 관습의 테두리 안에 가두어 두려하며 심지어는 식사시간을 종을 울려 알리는 조건반사적 가정교육을 행한다. 게다가 아버지 팹 핀은 더글러스 과부댁에서 나온 헉을 늘 옆에 붙들어 놓고 꼼짝을 못하게 하면서 소가죽 채찍으로 헉을 때리며 자신이 보호자임을 항상 인식시키려 한다. 그의 눈에 더글러스 과부의 규율과 종교, 그리고 아버지의 폭력은 자연 상태의 자유로운 삶의 추구에 대한 구속과 제약으로 비춰지고 있기에, 헉은 기존사회의 가치기준과 규율에 교화되는 것을 단호히 거부하고 새로운 정신적 자유를 찾으려 하는 것이다.

당시 미국의 부패하고 타락한 사회현실의 구체적인 모습은 우선 헉이 만난 왕과 공작이라는 사기꾼에 의해 드러난다. 왕과 공작은 미시시피 강변마을에서 가짜 치석 제거제를 팔고 엉터리 금주신앙부흥운동을 열어 주민들의 돈을 갈취하는 등 비열한 사기행각을 벌여왔다. 그들은 끊임없이 새로운 가면을 쓰고 개인이건 집단이건 상관없이 사기대상의 성격을 정확하게 간파하여 상대가 받아들이기 쉬운 모습으로 위장하여 남을 속이는 와중에 윌크스 가의 딸들에게 나타나 유산 상속자로 자처하기에 이른다. 매리 제인을 포함한 조지 윌크스의 딸들이 의지해야 할 대상을 필요로 하고 있던 처지였을 때, 이들 건달은 팀 콜린스로부터 사전에 정보를 입수하여 자신들의 신분을 장례식 참석 차 영국에서 건너온 죽은 피터의 동생 하비와 윌리엄으로 변장하여 유족들을 속인다. 왕과 공작의 사기극에 대한 로빈슨 박사의 정확한 판단력은 마을 사람들에게 아무런 영향력을 발휘하지 못하고, 매리 제인을 비롯한 마을 사람들은 이들이 가짜일 가능성에 대해서 전혀 의심을 하지 않고 상속절차를 진행시키게 된다.

그런데 피터 윌크스 가문의 유산으로 남긴 돈이 모두 야바위꾼들에게 넘겨지게 될 때, 하비와 윌리엄을 자처하는 또 다른 상속자가 등장하여 이들의 사기 행각은 실패로 끝난다. 하지만 문제는 이 귀족 사칭극이 거짓의 확대 재생산을 가져온다는 점이다. 사기극에 속은 마을사람들이 다른 사람들로부터 조롱거리가 되는 것이 두려워 그 마을의 나머지 사람들까지 자기들처럼 속게 하자고 인위적으로 사건을 공모하기에 이르는데, 이는 당시 미국사회가 얼마나 부패했는지를 단적으로 보여준다고 하겠다. 이렇게 윌크스 가문에 대한 이들의 사기극이 어느 정도 성공할 수 있었던 것은 그 마을 사람들이 혈연관계에 지나치게 집착하여 혈연관계가 가짜로 조작될 가능성을 전혀 의심하지 않았고, 또한 이들 협잡꾼들이 혈연관계가 허위에 의해 쉽게 조작될 수 있다는 것을 간파하고 있었기 때문이다. 이는 실재가 허위와 거짓에 의해 가려지는 가치관의 혼란이 팽배한 사회를 단적으로 드러내고 있다. 이들이 외양과 실재 사이의 밧줄을 능숙하게 타는 모습은 사기 피해자들의 몽매함을 보여주는 것이다.[3]

---

3) Gary Lindberg, *The Confidence Man in American Literature*(New York: Oxford UP, 1982), p. 195.

이 지역의 또 다른 타락상은 헉이 그랜저퍼드 집안과 셰퍼드슨 집안의 분쟁에 본의 아니게 개입하게 되면서 드러난다. 그랜저퍼드 가와 셰퍼드슨 가가 벌이는 격렬한 반목은 거짓이 지배하는 비이성적인 현실에서 가족이기주의가 얼마나 기만적인가를 보여주는 단적인 본보기이다. 그랜저퍼드 가 사람들은 조상 때부터 내려온 헛된 명예의식에 사로잡혀 셰퍼드슨 가와 무의미한 분쟁을 해오고 있다. 아버지는 자식들에게 허망한 호전성을 강요하고 자식들은 이를 다시 후손에게 물려주게 된다. 현실과 환상을 구분하지 못하는 이들은 조상들의 허구적인 미망을 절대적인 가치로 받아들일 뿐, 그것이 허상일 수 있다는 것을 전혀 의식하지 못하는 것이다. 그래서 이들 집안의 분쟁은 진실이 철저하게 배제된 채 가식적인 명예욕만 남겨 가족 모두를 죽음으로 내모는 파멸의 과정으로 이르게 한다.

누구도 그 분쟁이 시작된 원인을 모르고, 현재 당사자들 중 어느 누구도 그 이유를 알고 싶어 하지도 않으며, 또한 화해 책을 모색하지 않는 점이 특이하다. 반목의 당사자인 벅은 그것이 시작된 이유를 모르는 것이 당연한 듯 말한다. 이들의 질시와 허위가 근본적인 본질이 가려진 채 반복적으로 이어지는 것은 어떻게 보면 당연한지 모른다. 우선 이 분쟁이 끝나지 않는 이유는 양 집안사람들의 감상벽 때문일 수 있다.[4] 그러나 물론 감상주의가 양 집안 간의 분쟁을 지속시키는 중요한 요인이지만 더 근본적인 원인은 그들이 가족의 전통을 지키기 위해서 죽음을 감수하고서라도 무의미한 싸움을 자식들에게 맹목적으로 강요해왔다는 데 있다. 이들 양 집안이 허위와 과장으로 치장된 헛된 명예의식을 아무런 비판 없이 후손에게 전수시킨 것이 분쟁의 실질적인 원인이라 할 수 있다.

이 분쟁은 어딘지 모르게 게임과 유사한 일면을 보이고 있다.[5] 한 쪽

---

4) Marden J. Klark, "No Time To Be Sentimentering," *Mark Twain Journal* 21(Spring, 1983), p. 22.
5) Bruce Michelson, "Huck and The Games of The World," *Huck Finn Among The Critics: A*

집안이 거세게 몰아세우면 다른 쪽 집안은 대책을 마련하고, 상황이 역전되면 수세에 몰린 쪽이 다시 공격의 화살을 겨냥한다. 이들이 집착하는 것은 기세 싸움에서 이기는 것일 뿐 다른 일에는 전혀 관심이 없다. 결국 이들의 싸움은 자멸을 향해 나아갈 수밖에 없다. 그랜저퍼드 가와 셰퍼드슨 가 사람들이 부모가 물려주는 허식적인 가치관을 무비판적으로 수용하여 자신들의 행동지침으로 삼았다는 것은 역설적으로 당시의 미국의 젠체하는 품위 사회에 있어서 도덕의 최후의 보루로 여겨졌던 가족이라는 집단도 허구와 가식에 취약한 조직이라는 것을 드러내고 있는 것이다.

그들의 일상생활의 습관은 상식적인 시각에서 도저히 납득하기 어렵다. 이들이 자신들의 집안실내를 장식하고 있는 모조품인 인조과일을 보고 향기를 맡고 실제 과일 이상의 기분을 느끼거나, 신이 언제나 자기들의 편에 서 있다고 판단하고서 총을 들고 교회에 가서 예배를 드리는 무모한 행동을 일삼는 것처럼 이들은 허황된 미망에 도취되어 현실과 환상을 구별하지 못하고 있다. 그들에게 있어서 실재와 환상의 경계는 이미 오래 전에 허물어져 버린 채 모조과일이 실재가 되고, 교회에서 성경책보다 오히려 총이 그들의 명예를 지켜주는 대상으로 변하고 있다.

이 마을의 비인간적인 잔인성은 셔번 귀족의 폭력을 통해 드러난다. 복스란 술주정뱅이가 한 달에 한 번씩 이 마을에 와서 아무에게나 시비를 걸며 말썽을 부리는데, 이 마을 사람들은 이 시빗거리를 한 어릿광대가 등장하여 무료한 현실을 흥미진진하게 만들어 주는 정도로 여기고 있다. 그런데 어느 날 복스와 이 마을에 살고 있는 잔혹하기로 유명한 셔번 귀족 사이에 싸움이 일어난다. 언제나 근엄한 옷차림새와 화려한 겉치레를 중시하는 셔번 귀족은 밀짚모자나 쓰고 코트나 조끼 따위는 걸치지 않은 이 사람을

Centennial Selection, 1884-1984, ed., Thomas Inge(Washington D. C.: USA, 1984), pp. 218-19.

항상 멸시하였다. 복스는 자신을 몹시 경멸하는 셔번에게 용기를 내어 무모하게 대들었다가 그에게 살해된다. 그는 시비를 건다는 이유로 무기도 소유하지 않은 복스를 마치 죄인을 처형하듯 쏘아 죽여 버린다. 셔번 귀족이 복스의 무장여부와는 상관없이 그를 죽인 실제 이유는 복스가 자신의 사기 행각을 알고 있는 유일한 증인이므로 귀족으로서의 명예에 위협을 느꼈기 때문이다.

이 살인 사건에 대한 브릭스 빌 사람들의 반응은 허위와 위장이 이 마을에 얼마나 고질적으로 뿌리 박혀 있는지를 극명하게 보여준다. 복스가 숨을 거두자 마을사람들은 경쟁하듯 그의 죽음을 보기 위해 소란을 피운다. 브릭스 빌 주민들의 행동 어디에도 죽은 사람에 대한 애도나 연민의 빛은 찾아 볼 수 없고, 다만 복스의 마지막 모습을 구경하기 위해 혈안이 되어 있을 뿐이다. 이들은 한 인간의 죽음을 그저 눈요기 거리로만 여기고 있는 것이다. 실제로 브릭스 빌 사람들은 복스의 죽음을 한편의 연극으로 만들어 구경거리로 삼는다. 서커스 곡예사는 복스의 죽음을 흉내 낸 사나이 같이 자신의 정체를 술주정뱅이로 가장하고 청중들에게 즐거움을 제공한다. 브릭스 빌이란 세계에서 복스의 죽음은 단지 하나의 화제 거리로 변용되어 특이한 사건에서 즐거움을 찾는 이 마을 사람들의 왜곡된 욕구만을 충족시키고 있는 실정이다.

이 마을에서는 놀이가 실재가 되고 실재가 놀이가 되고 있다. 이 마을의 주민들은 현실을 있는 그대로 받아들이지 못하는 사람들이다. 그들에게 있어서 흥미롭게 각색되지 않은 현실이란 순간순간이 무료하고 단조로운 삶을 의미할 뿐이다. 따라서 그들은 언제나 새로운 자극을 찾기 위해 여념이 없다. 왜곡된 현실이 삶의 일부가 되어 버린 이 마을 사람들에게 있어서 삶 자체는, 시작은 있지만 끝이 없는 반복적인 유희인 것이다. 이렇게 브릭스 빌에서 거짓세계와 실재세계가 위험스럽게 혼용되고 있는 것은 가치관이 동요하는 사회 속에서 개인의 삶이 당면한 현실에 대한 확고한 믿음보다는 현실의 신빙성에 대한 끊임없는 의문제기에 의해 좌우되기 때문일 것이다.6)

그러면 여기서 미시시피 강변의 타락한 사회관습에 반항하는 헉의 세계관을 살펴보자. 그는 당시 미시시피 강변 마을의 예의를 중시하는 진부하고 획일적인 도덕적 가치기준으로 보면 정말 나쁜 불량소년 그 자체였다. 헉은 유일한 혈육인 아버지 팹 핀조차도 몇 개월마다 한 번씩 나타나기 때문에 가정도 보호자도 없는 고아나 마찬가지인 소년이었다. 그는 기성세대의 생각과 가치관은 안중에 없이 담배를 피우고 학교에도 다니지 않은 고삐 풀린 망아지 같은 문제아였다. 그런데 그동안 누구보다도 외로움과 소외감에 시달리면서 인간적인 사랑을 갈망하였던 헉이 왓슨 할머니로부터 자신을 뉴올리안즈로 팔아버리겠다는 말에 놀라 순간적으로 도망을 결행한 흑인 노예 짐을 잭슨 섬에서 만나 우정과 모험을 즐길 때는 이전의 문제아로서의 모습은 전혀 찾아볼 수 없다. 이들이 자신들이 소속됐던 부당한 인간조건들을 거부하고 미국내륙 깊숙이 흐르는 미시시피 강을 따라 여러 가지 모험을 경험하고 우정을 나누는 모습은 가정의 폭력과 진부성, 그리고 문명교육의 형식성과 품위사회의 가식성 등 획일화된 문명사회의 비인간적인 측면들과 극명하게 대비되고 있다.

사실 이러한 미시시피 강에서의 구속과 억압 없이 자유로운 헉의 생활 속에서도 그가 탈주한 노예 짐을 보호하기에는 사회적인 제약이 너무 많았다. 그와 짐이 거의 동시에 마을에서 사라졌고 헉이 자신의 죽음을 가장했기 때문에 당연히 첫 번째 살인 용의자로 짐이 지목되었다. 당시에는 도주한 흑인 노예를 고발하지 않고 도와주는 것은 도덕적으로 중요한 범법행위였다. 당시의 사회 규범은 도망친 노예를 목격하고도 주인에게 고발하

---

6) *Ibid.*, p. 222.

거나 인도해 주지 않으면 하나님에게 죄가 되어 지옥으로 떨어진다는 인식이 사회적으로 통념화 되어 있었다. 헉이 짐을 도와주는 일은 노예제도의 뿌리가 깊은 남부사회를 파괴하는 행위이며, 그 사회 속에서 자신의 위치를 고립시키는 일이었다.

따라서 사회적으로 배제되고 거부당한 그가 기존의 관습에서 벗어나 짐을 마음껏 도와주는 인간적인 행위를 실천하면서도 다른 한편으로는 그를 고발할 수 있는 구실을 찾는 등 헉은 깊은 갈등의 수렁에 빠진다. 헉은 도망 노예 은닉죄를 문득 생각하고서는 무서운 마음이 앞서 기도를 드리고 용서를 받고자 왓슨 아주머니에게 짐을 고발하는 편지를 쓰기도 하고, 왕과 공작이라는 사기꾼들이 짐을 40달러에 팔아 버리자고 모의할 때 이를 방조한 자신의 행위에 대해 고민하기도 한다. 헉은 한편으로는 왓슨 아주머니에게, 다른 한편으로는 짐에게 미안한 마음을 느껴 이럴 수도 저럴 수도 없는 진퇴양난의 수렁에 잠시 빠져든다. 그는 한참 동안이나 백인으로서의 자존심과 자연아로서 원초적으로 가지는 양심 사이에서 심한 갈등을 일으킨다. 그에게는 짐과 함께 정답게 이야기하고 노래 부르며 웃으며 지냈던 시간과, 짐이 자기를 지켜주던 모습, 그리고 안개 때문에 그들이 타고 있던 기선과 충돌하여 구사일생으로 살아 돌아왔을 때 아찔했던 상황 등이 떠오른다.

헉은 케어로에 가까이 오자 자신이 도주 노예 탈주를 방조한다는 생각에 다시 한 번 죄의식을 느끼며 갈등을 느끼고, 고민 끝에 짐을 고발하려는 결심을 한다. 그러다 자신이 자유주에 도착하게 되어 자유롭게 되면 돈을 벌어서 제일 먼저 흩어진 아내와 아이들을 다시 사오겠다고 말하면서 희망에 부풀어 매우 기뻐하는 짐의 모습을 보고 다시 포기한다. 그는 도망 노예를 잡는 백인을 만났을 때 막상 짐을 고발하지 못하고 천연두에 걸린 아버지가 뗏목을 타고 있다고 즉흥적인 거짓말을 함으로써 짐을 구하게 된다. 계속해서 헉의 갈등은 반복되고 그는 최종 선택의 갈림길에 서게 된다.

혁은 짐과 안개 속에서 헤어진 후에 다시 만나는 사건을 경험한다. 뗏목이 케어로를 지나치고 남부로 흘러 갈 무렵 무서운 증기선이 갑자기 어둠 속에서 나타나 약한 뗏목을 부숴 뜨려 그들이 잠시 헤어지는 위기를 맞이하였기 때문이었다. 혁은 도망 노예를 도와주는 문제를 놓고 고민하다 짐이 잠자는 틈을 이용하여 그곳을 빠져 나와 짐을 신고하려 하였다. 하지만 혁은 짐과 재회하는데, 그는 그 때 간밤의 이별에 따른 자신의 난처한 위기를 모면하려고 실제로 헤어진 것이 아니라 꿈을 꾼 것에 불과하다고 장난을 한다. 짐이 정색을 하고 진지한 태도로 그에게 다그치자 그는 양심의 가책을 느껴 곧 사과를 하게 된다. "나는 나 자신이 너무도 비열하게 느껴져 그걸 취소하기 위해서라면 그의 발에 키스라도 할 마음이었다. 내가 검둥이에게 가서 겸허하게 사과하기로 결정하기까지는 십오 분이 걸렸다. 그러나 나는 그렇게 했고 그 뒤로도 한 번도 그것을 후회해 본 적이 없었다." 결국 혁은 백인사회의 지배이데올로기에 의해 경직된 자신의 양심을 반성하고 짐을 도망 노예로 신고하기보다는 차라리 자신이 지옥에 가기로 결정한다. "나는 잠시 숨을 멈추고 생각해 보았다. 그리곤 나 자신에게 말했다. '좋아, 그렇다면 난 지옥에 가겠어.'" 혁은 왓슨 아주머니에게 쓴 편지를 찢어 버린 후 하나님과 인간이 주는 죄를 기꺼이 수용하고 다시는 마음을 바꾸지 않을 것이며 짐을 끝까지 도와줄 것이라고 맹세한다.

이들은 인간적으로 맺은 우정으로 당시의 반사회적인 시각을 이겨냈다. 혁은 이를 계기로 하여 피부색깔을 떠나 짐의 상호성을 진정으로 인정한 것이다. 혁이 내적 갈등을 겪지만 짐의 처지를 깊이 인식하고 그와 인간 대 인간의 진실한 관계를 통해 도덕적 성장을 이룬 것은 그의 도덕적 통찰력이 성장한 것이다. 혁의 짐에 대한 인간적인 예우가 완전한 자아를 지닌 인간으로 성장했다는 느낌을 갖게 만들면서 혁의 최종적인 행동방향은 기존의 가치관에 대한 자연아의 본원적인 양심의 승리라고 말할 수 있다. 혁의 짐에 대한 배려는 허위와 겉치레로 가득 찬 당시의 품위사회에 대한 반항의 의미가 담겨 있다고 볼 수 있다. 혁이 노예 짐을 음으로 양으로 도와준다는 사실에서 보듯 작가는 노예제도와 이를 바탕으로 세워진 남부사회를 비판한 것이다. 이 소설의 시대적 배경은 남북전쟁 전이지만 작가가 이 소설을 쓴 시기가 남부재건(1865-77)이 막바지에 접어든 후 임에도 사라지지 않고 있는 인종차별에 대해 몹시 우려한 것은 분명한 사실이다. 남북전쟁 후에 노예해방이 선언되었지만 표면상으로 흑인들의 처우는 사실상 달라진 것이 없었기 때문에 작가는 여기서 당시의 겉 다르고 속 다른 사회현실을 비판하고 있는 것이다.

여기서 미시시피 강은 새로운 모험을 제공하며 때로는 위험이 수반되지만 자연의 풍요로움을 만끽할 수 있는 장소로 부각되고 있다. 이곳에는 강 옆에 펼쳐지는 숲, 누우면 눈 위로 확 트이는 맑고 높은 하늘, 반짝이는 수많은 별, 그리고 새벽녘의 어슴푸레한 여명 등 자연의 갖가지 모습들이 장관을 이루고 있는데, 이 섬은 문명에 오염된 브릭스 빌 마을과는 다른 자연의 세계이며, 문명의 위선과 타락의 죄가 존재하지 않는 원선만이 존재하는 세계로 비춰진다. 그곳에 떠 있는 뗏목에서 서로 도우면서 모험을 즐기는 혁과 짐의 생활은 타인의 억압과 구속으로부터 벗어난 자유로운 세계라는 점에서, 잭슨 섬은 진정한 의미에서의 이상적인 미국에 대한 에덴동산의 축소판이라 말할 수 있다. 뗏목은 혁 핀과 짐이 강물의 급류에 맞추어 사이좋게 여행하는 떠 있는 유토피아로서의 아메리카가 된다. 이들은 뗏목으로 미시시피 강을 여행하면서 문명사회로부터 침해당하지 않는 자연 그대로의 하나의 세계를 경험하는 것이다. 문명사회에서 탈출한 혁과 짐은 유유하게 흐르는 미시시피 강 속에서 깨끗한 자연으로부터 안락함과 평화로움을 느낄 뿐만 아니라 숭엄미와 경외감마저 느낀다.7) 따라서 혁 핀은 문명에 찌

---

7) Lionel Trilling, "The Greatness of Huckleberry Finn," *The Adventures of Huckleberry Finn*,

들지 않은 원초적인 모습을 지닌 인물로 어른들의 세계, 불평등, 허위, 무질서에 대한 집착, 그리고 사기 등으로 가득 찬 가식세계로부터의 오염에서 벗어난 때 묻지 않은 자연아의 모습으로 등장한다는 점에서 아메리칸 아담의 전형이라고 볼 수 있다.

그런데 피들러는 짐과 헉 핀이 나누는 이러한 우정을 현실에서는 이루어질 수 없는 너무나 감상적인 꿈이라고 말한다. 그는 미국의 아담적 이상은 미국인의 상상의 나라인 변경지역의 숲 속, 바다의 포경선, 미시시피 강가의 뗏목 위에서만 가능할 뿐 현실에서는 이루어지기 어렵다고 보았던 것이다.8) 피들러가 그의 에세이 「헉 핀이여, 다시 뗏목으로 돌아와 다오!」에서 미국의 어느 거리에서나 백인소년과 흑인소년이 서로 정답게 뒹굴며 노는 것을 쉽게 발견할 수 있으나 어른들에게서는 이러한 모습을 전혀 찾을 수 없다고 조롱하는 백인사회의 실체 분석은 예리한 통찰이다. 백인과 유색인종 사이의 우정은 유년시절의 꿈으로만 머물 뿐이지 현실에서 이루어지기에는 너무나 많은 난관을 지니고 있음을 수긍하지 않을 수 없다. 사실 미국소설에 있어서도 백인과 유색인의 다정한 우정과 이에 따른 미국의 아담적 추구는 이 소설을 끝으로 거의 종지부를 찍고 이제 물질주의와 정신주의 그리고 이상과 현실이 혼재하는 미국의 꿈의 추구로 나아가고 있다.

---

ed., Sculley Bradley(New York: W. W. & Co., 1977), p. 312.

8) Leslie Fiedler, "Come Back to the Raft Ag'in, Huck Honey," *An Ending to Innocence*(New York: Stein and Day, 1955), p. 146.

■ Main Points in *Adventures of Huckleberry Finn*

1. You don't know about me, without you have read a book by the name
   of "Adventures of Tom Sawyer,"9) but that ain't no matter. That book
   was made by Mr. Mark Twain, and he told the truth, mainly. There
   was[were] things that he stretched, but mainly he told the truth. That is
   nothing. I never seen anybody but lied, one time or another, without it
   was Aunt Polly, or the widow, or maybe Mary. Aunt Polly—Tom's Aunt
   Polly, she is—and Mary, and the Widow Douglass, is all told about in
   that book—which is mostly a true book; with some stretchers, as I said
   before. (7)

2. Miss Watson's nigger, Jim, had a hair-ball as big as your fist, which had
   been took out of the fourth stomach of an ox, and he used to do magic
   with it.10) He said there was a spirit inside of it, and it knowed11)
   everything. So I went to him that night and told him pap was here again,
   for I found his tracks in the snow. What I wanted to know, was, what
   he was going to do, and was he going to stay? Jim got out his hair-ball,
   and said something over it, and then he held it up and dropped it on the

---

9) Published in 1876, when Clemens wrote the opening chapters of Huckleberry Finn, the
   stories of Tom and Huck were still closely linked in his mind. In 1876 Clemens thought
   he was halfway through "another boy's book," but it was to take eight more years of
   labors, by fits and starts, before Clemens finished "Huck Finn's Autobiography." Except,
   perhaps, for the controversial ending, the new book carried its hero and the American novel
   far beyond Tom Sawyer and the boy-book tradition.
10) Most of Jim's superstitions have European origins, but the hair-ball is from African
    voodoo.
11) knew

floor. It fell pretty solid, and only rolled about an inch. Jim tried it again, and then another time, and it acted just the same. Jim got down on his knees and put his ear against it and listened. But it warn't no use; he said it wouldn't talk. He said sometimes it wouldn't talk without money. [. .]

Jim put the quarter under the hair-ball and got down and listened again. This time he said the hair-ball was all right. He said it would tell my whole fortune if I wanted it to. I says, go on. So the hair-ball talked to Jim, and Jim told it to me. (19-20)

3. When I lit my candle and went up to my room that night, there sat pap, his own self! I had shut the door to. Then I turned around, and there he was. I used to be scared of him all the time. He tanned me so much.

He was most fifty, and he looked it. His hair was long and tangled and greasy, and hung down, and you could see his eyes shining through like he was behind vines. It was all black, no gray; so was his long, mixed-up whiskers. I stood a-looking at him; he set there a-looking at me. (20-21)

4. After supper pap took the jug, and said he had enough whisky there for two drunks and one delirium tremens. That was always his word. I judged he would be blind drunk in about an hour, and then I would steal the key, or saw myself out, one or 'tother. He drank, and drank, and tumbled down on his blankets, by and by; but luck didn't run my way. [. . .] By and by he rolled out and jumped up on his feet looking wild, and he see me and went for me. He chased me round and round the place, with a clasp-knife, calling me the Angel of Death, and saying he

would kill me and then I couldn't come for him no more. I begged, and told him I was only Huck; but he laughed such a screechy laugh, and roared and cussed, and kept on chasing me up. Once when I turned short and dodged under his arm he made a grab and get me by the jacket between my shoulders, and I thought I was gone; but I slid out of the jacket, quick as lightening, and saved myself. Pretty soon he was all tired out, and dropped down with his back against the door, and said he would rest a minute and then kill me. (27-28)

5. It was all grass clear to the canoe; so I hadn't left a track. I followed around to see. I stood on the bank and looked out over the river. All safe. So I took the gun and went up a piece into the woods and was hunting around for some birds when I see a wild pig; hogs soon went wild in them bottoms after they had got away from the prairie farms. I shot this fellow and took him into camp.

I took the ax and smashed in the door—I beat it and hacked it considerable a-doing it. I fetched the pig in, and took him back nearly to the table and hacked into his throat with the ax, and laid him down on the ground to bleed—I say ground, because it was ground—hard packed, and no boards. [. . .] Well, last I pull out some of my hair, and blooded the ax good, and stuck it on the back side, and slung the ax in the corner. (31)

6. So I took my gun and slipped off towards where I had run across that camp fire, stopping every minute or to listen. But I hadn't no luck, somehow; I couldn't seem to find the place. But by and by, sure enough,

I catched a glimpse of fire, away through the trees. I went for it, cautious and slow. By and by I was close enough to have a look, and there laid a man on the ground. It most give me the fantods.[12] He had a blanket around his head, and his head was nearly in the fire. I set there behind a clump of bushes, in about six foot of him, and kept my eyes on him steady. It was getting gray daylight now. Pretty soon he gapped and stretched himself, and hove off the blanket, and it was Miss Watson's Jim! I bet I was glad to see him. I says: "Hello, Jim!" and skipped out.

He bounced up and stared at me wild. Then he drops down on his knees, and puts his hands together and says: "Don't hurt me—don't! I hain't ever done no harm to a ghos'." [. . .]

Well, I wasn't long making him understand I warn't dead. (37-38)

7. Next morning the river was getting slow and dull, and I wanted to get a stirring up, some way. I said I reckoned I would slip over the river and find out what was going on. Jim liked that notion; but he said I must go in the dark and look sharp. Then he studied it over and said, couldn't I put on some them old things and dress up like a girl? That was a good notion, too. So we shortened up one of the calico gowns, and I turned up my trowser[13]-legs to my knees and got into it. Jim hitched it behind with the hooks, and it was fair fit. I put on the sun-bonnet and tied it under my chin, and for a body to look in and see my face was like looking down a joint of stove-pipe. Jim said nobody would know me, even in the daytime, hardly. I practiced around all day to get the hang of the things, and by and by I could do pretty well in them, only Jim said I didn't walk

12) The shakes, the willies; slang variant of "fantasy."
13) trouser

like a girl; and he said I must quit pulling up my gown to get at my britches pocket. I took notice, and done better. (47-48)

8. I started across to the town from a little below the ferry landing, and the drift of the current fetched me at the bottom of the town. I tied up and started along the bank. There was a light burning in a little shanty that hadn't been lived in for a long time, and I wondered who had took up quarters there. I slipped up and peeped in at the window. There was a woman about forty year old in there knitting by a candle that was on a pine table. I didn't know her face; she was a stranger, for you couldn't start a face in that town that I didn't know. Now this was lucky, because I was weakening; I was getting afraid I had come; people might know my voice and find me out. But if this woman had been in such a little town two days she could tell me all I wanted to know; so I knocked at the door, and made up my mind I wouldn't forget I was a girl. (48)

9. I went up the banks about fifty yards, and then I doubled on my tracks and slipped back to where my canoe was, a good piece below the house. [. . .] I jumped in and was off in a hurry. I went up stream far enough to make the head of the island, and then started across. [. . .]

Then I jumped in the canoe and dug out for our place a mile and a half below, as hard as I could go. I landed, and sloped through timber and up the ridge and into the cavern. There Jim laid, sound asleep on the ground. I roused him out and says: "Git up and hump yourself, Jim! There ain't a minute to lose. They're after us!"

Jim never asked no questions, he never said a word; but the way he worked for the next half an hour showed about how he was scared. By that time everything we had in the world was on our raft and she was ready to be shoved out from the willow cove where she was hid. We put out the camp fire at the cavern the first thing, and didn't show a candle outside after that. (53-54)

10. Mornings, before daylight I slipped into corn fields and borrowed a watermelon, or a mush melon, or a pumpkin, or some new corn, or things of that kind. Pap always said it warn't no harm to borrow things if you was meaning to pay them back sometime; but the widow said it warn't anything but a soft name for stealing, and no decent body would do it. Jim said he reckoned the widow was partly right and pap was partly right; so the best way would be for us to pick out two or three things from the list and say we wouldn't borrow them any more—then he reckoned it wouldn't be no harm to borrow the others. (56)

11. The fifth night below St. Louis we had a big storm after midnight, with a power of thunder and lightning, and the rain poured down in a solid sheet. We stayed in the wigwam and let the raft take care of itself. When the lightning glared out we could see a big straight river ahead, and high rocky bluffs on both sides. By and by says I, "Hel-lo, Jim, looky yander!" It was a steamboat that had killed herself on a rock. We was drifting straight down for her. The lightning showed her very distinct. She was leaning over, with part of her upper deck above water, and you could see every little chimbly-guy[14] clean and clear, and a chair by the big

---

14) Wires bracing the chimneys

bell, with old slouch hat hanging on the back of it when the flashes come. (56)

12. We went sneaking down the slope of it to labboard, in the dark, towards the texas, feeling our way slow with our feet, and spreading our hands out to fend off the guys, for it was so dark we couldn't see no sign of them. Pretty soon we struck the forward end of the skylight, and clumb on to it; and the next step fetched us in front of the captain's door, which was open, and by Jimminy, away down through the texas-hall we see a light! and all in the same second we seem to hear low voices in yonder! (57)

13. We went drifting down into a big bend, and the night clouded up and got hot. The river was very wide, and was walled with solid timber on both sides; you couldn't see a break in it hardly ever, or a light. We talked about Cairo, and wondered whether we would know it when we got to it. I said likely we wouldn't, because I had heard say there warn't but about a dozen houses there, and if they didn't happen to have them lit up, how was we going to know we was passing a town? Jim said if the two big rivers joined together there, that would show. But I said maybe we might think we was passing the foot of an island and coming into the same old river again. That disturbed Jim—and me too. So the question was, what to do? I said, paddle ashore the first time a light showed, and tell them pap was behind, coming along with a trading-scow, and was a green hand at the business, and wanted to know how far it was to Cairo. Jim thought it was a good idea, so we took a smoke on it and waited.

There warn't nothing to do, now, but to look out sharp for the town, and not pass it without seeing it. He said he'd be mighty sure to see it, because he'd be a free man the minute he seen it, but if he missed it he'd be in the slave country again and no more show for freedom. Every little while he jumps up and says: "Dah she is!"

But it warn't it was Jack-o-lanterns, or lightning-bugs; so he set down again, and went to watching, same as before. Jim said it made him all over trembly and feverish to be so close to freedom. Well, I can tell you it made me all over trembly and feverish, too, to hear him, because I begun to get it through my head that he was most free—and who was to blame for it? Why, *me*, I couldn't get that out of my conscience, no how nor no way. It got to trembling me so I couldn't rest; I couldn't stay still in one place. (72-73)

14. Jim talked out loud all the time while I was talking to myself. He was saying how the first thing he would do when he got to a Free State he would go to saving up money and never spend a single cent, and when he got enough he would buy his wife, which was owned on a farm close to where Miss Watson lived; and then they would both work to buy the two children, and if their master wouldn't sell them, they'd get an Ab'litionist to go and steal them.

It most froze me to hear such talk. He wouldn't ever dared to talk such talk in his life before. Just see what a difference it might in him the minute he judged he was about free. [. . .] Here was this nigger which I had as good as helped to run away, coming right out flat-footed and saying he would steal his children—children that belonged to a man I didn't even know; a man that hadn't ever done me no harm. (73-74)

15. I was sorry to hear Jim say that, it was such a lowering of him. My conscience go to stirring me up hotter than ever, until at last I says to it, "Let up on me—it ain't too late, yet—I'll paddle ashore at the first light, and tell." I felt easy, and happy, and light as a feather, right off. All my troubles was gone. [. . .]

I was paddling off, all in a sweat to tell on him; but when he says this, it seemed to kind of take the tuck all out of me. I went along slow then, and I warn't right down certain whether I was glad I started or whether I warn't. [. . .]

Right then, along comes a skiff with two men in it, with guns, and they stopped and I stopped. One of them says:

"What's that yonder?"

"A piece of a raft," I says.

"Do you belong on it?"

"Yes, sir."

"Any men on it?"

"Only one, sir."

"Well, there's five niggers run off to-night, up yonder above the head of the bend. Is your man white or black?"

I didn't answer up prompt. I tried to, but words wouldn't come. I tried, for a second or two, to brace up and out with it, but I warn't man enough—hadn't the spunk of a rabbit. I see I was weakening; so I just give up trying, and up and says—

"He's white."15)

"I reckon we'll go and see for ourselves."

---

15) Huck's triump over his shore-trained conscience anticipates the great crisis of conscience he will face in Chapter XXXI.

"I wish you would," says I, "because it's pap that's there, and maybe you'd help me tow the raft ashore where the light is. He's sick—and so is man and Marry Ann."

"Oh, the devil! we're in a hurry, boy. But I s'pose we've go to. Come—buckle to your paddle, and let's get along." [. . .]

"Set her back, John, set her back!" says one. They backed water. "Keep away, boy—keep to looard.[16] Confound it, I just expect the wind has blowed it to us. Your pap's got the small-pox, and you know it precious well. Why didn't you come out and say so? Do you want to spread it all over?" (74-75)

16. By and by we talked about what we better do, and found there warn't no way but just to go along down with the raft till we got a chance to buy a canoe to go back in. [. . .]

The place to buy canoes is off of rafts laying up at shore. But we didn't see no rafts laying up; so we went along during three hours and more. Well, the night got gray, and ruther[17] snow, which is the next meanest thing to fog. You can't tell the shape of the river, and you can't see no distance. It got to be very late and still, and then along comes a steamboat up the river. [. . .]

We could hear her pounding along, but we didn't see her good till she was close. She aimed right for us. Often they do that and try to see how close they can come without touching; sometimes the wheel bites off a sweep, and then the pilot sticks his head out and laughs, and thinks he's mighty smart. Well, here she comes, and we said she was going to try

---

16) Leeward, the side toward which the wind is blowing.
17) rather

to shave us; but she didn't seem to be sheering off a bit. [. . .] There was a yell at us, and a jingling of bells to stop the engines, a pow-wow of cussing, and whistling of steam—and as Jim went overboard on one side and I on the other, she comes smashing straight through the raft.[18]

I dived—and I aimed to find the bottom, too for a thirty-foot wheel had got to go over me, and I wanted it to have plenty of room. I could always stay under water a minute; this time I reckon I said under water a minute and a half. Then I bounced for the top in a hurry, for I was nearly busting. I popped out to my arm-pits and blowed the water out of my nose, and puffed a bit. [. . .]

I sung out for Jim about a dozen times, but I didn't get answer; so I grabbed a plank, that touched me while I was "treading water," and struck out for shore, shoving it ahead of me. [. . .] I made a safe landing, and clumb the bank. I couldn't see but a little ways, but I went poking along over rough ground for a quarter of a mile or more, and then I run across a big old fashioned double log house before I noticed it. I was going to rush by and get away, but a lot of dogs jumped out and went to howling and barking at me, and I knowed better than to move another peg. [. . .] In about a minute somebody spoke out of a window without putting his head out, and says: "Be done, boys! Who's there?"

I says:

"It's me."

"Who's me?"

"George Jackson, sir." (78-79)

---

18) After composing about 400 manuscript pages in the summer of 1876, Clemens stopped writing at approximately this point. He resumed three years later, producing only chapters XVII-XX and part of XXI between autumn 1879 and summer 1883.

17. I went off down to the river, studying over this thing, and pretty soon I noticed that my nigger was following along behind. When we was out of sight of the house he looked back and around a second, and then comes a-running. [. . .]

I followed a half a mile, then he struck out over the swamp waded ankle deep as much as another half mile. We come to a little flat piece of land which was dry and very thick with trees and bushes and vines, [. . .] Then I slopped right along and went away, and pretty soon the trees hid him. I poked in the place a-ways, and come to open patch as big as a bedroom, all hung around with vines, and found a man laying there asleep— and by jigs it was my old Jim!

I waked him up, and I reckoned it was going to be grand surprise to him to see me again, but it warn't. He nearly cried he was so glad, but he warn't surprised. Said he swum along behind me, that night, and heard me yell every time, but dasn't answer, because he didn't want nobody to pick *him* up and take him into slavery again. (91-92)

18. One morning about day-break, I found a canoe and crossed over a chute[19] to the main shore—it was only two hundred years—and paddled about a mile up a crick amongst the cypress woods, to see if I couldn't get some berries. Just as I was passing a place where a kind of a cow-path crossed the crick, here comes a couple of men tearing up the path as tight as they could foot it. I thought I was a goner, for whatever anybody was after anybody I judged it was me—or maybe Jim. I was about to dig out from there in a hurry, but they was pretty close to me then, and sung out and

---

19) A narrow, swift-flowing channel to the mainland.

begged me to save their lives—said they hadn't been doing nothing, and was being chased for it—said there was men and dogs a-coming. [. . .]

They done it, and as soon as they was aboard I lit out for our towhead, and in about five or ten minutes we heard the dogs and the men away off, shouting. (98)

19. I didn't have to be ordered twice, to go and take a steamboat ride. I fetched the shore a half a mile above the villages, and then went scooting along the bluff bank in the easy water. Pretty soon we come to a nice innocent-looking young country jake setting on a log swabbing the sweat off of his face, for it was powerful warm weather, and he had a couple of big carpet-bags by him. (127)

20. Next day, towards night, we laid up under a little willow towhead out in the middle, where there was a village on each side of the river, and the duke and the king begun to lay out a plan for working them towns. [. . .] He was uncommon bright, the duke was, and he soon struck it. He dressed Jim up in King Lear's outfit—it was a long curtain-calico gown, and a white horse-hair wig and whiskers; and then he took his theater-paint and painted Jim's face and hands and ears and neck all over a dead dull solid blue, like a man that's been drownded, nine days. [. . .]

We had all bought store clothes where we stopped last; now the king put his'n on, and he told me to put mine on. I done it, of course. (126-27)

21. I see what the king was up to; but I never said nothing, of course. When I got back with the duke, we hid the canoe and then they set down on a log, and the king told him everything, just like the young fellow had said it—every last word of it. And all the time he was a doing it, he tried to talk like an Englihman; and he done it pretty well too, for a slouch. I can't imitate him, and so I ain't a going to try to; but he really done it pretty good. (130)

22. The news was all over town in two minutes, and you could see the people tearing down on the run, from every which way, some of them putting on their coats as they come. Pretty soon we was in the middle of a crowd, and the noise of the tramping was like a soldier march. [. . .]

When we get to the house the street in front of it was packed, and the three girls *was* standing in the door. Mary Jane was red-headed, but that don't make no difference, she was most awful beautiful, and her face and her eyes was all lit up like glory, she was so glad her uncles was come. The king spread his arms, and Mary Jane she jumped for them, and the hard-lip jumped for the duke, and there they *had* it! Everybody most, leastways women, cried for joy to see them meet again at last and have such good times. (131)

23. Then the king he hunched the duke, private—I see him do it—and then the king looked around and see the coffin, over in the corner on two chairs, so then, him and the duke, with a hand across each other's shoulder, and t'other hand to their eyes, walked slow and solemn over there, everybody dropping back to give them room, and all the talk and

noise stopping, people saying "Sh!" and all the men taking their hats off and dropping their heads, so you could a heard a pin fall. And then when they got there, they bent over and looked in the coffin, and took one sight, and then they bust out a-crying so you could'a heard them to Orleans, most; and then they put their arms around other's necks, and hung their chins over each other's shoulders; and then for three minutes, I never see two men leak the way they done. (131)

24. So the king he blattered along, and managed to inquire about pretty much everybody and dog in town, by this name, and mentioned all sorts of little things that happened one time or another in the town, or to George's family, or to Peter; and he always let on that Peter wrote him the things; but that was a lie, he got every blessed one of them out of that young flathead that we canoed up to the steamboat. (132-33)

25. Then Mary Jane she fetched the letter her father left behind, and the king he read it loud and cried over it. It give the dwelling-house and three thousand dollars, gold to the girls; and it give the tanyard(which was doing a good business), along with some other houses and land(worth about seven thousand), and three thousand and dollars in gold to Harvey and William, and told where the six thousand cash was hid, down the cellar. So these two frauds said they'd go and fetch it up, and have everything square and above-board; and told me to come with a candle. We shut the cellar door behind us, and when they found the bag they split it out on the floor, and it was a lovely sight, all them yaller boys. (133)

26. Mary Jane she went for him, Susan and hare-lip went for the duke, and then such another hugging and kissing I never see get.

And everybody crowded up with the tears in their eyes, and most shook the hands off of them frauds, saying all the time: "You *dear* good souls!—how lovely!—how could you!" Well, then, Pretty soon all hands got to talking about the diseased again and how good he was, and what a loss he was, and all that; and before long a big iron-jawed man[Doctor Robinson] worked himself in there from outside, and stood a listening and looking, and not saying anything; and no body saying anything to him either, because the king was talking and they was all busy listening. The king was saying-in the middle of something he'd started in on— [. . .] Well, the iron-jawed man he laughed right in his face. Everybody was shocked. [. . .] They[People] crowded around the doctor, and tried to quiet him down, and tried to explain to him, and tell him how Harvey'd showed in forty ways that he *was* Harvey, and knowed everybody by name, and the names of the very dogs, and begged and begged him not to hurt Harvey's feelings and the poor girls' feelings, and all that; but it warn't no use, he stormed right along, and said any man that pretended to be an Englishman and couldn't imitate the lingo no better than what he did, was a fraud and a liar. (135-36)

27. So I went to his[the king's] room and begin to paw around there. But I see I couldn't do nothing without a candle, and I dasn't light one, of course. So I judged I'd got to do the other thing—lay for them and eavesdrop. About that time I hears their footsteps coming, and was going to skip under the bed; I reached for it, but it wasn't where I thought it would be; but I touched the curtain that hid Mary Jane's frocks; so I

jumped in behind that and snuggled in amongst the gowns, and stood there perfectly still. They come in and shut the door; the first thing the duke done was to get down and look under the bed. Then I was glad I hadn't found the bed when you are up to anything private. (141)

28. I crept to their doors and listened; they was snoring, so I tiptoed along, and get down stairs all right. There weren't a sound anywheres. I peered through a crack of dinning-room door, and see the men that was watching the corpse all sound asleep on their chairs. The door was open into the parlor, where the corpse was laying, and there was a candle in both room, I passed along, and the parlor door was open; but I see there warn't nobody in there but the remainders of Peter; so I shoved on by; but the front door was locked, and the key wasn't there. Just then I heard somebody coming down the stairs, back behind me. I run in the parlor, and took a swift look around, and the only place I see to hide the bag was in the coffin. The lid was shoved along about a foot, showing the dead man's face down in there, with a wet cloth over it, and his shroud on. I tucked the money-bag in under the lid, just down beyond where his hands were crossed, which made me creep, they was so cold, and then I run back across the room and in behind the door. (143)

29. Well, they held auction in the public square, along towards the end of afternoon, and it strung along, and strung along, and the old man he was on hand and looking his level piousest, up there longside of the auctioneer, and chipping in a little scripture, now and then, or a little goody-goody saying, of some kind, and the duke he was around

goo-gooing for sympathy all he knowed how, and just spreading himself generly.

But by and by the thing dragged through, and everything was sold. Everything but a little old trifling lot in the graveyard. So they'd got to work *that* off—I never see such a grafft as the king was for wanting to swallow *everything*. Well, whilst they was at it, a steamboat landed, and in about two minutes up comes a crowd a whooping and yelling and carrying on, and singing out: "Here's your opposition line! Here's your two sets o' heirs to old Peter Wilks—and you pays your money and takes your choice!" (154-55)

30. They was fetching a very nice-looking old gentleman along, and a nice-looking younger one, with his right arm in a sling. And my souls, how the people yelled, and laughed, and kept it up. But I didn't see no joke about it, and I judged it would strain the duke and the king some to see any. I reckoned they'd turn pale. But no, nary a pale did they *turn*. The duke he never let on he suspicioned what was up, but it just went a goo-gooing around, happy and satisfied, like a jug that's gooling out butter milk; and as for the king, he just gazed and gazed down sorrowful on them new comers like it give him the stomach-ache in his very heart to think there could be such frauds and rascals in the world. Oh, he done it admirable. Lots of principle people gethered[20] around the king, to let him see they was on his side. That old gentleman that has just come looked all puzzled to death. Pretty soon he begun to speak, and I see, straight off, he pronounced *like* an Englishman, not the king's way,

---

20) gathered

though the king's *was* pretty good, for an imitation. (155)

31. I *was* scared, now, I tell you. But there warn't no getting away, you know. They gripped us all, and marched us all, and marched us right along, straight for the graveyard, which was a mile and a half down the river, and the whole town at our heels, for we made noise enough, and it was only in the evening. As we went by our house I wished I hadn't sent Mary Jane out of town; because now if I could tip her the wink, she'd light out and save me, and blow on our dead-beats.

Well, we swarmed along down the river road, just carrying on like wild-cats; and to make it more scary, the sky was darking up, and the lightning beginning to wink and flitter, and the wind to shiver amongst the leaves. This was the most awful trouble and most dangersome I ever was in; and I was kinder stunned; everything was going so different from what I had allowed for; stead of being fixed so I could take my own time, if I wanted to, and see all the fun, and I have Mary jane at my back to save me and set me free when the close-fit come, here was nothing in the world betwixt me and sudden death but just them tatoo-marks. [. . .]

I couldn't bear to think about it; and yet, somehow, I couldn't think about nothing else. It got darker and darker, and it was a beautiful time to give the crowd the slip; but that big husky had me by the wrist—Hines—and a body might as well try to give Goliatr[21] the slip. He dragged me right along, he was so excited, and I had to run to keep up.

When they got there they swarmed into the graveyard and washed over it like an overflow. [. . .] At last they got out the coffin and begun to

---

21) Goliath

unscrew the lid, and then such another crowding, and shouldering, and shoving as there was, to scrouge in and get a sight, you never see; and in the dark, that way, it was awful. Hines he hurt my wrist dreadful, pulling and tugging so, and I reckon he clean forget I was in the world, he was so excited and panting. All of a sudden the lightning let go a perfect sluice of white glare, and somebody sings out: "By the living jingo, here's the bag of gold on his breast!"

Hines let out a whoop, like everybody else, and dropped my wrist and give a big surge to bust his way in and get a look, and the way I lit out and shinned for the road in the dark, there ain't nobody can tell. (160-61)

제3부
미국, 샐러드 그릇

- 재즈시대에서의 길 잃은 세대의 허무와 절망
- 전체주의시대에서의 비트세대들의 환멸과 도피
- 부조리시대에서의 체제 거부자들의 저항과 도전
- 후기산업사회에서의 청교도주의의 부활
- 중심과 주변을 아우르는 생태학적 세계

1

재즈시대에서의 길 잃은 세대의 허무와 절망

    소위 세기의 전면전의 발단은, 사라예보에서의 오스트리아 왕위 계승자 프란시스 페르디난드 대공 암살과 1914년 6월 28일 그의 아내의 피습이었다. 당시에 오스트리아는 세르비아의 국가 비밀조직에 의하여 자행되는 적대행위를 즉각 중지할 것과 암살사건 관련자를 처벌할 것을 요구하는 최후의 통첩을 전달하였고, 이에 대한 세르비아의 반응은 매우 회의적이었다. 슬라브 민족에 대한 관심 때문에 러시아가 즉각적으로 전시동원을 시작하였던 반면, 독일은 러시아의 전시동원 중지를 요구하는 최후통첩을 보냈다. 독일은 8월 1일 러시아에, 8월 3일 프랑스에 선전포고를 하였는가 하면 더 나아가 프랑스의 요새를 피하여 북쪽에서부터 벨기에를 침공하였다. 이렇게 하여 오스트리아, 독일, 헝가리, 불가리아, 그리고 터키가 중구제국을, 반대로 러시아, 벨기에 대한 조약상의 방어의무를 지닌 영국, 프랑스, 일본, 이태리, 그리스, 포르투갈, 그리고 루마니아가 연합군을 저마다 결성하였다.

유럽의 여러 국가들 중 스페인, 스위스, 네덜란드, 덴마크, 노르웨이, 그리고 스웨덴은 중립으로 남아 있었다.

미국에서는 유럽의 정치상황에 개입하는 것에 대하여 찬반의 논쟁이 계속되었다. 미국인들 중 일부는 메이플라워호를 타고 신대륙에 건너온 이후 그들 스스로가 추구해야 할 특별한 사명을 지녔으므로 자국이 세계대전에 개입하게 되면 불의에 물들게 될 뿐이라고 생각하였는가 하면, 또 한편으로 다른 일부는 자국의 민주주의가 유럽의 민주주의 수호와 아주 밀접한 관련을 맺고 있기 때문에 참전이 무엇보다도 중요하다고 주장하였다. 그러나 미국연방을 이끌고 있는 우드로 윌슨 행정부는 마지막까지 엄정한 중립을 지키려고 노력하였다. 물론 윌슨의 이러한 중립정책은 독립 이래 미국 대외정책의 연장선상에서 나온 것이었다.

그동안 미국의 외교정책은 유럽이 미국문제에 직접적으로 개입하지 않는 한, 미국도 유럽의 일에 간섭하지 않는다는 것이었다. 하지만 미국은 표면상으로는 중립을 내세우면서 순수한 무역거래라는 미명 하에 연합군 측에 막대한 양의 전쟁 물자를 공급하고 있었다. 미국이 1차 세계대전 초기에 중립을 선언한 이유가, 전쟁의 피해가 자국에 돌아오는 것을 꺼리면서도 실질적으로 경제적인 반사이익을 얻으려는 속셈이었다는 사실이 밝혀지면서 미국도 점차 세계대전의 소용돌이에 휘말리기 시작하였다. 독일이 이러한 미국의 이중적인 애매한 태도를 달가워하지 않으며 공해상에서 독일 잠수함을 통해 미국의 상선들을 자주 공격하였던 것이다. 급기야는 영국의 호화 여객선 루시타니아호가 아일랜드 근해에서 독일 잠수함에 격침되는 대사건이 벌어졌는데, 이 사고로 미국인 128명을 비롯한 승객 1,100명이 목숨을 잃었기에 미국에서는 참전의 여론이 비등해졌다. 윌슨은 마지막까지 독일이 사과하는 선에서 이 문제를 외교적으로 해결하려고 노력했으나, 독일이 1917년 2월 1일 무제한 잠수함 작전을 발표하고 대공세를 개시한 데다. 러시아가 1917년 3월 자국 내에서 혁명이 일어나자 즉각적으로 전쟁에서 철수함으로써 연합군의 전세가 위태로워져 미국이 참전하지 않을 수 없었다.

미국의 참전이 의미하는 바는 단순히 연합국 측이 승리했다는 사실에 한정되는 것이 아니고, 미국사회 전역에 엄청난 파장을 몰고 왔다. 우선 그 하나는, 미국이 명실상부한 최강국임을 세계 각국에 선포하는 계기가 되었다. 이는 곧 오랫동안 계속되어온 유럽의 시대가 종말을 고하고, 대신 미국이 세계정치의 중심에 서게 되었음을 알리는 역사적 사건이었다. 사실 1890년대부터 이미 개척지의 종결과 산업화의 가속화로 말미암아 미국의 일각에서는 제국주의의 대열에 참여하자는 주장이 제기되기 시작하였다. 1890년대 초에 하와이의 합병, 스페인과의 전쟁, 필리핀과 푸에리토리코의 점유, 그리고 쿠바에 대한 실질적인 지배 등에서 보듯 미국에서는 제국주의의 초기적 징후들이 나타났다. 미국에서 팽창주의의 대상이었던 개척해야 할 영토가 서부변경 지방에 더 이상 남아 있지 않게 됨에 따라 미국은 팽창주의를 향한 열망을 해외로 돌리지 않을 수 없었던 것이다.

그런데 미국이 취한 제국주의 노선은 다른 나라보다 독특하였다. 미국은 주변 식민지국들을 처음에는 평화주의로 접근하여 경제적으로, 더 나아가 군사적으로 간섭을 확대해 가는 교묘한 방법을 취했다. 미국이 내세운 논리는 자국의 산업주의 노하우를 후진국이나 개발도상국에 전파하여 문명화와 기술의 발전을 도모한다는 근대화정책이었다. 여기에다 신교도 성직자들은 미국의 팽창주의적 활동을 기독교의 성전국으로서 마땅히 교화되지 않은 국가들에 대한 복음전파의 의미로 합리화 하였다. 일견 미국의 이러한 대외정책은 후진국들에게 경제적 번영뿐만 아니라 정치적 민주주의와 복음주의를 보장하는 그럴듯한 논리로 보였으나, 그 이면에는 약육강식의 논리가 깔려 있었다. 그 당시에 다위니즘이 이미 프론티어 정신의 변형으로서 사회전역에 확산되어 있었으므로 미국에는 우월한 민족이 약한 민족을 지배한다는 적자생존의 법칙이 어느 국가보다 강했던 것이다.

미국의 젊은이들은 민주주의 수호라는 추상적인 이념에 젖어 1차 세계대전에 제각기 입대하였다. 그들의 참전에는 독일의 무례한 태도에 대한 분노도 작용하고 있었지만 유럽전투에 대한 낭만적인 동경과 이상주의적인 개인적 가치가 숨어 있었다. 그런데 그들의 민주주의를 향한 강한 열정이 전쟁에 의해서 촉발된 만큼이나 그들의 순수함도 그것에 의해 손상되었다. 이들이 참전할 당시만 하여도 영원한 영광과 명예를 위해 싸운다는 자존심이 강렬하였으나 현대전의 끔찍한 현실을 목도한 후에 그들의 감정은 완전히 바뀌었다. 그들은 자신들의 전투참여가 완전한 민주주의를 위한다는 생각만큼이나 이에 대한 환멸도 깊었다.

1차 세계대전이 몰고 온 엄청난 정치적, 경제적 파급효과 이면에는 허무적인 사회분위기와 환멸이 숨어 있었다. 그들이 고국에 돌아왔을 때에는 전쟁터에 파견되기 전의 현실과 비교할 때, 고향은 옛날 그대로의 모습을 간직하고 있지 않았고 너무나도 공허하고 인위적인 가치가 판을 치고 있었다. 심지어 그들은 문제아로 취급되어 고향에 남아 있던 다른 비참전자들보다 모든 기회에 있어서 불이익을 감수해야 했다. 미국의 젊은이들이 짧은 기간 동안 참담한 현실을 경험한 후에 종전의 점잖은 행동규범들과 고매한 이념, 정치적인 문제들에 대해 보인 견해들은 기존의 기성세대들의 태도들에 대한 회의였다. 기성세대의 가치들 모두가 공허한 메아리처럼 들려 그들은 반항에 가까운 보헤미안적 행동으로 자신들의 반항의식을 표출하면서 국외방랑이나 국적이탈의 형식으로 자신들 삶의 허무성을 드러내었다. 그들에게는 한결같이 공포, 혼미, 위기의식, 개인적 무력감, 앞으로 무슨 일이 일어날지 모른다는 불안감, 그리고 물리적 폭력과 의미 상실로 인한 고통과 공허감 등이 하나의 거역할 수 없는 감정적 추세로 다가왔다.

20년대 미국의 주요 작가들은 모두 '길 잃은 세대'를 대변하였다. 전쟁이전에 유행했던 자연주의 소설의 통용이 불가능해졌으므로 이 시대의 작가들은 그들이 드라이저 같은 구세대는 물론, 싱클레어 루이스 같은 거의 동시대 작가들하고도 큰 차이가 있다고 느꼈다. 이 당시에 헤밍웨이를 비롯한 많은 미국작가들이 유럽을 자주 방문하였는데, 특히 파리는 젊은 작가들의 순례성지가 되었다. 미국의 여류작가 거어트루 스타인은 삶에 대한 회의와 환멸을 느끼고 파리에서 방황하는 젊은 헤밍웨이에게 "너희들은 모두 길 잃은 세대"라고 말했다. 『태양은 다시 떠오른다』의 첫 페이지에 1920년대의 젊은이들을 길 잃은 세대라고 적은 그녀의 비문은 희망이 없었던 젊은이들에게 일종의 부정적인 정체감을 제시해 주었다. 이 소설의 성공과 함께 이 용어는 세기말에 태어나 1차 세계대전을 겪으며 성장한 모든 작가들의 대명사로 유행하게 되었다. 이 소설의 중심인물 제이크 번즈나 피츠제럴드의 초기 소설 『낙원의 이쪽』의 에이머리 블레인처럼 길 잃은 세대들은 전쟁의 기억과 폭력의 이미지를 떨쳐버리지 못한 채 젊은 나이에 환상을 상실하고 실의에 빠져 어떤 형태의 이상주의에도 냉소적이었다. 이 호칭은 토머스 울프, 존 도스패소스 등 동시대의 미국소설가들이나 에즈라 파운드, 커밍즈 같은 시인에게도 적용되었고, 더 나아가서는 올더스 헉슬리나 원덤 루이스 같은 영국작가들에게 확대되었다. 사회전반에 대하여 환멸을 느낀 이 '길 잃은 세대'의 소설가들은 일종의 낭만적인 자기몰입으로 빠져들었음은 물론, 당시 사회가 초래하는 삶의 비극과 고통, 고뇌를 자신의 삶 일부로 환원시키고 있었다. 그들은 추상적인 이념이나 내용을 거부함으로써 확고한 믿음과 마음의 편안함을 잃고 있었고, 또한 직접적으로 자기 자신에 관련된 주제를 표현하지 못하면서 다른 대상에 대한 표현을 통하여 이를 환기시켰다.

헤밍웨이는 미시간의 숲에 관한 이야기에서 사냥과 낚시, 그리고 감자에 얽힌 구체적인 사건들에 대한 객관적인 서술에 관심을 가졌다. 작가는 주인공이 걷고, 관찰하고, 텐트를 치고, 낚싯대를 던지고 또는 인디언적 생활을 익히는 가운데 자신의 미묘한 감정의 변화를 다스리는 과정을 관찰자의 자세로 자세히 묘사하였다. 『무기여 잘 있거라』에서 그는 다음처럼 말하고 있다. "나는 성스럽고, 영광스러우며, 희생적인 단어들에 언제나 당황하였고, 그러한 표현들은 헛된 것들이었다. [. . .] 세상에는 오직 장소의 이름들만이 품위가 있을 뿐이다. 어떤 숫자들, 그리고 날짜와 지명만이 이야기될 수 있고 의미를 지닌다. 영광이나 명예와 같은 모든 추상적인 말들은 퇴폐적이다. 전쟁은 모든 것을 날려 보냈고 오직 장미와 감자들만을 남겨 놓았다." 이러한 표현은 헤밍웨이가 진부하고 추상적인 것을 혐오하면서 실질적인 대상을 중시하는 단적인 예인데, 그는 마을의 이름이나 길의 번호, 강 이름 등 구체적인 고유명사에 남다른 의미를 부여하였고, 투우 또는 사냥, 권투경기, 그리고 낚시 등에서 삶의 진정한 의미를 찾았던 것이다. 오로지 그가 신뢰한 것은 극한상황과 위험, 곤경 속에서도 흔들리지 않는 인간의 굳센 용기와 불굴의 투지였다.

그러나 당시 길 잃은 세대의 작가들이 느낀 허무와 고뇌는 전체적인 시대상황의 일부일 따름이다. 이 시대에 빅토리아적 사회구조와 19세기적 진부한 전통이 파괴되면서 품위전통과 미국적 이상주의가 쇠퇴하게 된 직접적인 원인은 산업화의 영향이었다. 1차 세계대전을 승리로 이끈 월슨의 후임으로 1920년 대통령선거에서 공화당의 워렌 하딩이 대통령에 당선되었는데, 전후 미국경제는 하딩 정부의 친기업적 정책에 힘입어 비약의 전기를 맞이했다. 자동차, 화학, 그리고 전기산업이 이 시기에 미국의 경제발전을 주도하였으나, 무엇보다도 이 당시 최고의 기술혁신은 자동차였다. 빅 3로 불린 포드, 제너럴 모터스, 그리고 크라이슬러 등 3대 자동차회사는 매출규모나 순이익 면에서 미국 내 다른 기업을 압도했다. 1920년 미국에 자동차의 수는 이미 2백만 대를 넘어섰고, 1925년에는 무려 5백만 대로 늘었으며 1920년대 말에 이르러서는 미국 사람들 5인당 1대 꼴로 자동차를 소유하고 있었다.

자동차 때문에 나타난 변화는 아주 막대하여 미국사회의 직업구조에도 변화가 나타났다. 자동차 산업의 활성으로 강철공장, 간선도로, 주유소, 도로변의 식당, 그리고 자동차 여행자 숙박업소 등이 호황을 누렸다. 간선도로가 건설되고 그 주변에 새롭게 단장된 주택구역이 출현하자 시골과 미국도시의 모습은 완전히 달라졌고, 미국 전역에서는 상상할 수 없었던 인구이동이 나타나고 있었다. 또한 이 시기에는 가전제품, 의복, 가구, 자동차, 그리고 라디오 산업이 급속히 발전하여 보통 시민들의 삶이 상대적으로 안락하였다. 그러나 대부분의 미국인들은 일순간에 일어난 자신들의 생활방식의 변화 뒤에 가려진, 비도덕적 수단으로 부를 축적하는 기업들의 비인간적인 기업운영의 부당한 횡포를 간파하지 못하고 있었다.

대전 후의 몇 년 동안은 경제적인 호황과 풍요의 시기였으므로 젊은이들은 도덕적 타락과 정신적인 공허감에 시달리면서도 벼락경기로 인한 물질적인 번영과 세속적인 안락함을 마음껏 추구하였다. 1920년대는 한편으로는 '길 잃은 세대'로 불려 졌지만 다른 한편으로 '재즈시대'로 통했다. 피츠제럴드의 말대로 이 시기의 젊은이들은 "역사상 가장 크고 화려한 술잔치"에 열중하면서 재즈시대의 환락을 즐기고 있었다. 피츠제럴드가 슬픈 젊은이들이라고 말한 20년대의 청년들은 전통적인 인습을 거부하고 흥분과 쾌락에 열광하면서 우아한 레스토랑과 그림 같은 술집에서 술과 섹스에 탐닉하였다. 다양한 생활양식을 지지하는 젊은 여성들과 예술가들은 자기의 견해를 솔직히 피력하며 법률과 관습을 무시하고 열정에 자신을 맡기면서 전통주의자들에게 반기를 들었다. 그들은 종전에 전통주의자들이 중시하였던 사회윤리에 대한 복종, 의무, 그리고 책임감 등에 대한 충실보다는 개인적인 자유와 쾌락의 추구로 나아갔다. 희망찬 젊은 작가들이 저속한 실업인 기질과 청교도적 점잖 빼기에 반대하며 자신들의 새롭게 발전된 창조력을 쏟아 붓고, 보헤미안적 생활을 즐기고 예술과 사랑을 얻기 위해서 예술의 중심지 그리니치빌리지로 몰려들었다.

이들은 각기 뿌리를 상실하고 냉소적이면서도 부조리적이고, 인습타파적이었으며 실험적이었다. 그 이전에는 그렇게 비도덕적으로 보였던 무허가 술집에서 청교도 윤리의 공공연한 위반, 시골길가에 세워놓은 세단 안에서 카섹스의 황홀한 광란들, 외설적인 재즈파티, 뒷주머니 속의 술병휴대에서 얻는 짜릿한 기쁨, 말괄량이들의 위험한 장난, 알콜과 외설적인 궤변, 변태, 방랑자적 방종과 은둔, 찰나적 쾌락과 환락의 들뜬 분위기, 그리고 끊임없는 소비 등 이들이 일삼은 매우 엉뚱한 행동과 경험들은 이 무렵 오히려 정당하게 여겨졌다. 당시의 매우 불안한 사회를 향해 하딩 대통령은 "미국에 절실한 것은 과장된 언행이 아니고 치유이며, 묘책이 아니고 정상으로의 회귀이며, 혁명이나 수술이 아니고 평온"이라고 말할 정도로 사회의 안정이 무엇보다도 필요한 시기였다.

그 당시 미국에서 가장 심각한 사회문제는 성윤리와 알콜이었고, 이들은 상당히 밀접한 연관성을 맺고 있었다. 1920년대에는 성의식에 대한 혁명적인 변화가 일어나 여성들이 모처럼 자신들의 존엄성을 찾는 계기를 맞이하였다. 그동안 남자들에게 더 관대하게 되어 있던 이중적인 도덕기준에 대한 비판의 목소리가 제기되면서, 사회의 전반적인 흐름이 여성들에게 더 많은 자유를 허용하는 방향으로 나아가게 되었다. 여성 자신들도 착하고 순진한 순종적 여성상을 탈피하여, 입이 거칠고 자유분방하며 자존심 강한 말괄량이 왈가닥 소녀의 이미지로 변신하였다.

여성의 지위향상에 결정적으로 기여한 것은 여성의 참정권 획득이었다. 여성들이 수년간의 투쟁 끝에 미국헌법 수정 제19조의 통과와 함께 투표권을 얻게 되면서부터 대부분의 주에서 성별에 따른 투표권의 제한이 일제히 사라지게 되고 그들의 삶의 조건이 현저하게 개선되었다. 그 결과 여성들의 목소리가 한껏 높아지게 되어 직장에서의 남녀평등에 대한 주장이 정치적 평등의 요구로 이어지게 되었고, 이후 여성들은 전보다 훨씬 더 많은 수가 직장을 얻게 되었다. 그들은 교사와 사무원과 판매원에서 학계, 법률계, 의학계, 그리고 저널리즘 등에 이르기까지 여러 분야에서 활동하게 되었다. 이러한 여권신장은 사회전반에 걸쳐 변화를 초래하여 젊은 여성들은 미니스커트와 단발머리로 단장하고 대중 앞에서 거리낌 없이 담배를 피우고, 관능적인 재즈음악에 맞춰 새벽까지 춤을 추고 자유분방한 몸짓을 하면서 도시의 거리를 누비고 다녔다. 물론 독립된 생활을 하려는 여성들은 늘어났으나 대다수 여성들은 여전히 가정의 테두리 속에서 결혼의 안락과 기쁨을 누리고 있었다.

여성의 급격한 권리신장은 특이하게도 금주법 제정과 밀접한 관계가 있었다. 당시 알콜은 여러 가지 사회문제를 야기 시켰고, 그 중에서 술로 인한 가정불화는 음주운전과 거리에서의 잦은 인종갈등과 함께 큰 사회적 난제로 부각되었다. 여성들에게 금주법은 술의 환락적 퇴폐와 위험으로부터 가정의 평화와 안정을 보존하는 수단으로 여겨졌는데, 남부에서 인종갈등의 해결방책이나 음주운전 방지책에 골몰하던 정부로서는 이 문제를 일종의 도덕성 회복운동과 연결시켜 긍정적으로 검토하기 시작했다. 주정뱅이 남편들에게서 고통 받던 여성들이 주류의 제조, 운반, 판매를 일절 금하는 금주법을 입법화하려고 대대적인 운동을 펼치자 의회는 흔쾌하게 이에 동의하고, 금주법에 관한 조항인 미국헌법수정 제18조를 1919년 1월에 통과시켰다. 금주법 제정이 대중들로부터 압도적인 지지를 이끌어 내었던 배경에는 미국 특유의 이상주의가 작용하였는데, 본래 술은 메이플라워호를 타고 신대륙에 건너온 선조들의 청교도 정신에 타락과 악의 원천으로 여겨지고 있었기 때문이다.

그런데 1920년 1월 미국의 주점들이 마지막 술잔을 기념하는 사람들로 가득 차 있었다는 사실은 예사로운 문제가 아니었다. 이상하게도 금주법은 알콜이 주는 주흥에다 탈선의 묘미가 가세하여 광범위하게 무시되고 있었기 때문이다. 그리니치빌리지에 몰려든 젊은이들은 공개적으로 난삽한 파티를 즐기면서 금주법에 대한 비판적인 성명서들을 연일 낭독하고, 그들의 쾌락과 환락에 철학적 의미를 부여하였다. 여기에다 금주법의 시행으로 주류가격은 치솟고 알코올 소비자를 찾는 전국적 규모의 지하 주류밀매조직들이 시카고를 중심으로 활개 치게 되었다. 평상시에는 법을 잘 지켰을 일반 시민들마저도 조직 범죄단에 말려들어 밀주를 수송하고 공급하는 일에 연루되어 이에 대한 부작용이 곳곳에서 속출하였다. 일부 학자들은 밀주와 관련해서 1920년대에 '갱단'이 처음으로 조직되는 등 금주법이 미국에 조직범죄가 출현하는 계기를 마련하여 주었다고 주장하기까지 하였다. 금주법의 위반과 밀주행위의 만연은 음주 자체의 문제에 국한되지 않고, 모든 법률에 대한 불감증으로 이어져 20년대 폭력과 위법의 가장 중요한 원인이 금주법이라고 말할 정도였다. 또한 아무리 교활한 경영자라도 존경하도록 만들었던 성공에 대한 당시 미국인의 숭배 분위기는 소위 '갱들'이 개인적인 절도에 머물지 않고 기업화되어 대중의 영웅이 되는 웃지 못 할 풍경이 벌어졌다. 심지어는 지하 주류 밀매조직으로 엄청난 부를 축적할 수 있었던 알 카포네는 밤의 대통령이라고 불리어졌다. 결국 미국인들은 값진 경험을 통해 금주법의 폐단을 깨닫게 되고 금주법은 1933년에 폐지되었다.

개개인의 허무와 고통과 쾌락이 혼합된 이 시대의 특징은 1930년대에 접어들면서 그 자취를 감추기 시작한다. 이 시대의 상징적 인물이었던 피츠제럴드가 30년대 말에 이르자 청춘시절의 즐거운 전설을 뒤로 한 채 고통과 불행에 시달렸듯이 30년대의 대공황, 스페인 내란, 그리고 연이어 일어난 40년대의 2차 세계대전은 미국사회의 전반적인 풍요의 분위기를 일시에 획일화된 전체주의사회로 바꾸어 놓았다. 이러한 현상은 '길 잃은 세대'의 대변자로서 헤밍웨이가 자신의 허무감을 초기작품에 토로하다가 중기에 와서『가진 자와 못 가진 자』와『누구를 위해 종이 울리나』에서 사회 참여에 적극성을 보이면서 사회주의 노선을 걸었던 점과 존 스타인벡이 발표하였던『분노는 포도처럼』같은 사회적 양심의 소설에서 그대로 반영되고 있다.

2

전체주의시대에서의 비트세대들의
환멸과 도피

 2차 대전 후의 세대는 동서냉전과 제국주의의 물결로 인해 폭력과 파괴, 그리고 억압과 음모로 가득 차 있었다. 로버트 로월이 이 시대를 "진정제를 맞은 50년대"라고 표현하고 있듯이, 이 시대는 개개인의 삶이 사회 전체의 이익을 위해 은밀하게 길들여지고 반체제 의견이 철저히 봉쇄되었던 시기였다. 당시 예민한 젊은이들은 이러한 상황에 대해 문제의식을 강하게 가지고서 전체주의 시대의 억압적 질서를 고통스럽게 생각하기 시작하였다. 이들 개개인은 이성적 논리가 통하지 않고, 점점 더 예측할 수 없는 부조리한 현실을 목도하면서부터 그들 자신스스로 무력함과 나약함을 느꼈던 것이다. 그러나 이들 젊은이들은 한편으로는 세속화된 허위와 기만의 가면을 벗어 던지고 통제적 질서를 거부하는 저항자들이었지만, 다른 한편으로는 현재의 쾌락만을 유일한 즐거움의 대상으로 삼고 허무주의에 빠져들면서도 삶에 대한 진정한 자유와 진실한 정체성을 추구하려고 노력한 신낭만주의자들이었다.

　이 당시 젊은이들이 획기적으로 추구한 획일적이고 폐쇄적인 미국사회에 대한 반항움직임은 소위 '비트운동'으로 명명되고 있는데, 로스작은 이 비트운동을 대항문화라고 부르기도 하였다. 사실 이 운동은 콜롬비아의 축구선수였던 잭 케로악과 역시 콜롬비아 대학생이었던 앨런 긴즈버그, 닐 케시디, 그리고 칼 솔로몬 등에 의해 주도되었다. 그리고 이 운동은 케로악의 처녀소설인『마을과 도시』가 출판된 1950년에 시작되어, 앨런 긴즈버그의『울부짖음』이 출판된 1956년과 그의 두 번째 소설『노상에서』가 발표된 1957년 무렵에 무척 활성화되고 있었다. 비트세대로 통하고 있는 이 운동의 정신은 획일적이고 닫힌 기성사회의 경직성과 관료성, 부패한 규범과 가치, 그리고 허위와 가식에 대한 신랄한 조롱에 초점을 맞추었다. 이러한 비트세대들의 비판의식 밑바탕 속에는 자신들이 신뢰하고 의존하였던 기성세대가 산업화와 기계문명, 물질주의에 의해 철저하게 오염되어 비인간적으로 변해버린 데에 대한 불만이 숨어 있었다.

　비트세대는 단순하고 직접적인 것을 추구했으며 현실의 고뇌와 기쁨을 위장이나 가식 없이 있는 그대로 받아들였다. 이른바 그들의 인간적인 무질서 추구에는 의식의 자유화를 추구하고 개인의 모든 특수한 체험을 중시하는 가운데, 오직 현재를 경험하고 탐색하는 무정부주의적인 자기중심주의가 가득하였다. 고등학생과 대학생 나이의 많은 젊은이들은 과거, 미래, 조상, 신과 단절된 채 소외와 고립 속에 방황하면서 낡은 자동차를 타고 노상으로, 도시로, 그리고 유럽으로 무작정 여행을 떠났고, 또한 자신들의 일을 위해 학업을 중단하는 사례도 빈번하였다. 당시 무전여행과 히치하이크가 유행하였던 이유도 바로 이러한 데서 기인한다. 상당히 많은 젊은이들이 연장자들의 생활 스타일에 대한 저항과 국가적 자부심과 같은 전통적 가치들에 대한 불만을 보여주기 위해서 집단적으로 활동하였는데, 이들은 공공부락 또는 소규모의 공동체 내에서 함께 생활하면서 음식, 의복, 때로는 성까지도 함께 공유하기도 하였다. 이들은 항의의 표시로 장발을 하고 수염을 기르는 등 남녀 모두 원시적이며 기묘한 옷을 입었고, 마약을 통해 얻어지는 황홀한 상태, 그리고 참선의 신비한 체험과 자유연상을 중시하였다. 많은 젊은이들이 선불교의 태도와 사상에 관심을 가졌고, 특히 이들이 좋아하였던 인도의 라가 음악은 부분적으로는 그것의 철학적 기초 때문이지만, 미국재즈의 더욱 최근 형태와 많이 유사하다는 점 때문에 그들에게 더욱더 매력적으로 느껴졌다.

히피나 꽃 아이들로 알려졌던 이들 도피주의자들의 공통된 행동방향은 강력한 감각적 체험을 위한 여러 종류의 마약복용이었다. 이미 이들 중 일부는 마리화나, L.S.D, 중추신경 자극제, 강력한 진정제, 그리고 환각적 이미저리와 다소 이국적이며 색다른 사상에 빠져 있었다. 이들은 밥 딜런과 같은 민요가수들과 강력한 박자, 청중의 비명, 고함, 뒤틀림, 그리고 연주대 위에 홀린 영혼들의 음악에 교감을 느끼는 것 같았다. 이들은 감정에 자유롭게 대처하면서 책임의 문제에 저항하고, 이중적 사고로부터 도피하고, 스피드, 경주, 들치기, 오토바이 집단 폭행, 그리고 종교적 신비주의와 은둔 등을 끊임없이 추구하였다. 비트세대 중 다른 일부는 언제나, 비록 찰나적이기는 했지만, 진실과 대면하고자 했으며 존재의 도도한 흐름에 몸을 맡기는 편을 택했다. 소위 주말히피들은 상대적으로 그들이 느끼기에 자신들의 개성과 생활 스타일에 적합한 육체노동, 미술과 공예, 음악그룹의 조직 또는 잡무 등을 선택하였다.

비록 1960년대 초기의 비트운동이 근본적으로 낭만적이고 보헤미안적이었으며 개인적이고 찰나적이라는 의구심을 불러일으키면서 비교적 단명으로 끝나고 말았지만, 그들은 패배의식을 초월해 자아를 탐색하고 자신과 타인과의 진실한 관계에 가치를 부여한 의미 있는 삶을 실천한 세대였다. 이 말은 비트세대가 도피주의적인 성질이나 패배의식에 젖어 있었다는 이야기가 아니라, 소진의식과 축복의식을 동시에 갖게 된 세대라는 뜻이다. 이 운동은 기존 기성세대의 모든 관습, 체제 그리고 권위에 대한 도전과 저항을 그 특색으로 하고 있었지만, 이들의 활동은 아직 꿈을 상실하지 않고 환상을 추구했던 신낭만주의 운동이었다고 할 수 있다. 이들은 더 나은 사회에 대한 자신들의 비전을 지지하기 위하여 위험스런 환경에 영웅적이며 헌신적으로 종사하면서 끊임없이 변화하는 다양한 명분에 몰두하였기 때문이다.

1960년대에 이러한 젊은이들이 전개한 운동 중 중요한 것은 시민권, 더 나은 교육, 신뢰할 만한 정치후보자들, 환경보호, 여성해방, 그리고 베트남전쟁 반대 등이었다. 이러한 모든 운동에서 그들은 일부 대중매체의 지지뿐만 아니라 상당히 많은 국민들로부터 적극적인 협력과 지도를 받았다. 이 신낭만주의 운동은 뉴욕과 샌프란시스코를 시작으로 하여 미국전역으로 확산되었을 뿐만 아니라, 더 나아가 유럽과 아시아까지도 커다란 영향을 끼쳤다. 유럽에서는 영국의 성난 젊은이들이 이 세대와 맥을 같이 하고 있었고, 동양의 선불교사상은 이들 비트세대에게 하나의 새로운 가능성을 열어주는 세계로 떠올라 서양과 동양이 조화될 수 있는 계기도 마련되고 있었다. 비트세대의 이러한 반항적인 행위는 서구 이성중심주의의 허위와 기만에 대한 이유 없는 반항이었으며, 동시에 극우 이데올로기가 세력을 떨치던 냉전시대에 대한 거부였다. 히피들의 비트운동은 2차 세계대전 이후 인류문명의 파멸위기에 대한 경고이자, 노예적 비인간을 양산하는 현대문명의 기계화와 조직화를 거부하는 적극적인 문명비판이었다고 말할 수 있다. 이 운동은 기존의 모든 기성세대의 관습과 제도를 거부했다는 점에서 체제 전복적이었고, 모든 종류의 억압으로부터 인간 해방을 추구하면서 주변화된 타자를 지배하려 하지 않았다는 점에서 반제국주의적 운동이었다고 할 수 있다.

바로 그러한 의미에서 비트운동은 오늘날 여러 학자들에 의해 포스트모더니즘의 시효가 된다고 말해진다.

이들 젊은이들의 신낭만주의적 전통은 1970년대에 이르러서는 반문화의 전통을 잇는 펑크족들과 여피족을 통해 그 계보를 이어 갔다. 화이트 칼라의 엘리트로서 대도시의 전문직 종사자들인 여피는 Young Urban Professional의 첫 글자를 조합해서 이루어진 단어로 도시에 사는 젊은 전문직 종사자란 뜻이다. 이들의 가치관을 나타내는 약어로 DINKS란 용어도 있는데, 이는 Double Income No Kids의 약어로, 아이를 갖지 않는 맞벌이 부부라는 뜻이다. 이처럼 제각기 자신의 가치관을 가지고 춘추전국시대를 형성한 1970년대의 젊은이 세대를 '자기 자신만을 아는 세대'라는 뜻으로 '미 제너레이션'이라고 통틀어 부르기도 한다.

우리가 X세대라고 부르는 대상은 1965~1985년 사이에 태어난 젊은 이들인데, 1995년을 기준으로 할 때 만 15세에서 만 30세 사이의 젊은이들이 모두 해당된다. 이들은 상대적으로 미국의 국력이 쇠퇴하던 시기에 태어났으므로 1950년대 침묵의 세대 이후 구성원의 수가 가장 적은 것이 특색이다. 이 시기에 미국은 국가재정과 가계 모두 적자에 허덕였고, 일자리의 부족현상이 나타났고, 이혼율이 급증하여 가정파탄이 많이 발생했다. 이들은 정규교육을 잘 받았지만 이에 상응하는 직장이 부족하여 분노가 가슴 속 깊숙이 쌓였던 까닭에, 이들의 항의 표적은 자연히 기성문화에 맞추어졌다.

3

부조리시대에서의 체제 거부자들의 저항과 도전

미국문학사에서 19세기 후반기에 스티븐 크레인, 프랭크 노리스, 잭 런던, 그리고 시어도르 드라이저 같은 자연주의 작가들이나 1930년대 경제 공황기에 존 도스패소스와 존 스타인벡 등이 사회비판소설을 썼는데, 일반 적으로 사회저항소설은 후자를 두고 말한다. 1930년대의 항의소설을 저항 소설의 본류로 거론하는 데에는 자연주의 작가들이 비인간적인 산업화에 따른 왜소한 인간의 처지를 직시하면서도 그들의 궁극적인 메시지가 비극 적인 운명 그 자체에 대한 조명에만 그치고 휴머니즘적인 방향으로 나아가 지 못했기 때문에, 항의의 목소리가 상대적으로 설득력이 미흡하게 들렸다 고 말할 수 있다. 30년대 저항소설의 비전이 경제적인 불공정성에 대하여 직접적으로 현실개혁을 추구하는 혁명적인 특징을 지니고 있었으므로, 자 연주의 소설보다도 사회개혁에 대한 호소력이 더 강했다고 볼 수 있다. 거 기에다 1930년대 작가들이 대공황기의 어두운 사회상황과 사회모순에 대한 강한 비판의식이 남달랐음은 물론이거니와 자연주의 소설가들에게서는 찾기 어려운 폭넓은 여유와 흐뭇한 인정미와 소박한 낙천성을 지녔기 때문이다.

그런데 1930년대 사회 저항소설은 1940년대로 접어들면서 잠시 주춤하게 된다. 사회 저항소설류가 일시적으로 퇴조하게 된 배경에는 물론 소위 남부의 극우 보수주의들이 '신비평'이라는 텍스트 중심의 심미주의를 구축하여 프롤레타리아 사회 참여문학에 대대적인 반격을 가한 것이 크게 작용하였다. 그러나 무엇보다도 결정적으로 영향을 미친 것은 전체주의적 질서체계였다. 사실 전체주의 체제는 사회전체의 일사불란한 운영을 위해 구성원의 개별적 삶을 효율적으로 통제하려는 체제라고 볼 수 있는데, 이러한 분위기는 2차 세계대전 이후 동서 이데올로기의 대립으로 인한 소위 '냉전'의 시작으로 더욱 강화되었던 것이다. 다시 말해서 극우 보수주의가 마샬플랜과 트르먼 독트린, 그리고 동서 베를린 분단에 이은 소련의 원자탄 제조와 로젠버그 사건 등으로 한층 고조되더니 매카시즘 선풍으로 인해 그 절정에 달했다.

사실 냉전은 그 결과가 국가 간의 이념 대결에만 국한되는 것은 아니었다. 국내적으로 냉전의 분위기는 적대국의 공작에 의한 국가체제 전복의 공포를 몰고 왔다. 그 당시 좌경 급진주의의 척결이라는 명목 아래 좌익혐의자들이 대거 체포되었고, 지식인들의 집과 연구실이 도청 당했으며, 사람들이 말과 몸조심을 해야만 했던 시절이었다. 수많은 무고한 사람들이 현대판 마녀사냥이라고 말할 수 있는 매카시즘의 돌풍에 휘말려 공산주의자의 누명을 쓰고 직장과 사회로부터 추방당했다. 물론 이에 따른 책임은 매카시라는 한 개인에게 있는 것이 아니고 공산주의를 위험한 마귀의 모습으로 그린 냉전의 정서, 그리고 이러한 분위기에 편승하여 반공의 기치를 내걸고 정치적 목적을 달성하려 한 정치집단과 언론에 있었다고 보아야 할 것이다.

따라서 1950년대의 미국소설가들은 '개인의 소외' 문제에 관심을 갖지 않을 수 없었다. 30년대의 항의소설에서 지배체제에 대한 강한 비판은 제기되었지만 개인의 문제는 실향민들의 공동체적 운명 속에 함몰되어 중요하게 부각되지 않았다. 이전까지의 소설들이 개인의 소외문제에 구체적인 관심을 갖지 않았으므로, 이 시대에는 전체주의의 획일화된 사회조직 속에서 개인 삶의 문제에 대한 해결이 그 무엇보다도 중요한 요소로 다가왔던 것이다. 거기에다 2차 세계대전 후에 강하게 몰아닥친 산업화의 여파로 인해 산업사회에서 개인의 중요성이 소설의 중심화두로 대두되었다. 1950년대의 작가들은 전체주의 사회에 대한 비판에 바탕을 두고서, 크게는 사회 속 개인의 위치와 도덕적 선택의 문제에서, 작게는 복잡한 사회상황 속에서의 개인적 관계의 복잡성과 개인의 정체성, 그리고 개인의 성장가능성에 대한 믿음에 관심을 가졌다. 1950년대 미국문단의 주도권을 쥐고 있던 솔 벨로우, 버나드 맬라무드, 그리고 필립 로스 등의 유태계 작가들은 바로 그러한 시대정신을 대표하던 사람들이었다.

1960년대에 접어들면서 미국사회는 1950년대의 폐쇄적 보수주의에 반발한 개방적 진보주의가 새롭게 대두되어 힘을 얻기 시작하면서, 갑자기 다양성을 지향하는 열린사회로 전환되었다. 1940년대 이래 미국사회를 지배해 온 극우 보수주의에 반발하여 사회 저항소설이 또 다시 등장한 것이다. 앞 시대의 획일화되고 닫힌 미국사회는 정치적 인물들의 암살파문, 미국도시 내의 빈민지구 폭동, 그리고 대학교내의 무질서를 경험하는 등 묵시록적인 일련의 외적 사건들에 휘말리게 되면서, 1930년대의 저항의 물결이 다시 일어나게 되었던 것이다. 이 시대에 일어나는 모든 것은 불확실하고 불안정했으며, 그리고 조작이나 허위가 아니라는 증거는 아무것도 없었으므로 1960년대의 시대적 분위기는 무작위적이고 기괴하면서도 피카레스크적 흐름으로 돌변하였다.

그런데 60년대의 저항소설은 30년대의 저항소설과 여러 가지 면에서 달랐다. 60년대 작가들은 30년대 작가들보다 더 복합적인 인식과 시각에서 비롯된 사회 저항소설을 써내었다. 60년대의 저항소설은 정치적, 사회적, 문화적 요인이 뒤섞인 복합적인 상황에서 비롯된 까닭에 묵시록적이고 사회 저항적이고 체제 파괴적인 성격이 강했고, 그것의 비전 또한 시니컬한 냉소를 통한 부조리한 현실의 고발이었다. 사실 1960년대에는 사회 곳곳에서 부조리한 속성들이 많이 속출하면서 절대적 진실의 부재에 대한 관심이 한층 고조되었다. 불확실성의 원리나, 열역학 제2법칙의 엔트로피 이론, 그리고 언어의 불확실성 이론 등이 새로운 학문의 추세가 되면서부터 현대에 처한 인간상황의 부조리성 문제가 이 시대의 중심화두로 등장하였던 것이다.

우선 부조리의식은 현재의 리얼리티가 도저히 그 정체를 알 수 없으며 불합리하고도 또 믿을 수 없을 만큼 허구적이기 때문에 우리 인간이 와해되어가고 있는 의미 없는 세계 속에서 살고 있다는 생각을 품는 데에서 비롯된다. 부조리 작가들은 이 세계 속에는 절대적인 진실이란 없고 무의미한 삶과 논리적으로 설명되지 않는 부조리한 상황에다 '혼돈된 다양'이 존재하고 있을 뿐이라고 생각한다. 이들에게는 우리 인간이 몸담고 있는 우주란 어떤 통일적 질서와 의미를 가지는 것이 아니라, 무의미한 덫과 같은 것에 걸려 있는 만화경적 무질서의 세계이며 우발적이고 무목적적인 다양성의 미궁으로 보인다. 그들의 입장은 어떤 신학이나 철학도 이런 인간상황에 의미를 부여할 수 없다는 생각이다. 이러한 생각은 근본적으로 허무주의적 관점이므로 부조리 세계관은 묵시록파적 허무주의라는 이름으로 알려지기도 하였다.

부조리 문학의 출발은 까뮈에서 시작되었다. 까뮈가『시지프스의 신화』에서 인간의 상황을 부조리하다고 파악하면서 부조리라는 이름을 처음

사용하였는데, 그는 인간의 상황이 부조리할 수밖에 없는 이유로 비이성적인 세계와 희망을 꿈꾸는 개인 사이에 넘을 수 없는 벽의 존재를 들었다. 그는 이러한 상황을 해결하기 위해서는 개인이 스스로 이상적인 규범을 추구하여 혼돈세계에서 질서를 가져다주어야 한다고 보았다. 그러나 반항을 기도하는 사람들은 허무주의자, 또는 유토피아인이 되는 경우 진정한 반항의 성취에 실패한다. 진정한 반항적 인간은 가치의 상대성을 인정하는 사람의 소극적 태도와 정신적 가치를 손상하게 하는 어떤 절대성도 인정하지 않는다. 그러한 의식은 개인의 선택능력을 믿는 실존주의적 신념도, 그리고 개인의 자신감을 믿는 에머슨적 낙관주의도 수용하지 않는다. 실존의 무의미에 부딪히고 있는 사람은 반항의 자세를 취함으로써 그의 인생을 얼마간 존귀한 것, 그리고 의미 있는 것으로 삼을 수가 있다. 까뮈는 정직한 사람만이 자신의 신념에 따라 행동한다고 믿는데, 이때 인간세계를 둘러싼 부조리한 조건에 얽매인 사람이 주변조건에 어떤 한계가 있다고 선언할 때 그는 하나의 인간이 되고 실존하게 된다. 저항할 때 반항자는 모든 인간을 위해서 가치를 창조하고 그 자신도 인간 공동체의 일부임을 느끼게 된다.

1960년대 부조리파의 작가들이 발표한 부조리소설은 무질서한 세계가 사실적이거나 논리적인 논의로 전개되지 않고 다양성, 인공성, 그리고 희극성 등 파격적인 표현형식으로 다루어지고 있다. 현재 세계는 절대적이고도 위계적인 단일적 진실 대신에 우발적이고 무목적적인 것으로 이루어진 혼돈적 다양성이 지배하는 까닭에, 이 부류의 소설은 걷잡을 수 없이 얽히는 구성의 다원성이나 독자를 혼돈시킬 정도의 일인 다역 주인공으로 이루어진다. 또한 이 소설은 기존의 이야기 중심에서 상황중심으로 바뀌면서 전통적인 의미의 플롯이 부재하고 소설의 시작과 끝이 동일한 순환적 구성으로 바뀌며, 등장인물의 성격묘사나 동기설정이 복잡하게 얽혀서 전개되는 경우가 많다. 인간의 주요한 이성적 판단의 수단이 언어라는 점에서 언어의 사용도 부적절하다고 판단하여, 말을 없애게 되거나 혹은 논리성이 없는 무의미한 단어를 나열하고 반복하는데, 이는 현대인들의 무의미하고 목적 잃은 삶에 대한 희화이다. 언어가 의사소통의 매체가 될 수 없으므로 일관성 없는 무의미한 언어의 사용은 의사소통이 단절되고 기계적으로 변해버린 인간의 부조리성을 암시하는 적절한 수단이 되고 있는 것이다. 이들의 인식은 인생이나 운명의 비극적 상황 저편에 존재한다고 상정되는 초월적이고도 절대적인 질서의 부재를 바탕으로 하고 있다.

부조리파 작가들은 우주의 부조리적 혼돈 배후에는 그 무질서와 혼동을 조종하고 조장하는 어떤 악의적 음모가 있을지 모른다는 의심을 줄곧 품고 있었다. 이점은 이들이 어떤 조직이나 집단의 음모의 존재를 의심하고 추적하면서 인공성을 강조하는 수단으로 우화나 환상을 애용하는 이유인 것이다. 부조리 소설은 점차로 사실과 환상 사이의 경계가 모호해지는 현실을 진실하게 묘사하는 방법으로서 전통적 사실주의에 의거하는 것보다는 오히려 의식적인 인공성과 허구성을 택하고 있다. 구체적으로 이 계열의 작품에서는 전통적인 기법인 긴밀성과 박진성이 사라지고 있으며, 종전에는 사용하는 데 신중을 요하던 우연이 아무 거리낌 없이 등장한다. 한편 이 부류의 소설에서는 전통기법에서 중요시되던 성격도 무시되고 있다. 종전에는 독창적이고 깊이가 있는 성격을 창조하는 것이 작가의 중요한 임무였지만 부조리파의 작품에 있어서 성격은 만화와 같은 유형으로 제시된다. 그들은 만화적 환상기법이 사실과 환상 사이의 구별이 모호해져 가고 있는 우리 세계의 모습을 더욱 진실하게 그리는 길이라고 생각하고 있기 때문이다.

부조리 작가들이 선택했던 또 하나의 중요한 전략은 패러디이다. 패러디는 어떤 것의 약점이나 가식, 그리고 그것이 스스로 깨닫지 못하는 점을 찾아내는 가장 치밀하게 계산된 흉내이다. 패러디를 취하는 작품의 형태는 원본과 꼭 같을망정, 그 효과와 그 궁극적 의미는 다른 새로운 것이다.

가능성이 고갈되어 버린 것처럼 보이는 어떤 형식을 의식적으로 모방하고 그것을 새롭게 원용함으로써 패러디스트는 '새로운 인간적인 작품'을 산출해 낼 수 있는 것이다. 패러디가 취하는 문학뿐만 아니라 역사, 철학, 종교의 가식성에 대한 조롱은 곧 우주의 질서관에 대한 조롱이다. 패러디는 기존의 제도나 풍습, 전통 등 신성화 된 대상을 전면 부정하지 않으면서도, 그 내부에서 이들이 지닌 내용이나 형식을 풍자하는 형식을 취한다. 그러나 패러디는 풍자하는 주체 자체도 또 다시 비판하는 속성을 갖는다. 이 부류의 소설에서는 직접적인 역사적 언급이 없을 수도 있고, 표면과 이면, 안과 밖, 그리고 주체와 타자 등이 한결같이 비판의 대상이 되고, 확고한 의미나 절대적이고 신성화된 가치체계가 사라지게 되는 체제 전복적 형식을 취하기도 하고 모든 것이 불확실한 가운데 점차 공상적, 환상적, 그리고 유희적 형태를 띠기도 한다. 이 경우 역사나 리얼리티는 허구적으로 비춰지며 이것과 비례해서 소설 역시 그 허구적 리얼리티를 재현하는 허구의 도구에 불과하게 된다.

이 계열의 작가들은 거의 공통적으로 인간상황의 부조리성을 표현하는 거대한 우주적 조크 또는 소극적 형식을 취하고 있다. 그들은 소극의 기법을 동원하여 기존의 가치체계와 사회질서, 그리고 도덕 등을 해체시키려 한다. 현대의 암흑성에 접근하는 길은 체념이나 풍자가 아니라 절망을 넘어선 웃음, 즉 블랙 코미디 또는 그로테스크하고 잔인한 유머 센스로 충만한 희극뿐이기 때문이다. 이 계열의 작품에서 다루는 내용이 음산하고 암흑적인 점으로 보아 비극적인 형식이 더 어울릴 것 같이 생각되는데도 불구하고 이들이 희극형식을 일치하여 선택하는 데에는 바로 이러한 이유가 숨어 있다. 또한 이 기법은 부조리 소설의 메시지에 단절과 부정만이 아니라, 한정되기는 하나 모종의 계속과 긍정이 숨어있다는 점을 부각시키는데 기여하고 있다.

4

후기산업사회에서의 청교도주의의 부활

　　1960년대에 들어서면서 미국은 정치적·사회적·문화적으로 도저히 현실로 믿기 어려운 일들이 날마다 일어나면서 엄청난 인식의 변화를 겪었다. 1950년대에 극성을 부렸던 마샬플랜 및 트루먼 독트린, 동서 베를린 분단, 그리고 로젠버그 사건 등의 냉전 이데올로기로 인해 획일화되었던 미국사회는 1960년대에 접어들면서 갑자기 다양성을 지향하는 열린사회로 전환하다 또 다시 닫힌사회로 반전하는 급변을 겪었다. 예컨대 1960년대 초 신좌파의 등장으로 저항의 분위기가 절정에 달하면서 여성해방운동, 민권운동, 그리고 반전·반핵운동이 사회 전역에 확산되었으나 이러한 진보적인 변화의 물결은 곧 이어 일어난 케네디 형제의 암살, 맬컴 X의 죽음, 그리고 마틴 루터 킹의 암살 등 비밀스런 정치적 사건들의 조작으로 재등장한 극우보수주의에 의해 밀려나게 되었다. 그리고 새로운 진보주의와 극우보수주의가 교차하는 코페르니쿠스적 격변의 시대였던 60년대는 다른 한편으로는 전자매체가 문화혁명을 선도하는 시기이기도 하였다. 사람들은 저마다 컬러 TV의 보급과 자동 국제전화의 개발, 그리고 인간을 태운 우주선의 달 착륙 등 고도의 테크놀로지가 자기들의 일상생활 속에 침투해 들어와 급변하는 광경을 지켜보면서 정치적 소용돌이 못지 않게 당황스러움을 느꼈던 것이다.

이렇게 한편으로는 혼란의 소용돌이에 휩싸이면서도 다른 한편으로는 다양화 사회로 변모되는 미국사회를 바라보던 사람들이 저마다 지금까지의 관습적 틀로부터 벗어나 사물을 관찰하는 인식의 대 전환을 겪지 않을 수 없었다. 이들은 다원화된 사회에서 이러한 정치, 사회, 문화적 변화들을 겪으면서 확실한 것은 아무것도 없다는 불안의식과 소진의식을 함께 가졌던 것이다. 이들은 이 사회의 모든 것이 불확실하면서도 조작이나 허위가 아니라는 확신을 갖지 못한 채 그동안 절대적 진리로 군림해 온 지배문화의 횡포와 억압, 그 뒤에 숨어 있는 지식과 권력의 보이지 않는 담합, 반대로 지금까지 거부되고 배제되었던 소외의 목소리도 진리일 수 있다는 가능성을 함께 파악하기에 이르렀다. 사람들이 저마다 스스로를 속박해왔던 '이것 아니면 저것'의 흑백논리에서 벗어나 '이것도 그리고 저것도'의 양면적 시각을 가지려고 노력하게 됨에 따라 미국사회는 냉전 논리적 좌·우 이데올로기와 이분법적 대립에서 벗어나 다원화된 사회체제로 탈바꿈하게 되었다.

이와 같은 시대적 요청에 부응하여 토마스 핀천은 개인의 내면세계를 탐구하는 50년대 소설가들의 편협한 인식의 틀에서 벗어나 급변하는 사회적, 정치적 이슈들과 가치관을 포착하는 다양화된 자세를 견지하였다. 그가 자신의 소설에서 한결같이 다룬 주제는 지배체제의 억압과 독단의 역사, 소외된 계급의 역사, 이성과 진리 속에 숨은 지배자의 목소리와 억눌린 계층의 소리, 그리고 절대적 가치관과 권위체제에 대한 반발과 다양화된 세계에 대한 견해 등 현대문명의 난제들이었다.

사실 1960년대 이후 미국사회는 외견상으로는 다원주의로 나아가고 있는 것 같지만 실제로는 지배와 피지배, 중심과 주변, 표면과 이면, 남성과 여성, 그리고 자아와 타자로 구분되는 이항적 대립구조를 형성하여 극한적인 혼돈현상을 겪고 있었으며, 이러한 극단주의의 뿌리가 청교도주의에서 출발한다고 하겠다. 물론 '이것 아니면 저것'의 이분법적 논리에 의해 중용이 배제되는 양극화된 사회구조가 현대사회에 구축된 것이 서구합리주의의 획일화된 이성중심주의라고 말하고 있지만, 따지고 보면 이성중심주의도 청교도주의와 밀접한 연관성에서 출발하므로 청교도주의가 극단주의의 주된 원인이 된다고 볼 수 있다.

17세기에 청교도사회가 캘빈의 교리인 선택설과 예정설을 근간으로 하여 하느님 은총의 정도에 따라 선택된 자나 탈락자로 구분한 것에는 고질화된 사회적 문제가 내포되어 있었다. 그 당시 신대륙에서 새로운 삶을 찾고 있던 이주민들은 그들이 건설한 신정공동체 내에서 상당히 심리적 중압감에 시달렸다고 한다. 이는 신대륙 이주자들이 저마다 예정설과 선택설에 내포된, 표면적이고 추상적인 의미 뒤에 감추어진 실질적 의미와 질서를 찾으려는 강박감을 가졌다는 뜻인데, 퓨리턴 반사증은 이 심리적 압박감에서 비롯되었다. 현대적 의미에서 보면 일종의 복합적인 심리 증후군의 일종인 이러한 심리 현상은 청교도들의 신대륙 생활에 원초적인 정신력이 되기도 하면서 그들의 사회에 대한 회의를 야기 시켰다. 다시 말해서 이 정신적 집착현상이 신대륙에서 그들의 일상생활에 활력소가 되면서 동시에 그들의 사회에 갈등을 가져왔던 것이다.

퓨리턴 반사증은 청교도주의에서 신의 선택과 계시의 끝없는 추구와 동일한 맥락을 갖고 있기 때문에 이들의 섭리적 역사에 대한 집착은 그들의 현실 속에서 행복과 성공을 바라는 세속적인 삶과 연관이 되었다. 토니태너는 감추어진 질서에 대한 이들의 지나친 집착을 신의 은총의 표시로 보려는 퓨리턴 강박감과 밀접한 연관을 맺고 있다고 말한다. 이 강박감은 선택된 자의 일원이 되지 못한 탈락자들의 불안을 불러 일으켰고, 세속적인 성공을 이루려는 선택된 자들에게는 더 큰 이기적인 욕구로 이어졌다. 이는 신의 은총의 가시적 징표로서 선택과 예정이 한편으로 청교도들을 근면하고 성실한 삶을 인도하였지만 다른 한편으로는 그들 상호간에 반목과 갈등을 조장하였던 셈이다. 어느 누구도 인간의 삶을 예정하거나 구원할 수 없는데도 불구하고 이 교리에서는 신의 뜻을 전하는 중재자의 역할이 은연중에 인정되었고, 이러한 보이지 않는 중재자의 역할로 선택된 자와 탈락자의 선별기준이 애매모호하게 되어 퓨리턴 사회는 양극화된 갈등사회로 변모하게 되었다고 볼 수 있다.

청교도들이 세속적인 구원을 얻기 위해 경쟁체계를 구축하는 과정에서 종교적인 구원의 본래 취지는 현세에서의 물질적 번영과 부의 축적으로 왜곡되었던 것이다. 이는 신의 은총의 표시가 가시적이고 세속적인 성과를 강조하게 되어, 오로지 자신의 소속장소에서 세속적인 성공이 곧 구원의 의미로 통했기 때문이다. 신의 의도가 밝혀지지 않고, 선택에 관한 확실성의 확보가 애매모호한 상황이 청교도들의 심리적 압박을 강화시켰다고 볼 수 있다. 베버는 청교도주의의 예정설과 선택설이 진정한 구원보다는 청교도들에게 전례 없는 내적인 고립을 조장하여 내면적인 고독을 초래하였다고 주장한다. 이들의 고립과 고독은 퓨리턴 교리 자체가 지닌 의미 차원을 뛰어 넘어 그들의 생활공간에서 심리적 압박에 의한 소속원 상호간의 경쟁심을 유발하기 때문에 퓨리턴 사회가 세속화되는 계기를 마련해 준 것이다.

청교도들은 각자가 세속적인 경쟁으로 변모되는 과정 속에서 사회적 평가를 더 두려워하는 편집증을 가졌는데, 베버는 이점을 '세속적 결정론' mundane determinism이라 부른다. 여기서 예정설과 선택설에 내포된 자의적이고 임의적인 해석의 편집적 속성이 드러나고 있다. 퓨리턴들의 죄의식은 '선천적 타락'natural depravity에서 비롯되기보다는 그들 각자가 사회구성원 간의 경쟁관계에서 느끼는 불안감의 소산일 수 있다. 이들은 자신들의 생활 속에서 받게 될지 모를 악평과 소외에 대한 심리적 압박감에 시달려왔으므로 퓨리턴들은 패턴화된 사회조건에 대한 편집증적 의심을 갖지 않을 수 없었다.

이러한 맥락에서 근대자본주의는 청교도주의의 연속선상에서 논의가 가능할 수 있고, 더 나아가 이것은 후기상업주의를 실질적으로 주도하고 있는 다국적 카르텔과도 연결된다고 볼 수 있다. 청교도사회에서 퓨리턴의 선택된 자들의 지배논리는 근대자본주의의 발전과 함께 패턴화되고 조직화되어 다국적 카르텔로 변천되었으며, 이들은 퓨리턴 탈락자들이 주변화된 체제를 결성하여 지배체제가 주도하고 있는 자본시장의 벽을 허물고 돌파하면, 또 다른 새로운 단계로 나아가면서 끝없이 자신들의 의도를 관철하여 왔다.

베버는 「청교도윤리와 자본주의정신」에서 근대자본주의 정신이 청교도주의에서 연유한다고 파악하면서 경제적인 측면에 입각하여 제국주의의 출발도 청교도주의가 그 근본적인 바탕이 된다고 주장하였다. 특히 그는 이러한 요소가 가장 전형적으로 구현된 곳이 미국을 포함한 서구제국주의라고 보았다. 16, 17세기 유럽제국과 신대륙에서는 구시대의 봉건적 농본주의가 붕괴되고 근대적 중상주의가 새로운 경제체제로 정착되었는데, 어느 누구도 이 과정에서 청교도주의의 근면과 극기의 정신과 그 교리에 내포된 물질지향주의가 자본주의의 경제활동에 촉매역할을 하였다는 점을 부인할 수는 없다. 19세기 중엽 산업혁명을 계기로 자본주의 체제의 발전이 가속화되고 있을 때, 그동안 퓨리턴 사회가 양분한 선택된 집단과 탈락자 집단이 각각 착취 계층과 피착취 계층으로 그 맥이 이어지면서 인간을 억압하는 체제로 나아갔다고 볼 수 있다. 그 후 근대 선진자본주의 국가들이 20세기를 기점으로 하여 군사력을 앞세워 그들의 영토를 확장하고 지배범위를 넓히는 제국주의 정책을 펼쳤다고 하겠다.

이러한 제국주의자들은 2차 세계대전을 정점으로 하여 후기산업사회 속에서 경제와 문화논리로 위장하여 국가와 국가 간의 경계나 이념의 벽을 넘어, 세계전역에 그들의 세속적인 속셈과 지배의도를 관철했다. 특히 핀천 같은 작가는 그의 주요 작품인 『49호 품목의 경매』와 『중력의 무지개』에서 퓨리턴의 선택된 자들의 지배체제로 '요요다인 우주항공회사', '회사', '백색재앙단', '통제자', '신디케이트', 그리고 '아이지 화벤' 등을 구체적으로 예로 들어 설명하고 있다. 그의 입장에 따르면 잔인한 불사조로 통용되고 있는 이들은 자신들의 통제체제를 집요하게 구축하고 음모조직 속의 음모단을 은밀히 조직화하여 퓨리턴 탈락자들과 주변화된 타자들을 상대로 인간의 인간이용과 억압과 지배를 노골화하고 있다는 것이다.

이러한 맥락에서 살펴볼 때, 오늘날 이항대립구조의 담론을 구축하고 있는 중심과 주변체제도 어쩌면 과도한 편집증의 소산일 수 있다. 우리는 산업주의자들의 지배문화 배후를 추적하면 퓨리턴이 선택된 자들의 통제에 대한 망상이 숨어 있고, 반대로 탈산업주의자들의 주변문화 뒤편을 조사해보면 퓨리턴 탈락자들의 저항의지가 자리 잡고 있음을 알 수 있다. 퓨리턴의 선택된 자들은 지배체제 속에 숨어 과학제일주의와 다국적 카르텔 형식의 시장독점주의를, 반면에 탈락자들은 주변화된 체제를 결성하여 기계거부운동이나 탈산업주의를 선도한다고 볼 수 있다. 이러한 의미에서 보면 지배를 목표로 삼고 있는 통제편집증자들이나 저항을 고수하는 저항편집증자들이 구축하는 의미세계는 사실 그대로라기보다는 서로의 자의성이 반영된 허구화된 의미세계라고 볼 수 있다.

이러한 허상의 세계는 통제편집증자들이 자신들의 망상에 빠질수록,

저항편집증자들은 이에 대응하는 강한 의미세계를 구축하게 되어 양자 사이에는 작용과 반작용의 역설적 상황만 거듭될 뿐 안정되고 균형적인 질서는 잡지 못한다. 이 말은 통제체제가 하나의 거짓된 제도를 조성한다면 저항체제도 거짓된 제도에 맞서기 위해 또 하나의 허구적 제도를 구축한다는 뜻이기도 하다. 이들이 구축하는 의미세계는 모두 허상일 가능성이 크므로 어느 편을 선택하든 허구를 피할 수 없다. 통제자들은 끝없는 질서추구에, 저항자들은 그 질서의 부단한 거부욕망에 집착하여 자기네들만의 담론을 고수하므로 현실세계는 거짓된 우상의 세계로 빠져든다. 그 우상의 세계는 편집증적 환상의 결과인 탓에 자기 파괴의 모순을 지니기 마련이다.

그런 의미에서 오늘날의 세계는 놀이와 게임의 세계일 수 있다. 현대인들은 저마다 자기가 속한 조직 내에서 합목적인 진실 찾기에 몰두하지 않고 그럴듯한 담론을 만들어 반대를 위한 반대, 공격을 위한 공격, 그리고 비판을 위한 비판을 하면서 그 과정을 즐기고 있는지 모른다. 이들의 놀이와 게임에는 표면상으로는 진지한 듯하나 실제로는 자신들의 기득권 고수의 아집과 편협이 숨어 있는 것이다. 포스트모더니즘이 간파하고 있는 이러한 놀이나 게임지향주의적 사회는 개인과 사회의 통합이, 그리고 부분과 전체의 조화가 중심과 주변의 유기적 결합의 틀이 깨어진 데에서 비롯된 것이기에 혁기적인 사회적 변화가 수반되지 않는 한 이는 오랜 기간 동안 지속될 것이다.

5

중심과 주변을 아우르는 생태학적 세계

지금까지 많은 학자들이 저마다 자연환경에 관한 견해를 피력하였으나, 그들이 밝히는 입장들은 환경보호차원이라는 기존의 통념과 선입관으로부터 그렇게 많이 벗어나지 않았다. 그들은 자연보호에 관한 철학적, 이데올로기적 측면에 지나치게 집착한 나머지 오늘날 인류가 부딪치고 있는 역사, 사회, 정치, 그리고 경제적 문제들 사이의 유기적 연관성을 이해하거나 기존 세계관의 근본적인 변화를 통한 바람직한 삶의 체제를 만들려는 데에는 다소 소극적이었다. 그런데 생태학은 여러 환경론들을 떠받쳐주고 있는 많은 사상과 철학에다 인간세계의 여러 난제들을 아우르는 매우 폭넓은 인식구조를 지니고 있다. 이 인식구조는 현대환경론자들이 기초하고 있는 자연환경에 대한 문제인식과 더불어 사회체제와 제도의 총체적인 전환을 요구하는 새로운 패러다임이다. 이 새로운 패러다임은 인간의 자연에 대한 착취가 궁극적으로는 인간의 인간에 대한 착취구조와 무관한 것이 아니므로, 자연문제의 해결방향이 인류의 불평등한 사회구조와 유기적으로 맞물려 있다는 인식을 담고 있다. 인간과 자연과의 관계가 분명히 바람직한 방향으로 개선되어야 한다는 메시지 속에는 지금까지 인간세계가 가장 골몰해온 중심과 주변, 지배와 피지배, 주체와 타자, 여성과 남성, 그리고 표면과 이면 등의 이항대립구조를 개선하려는 공존윤리가 살아 숨 쉬고 있기 때문이다.

오늘날 인간세계의 엔트로피적 위기는 지금까지 인간이 지나치게 과학문명을 앞세워 하나의 유기체인 자연환경을 독점하여 왔기 때문에 일어난 필연적 결과물이라는 견해에는 이견이 없다. 일종의 '일에 소모된 에너지의 찌꺼기'라고 말할 수 있는 엔트로피는 많은 일이 행해짐에 따라 더 많은 엔트로피가 쌓이기 마련이고, 이러한 엔트로피는 생태계가 처리할 수 없는 이상으로 축적되면 엔트로피의 대폭발, 즉 열사현상이 일어나 인류와 지구는 멸망할 수밖에 없다. 사실 이러한 현재 세계의 엔트로피적 위기 진단은 인간이 자연계를 떠나서는 살 수 없는 존재라는 새로운 자각을 일깨워주면서, 인간과 자연의 관계에 대한 새로운 인식과 인간의 도덕적 인식체계에 대한 재점검의 계기가 되고 있다.

합리주의시대 이전의 자연생태계는 유기적인 공존관계에 의한 활기찬 생명력이 숨 쉬는 신비의 터전이었다. 생태계의 생물체 모두는 제각기 소중한 생명체를 지니고서 상호간에 유기적인 공존의 그물망을 이루면서 공생하였다. 그러나 근대화가 시작된 이후부터 산업지상주의자들이 자연생태계에 약육강식의 적자생존 윤리를 도입한 후부터, 자연생태계는 그 본래의 역할이 마비되어 존립기반을 잃게 되었다. 때문에 산업주의자들이 자연의 질서화에 대한 지나친 이기적인 망상에 사로잡혀 자연생태계를 파괴하여 현재의 위기가 초래되었다고 볼 수 있다.

생태학적 세계관은 자연이 지닌 본래의 속성을 회복하고 이것을 인간세계에 적용하자는 주장인데, 이것은 현재 세계에 새로운 패러다임이 정착할 수 있는 가능성의 탐색이다. 이 탐색은 인간이 오만과 독선으로 자연 생태계의 파괴 위에 문명세계를 건설하여 지금의 위기가 초래하였으므로, 우리 인간이 결자해지의 심정으로 자연의 질서화에 대한 이기적인 욕망을 버리고 인간세계와 자연이 공존하는 새로운 틀을 만들어 보자는 상상력이 넘친 목소리와 함께 한다. 이 생태학적 상상력은 인간의 마음이 전체적 맥락에서 볼 때 우주의 섭리와 질서에 깊이 관련되어 있다는 것을 의식하는 생물권 전체의 운행과 활동에 대한 일종의 정신적 자각이다. 그러므로 이 새로운 패러다임의 원리에는 일차적으로 전체와 부분이 조화되고, 획일적인 구조보다 다양하고 창조적인 과정을 중시하고, 그리고 모든 생물권을 유기적으로 폭넓게 인식할 수 있는 관찰자의 역할이 강조된다.

자연 속에서 생물체 모두가 유기적인 공존관계를 맺고 있듯이 지배문화와 주변문화, 선택된 자와 탈락자, 그리고 제국주의자들과 주변화된 식민지인들 모두가 생태계의 유기적 원리를 수용하면 그들은 서로 조화롭게 공존할 수 있다. 이는 대자연의 이치를 삶의 현실로 환원하여 생각해 보면 지배문화든, 선택된 자든, 탈락자든, 제국주의든, 그리고 주변화된 타자든 모두가 자연 전체의 생태계 현상들의 상호연결성과 상호의존성의 큰 틀 하에서 공생, 공존하면서 조화로운 삶을 이룰 수 있다는 뜻이다.

이 생태학적 패러다임은 전체와 부분의 유기적인 조화를 중시한 그리스식 접근방법에다 우주를 불가사의한 신비성의 그물로 보려는 동양적 사고와 합리주의의 순기능적 요소를 결합한 원리이다. 이 세계관이 지향하는 상호공존의 틀은 과거의 현재성과 현재의 과거성을 모두 포괄하면서 17세기 자연관이 지닌 주술과 마성의 신비주의, 그리고 모든 생명의 다양한 현상들의 변화와 변형 및 순환성 모두를 수용한다. 다시 말해서 이러한 견해는 새로운 패러다임의 원리에 따라 합리주의에다 도교같은 동양사상을 접목하면 희랍이나 요순시대에서나 가능했던 안과 밖, 그리고 표면과 이면이 조화되는 유기적인 세계의 건설이 가능할 수 있다는 뜻이다. 따라서 생태학적 세계는 중심문화와 주변문화, 지배체제와 저항체제, 산업주의와 탈산업주의, 기계주의와 기계파괴주의, 그리고 과학과 신비성이 지닌 순기능들을 모두 수용할 수 있는 새로운 패러다임의 속성을 지닌다고 하겠다.

생태학에 관한 주요 이론가들로는 「공동의 협력」의 저자 피터 크로포트킨, 1950년대 「자유의 생태학」의 저자 머레이 북친, 그리고 「생태학의 심층」의 저자 빌 디밸 등을 들 수 있다. 빌 디밸은 19세기와 20세기에 생태의식과 과학을 아우르는 이상적인 유토피아 공동체로 '파리 친목'이나 '뉴잉글랜드타운', 뉴욕과 시카고의 '민속 공동체', 그리고 1930년대 스페인의 아나키스트들이 도모한 '생태 공동체'들을 언급하면서, 특히 미국문학에서 생태학적 상상력을 펼친 사상가들로 토마스 제퍼슨, 헨리 데이비드 쏘로, 휘트먼, 칼 샌드버그, 폴 굿맨, 그리고 어슐라 레귄 등을 거론하고 있다. 그가 바람직한 생태학적 사회를 정착시키는데 필요한 주요 항목으로 언급하는 탈중심적, 비계급, 민주적 질서, 소수 공동체, 지방자치주의, 자기책임과 신뢰, 사례나 모범을 통한 지도력, 존재 그 자체의 존중, 민속의식, 민족주의, 실존주의, 자연과의 개방적인 대화, 동물이나 식물의 공존, 그리고 유기적 가치관 등을 유심히 살펴보면 주변화된 공동체의 삶에 대한 그의 관심이 돋보인다.

제레미 리프킨을 포함한 많은 생태론자들은 인간세계가 공업화, 도시화, 문명화, 환경파괴를 그만두도록 하기 위해서는 인간 개개인이 일상화된 세속적인 삶의 행위를 중단하고 자연적인 삶으로 돌아가야 한다는 매우 급진적인 견해를 내놓고 있다. 그들의 입장에서 보면 현재의 기계문명과 과학 등의 발전된 문명 요소들이 모두 거부될 수밖에 없다. 그러나 베이튼을 포함한 온건한 생태론자들은 문명 거부자들의 이러한 견해를 현실성이 없는 주장이라고 여기고 있다. 이들은 현재의 엔트로피적 위기의 심각성을 누구보다 예민하게 느끼면서도 바람직한 현실적 대안을 찾으려 한 점에 있어서 급진적 생태론자들과 약간의 차이를 보인다고 하겠다. 그들은 지금의 문명사회를 완전히 거부할 수 없는 상황에서 이미 인간 개개인 생활에 편의성과 효율성을 주고 있는 문명의 순기능적 요소는 받아들이고, 반면에 인간생활에 폐단을 가져오는 화학무기나 전쟁무기 등의 개발에 활용되는 문명의 역기능적 요소는 과감하게 버리자고 주장하고 있다. 이렇게 온건주의자들이 펼치는 입장은 현재의 과학이 지닌 장점들을 긍정하고, 중세적 자연관인 범신론을 살리면서 기계론적 세계관의 순기능을 수용한다면 공존의 세계관 정착이 얼마든지 가능하다고 믿는 데서 출발하는 것인데, 이러한 그들의 견해는 상당한 설득력을 지닌다고 볼 수 있다.

베이츤은 「마음의 생태학」에서 공존의 세계는 사회구성원들 개개인의 인식의 대전환 없이는 불가능하다고 판단하고서, 인간 마음의 중요성을 강조하고 있다. 지금까지는 선택된 자들의 독선과 횡포나 제국주의자들의 지배이데올로기가 그들의 독선적인 마음에서 비롯되어 현재의 엔트로피적인 혼돈의 위기가 초래되었으므로, 현재는 파편화되고 이질화된 마음을 다스리는 것이 무엇보다도 중요하다는 것이다. 이 경우 마음이 타락할 때 지구의 생태계가 파괴되므로 마음이 곧 자연환경의 파수꾼이자 도덕윤리이다. 그러므로 지금은 극단주의에 의해 분리되어 온 마음과 자연, 종교와 생물학, 그리고 신성과 인성을 조화시키는 인식 대전환이 무엇보다도 시급한 시점이며, 이를 위해서 우리는 끝없는 회의와 자기성찰의 의지가 담긴 자기반성적 태도를 지녀야 한다고 하겠다.

제4부
미국, 샐러드 그릇의 그림자

- 미국의 꿈의 비극을 외롭게 감내하는 개츠비
- 산업사회의 속물화된 지배의식을 반추하는 죠지
- 남성중심주의 사회의 고정된 가치관에 도전하는 안토니아
- 후기산업사회 속에서 환상과 실재를 혼동하는 에디파
- 탈산업주의를 선언하는 러드주의자들

1

미국의 꿈의 비극을 외롭게 감내하는
개츠비

  피츠제럴드의 소설 『위대한 개츠비』는 20세기 최고 100대 영문소설에 한 번은 1위에, 다음에는 2위에 오를 정도로 작품성에서뿐만 아니라 대중성에 있어서도 인정을 받고 있다. 랜덤하우스가 먼저 제임스 조이스의 『율리시즈』를 1위, 『위대한 개츠비』를 2위, 그리고 조이스의 『젊은 예술가의 초상』을 3위로 발표하였으나 1998년 7월 21일 미국의 명문사립대인 래드클리프 대학의 여학생그룹은 이를 반격하고 나섰다. 출판인 지망생 100명으로 구성된 학생들은 대부분 백인남성으로 구성된 랜덤하우스의 편집위원회의 편협한 선정기준과 순위에 반발하고서는 자체적으로 100대 영문소설 대항명단을 만들어 『위대한 개츠비』를 1위에, 샐린저의 『호밀밭의 파수꾼』을 2위에, 그리고 존 스타인벡의 『분노의 포도』를 3위에 올려놓은 반면, 『율리시즈』를 6위로 밀어내었다.

  여기서 비평가들뿐만 아니라 대중들로부터 끊임없이 호평을 받고 있는『위대한 개츠비』의 주된 내용과 의미를 구체적으로 살펴보자. 우선 이 소설은 톰 뷰캐넌과 개츠비의 저택, 그리고 마틀의 아파트를 오가면서 그곳에 기거하는 톰과 데이지, 개츠비와 데이지, 그리고 톰과 마틀 등에게 얽힌 복잡한 사연들을 하나씩 밝혀나가는 형식을 취하고 있다. 이 소설의 화자로 등장하는 닉 캐러웨이가 여러 인물들 가운데 개츠비의 신비스러운 삶과 이미지에 깊은 관심을 갖게 되면서부터 개츠비의 세계관이 주된 논점으로 자연스럽게 부각된다. 이 소설의 초점은 개츠비의 의식 깊숙한 곳에 존재하는 과거의 연인 데이지와 이루지 못한 슬픈 사랑의 아픔이 은밀한 꿈으로 변모되어 가는 경위와 그 소중한 꿈이 세속적인 현실 속에서 어떻게 하여 비극적인 파국으로 끝나는지를 추적하는 데에 맞추어진다.

중서부 출신인 개츠비가 경제적으로 번영한 동부로 건너와 자기의 꿈을 성취하려는 태도는 그것의 진실성 여부를 떠나 상당히 관심을 끌게 되는 인상적인 대상임에는 틀림없다. 개츠비는 어디에서 왔는지 알 수 없는 사람이고 그가 개최하는 파티 때마다 그에 대한 괴상하고 믿기 어려운 추측들이 꼬리를 문다. 개츠비는 사랑하는 여인으로부터 버림받은 존재로 비운의 총탄을 맞고 어처구니없는 꼴로 소설무대를 퇴장하기까지 뭇 대중들의 끈질긴 모함에 시달린다. 그가 옥스퍼드 대학 출신이라느니, 독일 스파이였다느니, 독일황제와 육촌 간이며, 혹은 독일 육군원수인 폰힌덴부르크의 조카라느니 등 그에게 얽힌 소문들이 무성하기 때문이다. 게다가 그가 벌여 놓은 호화스런 연회에 초대받은 사람들이 "그가 언젠가 사람을 죽였다는 거예요"라고 속삭이는 소문에다 주류 밀매업자일 거라는 귀엣말까지 가세하여 그는 완전한 악덕의 화신이 되고 있다. 이런 가운데 개츠비가 밤마다 벌이는 화려한 연회와 그의 재산형성의 모호함, 그리고 출신성분을 알수 없는 비밀스런 정체성의 설정 때문에 이 소설에 얽힌 의심은 배가된다. 개츠비와 관련된 이러한 추측들은 그의 삶의 행각에 얽혀 있는 갖가지 호기심에 신비감을 더하면서 개츠비의 꿈의 시작과 좌절이 주된 논점으로 부각된다.

　사실 개츠비의 인생이 구경꾼들에게는 신비롭고 매혹적인 이미지로 비칠는지 모르지만, 그 주된 동기를 살펴보면 그는 애처로울 만큼 단순하다. 개츠비의 꿈은 서부에서 동부로 이주하여 미모의 여인 데이지를 우연히 만나 사랑의 감정을 느낀 후부터 그녀를 향해 끊임없이 구애하는 과정에서 형성된 것이다. 자신도 모르게 그의 내면 깊숙한 곳에 데이지와 함께 보냈던 아름다운 과거를 그리워하는 마음이 자리 잡게 되고, 이것이 편집광적인 집착으로 변하게 되었다. 물론 개츠비 자신이 5년 전 데이지를 만나 사랑을 나누던 어느 가을날 밤의 경이적인 기억에 집착하여 그녀를 이상적인 아름다움의 화신이자 영원한 꿈의 대상으로 만들고 있었으나, 현실 속에서의 데이지는 부모의 강요에 못 이겨 상류층 출신의 톰 뷰캐넌과 결혼하고 말았기 때문에 그의 데이지를 향한 열정이 강렬할 수밖에 없는 개연성은 얼마든지 성립한다.

　소설은 이 단계에서 개츠비와 데이지의 사랑과 이별의 문제가 단순히 개인의 낭만적인 감정의 차원을 벗어나 계급 간의 넘을 수 없는 신분의 벽으로 확장되고 있음을 말해주고 있다. 데이지에 대한 개츠비의 광적인 집착은 자신의 미래에 대한 모든 가능성을 타진하는 과정에서 백만장자가 되려는 야심으로 변질되는데, 어떻게 보면 상류계층 출신인 데이지가 가난이 싫어 자신의 곁을 떠났으므로 그녀의 마음을 끌 수 있는 유일한 방법이 돈의 위력뿐일지도 모른다. 그는 자신이 이룩한 물질적인 토대가 얼마나 허약하고 덧없는 것인가를 깨닫지 못한 채 그것이 자신의 꿈을 실현시켜 주리라 굳게 믿었다.

　그러면 여기서 개츠비가 지닌 꿈의 실상과 허상을 분석하기에 앞서 그의 대응 인물들인 데이지와 톰, 그리고 마틀과 윌슨의 삶에 대한 태도를 잠시 살펴보자. 과거에 개츠비의 연인이었던 데이지와 톰은 미국 상류사회의 속물성과 오만하고 잔인한 허위의식을 그대로 노출하고 있다. 그들은 표면적으로는 미와 부를 겸비하고서 전통이나 지성이나 품위와 같은 정신적 가치를 운운하면서 윤리나 도덕의식을 내세우고 있으나, 그들의 주된 관심은 돈을 중심으로 하는 물질뿐이다. 그들은 겉으로는 도덕의 화신으로 행세하나 실상은 돈 앞에 자신들의 온갖 위선과 오만과 잔인한 교태를 드러내고 있는 것이다.

데이지는 근본적으로 불성실하면서도 허욕으로 가득 차 있고 돈 생각뿐이며 화려한 겉모습에만 신경을 쓰는 내면이 텅 빈 여인이다. 일견 겉으로 비춰지는 그녀의 아름다운 세련미와 고상한 품위는 개츠비 자신이 억지로 만들어낸 과거의 기억과 그녀에 대한 지나친 매니아의 소산일 뿐이다. 그녀는 1차 세계대전에 참전한 개츠비가 그녀를 위해 루이즈빌로 돌아올 수 없다는 점을 이상하게 생각한 나머지 편안한 삶을 위해 부유하고 사회적 지위가 높은 톰과 결혼을 하고 금세 그를 잊어버린다. 그녀는 개츠비와 재회하는 순간에도 자기를 무척 사랑했던 과거의 연인이 지난 5년 동안 겪은 고통에는 전혀 무관심한 채 지극히 사무적으로 대하면서, 눈앞에 보이는 화려한 셔츠 같은 물질에만 감격해 한다. 그녀는 개츠비가 지닌 엄청난 부와 대저택, 그리고 화려한 의상에만 관심을 갖는다. 그녀가 가식적인 목소리로 던지는 모호한 태도, 즉 "저는 한 때 그를 사랑했어요. 하지만 당신도 사랑했어요"에 숨어 있는 그녀의 양면성이 이중화된 미국사회에서 생존 처세술이었던 것이다.

톰은 자신의 행위에 대해 어떠한 죄의식이나 갈등도 느끼지 않고 세상을 자기의 필요에 따라 편리하게 판단하는 미국사회 특수층의 비인간성을 그대로 드러낸다. 그는 21세에 인생의 최고점에 도달하여 절정기를 누리고 이제는 하향 길에 접어든 상태라서 그런지 향락만을 즐거움의 대상으로 삼고 있는 꿈의 향유자로 전락해 있다. 그에게는 힘의 논리가 행동규범이자 도덕의식인 셈인데, 힘의 논리로 위장된 이러한 가치기준은 자신이 속한 계급적 우월성에서 비롯되고 있다. 그는 개츠비와 같은 신흥부자들을 뿌리가 없는 사람으로 매도하면서 자신이 소속한 부류의 특수한 가치를 잣대로 하여 타인을 평가하고 매도하는가 하면, 데이지와의 이별을 불허한 채 마틀과 정사를 즐기며 폭력을 행사하고, 윌슨의 삶도 희생시키고, 급기야 개츠비의 꿈을 잔인하게 파괴하고 죽음으로 내몬다.

이 소설에서 톰 뷰캐넌과 데이지가 이스트 에그에서 사치와 호화로움의 극치를 드러낼 때, 아이러니컬하게도 이들에게 종속된 윌슨 류의 인간들은 웨스트 에그와 뉴욕 사이에 낀 계곡지대에 위치한 잿골에서 무기력한 삶을 살아가고 있다. 그 잿골은 미국의 꿈의 이면에 가려진 어두운 현실로서 모든 것이 잿빛으로 화한 상태로 집도 굴뚝도 잿빛이요, 심지어는 그곳에 기거하는 사람들도 잿빛 형상을 띠고 땅 위를 기어 다니는 일그러진 몰골을 하고 있다. 재가 밀이나 보리처럼 자라나고 있는 폐허화 된 농장은 서부 에그와 뉴욕 사이에 위치한 쓰레기 하차장으로서 정신이 메말라 가는 현대의 물질문명에 대한 상징적인 장소이자 도덕 불감증의 세계이다. 이 잿골은 미국의 꿈에서 철저하게 밀려난 희생자들로 무기력하고 절망적인 모습으로 형상화되고 있는 가운데, 톰의 간통과 마틀 윌슨의 죽음이 여기서 일어나고 있다.

윌슨 부인인 마틀은 그녀의 남편을 교양 있는 신사로 생각하고 결혼했지만, 그가 자신의 결혼예복을 빌려 입었을 정도로 가난하다는 사실을 알자 그를 형편없는 놈이라고 혹평하는 몰상식성을 드러낸다. 그녀는 무기력하고 비참한 현실에서 돌파구를 찾다가 삶에 대한 안이한 태도, 즉 "내가 영원히 사는 것은 아냐, 영원히 사는 것은 아냐!"를 드러내며 톰의 유혹에 쉽게 빠진다. 그녀가 상류사회의 물질적 허영과 허식으로부터 자신을 지키기에는 도덕이나 윤리의식이 허약하여, 아무런 죄의식도 느끼지 않고 남편 월슨과 톰 사이를 오가며 살아가고 있는 것이다. 잘 차려 입은 화려한 드레스와 유명한 회사의 가죽제품을 과시하는 그녀는 어느 누구든 돈만 주면 언제든지 살 수 있는 매춘녀에 불과할 정도로 타락해 있다.

삶의 의욕을 잃고 유령처럼 무의미하게 살아가는 사람을 말한다면 조지 월슨도 마찬가지이다. 그의 일상생활은 문간의 의자에 앉아 지나가는 사람들이나 차들을 물끄러미 바라보는 것 정도이다. 그는 아내가 10년 전부터 이사를 가자고 졸라도 그렇게 할 의지를 전혀 보이지 않고 아무런 희망도 없는 생활을 그대로 이어 나가는 정도이며, 심지어는 자기 아내가 톰과 정을 통하고 있는데도 그것을 전혀 눈치 채지 못하고 톰으로부터 자동차 수리소 운영에 대한 도움을 계속 받는다.

사실, 이 잿골의 잿더미와 먼지 위로 어느 안과 의사가 선전판으로 세워 놓은 일 야드나 되는 동공과 얼굴도 없는 에클버그 박사의 두 눈이 닉과 같은 도덕적 판단의 렌즈 구실을 하고 있다. 커다란 안경 너머로 잿골을 굽어보고 있는 에클버그 박사의 시선이 예사롭지 않게 미국의 꿈에 가려진 이면을 진단하는 과정에서 그곳의 부도덕한 실체가 드러난다고 하겠다. 에클버그 박사의 도덕적 프리즘을 통해 살펴보면 잿골 거주자들의 도덕적 타락과 정신적 불모성의 일부는, 물론 이들 개개인의 능력의 부족에서 연유하겠지만, 다른 일부는 지배 계급의 오만과 이기심에다 적절하게 대처할 수 없는 그들의 어려운 경제적 여건에서 비롯된 것이다. 그들은 해밀턴의 중상주의 경제체제의 희생자이기도 한데, 성장제일주의적 경제정책이 결국은 월슨 부부 류의 소외자를 양산하고만 것이다.

그런데 개츠비는 황폐한 잿골에 기거하는 잉여 인간들과는 달리 이스트 에그 해안에서 발하는 푸른 불빛을 바라보면서 자신의 꿈을 실천해왔다. 중서부 빈농의 가정에서 태어나 롱아일랜드의 상류사회에 이르기까지 개츠비가 성공하는 과정은 말 그대로 미국적인 성공 신화이다. 그는 그의 아버지가 지어준 제임스 개츠라는 성과 이름을 제이 개츠비로 바꾸고 더 나아가 제임스 개츠로 통하는 과거의 정체성을 모두 거부하고 오로지 자신의 꿈을 향해 나아간다. 개츠비가 하층계급의 무기력과 비참한 상태에서 벗어나고자 탐욕과 무자비함으로 소문난 댄 코디와 마이어 울프심을 중간 매개물로 삼아 물질적 성공을 이루는 과정은 도덕적인 양심의 건강성과는 거리가 멀었다. 개츠비는 처음 댄 코디에게 고용되었을 때 요트에 관심을 갖는데, 그 요트는 그에게 있어서 자신의 꿈에 대한 대리 만족물로서 세상의 온갖 아름다움과 영광의 표시였다. 그는 요트 위에서 생활하는 몇 년 동안 그것을 통해 천사의 날개 위에 바위를 내려놓으려는 실현 불가능한 터무니없는 환상세계를 구축하였던 것이다.

개츠비가 제대 후에 개최하는 파티들은 데이지의 주위를 끌고 동시에 그녀로부터 사랑을 되찾기 위해 치밀하게 계획된 것이었다고는 하나, 어딘지 모르게 어설픈 데가 많다. 데이지와 재회의 기회를 갖기 위해 과장된 제스처와 온갖 불법적인 수단을 동원한 후에 보이는 그의 모습에는 산전수전 다 겪은 세속화된 사회인의 인상보다는 첫 댄스파티에 나온 어린 학생처럼 순진하면서도 애처로운 흥분상태를 풍기고 있기 때문이다. 신비적이고 인상적인 겉모습 밑에 놀랄만한 청년시절의 낭만적 순진성이 숨겨져 있는 것이다.

개츠비가 처해 있는 상황은 강렬한 푸른 불빛으로 상징화되고 있다. 개츠비가 그녀의 저택이 위치한 저편 부두에서 밤새 빛나는 '푸른 불빛'을 바라보면서 언젠가 자신의 욕망이 충족되기를 기대하고 있으므로, 그 푸른 불빛은 그로 하여금 고통 속에서도 미래로 향하도록 유혹하는 혼불인 셈이다. 하지만 톰 뷰캐넌 부부가 거주하고 있는 동부 에그의 만 저편 끝에서 밤새 빛나고 있는 푸른 불빛은 끝없이 추구했던 개츠비의 무한한 꿈을 상징하고 있으나 그의 꿈이 항상 추악한 현실을 매개로 하고 있기에 그 불빛은 항상 푸르지만은 않다. 푸른 불빛은 더러운 먼지와 함께 떠도는 추악한 현실과 밀접한 상관관계를 맺고 있어 허황된 꿈의 기호에 불과할지도 모른다.1) 이는 멀지 않아 푸른 불빛으로 대변되는 데이지가 개츠비의 바람을 저버리는 데에서 구체적인 사실로 우리에게 다가온다.

그런데 문제는 이 소설이 개츠비의 꿈의 실체와 그의 은밀한 행동양상을 두고 물질지향주의적인 세속성과 낭만주의적 순수성 사이에 상당한 논란을 불러일으키는 가운데 개츠비에게 애꿎은 살인 혐의를 씌워 오해의 희생자로 만드는 것에서 파생되고 있다. 데이지가 운전한 개츠비의 차가 마틀 윌슨을 살인했을 때, 데이지와 톰 뷰캐넌이 드러내는 비인간적인 비정함이 개츠비를 파괴하고 있는 것이다. 개츠비는 데이지가 범한 윤화에 모든 책임을 스스로 짊어지고 그녀를 보호할 결심을 하는 반면, 톰은 윌슨의 아내를 윤화로 죽인 데이지의 죄에다 윌슨의 아내와 간통한 자신의 죄를 덮어씌운 것이다. 이상에 충실한 개츠비가 가혹한 현실과의 싸움에서 패배해 버린 것이다.2)

그러므로 우선 우리는 이 소설에서 개츠비의 죽음을 초래하였다고 말할 수 있는 그의 꿈이 그에게 과연 그토록 소중한 것이었던가를 묻지 않을 수 없다. 피상적으로 보면 그 꿈은 별반 중요한 것 같지 않다. 한마디로 그의 꿈은 가난한 소년이 부자가 되고 물질적인 성공을 거두어 옛 연인을 상대방으로부터 부당하게 가로채 보겠다는 이기적인 야심에 불과하다. 그래서 그의 꿈의 내용이 보잘것없고 그 성취방법이 범법적이라는 점을 두고 적지 않게 천박한 냄새를 피운다고 말한다 해도 이를 부인할 수 없을 정도

---

1) Murius Bewley, "Scott Fitzgerald's Criticism of American," *F. Scott Fitzgerald*, ed., Arthur Mizner(Englewood Cliffs, N. J.: Prentice-Hall, Inc., 1963), p. 136.
2) Donald Miles, *The American Novel in the Twentieth Century*(London: Harper and Row Publishers, Inc., 1978), p. 19.

이다. 그의 집은 유럽 귀족 대저택의 불완전한 모방물에 불과하고, 여러 가지 과시용 기계장치가 달린 그의 자동차는 우아한 차원을 떠나 우스꽝스럽기까지 하다. 개츠비도 그 자신의 호화로운 궁전 같은 저택에서 귀족다운 위상을 갖추려고 노력하나 그의 매너는 안절부절 못하고 불안한데다가 지나치게 형식적임을 알 수 있다. '위대한 개츠비'라는 호칭은 바로 낭만주의에 바탕을 둔 값진 정신주의의 승리라기보다는 졸부의 엄청난 재물에 대한 빈정거림을 연상케 한다. 개츠비의 삶이 세속적인 열망을 실현시킨 것이라고 말하면 그의 비전은 조잡하고 통속적인 욕망에 바탕을 두고 있는 꿈이라고 말할 수 있다.

그런데 여기서 우리는 작가가 임명한 화자 닉의 시각에서 개츠비를 바라볼 필요가 있다. 닉의 관점을 거치지 않는다면 이 소설은 위의 결론에서처럼 지극히 간단한 이야기로 끝나고 말 것이지만, 이 소설이 닉이 이끌어가는 독특한 처리방법에 의해 진행되기 때문에 그 배후에는 복잡한 의미가 깔려 있음을 알 수 있다. 부유한 중서부의 가정에서 태어나 뉴욕의 증권 거래소에서 일하고 있는 닉은 중간적 위치를 고수하는 인물이다. 그가 자신의 가문의 전통을 이야기할 때에는 중산층이 지닌 허위의식의 일면을 내보이기도 하고 그의 신중함과 중용의 미덕이 때로는 기회주의적인 부정적 모습으로 비춰지기도 하지만, 그는 대체로 중산층 특유의 신중함과 중용의 태도를 지니고 있다.

닉은 개츠비의 세계와 톰의 세계 중 어느 쪽에도 속할 수 있고 그렇지 않을 수 있으며, 또한 양쪽 모두를 판단하고 관조하는 인물일 수 있다. 그는 다른 사람들에 대한 판단을 보류하는 습성이 있어서 남들로부터 곧잘 그들의 비밀 이야기를 듣게 되는 인물이기도 하다. 그래서 그런지 그는 개츠비의 파티에도 참석하고, 또 톰 뷰캐넌가에 드나드는 사회명사들과 어울려도 전혀 어색하지가 않다. 그는 주위세계에 결코 방관자도 아니고 그렇다고 적극적으로 주인행세도 하지 않고, 그 중간 어디에서 매개자의 역할을 한다. 그는 어느 세계에도 속하지 않는 사람인 동시에 어느 세계에도 받아들여지지 않는 사람이다. 그는 내부인도 아니고 외부인도 아니다. 하지만 물론 그는 내부인이기도 하고 외부인이기도 하다.

그러므로 이 소설에서 중산층의 전형인 닉이 대변하는 도덕적 위엄과 안정감을 중심으로 하여 개츠비를 비롯한 여러 인물의 참모습을 조명할 수 있다. 닉이 지금까지 신비감으로 휩싸여 있는 개츠비의 비밀스런 정체성의 외피를 걷어낼 때 그와 직접적으로 연관된 미국의 꿈의 실체가 드러나고, 또한 톰과 데이지로 대변되는 상류계층의 방종과 위선과 비인간적 잔인함이 마틀과 윌슨 같은 하위계층의 삶을 어떻게 파괴하고 미국이라는 공동체를 어떤 방법으로 위협하는 지를 제대로 볼 수 있을 것이다. 그의 주위 사람들 모두가 닉이 바라는 "세상에 대한 일정한 도덕적인 입장," 즉 엄격한 도덕의식의 프리즘을 통과하는 순간 그들의 실상이 그대로 적나라하게 노출되고 만다.

그렇다면 이제 여기에서 닉의 최종적인 판단 속에 개츠비의 꿈이 어떻게 그려지고 있는지를 살펴보자. 닉은 개츠비에 대해 언급한 서두의 한 대목에서 "개츠비는 내가 아주 경멸하는 모든 것을 대표하는 인물이었다"고 썼으나, 소설의 후반부에서는 그에 대해 "나는 개츠비와 내가 그들 전부에 대해 맞서 왔다는 느낌, 그들 모두를 경멸하고 있다는 일치감 같은 것을 느꼈다"고 새롭게 깨닫는다. 처음에 닉은 개츠비가 자신이 절대적으로 경멸하는 모든 것을 대변한다고까지 말할 정도로 나쁜 인상을 받았으나, 시간이 경과함에 따라 그가 낭만적 치열성에 탁월한 재능이 있다는 반응을 보이기에 이른다. 이를 보면 닉이 개츠비의 무지와 성숙의 흥미 있는 양면을 보고 있는 것 같지만, 실은 "그들은 썩어빠진 놈들입니다. 당신은 그 작자들을 다 합친 것보다 더 가치가 있습니다"라고 말하듯이 개츠비를 흠모하는 쪽에 가깝다. 그는 개츠비와 자기 사이가 가까워질수록 개츠비와의 일체감을 강하게 느끼고 무의식중에 자신을 개츠비와 동일시하기에 이르는데, 이는 개츠비의 꿈이야말로 예전의 따뜻한 세상을 상실한 썩어 빠진 현재의 미국의 타락하지 않은 꿈이었음을 알게 된 것에서 출발하고 있다.

이렇게 닉의 마음이 바뀌게 된 직접적인 동기는 개츠비의 최종적인 삶의 선택에서 비롯되었다. 닉은 톰이 살인혐의에다 불륜누명까지 개츠비에게 씌우는 과정을 방관하고 묵인하는 데이지의 태도와, 이러한 혐의를 묵묵히 수용하고 덧없이 희생되는 개츠비의 슬픈 종말을 바라보면서 그의 삶의 숭고성을 발견하였던 것이다. 대신 닉은 데이지가 그동안의 사랑을 확인하려는 개츠비에게 그녀 자신의 정확한 감정을 드러내지 않고 모호한 태도로 일관하다 극한상황에서 그를 외면하고 살인혐의까지 씌운 다음 남편과 함께 사라지는 모습에서 삶에 대한 모멸감을 느꼈던 것이다.

물론 닉은 이 소설의 결말에 가까워질 때까지 그 백만장자의 모든 과거의 진실을 알아내지 못한다. 하지만 닉은 개츠비의 최후의 증인으로서 그의 죽음을 지켜본 후 하나의 꿈에 집착하다 비싼 대가를 치른 개츠비의 뼈는 동부에 묻고, 자신은 서부로 귀향할 결심을 하면서 그의 삶을 정리한다. 닉의 서부귀향은 결국 동부에서 그가 꿈꾼 모든 환상이 실패했음을 뜻하면서, 동시에 인간의 고귀한 정신이 서부에 있음을 제시하고 있는 것이다. 이는 그가 어린 시절의 고향을 회상하며 서부의 저편 변두리에 아직 튼튼한 도덕적 토대와 가정의 따스함이 살아 숨 쉬고 있다는 사실을 새삼 깨닫고 있음을 말해주는 대목이기도 하다.

여기서 닉과 개츠비의 행동양상과 꿈에 얽힌 갖가지 사연은 개척자들이 미국이라는 신대륙에 건너와서 겪는 삶의 방식을 그대로 재현하고 있다는 점을 알 수 있다. 미국의 꿈은 모든 미국사람들의 무의식 속에 살아 숨 쉬고 있는 집단의식이라고 볼 수 있는데, 여기서 푸른 불빛을 그리워하는 개츠비의 꿈은 미국인 전체의 꿈으로 연결되고 있다. 개츠비가 부정한 수단으로 부의 획득에 성공한다고 하더라도 그의 꿈은 완전히 세속화된 물질주의적인 의미를 내포하는 것이 아니다. 개츠비의 꿈에는 타락한 가운데 미지의 세계에 대한 꿈이 묻어 있고, 환상과 현실이 교차하고 있는 것이다. 그에게는 장점과 결점이, 선과 악이, 그리고 이상과 타락이 동시에 갖추어져 있는 셈이며, 이점은 미국인이 지닌 실상과 허상이기도 하다. 그의 꿈은 현실이라는 황무지 앞에서 무력해지기는 하지만, 혼란과 타락이 들끓는 현실 속에서도 마지막까지 그 꿈의 순수성을 유지했다는 점은 매우 가상할 정도로 지극히 미국의 정신을 구현해 주는 것이다.[3]

이 소설에는 미개척시대에서 순수하게 시작하였던 미국의 아담적 이상이 개척시대가 종말을 맞고 도금시대가 도래하면서 미국의 꿈으로 변질되면서 미국인들이 저마다 겪어야 했던 삶의 애환이 담겨 있다고도 볼 수 있다. 말하자면 당시 새로운 프론티어를 찾아 서부로 향했다가 개척지가 소멸하고 곡물 값이 추락하자 다시 동부로 몰려왔으나, 동부 역시 삶의 불모성이 만연되어 있음을 뼈저리게 경험하였던 미국인들의 고통스런 이민사의 실상이 이 소설에 그대로 투시되어 있다고 하겠다.

개츠비의 꿈은 세속적인 물질세계가 매개될 때만 성사되는 복잡하고 묘한 세계인데, 이는 미국인의 이상주의적 기질이 물질적 출세와 부에 대한 관심과 충돌하는 모습을 생생히 담고 있다. 피츠제럴드는 한편에서는 그 꿈의 내용과 달성방법에 있어서 도덕적 취약성을 강하게 노출시키면서도, 다른 한편에서는 개츠비의 꿈을 정신적으로 미화시키는 모순된 양면적 입장을 보이고 있다. 개츠비가 동경하는 세계, 즉 데이지로 대변되는 그 자신의

---

3) Thomas A. Hanzo, "The Theme and the Narrator of *The Great Gatsby*," *Twentieth Century Interpretation of The Great Gatsby*, ed., Earnest H. Lockridge(Englewood Cliffs, N. Y.: Prentice-Hall, 1968), p. 67.

과거의 사랑에 대한 복원에 정신적인 세계와 물질주의가 함께 공존하고 있는 것이다. 그는 한 발은 물질주의를, 다른 한 발은 정신주의를 딛고 서 있는 미국인의 이중성을 그대로 노출하고 있다. 개츠비의 머릿속 한편에는 무슨 수를 써서라도 성공하고야 말겠다는 세속적인 성공을 향한 물질적 야망이 꿈틀거리고 있고, 다른 한편에서는 잃어버린 낙원을 찾아 나서는 아담을 연상시키는 정신적 이상과 순수성이 자리 잡고 있기 때문이다.

이 소설에서 개츠비가 보이는 양면성은 1920년대 미국인들의 의식구조에서 노출되는 이중화된 아이러니의 반영에서 더 나아가 미국의 건국신화에 숨어 있는 이율 배반성을 그대로 드러내고 있는 것이다. 라이오넬 트릴링은 『위대한 개츠비』를 두고 "이 소설은 한 시대의 풍속을 잘 보여주는 작품이다. 피츠제럴드는 재즈시대를 단순한 환경 이상으로 취급하지 않았고, 그렇다고 어떤 도덕적 의미를 파악하려고도 하지 않았다"고 평가하지만4) 이 소설은 단순히 한 시대의 풍속만을 그린 작품이 아니라 미국인의 의식, 미국적인 소재와 주제를 적절히 반영한 소설이다. 1920년대의 미국은 물질주의가 이상주의를 압도하였는데, 이렇게 물질만을 추구하는 시대에 유일하게 자신의 꿈을 실현시키려는 개츠비의 이상주의는 이상사회를 꿈꾸며 대서양을 건너 뉴욕에 입항했던 이주민들의 꿈만큼이나 순수한 것이었다고 볼 수 있다.

개츠비의 정신의 위대함은 그가 지녔던 꿈이 놀랍다는 데에서 출발한다. 개츠비의 정신적 꿈의 아름다움과 그것을 이루려는 노력의 갸륵한 뜻 때문에 개츠비는 위대할 수 있는 것이다.5) 이상세계를 향한 개츠비의 몸짓, 끝없는 그의 정신적 꿈, 그리고 끝까지 목적에 충실하면서 꿈을 실현코자

---

4) Lionel Trilling, "F. Scott Fitzgerald," *The Liberal Imagination*(New York: The Viking Press, Inc., 1950), p. 11.
5) David L. Minter, "Dream, Design, and Interpretation in *The Great Gatsby*," *Twentieth Century Interpretations of The Great Gatsby*, ed., Earnest Lockridge, p. 89.

하는 그의 강한 의지력과 고양된 감수성이 그를 위대하게 만들고 있다.[6) 데이지가 마틀을 교통사고로 죽인 후 책임을 개츠비에게 전가시키고 그의 꿈을 배반해 버릴 때, 개츠비가 자신의 정신적 사랑이었던 데이지를 위해 죽음을 선택했다는 점이 그를 위대하게 만들고 있다 하겠다. 물론 현실에 의해 개츠비의 이상주의가 무참히 짓밟히기는 했지만 이는 물질지향주의적 사회에서 숭고하게 꽃핀 정신주의의 승리라고 말할 수 있다. 개츠비는 자신의 꿈을 안고 과거 속으로 사라져 버렸다고 해도 그의 꿈은 인간정신으로 승화되고 있기 때문에 아메리칸 아담이 세속적인 물질주의 앞에서 끝까지 그 본래의 값진 정신적 가치를 간직한 것으로 판단된다.

이러한 미국의 꿈을 찾는 개츠비는 아메리칸 아담의 한 변형으로도 해석될 수 있다. 구세계와 결별한 후에 새롭게 탄생한 개츠비의 모습은 무한한 가능성을 지닌 신세계인 미 대륙을 의미한다고 볼 수 있다. 개츠비도 전통적인 아메리칸 아담의 인물인 내티 범포나 헉 핀, 이쉬마엘과 유사성을 지녔다고 하겠다. 개츠비의 꿈속에는 대다수 미국인의 꿈이 묻어 있을 뿐만 아니라 지상의 낙원을 이루어 보겠다고 신대륙에 건너온 식민지 개척자들의 아담적 이상이 동시에 숨어 있는 것이다. 특히 아메리칸 아담의 유형은 자신의 이상세계에만 충실한 인간형, 새로운 것을 추구하고 현재보다 정신적으로 더 나은 위치로 올라가려고 끝없이 시도하는 인간형인데, 개츠비의 행동양상이 미국인의 전반적인 삶의 경험을 형상화하면서도 신화적 역할의 보편적인 기준에 해당된다고 여겨진다.

---

6) Marius Bewley, "Scott Fitzgerald's Criticism of America," p. 38.

■ Main Points in *The Great Gatsby*

1. In my younger and more vulnerable years my father gave me some advice that I've been turning over in my mind ever since. 'Whenever you feel like criticizing anyone,' he told me, 'just remember that all the people in this world haven't had the advantages that you've had.'

   He didn't say anymore, but we've always been unusually communicative in a reserved way, and I understand that he meant a great deal more than that. As a consequence, I'm inclined to reserve all judgment, a habit that has opened up many curious natures to me and also made me the victim of not a few veteran bores. The abnormal mind is quick to detect and attach itself to this quality when it appears in a normal person, and so it came about that in college I was unjustly accused of being a politician, because I was privy to the secret griefs of wild, unknown men. Most of the confidences were unsought—frequently I have feigned sleep, preoccupation, or a hostile levity when I realized by some unmistakable sign that an intimate revelation of young men, or at least the terms in which they express them, are usually plagiaristic and marred by obvious suppressions. Reserving judgments is a matter of infinite hope. I am still a little afraid of missing something if I forget that, as my father snobbishly suggested, and I snobbishly repeat, a sense of the fundamental decencies is parcelled out unequally at birth. (7)

2. And, after boasting this way of my tolerance, I come to the admission that it has a limit. Conduct may be founded on the hard rock or the wet marshes, but after a certain point I don't care what it's founded on. When

I came back from the East last autumn I felt that I wanted the world to be in uniform and at a sort of moral attention forever; I wanted no more riotous excursions with privileged glimpses into the human heart.

Only Gatsby, the man who gives his name to this book, was exempt from my reaction—Gatsby, who represented everything for which I have an unaffected scorn. If personality is an unbroken series of successful gestures, then there was something gorgeous about him, some heightened sensitivity to the promises of life, as if he were related to one of those intricate machines that register earthquakes ten thousand miles away.

This responsiveness had nothing to do with that flabby impressionability which is dignified under the name of the 'creative temperament'—it was an extraordinary gift for hope, a romantic readiness such as I have never found in any other person and which it is not likely I shall ever find again. No—Gatsby turned out all right at the end; it is what preyed on Gatsby, what foul dust floated in the wake of his dreams that temporarily closed out my interest in the abortive sorrows and shortwinded elations of them. (8)

3. It was a matter of a chance that I should have rented a house in one of the strangest communities in North America. It was on that slender riotous island which extends itself due east of New York—and where there are, among other natural curiosities, two unusual formations of land. Twenty miles from the city a pair of enormous eggs, identical in contour and separated only by a courtesy bay, jut out into the most domesticated body of salt water in the Western hemisphere, the great wet barnyard of Long Island Sound. They are not perfect ovals—like the egg in the Columbus story, they are both crushed flat at the contact and—but their

physical resemblance must be a source of perpetual wonder to the gulls that fly overhead. To the wingless a more interesting phenomenon is their dissimilarity in ever particular except shape and size. (10)

4. Across the courtesy bay the white palaces of fashionable East Egg glittered along the water, and the history of the summer really begins on the evening I drove over there to have dinner with the Tom Buchanans. Daisy was my second cousin once removed, and I'd known Tom in college. And just after the water I spent two days with them in Chicago.

   Her husband, among various physical accomplishments, had been one of the most powerful ends that ever played football at New Haven—a national figure in a way, one of those men who reach such an acute limited excellence at twenty-one that everything afterward savours of anti-climax. His family were enormously wealthy—even in college his freedom with money was a matter for reproach—but now he'd left Chicago and come East in a fashoin that rather took your breath away: for instance, he'd brought down a string of polo ponies from Lake Forest.[7] It was hard to realize that a man in my own generation was enough to do that. (11)

5. Why they came East I don't know. They had spent a year in France for no particular reason, and then drifted here and there unrestfully whenever people played polo and were rich together. This was a permanent move, said Daisy over the telephone, but I didn't believe it—I had no sight into Daisy's heart, but I felt that Tom would drift on forever seeking, a little

---

7) An exclusive suburb of Chicago. Ginevra King, an early love of Fitzgerald's, lived there.

wistfully, for the dramatic turbulence of some irrecoverable football game. (12)

6. We walked through a high hallway into a bright rosy-coloured space, fragilely bound into the house by French windows at either side. The windows were ajar and gleaming white against the fresh grass outside that seemed to grow a little way into the house. A breeze blew through the room, blew curtains in at one end and out the other like pale flags, twisting them up toward the frosted wedding-cake of the ceiling, and then rippled over the wine-coloured rug, making a show on it as wind does on the sea.

The only completely stationary object in the room was an enormous couch on which two young women were buoyed up as though upon an anchored balloon. They were both in white, and their dresses were rippling and fluttering as if they had just been blown back in after a short flight around the house. I must have stood for a few moments listening to the whip and snap of the curtains and the groan of a picture on the wall. (13)

7. The younger of the two was a stranger to me. She was extended full length at her end of the divan, completely motionless, and with her chin raised a little, as if she were balancing something on it which were quite likely to fall. If she saw me out of the corner of her eyes she gave no hint of it—indeed, I was almost surprised into murmuring an apology for having disturbed her by coming in.

The other girl, Daisy, made an attempt to rise—she leaned slightly forward with a conscientious expression—then she laughed, an absurd, charming little laugh, and I laughed too and came forward into the room. (148)

8. Before I could reply that Gatsby was my neighbour dinner was announced; wedging his tense arm imperatively under mine, Tom Buchanan compelled me from the room as though he were moving a checker to another square.

Slenderly, languidly, their hands set lightly on their hips, the two young women preceded us out on to rosy-coloured porch, open toward the sunset, where four candles flickered on the table in the diminished wind. (16)

9. Already it was deep summer on roadhouse roofs and in front of wayside garages, where new red petrol-pumps sat out in pools of light, and when I reached my estate at West Egg I ran the car under its shed and sat for a while on an abandoned grass roller in the yard. The wind had blown off, leaving a loud, bright night, with wings beating in the trees and a persistent organ sound as the full bellows of the earth blew the frogs full of life. The silhouette of a moving cat wavered across the moon light, and, turning my head to watch it, I saw that I was not alone—fifty feet away a figure had emerged from the shadow of my neighbour's mansion and was standing with his hands in his pockets regarding the silver pepper of the stars. Something in his leisurely movements and the secure position of his feet upon the lawn suggested that it was Mr Gatsby himself, come out to determine what share was his of our local heavens. (25)

10. I decided to call to him. Miss Baker had mentioned him at dinner, and that would do for an introduction. But I didn't call to him, for he gave a sudden intimation that he was content to be alone—he stretched out his arms toward the dark water in a curious way, and, far as I was from him, I could have sworn he was trembling. Involuntarily I glanced seaward— and distinguished nothing except a single green light, minute and far away, that might have been the end of a dock. When I looked once more for Gatsby he had vanished, and I was alone again in the unquiet darkness. (25)

11. About half-way between two Eggs and New York the motor road hastily joins the railroad and runs beside it for a quarter of a mile, so as to shrink away from a certain desolate area of land. This is a valley of ashes[8]—a fantastic farm where ashes grow like wheat int ridges and hills and grotesque gardens; where ashes take the forms of houses and chimneys and rising smoke and, finally, with a transcendent effort, of ash-grey men, who move dimly and already crumbling through the powdery air. Occasionally a line of grey cars crawls along an invisible track, gives out a ghastly creak, and comes to rest, and immediately the ash-grey men swarm up with leaden spades and stir up an impenetrable cloud, which screens their obscure operations from your sight. (26)

12. But above the grey land and the spasms of bleak dust which drift endlessly over it, you perceive, after a moment, they eyes of Doctor T. J. Eckleburg. The eyes of Doctor T. J. Ecklesburg are blue and gigantic

---

8) According to Bruccoli, based on Flushing Meadow, a swampland that was being filled in with garbage and ashes and later became the site of the 1939 World's Fair.

—their retinas are one yard high. They look out of no face, but, instead, from a pair of enormous yellow spectacles which pass over non-existent nose. Evidently some wild wag of an oculist set them there to fatten his practice in the borough of Queens, and then sank down himself into eternal blindness, or forgot them and moved away. But his eyes, dimmed a little by many paintless days, under sun and rain brood on over the solemn dumping ground.

The valley of ashes is bounded on one side by a small foul river, and, when the drawbridge is up to let barges through, the passengers on waiting trains can stare at the dismal scene for as long as half an hour. There is always a halt there of at least a minute, and it was because of this that I first met Tom Buchanan's mistress. (26-27)

13. I went up to New York with Tom on the train one afternoon, and when we stopped by the ash heaps he jumped to his feet and, taking hold of my elbow, literally forced me from the car.

'We're getting off,' he insisted. 'I want you to meet my girl.'

I think he'd tanked up a good deal at luncheon, and his determination to have my company bordered on violence. The supercilious assumption was that on Sunday afternoon I had nothing better to do.

I followed him over a low whitewashed railroad fence, and we walked back a hundred yards along the road under Doctor Eckleburg's persistent stare. The only building in sight was a small block of yellow brick sitting on the edge of the waste land, a sort of compact Main Street ministering to it, and contiguous to absolutely nothing. One of the three shops it contained was for rent and another was all-night restaurant, approached by a trail of ashes; the third was a garage—*Repairs.* **George B. Wilson.**

Cars bought and sold—and I followed Tom inside.

The interior was unprosperous and bare; the only car visible was the dust-covered wreck of a Ford which crouched in a dim corner. It had occurred to me that this shadow of a garage must be a blind, and that sumptuous and romantic apartments were concealed overhead, when the proprietor himself appeared in the door of an office, wiping his hands on a piece of waste. He was a blond, spiritless man, anaemic, and faintly handsome. When he saw us a damp gleam of hope sprang into his light blue eyes. (27)

14. His[Wilson's] voice faded off and Tom glanced impatiently around the garage. Then I heard footsteps on a stairs, and in a moment the thickish figure of a woman blocked out the light from the office door. She was in the middle thirties, and faintly stout, but she carried her fresh sensuously as some women can. Her face, above a spotted dress of dark blue crepe-de-chine, contained no facet or gleam of beauty, but there was a immediately perceptible vitality about her as if the nerves of her body were continually smouldering. She smiled slowly and, walking through her husband as if he were a ghost, shook hands with Tom, looking him flush in the eye. Then she wet her lips, and without turning around spoke to her husband in a soft, coarse voice:

'Get some chairs, why don't you, so somebody can sit down.'

'Oh, sure,' agreed Wilson hurriedly, and when toward the little office, mingling immediately with the cement colour of the walls. A white ashen dust veiled his dark suit and his pale hair as it veiled everything in the vicinity—except his wife, who moved close to Tom. (28)

15. The bottle of whisky—a second one—was now in constant demand by all present, excepting Catherine, who 'felt just as good on nothing at all.' Tom rang for the janitor and sent him for some celebrated sandwiches, which were a complete supper in themselves. I wanted to get out and walk eastward toward the park through the soft twilight, but each time I tried to go I became entangled in some wild strident argument which pulled me back, as if with ropes, into my chair. Yet high over the city our line of yellow windows must have contributed their share of human secrecy to the casual watcher in the darkening streets, and I saw him too, looking up and wondering. I was within and without, simultaneously enchanted and repelled by the inexhaustible variety of life.

Myrtle pulled her chair close to mine, and suddenly her warm breath poured over me the story of her first meeting with Tom. (37-38)

16. There was music from my neighbor's house through those summer nights. In his blue gardens, men and girls came and went like moths among the whisperings and the champagne and the stars. At high tide in the afternoon I watched his guests diving from the tower of his raft, or taking the sun on the hot sand of his beach while his two motor-boats slit the waters of the Sound, drawing aquaplanes over cataracts of foam. On week-ends his Rolls-Royce became an omnibus, bearing parties to and from the city between nine in the morning and long past midnight, while his station wagon scampered like a brisk yellow bug to meet all trains. And on Mondays eight servants, including an extra gardener, toiled all day with mops and scrubbing-brushes and hammers and garden-shears, repairing the ravages of the night before. (41)

17. I believe that on the first night I went to Gatsby's house I was one of the few guests who had actually been invited. People were not invited— they went there. They got into automobiles which bore them out to Long Island, and somehow they ended up at Gatsby's door. Once there they were introduced by somebody who knew Gatsby, and after that they conducted themselves according to the rules of behaviour associated with an amusement park. Sometimes they came and went without having met Gatsby at all, came for the party with a simplicity of heart that was its own ticket of admission.

I had been actually invited. A chauffeur in a uniform of robin's-egg blue crossed my lawn early that Saturday morning with a surprisingly formal note from his employer: the honour would be entirely Gatsby's, it said, if I would attend his 'little party' that night. He had seen me several times, and had intended to call on me long before, but a peculiar combination of circumstances had prevented it—signed Jay Gatsby, in a majestic hand. [. . .]

As soon as I arrived I made an attempt to find my host, but the two or three people of whom I asked his whereabouts stared at me in such an amazed way, and denied so vehemently any knowledge of his movement, that I slunk off in the direction of the cocktail table—the only in the garden where a single man could linger without looking purposeless and alone.

I was on my way to get roaring drunk from sheer embarrassment when Jordan Baker came out of the house and stood at the head of the marble steps, leaning a little backward and looking with contemptuous interest down into the garden. (43-44)

18. He smiled understandingly—much more than understandingly. It was one of those rare smiles with a quality of eternal reassurances in it, that you may come across four or five times in life. It faced—or seemed to face—the whole eternal world for an instant, and then concentrated on you with an irresistible prejudice in your favour. It understood you just so far as you wanted to be understood, believed in you as you would like to believe in yourself, and assured you that it had precisely the impression of you that, at your best, you hoped to convey. Precisely at that point it vanished—and I was looking at an elegant young rough-neck, a year or two over thirty, whose elaborate formality of speech just missed being absurd. Some time before he introduced himself I'd got a strong impression that he was picking his words with care. (49)

19. 'Something in her tone reminded me of the other girls. I think he killed a man,' and had the effect of stimulating my curiosity. I would have accepted without question the information that Gatsby sprang from the swamps of Louisinana or from the lower East Side of New York. That was comprehensible. But young men didn't—at least in my provincial inexperience I believed they didn't—drift cooly out of nowhere and buy a palace on Long Island Sound.

   'Anyhow, he gives large parties,' said Jordan, changing the subject with an urban distaste for the concrete. 'And I like large parties. They're so intimate. At small parties there isn't any privacy.' (50)

20. The caterwauling horns had reached a crescendo and I turned away and cut across the lawn toward home. I glanced back once. A wafer of a

moon was shining over Gatsby's house, making the night fine as before, and surviving the laughter and the sound of his still glowing garden. A sudden emptiness seemed to flow now from the windows and the great doors, endowing with complete isolation the figure of the host, who stood on the porch, his hand up in a formal gesture of farewell. (56)

21. I began to like New York, the racy, adventurous feel of it at night, and the satisfaction that the constant flicker of men and women and machines gives to the restless eye. [. . .] At the enchanted metropolitan twilight I felt a haunting loneliness sometimes, and felt it in others—poor young clerks who loitered in front of windows waiting until it was time for a solitary restaurant dinner—young clerks in the dusk, wasting the most poignant moments of night and life. (57)

22. On Sunday morning while church bells rang in the villages alongshore, the world and its mistress returned to Gatsby's house and twinkled hilariously on his lawn.

    'He's a bootlegger,'[9)] said the young ladies, moving somewhere between his cocktails and his flowers. 'One time he killed a man who had found out that he was nephew to Von Hindenburg[10)] and second cousin to the devil. Reach me a rose, honey, and pour me a last drop into that there crystal glass.

    Once I wrote down on the empty spaces of a time-table the names of those who came to Gatsby's house that summer. It is an old time-table

---

9) Someone engaged in the illegal sale of alcohol during Prohibition. It is said to derive from the fact that dealers in illegal whisky hid the bottles in their boots.

10) A German general in World War I and later President of Germany.

now, disintegrating at its folds, and headed 'This schedule in effect July 5th, 1922.' But I can still read the grey names, and they will give a better impression than my generalities of those who accepted Gatsby's hospitality and paid him the subtle tribute of knowing nothing whatever about him. (60)

23. When I came home to West Egg that night I was afraid for a moment that my house was on fire. Two o'clock and the whole corner of the peninsula was blazing with light, which fell unreal on the shrubbery and made thin elongating glints upon the roadside wires. Turning a corner, I saw that it was Gatsby's house, lit from tower to cellar.

At first I thought it was another party, a wild rout that had resolved itself into 'hide-and-go-seek' or 'sardines-in-the-box' with all the house thrown open to the game. But there wasn't a sound. Only wind in the trees, which blew the wires and made the lights go off and on again as if the house had winked into the darkness. As my taxi groaned away I saw Gatsby walking toward me across his lawn. (79)

24. The day agreed upon was pouring rain. At eleven o'clock a man in a raincoat, dragging a lawn-mower, tapped at my front door and said that Mr. Gatsby had sent him over to cut my grass. This reminded me that I had forgotten to tell my Finn to come backs, so I drove into West Egg Village to search for her among soggy whitewashed alleys and to buy some cups and lemons and flowers.

The flowers were unnecessary, for at two o'clock a greenhouse arrived from Gatsby's, with innumerable receptacles to contain it. An hour later the front door opened nervously, and Gatsby, in a white flannel suit, silver shirt, and gold-coloured tie, hurried in. He was pale, and there were dark signs of sleeplessness beneath his eyes. (81)

25. She turned her head as there was a high dignified knocking at the front door. I went out and opened it. Gatsby, pale as death, with his hands plunged like weights in his coat pockets, was standing in a puddle of water glaring tragically into my eyes.

    With his hands still in his coat pockets he stalked by me into the hall, turned sharply as if he were on a wire, and disappeared into the living-room. It wasn't a bit funny. Aware of the loud beating of my own heart I pulled the door to against the increasing rain.

    For half a minute there wasn't a sound. Then from the living room I heard a sort of choking murmur and part of a laugh, followed by Daisy's voice on a clear artificial note:

    'I certainly am awfully glad to see you again.'

    A pause; it endured horribly. I had nothing to do in the hall, so I went into the room.

    Gatsby, his hands still in his pockets, was reclining against the mantelpiece in a strained counterfeit of perfect ease, even of boredom. His head leaned back so far that it rested against the face of defunct mantelpiece clock, and from this position his distraught eyes stared down at Daisy, who was sitting, frightened but graceful, on the edge of a stiff chair. (83-84)

26. He[Gatsby] took out a pile of shirts and began throwing them, one by one, before us, shirts of sheer linen and thick silk and fine flannel, which

lost their folds as they fell and covered the table in many coloured disarray. While we admired he brought more and soft rich heap mounted higher—shirts with stripes and scrolls and plaids in coral and apple-green and lavender and faint orange, with monograms of indian blue. Suddenly, with a strained sound, Daisy bent her head into the shirts and began to cry stormily.

'They're such beautiful shirts,' she sobbed, her voice muffled in the thick folds. 'It makes me sad because I've never seen such—such beautiful shirts before.' (89)

27. As I went over to say good-bye I saw that the expression of bewilderment had come back into Gatsby's face, as though a faint doubt had occurred to him as to the quality of his present happiness. Almost five years! There must have been moments even that afternoon when Daisy tumbled short of his dreams—not through her own fault, because of the colossal vitality of his illusion. It had gone beyond her, beyond everything. He had thrown into it with a creative passion, adding to it all the time, decking it out with every bright feather that drifted his way. No amount of fire or freshness can challenge what a man can store up in his ghostly heart. (92-93)

28. About this time an ambitious young reporter from New York arrived one morning at Gatsby's door and asked him if he had anything to say. [. . .]

It transpired after a confused five minutes that the man had heard Gatsby's name around his office in a connection which he either wouldn't reveal or didn't fully understand. This was his day off and with laudable initiative he had hurried out 'to see.'

It was a random shot, and yet the reporter's instinct was right. Gatsby's notoriety, spread about by the hundreds who had accepted his hospitality and so become authorities upon his past, had increased all summer until he fell just short of being news. (94)

29. James Gats—that was really, or at least legally, his name. He had changed it at the age of seventeen and at the specific moments that witnessed the beginning of his career—when he saw Dan Cody's yacht drop anchor over the most insidious flat on Lake Superior. [. . .]

I supposed he'd had the name ready for a long time, even then. His parents were shiftless and unsuccessful farm people—his imagination had never really accepted them as his Long Island, sprang from his Platonic conception of himself. He was a son of God—a phrase which, if it means anything, means just that—and he must be about His Father's business, the service of a vast, vulgar, and meretricious beauty. So he invented just the sort of Jay Gatsby that a seventeen-year-old boy would be likely to invent, and to this conception he was faithful to the end. (94-95)

30. I stayed late that night. Gatsby asked me to wait until he was free, and I lingered in the garden until the inevitable swimming party had run up, chilled and exalted, from the black beach, until the lights were extinguished in the guest-rooms overhead. When he came down the steps at last the tanned skin was drawn unusually tight on his face, and his eyes were bright and tired. (105)

31. One autumn night, five years before, they had been walking down the street when the leaves were falling, and they came to a place where there were no trees and the side-walk was white with moonlight. They stopped here and turned toward each other. Now it was cool night with that mysteriously excitement in it which comes at the two changes of the year. The quiet lights in the houses were humming out into the darkness and there was a stir and bustle among the stars. Out of the corner of his eye Gatsby saw that the blocks of the sidewalks really formed a ladder and mounted to a secret place above the trees—he could climb to it, if he climbed alone, and once there he could suck on the pap of life, gulp down the incomparable milk of wonder. (106-107)

32. His heart beat faster and faster as Daisy's white face came up to his own. He knew that when he kissed this girl, and forever wed his unutterable visions to her perishable breath, his mind would never romp again like the mind of God. So he waited, listening for a moment longer to the tuning-fork that had been struck upon a star. Then he kissed her. At his lips' touch she blossomed for him like a flower and the incarnation was complete. (107)

33. It was when curiosity about Gatsby was at its highest that the lights in his house failed to go on one Saturday night—and, as obscurely as it had begun, his career as Trimalchio was over. Only gradually did I become aware that the automobiles which turned expectantly into his drive stayed for just a minute and then drove sulkily away. Wondering if he were sick I went over to find out—an unfamiliar butler with a villainous face

squinted at me suspiciously from the door. (108)

34. Gatsby was calling up at Daisy's request—would I come to lunch at her house tomorrow? Miss Baker would be there. Half an hour later Daisy herself telephoned and seemed relieved to find that I was coming. Something was up. And yet I couldn't believe that they would choose this occasion for a scene—especially for the rather harrowing scene that Gatsby had outlined in the garden.

The next day was broiling, almost the last, certainly the warmest, of the summer. As my train emerged from the tunnel into sunlight, only the hot whistles of the National Biscuit Company broke the simmering hush at noon. The straw seats of the car hovered on the edge of combustion; the woman next to me perspired delicately for a while into her white shirtwaist, and then, as her newspaper dampened under her fingers, lapsed despairingly into deep heat with a desolate cry. [. . .]

Through the hall of the Buchanan's house blew a faint wind, carrying the sound of the telephone bell out to Gatsby and me as we waited at the door. (109)

35. Gatsby turned to me rigidly:

'I can't say anything in his house, old sport.'

'She's got an indiscreet voice,' I remarked. 'It's full of—' I hesitated.

'Her voice is full of money,' he said suddenly.

That was it. I'd never understood before. It was full of money—that was the inexhaustible charm that rose and fell in it, the jingle of it, the cymbals' song of it. [. . .] High in a white palace the king's daughter, the golden girl. [. . .]

Tom came out of the house wrapping a quart bottle in a towel, followed by Daisy and Jordan wearing small tight hats of metallic cloth and carrying light capes over their arms.

'Shall we all go in my car?' suggested Gatsby. He felt the hot, green leather of the seat. 'I ought to have left it in the shade.' [. . .]

'Well, you take my coupě and let me drive your car to town.'

The suggestion was distasteful to Gatsby.

'I don't think there's much gas,' he objected.

'Plenty of gas,' said Tom boisterously. He looked at the gauge. 'And if it runs out I can stop at a drug-store. You can buy anything at a drug-store nowadays.'

A pause followed this apparently pointless remark. Daisy looked at Tom frowning, and an indefinable expression, at once definitely unfamiliar and vaguely recognizable, as if I had only heard it described in words, passed over Gatsby's face. (114-15)

36. We were all irritable now with the fading ale, and aware of it we drove for a while in silence. Then Doctor T. J. Eckleburg's faded eyes came into sight down the road, I remembered Gatsby's caution about gasoline. [. . .]

Tom threw on both brakes impatiently, and we slid to an abrupt dusty stop under Wilson's sign. After a moment the proprietor emerged from the interior of his establishment and gazed hollow-eyed at the car. [. . .]

The relentless beating heat was beginning to confuse me and I had a bad moment there before I realized that so far his suspicions hadn't alighted on Tom. He had discovered that Myrtle had some sort of life apart from him in another world, and shock had made him physically sick. I stared at him and then at Tom, who had made a parallel discovery less than an hour before—and it occurred to me that there was no difference between men, in intelligence or race, so profound as the difference between the sick and the well. Wilson was so sick that he looked guilty, unforgivably guilty—as if he had just got some poor girl with child.

'I'll let you have that car,' said Tom. 'I'll send it over tomorrow afternoon.' (118-19)

37. That locality was always vaguely disquieting, even in the broad glare of afternoon, and now I turned my head as though I had been warned of something behind. Over the ash heaps the giant eyes of Doctor T. J. Eckleburg kept their vigil, but I perceived, after a moment, that other eyes were regarding us with peculiar intensity from less than twenty feet away.

In one of the windows over the garage the curtain had been moved aside a little, and Myrtle Wilson was peering down at the car. So engrossed was she that she had no consciousness of being observed, and one emotion after another crept into her face like objects into a slowly developing picture. Her expression was curiously familiar—it was an expression I had often seen on women's faces, but on Martle Wilson's face it seemed purposeless and inexplicable until I realized that her eyes, wide with jealous terror, were fixed not on Tom, but on Jordon Baker, whom she took to be his wife. (118-19)

38. Her voice was cold, but the rancour was gone from it. She looked at Gatsby. 'There, Jay,' she said — but her hand as she tried to light a cigarette was trembling. Suddenly she threw the cigarette and the burning match on the carpet.

'Oh, you want too much!' she cried to Gatsby. 'I love you now — isn't that enough? I can't help what's past.' She began to sob helplessly. 'I did love him once — but I loved you too.'

Gatsby's eyes opened and closed.

'You love me *too*?' he repeated.

'Even that's a lie,' said Tom savagely. 'She didn't know you were alive. Why — there's things between Daisy and me that you'll never know, things that neither of us can ever forget.'

The words seemed to bite physically into Gatsby.

'I want to speak to Daisy alone,' he insisted. 'She's all excited now —'

'Even alone I can't say I never loved Tom,' she admitted in a pitiful voice. 'It wouldn't be true.' (126)

39. It was seven o'clock when we got into the coupě with him and started for Lond Island. Tom talked incessantly, exulting and laughing, but his voice was as remote from Jordan and me as the foreign clamour on the sidewalk or the tumult of the elevated overhead. Human sympathy has its limits, and we were content to let all their tragic arguments fade with the city lights behind. [. . .] We drove on toward death through the cooling twilight. (129)

40. Michaelis was astonished; they had been neighbours for four years, and Wilson had never seemed faintly capable of such a statement. Generally he was one of these worn-out men: when he wasn't working, he sat on a chair in the doorway and stared at the people and the cars that passed along the road. When anyone spoke to him he invariably laughed in an agreeable, colourless way. He was his wife's man and not his own.

So naturally Michaelis tried to find out what had happened, but Wilson wouldn't say a word—instead he began to throw curious, suspicious glances at his visitor and ask him what he'd been doing at certain times on a certain days. Just as the latter was getting uneasy, some workmen came past the door bound for his restaurant, and Michaelis took the opportunity to get away, intending to come back later. But he didn't. He supposed he forgot to, that's all. When he came outside again, a little after seven, he was reminded of the conversation because he heard Mrs Wilson's voice, loud and scolding, downstairs in the garage.

'Beat me!' he heard her cry. 'Throw me down and beat me, you dirty little coward!'

A moment later she rushed out into the dusk, waving her hands and shouting—before he could move from his door the business was over. (130)

41. The 'death car' as the newspapers called it, didn't stop; it came out of the gathering darkness, wavered tragically for a moment, and then disappeared around the next bend. Mavro-michaelis wasn't even sure of its colour—he told the first policeman that it was light green. The other car, the one going toward New York, came to rest a hundred yards beyond, and its driver hurried back to where Myrtle Wilson, her life

violently extinguished, knelt in the road and mingled her thick dark blood with dust. (131)

42. Myrtle Wilson's body, wrapped in a blanket, and then in another blanket, as though she suffered from a chill in the hot night, lay on a work-table by the wall, and Tom, with his back to us, was bending over it, motionless. Next to him stood a motor-cycle policeman taking down names with much sweat and correction in a little book. At first I couldn't find the source of the high, groaning words that echoed clamorously through the bare garage—then I saw Wilson standing on the raised threshold of his office, swaying back and forth and holding to the doorposts with both hands. (132)

43. I'd be damned if I'd go in; I'd had enough of all of them for one day, and suddenly that included Jordan too. She must have seen something of this in my expression, for she turned abruptly away and ran up the porch steps into the house. I sat down for a few minutes with my head in my hands, until I heard the phone taken up inside and the butler's voice calling a taxi. Then I walked slowly down the drive away from the house, intending to wait by the gate.

I hadn't gone twenty yards when I heard my name and Gatsby stepped from between two bushes into the patch. I must have felt pretty weird by that time, because I could think of nothing except the luminosity of his pink suit under the moon. (136)

44. I couldn't sleep all night; a fog-horn was groaning incessantly on the Sound, and I tossed half-sick between grotesque reality and savage, frightening dreams. Toward dawn I heard a taxi go up Gatsby's drive, and immediately I jumped out of bed and began to dress — I felt that I had something to tell him, something to warn him about, and morning would be too late.

    Crossing his lawn, I saw that his front door was still open and he was leaning against a table in the all, heavy with dejection or sleep.

    'Nothing happened,' he said wanly. 'I waited, and about four o'clock she came to the window and stood there for a minute and then turned out the light.' (140)

45. It was the only compliment I ever gave him, because I disapproved him from beginning to end. First he nodded politely, and then his face broke into that radiant and understanding smile, as if we'd been in ecstatic cahoots on that fact all the time. His gorgeous pink rag of a suit made a bright spot of colour against the white steps, and I thought of the night when I first came to his ancestral home, three months before. The lawn and drive had been crowded with the faces of those who guessed at his corruption — and he had stood on those steps, concealing his incorruptible dream, as he waved them goodby. (146-47)

46. Until long after midnight a changing crowd lapped up against the front of the garage, while George Wilson rocked himself back and forth on the couch inside. [. . .] Michaelis and several other men were with him; first, four or five men, later two or thee men. Still later Michaelis had to ask

the last stranger to wait there fifteen minutes longer, while he went back to his own place and made a pot of coffee. After that, he stayed there alone with Wilson until dawn.

About three o'clock the quality of Wilson's incoherent muttering changed—he grew quieter and began to talk about the yellow car. He announced that he had a way of finding out whom the yellow car belonged to, and then he blurted out that a couple of months ago his wife had come from the city with her face bruised and her nose swollen.

But when he heard himself say this he flinched and began to cry 'Oh, my God!' again in his groaning voice. Michaelis made a clumsy attempt to distract him. (149)

47. By six o'clock Michaelis was worn out, and grateful for the sound of a car stopping outside. It was one of the watchers of the night before who had promised to come back, so he cooked breakfast for three, which he and the other man ate together. Wilson was quieter now, and Michaelis went home to sleep; when he awoke four hours later and hurried back to the garage, Wilson was gone. [. . .]

Then for three hours he disappeared from view. The police, on the strength of what he said to Michaelis, that he 'had a way of finding out,' supposed that he spent that time going from garage to garage thereabout, inquiring for a yellow car. [. . .] By half-past two he was in West Egg, where he asked someone the way to Gatsby's house. So by that time he knew Gatsby's name. (152-53)

48. At two o'clock Gatsby put on his bathing-suit and left word with the butler that if anyone phoned word was to be brought to him at the pool. He stopped at the garage for a pneumatic mattress that had amused his guests during the summer, and the chauffeur helped him to pump it up. Then he gave instructions that the open car wasn't to be taken out under any circumstances — and this was strange, because the front right fender needed repair. [. . .] Gatsby shouldered the mattress and started for the pool. [. . .]

No telephone message arrived, but the butler went without his sleep and waited for it until four o'clock — until long after there was anyone to give it to if it came. I have an idea that Gatsby himself didn't believe it would come, and perhaps he no longer cared. If that was true he must have felt that he had lost the old warm world, paid a high price for living too long with a single dream. He must have looked up at an unfamiliar sky through frightening leaves and shivered as he found what a grotesque thing a rose. (153)

49. At first I was surprised and confused; then, as he lay in his house and didn't move or breathe or speak, hour upon hour, it grew upon me that I was responsible, because no one else was interested — interested, I mean, with that intense personal interest to which everyone has some vague right at the end.

I called up Daisy half an hour after we found him, called her instinctively and without hesitation. But she and Tom had gone away early that afternoon, and taken baggage with them. (156)

50. I think it was on the third day that a telegram signed Henry C. Gatz arrived from a town in Minnesota. It said only that the sender was leaving immediately and to postpone the funeral until he came.

It was Gatsby's father, a solemn old man, very helpless and dismayed, bundled up in a long cheap ulster against the warm September day. His eyes leaked continuously with excitement, and when I took the bag and umbrella from his hands he began to pull so incessantly at his sparse grey beard that I had difficulty in getting off his coat. He was on the point of collapse, so I took him into the music room and made him sit down while I sent for something to eat. (158)

51. After a little while Mr Gatz opened the door and came out, his mouth ajar, his face flushed slightly, his eyes leaking isolated and unpunctual tears. He had reached an age where death no longer has the quality of ghastly surprise, and when he looked around him now for the first time and saw the height and the splendor of the hall and the great room opening out from it into other rooms, his grief mixed with an awed pride. I helped him to a bedroom upstairs; while he took off his coat and vest I told him that all arrangement had been deferred until he came. (159)

52. After Gatsby's death the East was haunted for me like that, distorted beyond my eyes' power of correction. So when the blue smoke of brittle leaves was in the air and the wind blew the wet laundry stiff on the line I decided to come back home.

There was one thing to be done before I left, an awkward, unpleasant thing that perhaps had better have been let alone.

But I wanted to leave things in order and not just trust that obliging and indifferent sea to sweep my refuse away. I saw Jordan Baker and talked over and around what I had happened to us together, and what had happened afterward to me, and she lay perfectly still, listening, in a big chair. (167-68)

53. One afternoon late October I saw Tom Buchanan. He was walking ahead of me along Fifth Avenue in his alert, aggressive way, his hands out a little from his body as if to fight off interference, his head moving sharply here and there, adapting itself to his restless eyes. Just as I showed up to avoid overtaking him he stopped and began frowning into the windows of a jewellery store. Suddenly he saw me and walked back, holding out his hand. [. . .] I couldn't forgive him or like him, but I saw that what he had done was, to him, entirely justified. It was all very careless and confused. They were careless people, Tom and Daisy—they smashed up things and creatures and then retreated back into their money or their vast carelessness, or whatever it was that kept them together, and let other people clean up the mess they had made. [. . .]

I shook hands with Tom; it seemed silly not to, for I felt suddenly as though I were talking to a child. Then he went into the jewellery store to buy a pearl necklace—or perhaps only a pair of cuff buttons—rid of my provincial squeamishness for ever. (170)

54. Gatsby's house was still empty when I left—the grass on his lawn had grown as long as mine. One of the taxi drivers in the village never took a fare past the entrance gate without stopping for a minute and pointing

inside; perhaps it was he who drove Daisy and Gatsby over to East Egg the night of the accident, perhaps he had made a story about it all his own. I didn't want to hear it and I avoided him when I got off the train. [. . .]

Most of the big shore places were closed now and there were hardly any lights except the shadowy, moving glow of a ferryboat across the Sound. And as the moon rose higher the inessential houses began to melt away until gradually I became aware of the old island here that flowered once for Dutch sailors' eyes—a fresh, green breast of the new world. Its vanished trees, the trees that had made way for Gatsby's house, had once pandered in whispers to the last and greatest of all human dreams; for a transitory enchanted moment man must have held his breath in the presence of this continent, compelled into an aesthetic contemplation he neither understood nor desired, face to face for the last time in history with something commensurate to his capacity for wonder. [. . .]

Gatsby believed in the green light, the orgiastic future that year by year recedes before us. It eluded us then, but that's no matter—tomorrow we will run faster, stretch our arms further. [. . .]

So we beat on, boats against the current, borne back ceaselessly into the past. (170-72)

2

산업사회의 속물화된 지배의식을 반추하는 죠지

1930년대에 작품 활동을 왕성하게 펼친 존 스타인벡의 소설에는 당시의 시대상에 대한 단순한 항의나 고발의 차원을 넘어 인간 개개인을 포함한 생물권 전체에 대한 깊은 통찰이 숨어 있다. 그의 소설에서는 신작로를 기어가는 자라, 자동차에 치어 죽는 개, 박쥐, 생쥐, 올빼미, 고양이, 흰 메추리, 닭, 돼지, 말, 파리 등과 인간보다는 개하고만 놀고 개집에서 잠을 자는 게으른 파이자노 족, 개구리 새끼, 들개라는 별명의 바보, 힘은 장사지만 판단력이 전혀 없는 백치 등이 자주 언급되고 있다. 특히 『생쥐와 인간』의 서두에서는 강과 둑, 물과 흙에서 시작하여 버드나무, 플라타너스 등의 산천자연과 식물계에 이어 도마뱀, 곰, 토끼, 개 등 하등동물이 나온 후에 인간이 등장한다. 초목과 생물이 나타난 다음에 몸집이 작고 날씬한 죠지와 몸집이 크고 볼품없는 얼굴에 파란 눈알이 큼직하고 어깨가 축 늘어진 레니가 모습을 보인다. 두 사람은 "돈 벌어 땅 사고 잘 살아보자"(20)고 줄곧 함께 꿈을 나누지만, 레니는 살리나스 강가의 숲 속에서 죠지가 쏘는 총에 의해 죽고 만다.

스타인벡은 『생쥐와 인간』에서 죠지와 레니가 '돈 벌어 땅 사고 잘 살아보자'고 밝혔던 꿈이 좌절되고 있는 것에 여러 가지 함축된 의미를 던지고 있다. 이 소설의 제목은 영국시인 로버트 번즈Robert Burns의 시 "To a Mouse"에서 인용한 말인데, 이는 생쥐와 인간의 운명이 종종 이미 정해져 있는 구도를 빗나가는 경우도 있다는 대목이다. 제목과 결부하여 이 소설의 결말을 생각해 보면 하늘 아래에서 돈 벌어 땅을 마련하여 잘 살아 보려는 소망이 무참히 깨어지는 이야기로 볼 수 있다. 여기서 인간은 자기 힘으로 어쩔 수 없는 무정한 힘에 의해 지배당할 뿐이라는 결정론의 희생물일 수 있다. 물론 레니의 입장에서 보면 이런 해석이 가능할 수 있다. 그런데 반대로 이 소설을 죠지의 입장에서 바라보면 다른 해석이 가능해진다. 이 소설은 어쩔 수 없는 불가항력적인 힘 앞에 무너지는 인간의 나약한 모습이 아니라, 죠지가 최종적으로 자신의 삶을 선택하는 과정에 초점을 맞추면 생물권의 변화 속에서 순응의 문제를 다룬 것으로 볼 수 있다.

우선 이 소설에서 죠지가 자신이 처한 운명적 상황을 감수하고 선악을 초월하여 스스로 내리는 결단에 주목할 필요가 있다. 소설의 시작 단계부터 죠지는 클라라 아주머니의 부탁을 받아 레니와 함께 생활하면서 줄곧 그에게 묘한 주종관계 같은 것을 느꼈다. 언제나 "네가 문제야"(18)라고 죠지가 한탄하자 레니는 "방해가 된다면 난 혼자 산에 들어가 살겠어"(19)라고 항변한다. 그러자 당황한 죠지는 "강아지 한 마리 구해주마"(19)하고 달랜다. 죠지는 자신의 말을 잘 따르는 레니의 행동에 잠시 흥미를 느끼고 강물 속에 들어가 보라고 지시했다가 레니가 그의 말을 따르는 것을 보고 자신의 행동을 금세 뉘우치기도 한다. 레니와 함께 할 때면 항상 죠지의 마음 속에는 우월감과 지배에 대한 꿈이 꿈틀거린다. 평소 레니가 스스로 아무것도 할 수 없어 명령을 받아야 한다고 느꼈기에, 죠지는 그동안 레니에게 지시를 내리면서 그에게서 주체로서의 힘을 동시에 느꼈는지 모른다. 그러므로 레니의 죽음은 죠지의 우월감이 사라지는 계기가 되는 것이다.

죠지가 레니를 죽인 것은 컬리 일당으로부터 레니를 진정으로 보호하기 위한 행동일 수 있다. 죠지는 레니의 자존심과 꿈을 농장 주인의 아들 컬리와 그 일당의 잔인한 폭력으로부터 지키려고 어쩔 수 없이 그를 안락사 시켰을 수 있다. 원시적 지능밖에 없고 그저 부드러운 것을 만지기를 좋아하는 레니는 틈만 나면 '돈 벌어 땅 사고 토끼를 기르고 싶다'는 꿈을 죠지에게 반복한다. 그런데 이전 농장에서 여자의 빨간 드레스를 만진 것 때문에 쫓겨났음에도 불구하고, 레니는 컬리의 아버지 농장에서 잠시 일하는 동안에도 많은 문제를 일으킨다. 그는 컬리와 싸움하다 그의 손을 부러뜨린 데 이어, 죠지 몰래 강아지 새끼를 농장의 헛간 건초 더미에 숨겨 놓고 손으로 만지다 이를 죽인다. 그리고 그는 그곳에 찾아 온 컬리의 아내의 부드러운 머리카락을 만지다 그녀가 지르는 비명소리에 당황하여 그녀를 목 졸라 죽인다. 그는 생쥐의 감촉에 집착한 나머지 그녀의 머리카락을 거칠게 만진 것뿐이지 사실 그녀를 죽일 의도가 전혀 없었다. 이런 레니에게 죠지는 강한 애정을 가지고 있기에, 컬리 일당이 밀어 닥치기 전에 자기 스스로 레니를 죽여 레니의 꿈을 그나마 지키려 한 것일 수 있다.

이러한 죠지의 선악을 초월하는 결연한 입장은 소설의 전개 과정에서 여러 모로 감지되고 있다. 매사에 이기적인 칼슨이 슬림에게 새끼를 낳은 암캐에 대해 물을 때, 슬림은 "아홉 마리야, 나는 네 마리를 물에 빠뜨려 죽였네. 그렇게 많은 새끼에게 어미가 젖을 먹일 순 없으니까"(39)라고 말한 적이 있다. 농장에서 지혜롭고 인정 많고 인내심 강하기로 소문난 슬림이 칼슨에게 이와 같이 말한 대목은 죠지의 어려운 결단을 예고하고 있는 것으로 볼 수 있다. 죠지는 문제가 발생하면 만나기로 약속한 살리나스 강가 덤불 속에서 레니와 함께 땅과 암소와 토끼 기르는 이야기를 주고받다가 냉정하게 그의 머리 뒤통수를 쏜다. 죠지는 언덕에 무표정하게 앉아서 권총을 내던진 오른손을 쳐다보고, 컬리 일당들은 빈터로 몰려와 레니의 죽음을 확인한다. 이 때 언제나 지혜로운 처신을 하였던 슬림이 죠지 앞으로 다가와, "너무 상심하지 말게. 때로는 누군가가 어떤 일을 꼭 해야만 할 때가 있는 법이지"(100)라고 말한다. 슬림은 이어서 "자네가 했어야 했어. 죠지, 정말 자네가 했어야 했어, 자아, 나와 같이 가세"(101)라고 죠지를 위로한다. 이 때 칼슨은 걸어가는 이들의 뒷모습을 보고 무심코 "그런데, 저 두 녀석은 무슨 생각을 하고 있을까?"(101)라는 말을 던진다.

여기서 죠지가 레니에게 총을 쏜 것은 레니와 지금까지 함께 나눈 꿈을 파괴한 것이 결코 아니다. 그는 자신을 레니와 차별화 해 온 우월성의 대상을 죽인 것이다. 이런 점에서 프렌치French는 이 작품을 냉혹한 자연에 의해 패배하는 인간의 이야기가 아니라, 이를 고통스럽게 극복하고 인간의 내부 속에 잠재하고 있는 우월성을 죽이고 평범성을 수용하는 소설로 보고 있다(67). 죠지가 실제로 파괴한 것은 껍질에 불과한 레니 자체보다는 자기 자신 속에 내재한 그 어떤 것을 근절한 것으로 볼 수 있다. 죠지는 그런 결단을 통해 자기 자신 속에 숨은 레니로 대변되는 자연에 대한 끝없는 지배의 욕망을 죽이고 안정을 찾아 자연의 일부로 돌아가려는 것일 수 있다. 죠지는 레니를 자기 손으로 죽임으로 인해서 자신의 마음속에 자리 잡은 자연에 대한 지배욕구와 주체로서의 타자화에 대한 욕망을 일소하는 것으로 볼 수 있다. 죠지의 행동이 "비목적론적 사고 방법"(Marks 59)의 구체화된 실천적 의미를 지닌다는 점에서, 이 작품은 선악의 개념을 초월하는 현실 속에서의 자연적 요소의 수용 가능성을 타진하는 소설로 볼 수 있다.

여기서 스타인벡이 이 소설에서 죠지를 통해 묘사하려는 입장을 그가 깊은 영향을 받은 바 있는 리케츠의 견해와 비교해 볼 필요가 있다. 선악의 개념에 초연한 채 고결한 결단을 내린 죠지의 선택은, 리케츠가 생각하는 바람직한 시인이 취할 수 있는 삶의 방식과 상통하는 점도 있지만 약간의 차이도 드러내고 있다. 리케츠는 독자를 '깊은 참여'의 상태로 유도하고, 그의 내·외부적인 실체를 함께 묶어 '오묘한 경지'에 이르게 하는 구체적인 예를 거론하고 있다. 리케츠는 예민한 직관을 소유한 시인이 '오묘한 경지'에 이르게 하는 매개자가 될 수 있다고 보고 바람직한 시인이 겪는 4가지 의식의 발전 단계를 제시하고 있다. 첫 번째와 두 번째 단계에는 각각 옳고 나쁜 것의 공리적인 정의에 몰두하는 시인들과, 반대로 이런 이분법적인 도식에 혼란을 느낀 나머지 시종 개별적인 의식에 머물고 있는 시인들이 속한다. 이들은 모두 조화로운 경지에 도달하기 어렵다. 리케츠의 상상 속에는 현재 고난에 처해 있지만 새로운 아담과 약속의 땅을 찾아 나서면서 강렬한 의식을 토로하는 시인들이 세 번째 영역에 속하는데,[1] 이들은 "옳고 나쁜 것을 뛰어넘어 존재하는 것의 수용으로 나아가는, 즉 비극을 뛰어넘어 탑을 향해 나아가는"(Astro 41) 과정에 있는 시인들이다. 그런데 리케츠는 최고의 범주에 선지자들이 어렴풋이 바라본 천국의 안과 밖에서 "모든 매개물을 유연하게 수용하는 시인"을 위치시킨다. 어떤 시인에게도 완전성을 기대하기 어렵지만 리케츠는 그런 시인들이 나타날 때 모든 것이 연관된 진정한 존재를 인지하게 된다고 여긴다. 이러한 시인들이야말로 '깊숙한 근원'으로 여행하는 과정 속에서 옳고 그름이 없고 옳고 나쁜 것을 포함하여 모든 일들이 옳다는 폭넓은 조화에 도달하게 된다는 것이다. 설령 순간적으로 '결함이라고 인지하는 것'일지라도 궁극적으로 그곳에는 어떤 결함도 없다는 것이다. 모든 매개물을 유연하게 수용하는 곳에는 비극이 전혀 없다고 여긴다.[2]

---

[1] 휘트먼의 "Out of the Cradle, Endlessly Rocking," Jeffers의 "Night"와 "Roan Stallion" 같은 시들이 해당된다.

[2] Blake의 입장―"살아 있는 것은 모두 성스럽다"(All that lives is holy, 『분노는 포도처럼』

물론『생쥐와 인간』에서의 죠지는 농장을 일구는 꿈을 함께 나눈 레니를 죽이는 결단을 통해 선악의 개념을 초월하는 고결한 입장을 보이지만 존재하는 모든 것을 수용하는 리케츠가 말하는 네 번째 단계의 시인의 사고에는 이르지 못하고 있다. 스타인벡은 죠지가 힘만 센 바보 일꾼 레니를 죽인 것에 대해 그럴 수밖에 없는 불가피한 상황을 이해하면서 있는 그대로 받아들이려 하지만, 컬리 일당을 포함하는 생물권 전체를 모두 포용하지는 못하고 있다. 스타인벡이 삶의 과정에서 악을 어쩔 수 없는 하나의 개체로 인정하면서도 선악의 문제를 여전히 의식하고 있는 반면, 리케츠는 악에 대한 개념 자체를 의식하지 않는다. 물론 그의 소설에서 죠지가 선악의 개념을 초월하여 레니의 죽음과 함께 그의 꿈을 지켜주려 하지만, 그 단계는 여전히 선악에 대한 도덕적 가치로부터 완전히 초연한 것이 아니다. 레니의 소중한 꿈을 지키기 위한 죠지의 고민스런 선택에서 스타인벡의 실존적 생명윤리가 드러나고 있다. 리케츠가 우주 속에서의 근원적 조화를 강조하는 과정에서 적자생존의 법칙을 완전히 초월하는 것과 달리, 스타인벡은 생물권에 작용하고 있는 적자생존의 정글의 법칙을 어쩔 수 없는 삶의 한 과정으로 이해한다. 리케츠가 정글의 법칙을 뛰어넘어 비목적론을 끝없이 고수하고 있다면, 스타인벡은 비목적론적 목적론을 추구하고 있다. 스타인벡은 적자생존이 생물권의 관계망 속에서 일어나는 변화의 한 과정으로 여기고 있는 것이다. 스타인벡은 선 속에 악을 변함없는 부수물로 여기면서 현상 자체의 변화를 합리적인 방법으로 접근하고 동시에 이를 깊은 이해력으로 수용하고 있다.

　　이런 측면에서 스무츠Jan Smuts의 입장은 스타인벡의 관심과 흡사하다고 볼 수 있다.[3)] 두 사람은 생물권의 복잡한 관계망 속에서 인간의 마음

(*The Grapes of Wrath*)에서 중요한 대사)를 인용하면서 리케츠는 이러한 시인들이 '창조적인 종합'과 '순간적으로 포착되는 관점'을 성취할 수 있다고 주장한다.

3) 스타인벡 비평가들은 스타인벡이 Jefferson, Emerson, Thoreau, Whitman, 그리고 William

의 창조적인 역할을 통해 생물권이 궁극적으로 조화에 이른다고 여긴다. 스무츠는 인간의 마음의 기능을 "통합성을 추구하는 창조의 과정"이자 "전일성의 최고 조정 경지"(Astro 50)라고 주장한다. 스무츠는 '살아 있는 전일성'을 마음의 힘으로 보다 더 큰 공동체에 의해 통합되어 발전하는 우주의 형상으로 보고 있다.4) 스무츠는 리케츠와는 달리 목적론적 질서를 "자유로운 창조정신의 영역"으로 받아들인다. 리케츠가 "경험하는 모든 것을 억지로 강요하는 이미 짜인 듯한 틀"로부터 벗어나는데 마음의 역할이 중요하게 작용한다고 주장하는 것과는 달리, 스타인벡은 인간이 자신의 내부 속에 작용하는 마음의 힘으로 단순한 생존 이상의 역할을 수행할 수 있다고 주장한다(29). 물론 스무츠가 인간의 마음이 잠재적인 "큰 혼란"의 매개체일 수 있다는 것도 배제하지 않는 것처럼, 스타인벡도 인간을 비극적인 불가사의성에 결코 적응하지 못하게 되는 '어쩔 수 없는 모순자'로 보기도 한다. 하지만 마음을 '핵심 열쇠'로 여기는 것처럼 인간은 전체의 선을 위해 책임 있게 행동할 수 있고, 또한 의미 있는 목적을 이룰 수 있다고 스타인벡은 믿는다.

스타인벡은 지배와 경쟁이 함께 하는 생물권의 복잡한 관계망 속에서 그래도 인간이 창조적인 마음을 가졌기에 이를 조화롭게 아우르는 순기능적 역할을 수행한다고 믿는다. 이러한 관점에 초점을 맞추어 보면『생쥐와 인간』에서의 죠지의 결연한 결단은 생물권의 큰 흐름을 수용하려는 스타인벡의 결연한 의지로 받아들일 수 있다. 레니와 함께 나눈 꿈을 죠지가 영원히 지키는 것은 선악을 초월하는 결연한 의지의 표현이라고 하겠다. 결국 죠지의 내부에 작용하는 마음이 때로는 레니를 차별화 하고 지배하는

James 등과 같은 미국의 주요 사상가들은 물론이고 Jan Smuts, Robert Briffault, 그리고 John Elof Boodin 같은 사상가들의 영향을 많이 받았다고 말한다(48).
4) 스무츠의 견해에 따르면, 물질단계의 실체는 개별적 요소의 우연한 조합이 결코 아니다. 오히려 개별화된 부분의 성격과 관계를 규정하는 구조화된 전체가 있다.

역기능을 발휘하였지만, 궁극적으로는 죠지의 마음이 초기의 우월성으로부터 해방되어 레니가 처한 절박한 조건을 새롭게 창조하여 영원히 함께 꿈을 간직하게 만드는 순기능적 역할을 한다고 볼 수 있다.

■ Main Points in *Of Mice and Men*

1. A few miles South of Soledad, the Salinas River drops in close to the hillside bank and runs deep and green. The water is warm too, for it was slipped twinkling over the yellow sands in the sunlight before reaching the narrow pool. On one side of the river the golden foothill slopes curve up to the strong and rocky Gabilan mountains, but on the valley side the water is lined with trees — willows and fresh and green with every spring, carrying in their lower leaf junctures the debris of the winter's flooding; and sycamores with mottled, white, recumbent limbs and branches that arch over the pool. On the sandy bank under the trees the leaves lie deep and so crisp that a lizard makes a great skittering if he runs among them. Rabbit come out of the brush to sit on the sand in the evening, and the damp flats are covered with the night tracks of 'coons, and with the spread pads of dogs from the ranches, and with the spirit-wedge tracks of deer that come to drink in the dark. (9)

2. There is a path through the willows and among the sycamores, a path beaten hard by boys coming down from the ranches to swim in the deep pool, and beaten hard by tramps who come wearily down from the highway in the evening to jungle-up near water. In front of the low horizontal limb of a giant sycamore there is an ash pile made by many fires; the limb is worn smooth by men who have sat on it. (9)

3. Evening of a hot day started the little wind to moving among the leaves. The shade climbed up the hills toward the top. On the sand banks the

rabbits sat as quietly as little gray, sculptured stones. And then from the direction of the state highway came the sound of footsteps on crisp sycmore leaves. The rabbits hurried noiselessly for cover. A stilted heron labored up into the air and pounded down river. For a moment the place was lifeless, and then the two men emerged from the path and came into the opening by the green pool. (9-10)

4. They walked in single file down the path, and even in the open one stayed behind the other. Both were dressed in denim trousers and in denim coats with brass buttons. Both wore black, shapeless hats and both carried tight blanket rolls slung over their shoulders. The first man was small and quick, dark of face, with restless eyes and sharp, strong features. Every part of him was defined: small, strong hands, slender arms, a thin and bony nose. Behind him walked his opposite, a huge man, shapeless of face with large, pale eyes, with wide, sloping shoulders; and he walked heavily, dragging his feet a little, the way a bear drags his paws. His arms did not swing at this sides, but hung loosely. (10)

5. The first man[George] stopped short in the clearing, and the follower nearly ran over him. He took off his hat and wiped the sweat-band with his forefinger and snapped the moisture off. His huge companion dropped his blankets and flung himself down and drank from the surface of the green pool; drank with long gulps, snorting nervously beside him.

"Lennie!" he said sharply. "Lennie, for God' sakes don't drink so much." Lennie continued to snort into the pool. The small man leaned over and shook him by shoulder. "Lennie. You gonna be sick like you was last night."

Lennie dipped his whole head under, hat and all, and then he sat up on the bank and his hat dripped down on his blue coat and ran down his back. [. . .]

Lennie dabbled his big paw in the water and wiggled his fingers so the water arose in little splashes; rings widened across the pool to the other side and came back again. Lennie watched them go. "Look, George. Look what I done."

6. George knelt beside the pool and drank from his hand with quick scoops. "Tastes all right," he admitted. "Don't really seem to be running, though. You never oughta drink water when it ain't running, Lennie," he said hopelessly. "You'd drink out of a gutter if you was thirsty." He threw a scoop of water into his face and rubbed it about with his hand, under his chin and around the back of his neck. Then he replaced his hat, pushed himself back from the river, drew up his knees, embraced them, looked over to George to see whether he had it just right. He pulled his hat down a little more over his eyes, the way George's hat was. (11)

7. Lennie went behind the tree and brought out a litter of dried leaves and twigs. He threw them in a heap on the old ash pile and went back for more and more. It was almost night now. A dove's wings whistled over the water. George walked to the fire pile and lighted the dry leaves. The flame cracked up among the twigs and fell to work. [. . .]

It was quite dark now, but the fire lighted the trunks of the trees and the curving branches overhead. Lennie crawled slowly and cautiously around the fire until he was close to George. He sat back on his heels. George turned the bean cans so that another side faced the fire. He pretended to be unaware of Lennie so close beside him. [. . .]

George's voice became deeper. He repeated his words rhythmically as though he had said them many times before. "Guys like us, that work on ranches, are the loneliest guys in the world. They got no family. They don't belong no place. They come to a ranch an' work up a stake and then they go into town and blow their stake, and the first thing you know they're poundin' their tale on some other ranch. They ain't got nothing to look ahead to." (19-20)

8. The bunk house was a long, rectangular building. Inside, the walls were whitewashed and the floor unpainted. In three walls there were small, square windows, and in the fourth, a solid door with a wooden latch. Against the walls were eight bunks, five of them made up with blankets and the other three showing their burlap ticking. Over each bunk there was nailed an apple bow with the opening forward so that it made two shelves for the personal belongs of the occupant of the bunk. And these shelves were loaded with little articles, soap and talcum powder, razors and those Western magazines ranch men love to read and scoff at and secretly believe. And there were medicines on the shelves, and little vials, combs; and from nails on the box sides, a few neckties. (23)

9. At about ten o'clock in the morning the sun threw a bright dust-laden bar through one of the side windows, and in and out of the beam flies shot

like rushing stars.

The wooden latch raised. The door opened and a tall, stoop-shouldered old man came in. He was dressed in blue jeans and he carried a big push-broom in his left hand. Behind him came George, and behind George, Lennie.

"The boss was expectin' you last night," the old man said. "He was sore as hell when you wasn't here to go out this morning." He pointed with his right arm, and out of the sleeve came a round stick-like wrist, but no hand. "You can have them two beds there," he said indicating two bunks near the stove. (23-24)

10. George lifted his tick and looked underneath it. He leaned over and inspected the sacking closely. Immediately Lennie got up and did the same with his bed. Finally George seemed satisfied. He unrolled his bindle and put things on the shelf, his razor and bar of soap, his comb and bottle of pills, his liniment and leather wristband. Then he made his bed up neatly with blankets. The old man said, "I guess the boss'll be out here a minute. He was sure burned when you wasn't here this morning. Come right in when we was eatin' breakfast and says, 'Where the hell's them new men?' An' he give the stable buck hell, too." (25)

11. Lennie was just finishing making his bed. The wooden latch raised again and the door opened. A little stocky man stood in the open doorway. He wore blue jean trousers, a flannel shirt, a black, unbuttoned vest and a black coat. His thumbs were stuck in his belt, on each side of a square steel buckle. On his head was a soiled brown Stetson hat, and he wore

high-heeled boots and spurs to prove he was not a boring man.

The old swamper looked quickly at him, and then shuffled to the door rubbing his whiskers with his knuckles as he went. "Them guys just come," he said, and shuffled past the boss and out the door. (26)

12. The boss stepped into the room with the short, quick steps of a fat-legged man. "I wrote Murray and Ready I wanted two men this morning. You got your work slips?" George reached into his pocket and produced the slips and handed them to the boss. "It wasn't Murray and Ready's fault. Says right here on the slip that you was to be here for work this morning." (26)

13. The old man came slowly into the room. He had his broom in his hand. And at his heels there walked a drag footed sheep dog, gray of muzzle, and with pale, blind old eyes. The dog struggled lamely to the side of the room and lay down, grunting softly to himself and licking his grizzled, moth-eaten coat. The swamper watched him until he was settled. "I wasn't listenin'. I was jus' standing in the shade a minute scratchin' my dog. I jus' now finished swampin' out the wash was house." (29)

14. At that moment a young man came into the bunk house; a thin young man with brown face, with brown eyes and a head of tightly curled hair. He wore a work glove on his left hand, and, like the boss, he wore high-heeled boots. [. . .]

His eyes passed over the new men and he stopped. He glanced coldly at George and then at Lennie. His arms gradually bent at the elbows and his hands closed into fists. He stiffened and went into a slight crouch. His glance was at once calculating and pugnacious. Lennie squirmed under the look and shifted his feet nervously. Curley stepped gingerly close to him. [. . .] Curley turned toward the door and walked out, and his elbows were still bent out a little.

George watched him out, and then he turned back to the swamper. [. . .] The old man looked cautiously at the door to make sure no one was listening. (30-31)

15. They[George and Lennie] glanced up, for the rectangle of sunshine in the doorway was cut off. A girl was standing there looking in. She had full, rouged lips and wide-spaced eyes, heavily made up. Her fingernails were red. Her hair hung in little rolled clusters, like sausages. She wore a cotton house dress and red mules, on the insteps of which were little bouquets of red ostrich feathers. "I'm lookin' for Curley," she said. Her voice had a nasal, brittle quality. [. . .]

"Oh!" She put her hands behind her back and leaned against the door frame so that her body was thrown forward. "You're the new fellas that just come, ain't ya"

"Yeah,"

Lennie's eyes moved down over her body, and though she did not seem to be looking at Lennie she bridled a little. She looked at her fingernails. "Sometimes Curley's in here," she explained. [. . .]

She smiles archly and twitched her body. "Nobody can't blame a person for looking," she said. There were footsteps behind her, going by.

She called into the bunk house, and she hurried away. [. . .] George looked around at Lennie. [. . .] Lennie still stared at the doorway where she had been. He smiled admiringly. George looked quickly down at him and then he took him by an ear and shook him. (35)

16. A tall man stood in the doorway. He held a crushed Stetson hat under his arm while he combed his long, black, damp hair straight back. Like the others he wore blue jeans and short denim jacket. When he had finished combing his hair he moved into the room, and he moved with a majesty only achieved by royalty and master craftsmen. He was a jerkline skinner, the prince of the ranch, capable of driving ten, sixteen, even twenty mules with a single line to the leaders. He was capable of killing a fly on the wheeler's butt with a bull whip without touching the mule. There was a gravity in his manner and a quiet so profound that all talk stopped when he spoke. His authority was so great that his word was taken on any subject, be it politics or love. This was Slim, jerkline skinner. His hatchet face was ageless. He might have been thirty-five or fifty. His ear heard more than was said to him, and his slow speech had overtones not of thought, but of understanding beyond thought. His hands, large and lean, were as delicate in their action as those of a temple dancer.

   He smoothed out his crushed hat, creased it in the middle and put it on. He looked kindly at the two in the bunk house. (37)

17. A powerful, big-stomached man[Carlson] came into the bunk house. His head still dripped water from the scrubbing and dousing. "Hi, Slim," he said, and then stopped and stared at George and Lennie. "These guys jus' come," said Slim by way of introduction." [. . .]

Carlson said thoughtfully, "Well, looks here, Slim. I been thinkin'. That dog of Candy's is so God damn old he can't hardly walk. Stinks like hell, too. Ever' time he comes into the bunk house I can smell him for two, three days. Why'n't you get Candy to shoot his old dog and give him one of the pups to raise up? I can smell that dog a mile away. Got no teeth, damn near blind, can't eat. Candy feeds him milk. He can't chew nothing else." (39)

18. Although there was evening brightness showing through the windows of the bunk house, inside it was dusk. Through the open door came the thuds and occasional clangs of a horseshoe game, and now and then the sound of voices raised in approval or derision.

  Slim and George came into the darkening bunk house together. Slim reached up over the card table and turned on the tin-shaded electric light. Instantly the table was brilliant with light, and the cone of the shade threw its brightness straight downward, leaving the corners of the bunk house still in dusk. Slim sat down on a box and George took his place opposite. (41)

19. It was almost dark outside now. Old Candy, the sweeper, came in and went to his bunk, and behind him struggled his old dog. [. . .]

  The thick-bodied Carlson came in out of the darkening yard. He walked to the other end of the bunk house and turned on the second shaded light. [. . .] He stopped and sniffed the air, and still sniffling, looked down at the old dog. [. . .]

  Candy rolled to the edge of his bunk. He reached over and patted the ancient dog, and he apologized, "I been around him so much I never notice how he stinks."

"Well, I can't stand him in here," said Carlson. "That stink hangs around even after he's gone." He walked over with his heavy-legged stride and looked down at the dog. [. . .]

Candy looked for help from face to face. It was quite dark outside by now. A young labouring man came in. His sloping shoulders were bent forward and he walked heavily on his kneels, as though he carried the invisible grain bag. He went to his bunk and put his hat on his shelf. Then he picked a pulp magazine from his shelf and brought it to the light over the table. (46-47)

20. "I don't see no reason for it," said Carlson. He went to his bunk, pulled his bag from underneath it and took out a Luger pistol. "Let's get it over with," he said. "We can't sleep with him stinkin' around in here." He put the pistol in his hip pocket.

Candy looked a long time at Slim to try to find some reversal. And Slim gave him none. At last Candy spoke softly and hopelessly, "Awright —take 'im." He did not look down at the dog at all. He lay back on his bunk and crossed his arms behind his head and stared at the ceiling.

From his pocket Carlson took a little leather thong. He stopped over and tied it around the old dog's neck. All the men except Cany watched him. He twitched the thong. [. . .] The old dog got slowly and stiffly to his feet and followed the gently pulling leash. (49)

21. Lennie breathed hard. "You jus' let 'em try to get the rabbits. I'll break their God damn necks. [. . .] I'll smash 'em with a stick." He subsided, grumbling to himself, threatening the future cats which might dare to disturb the future rabbits.

George sat entranced with his own picture.

When Candy spoke, they both jumped as though they had been caught doing something reprehensive. Candy said, "you know where's a place like that?"

George was on guard immediately. "S'pose I do," he said. "What's that to you?"

"You don't need to tell me where it's at. Might be any place."

"Sure," said George. "That's right. You couldn't find it in a hundred years."

Candy went on excitedly, "How much they want for a place like that?"

George watched him suspiciously. "Well—I could get it for six hundred bucks. The ol' people that owns it is flat bust an' the ol' lady needs an operation. Say—what's it to you? You got nothing to do with us." (58-59)

22. Candy said, "I ain't much good with on'y one hand. I lost my hand right here on this ranch. That's why they give me a job swampin'. An' they give me two hundred an' fifty dollars 'cause I los' my hand. An' I got fifty more saved up right in the bank, right now. Tha's three hundred, and I got fifty more comin' the end a the month. Tell you what—" He leaned forward eagerly. "S'pose I went in with you guys. Tha's three hundred an' fifty bucks I'd put in. I ain't much good, but I could cook and tend the chickens and hoe the garden some. How'd that be?"

George half-closed his eyes. "I'd make a will an' leave my share to you guys in case I kick off, 'cause I ain't got no relatives nor nothing. You guys got any money? Maybe we could do her right now?" (59)

23. Candy joined the attack with joy. "Glove fulla vaseline," he said disgustedly. Curley glared at him. His eyes slopped on past and lighted on Lennie; and Lennie was still smiling with delight at the memory of the ranch.

    Curley stepped over to Lennie like a terror. "What the hell you laughing' at?"

    Lennie looked blankly at him. "Huh?"

    Then Curley's rage explored. [. . .]

    Lennie looked helplessly at George, and then he got up and tried to retreat. Curley was balanced and poised. He slashed at Lennie with his left, and then smashed down his nose with a right. Lennie gave a cry of terror. Blood welled from his nose. "George," he cried. "Make 'um let me alone, George." He backed until he was against the wall, and Curley followed, slugging him in the face. Lennie's hands remained at his sides; he was too frightened to defend himself. (62)

24. George was on his feet yelling, "Get him, Lennie. Don't let him do it."

    Lennie covered his face with his huge paws and bleated with terror. [. . .] Curley's fist was swinging when Lennie reached for it. The next minute Curley was flopping like a fish on a line, and his closed fist was lost in Lennie's big hand. George ran down the room. "Leggo of him, Lennie. Let go."

But Lennie watched in terror the flopping little man whom he held. Blood ran down Lennie's face, one of his eyes was cut and closed. George slapped him in the face again and again, and still Lennie held on to the closed fist. Curley was white and shrunken by now, and his struggling had become weak. He stood crying, his fist lost in Lennie's paw. (62-63)

25. It was Sunday afternoon. The resting horses nibbled the remaining wisps of hay, and they stamped their feet and they bit the wood of the mangers and rattled the halter chains. The afternoon sun sliced in through the cracks of the barn walls and lay in bright lines on the hay. There was the buzz of flies in the air, the lazy afternoon humming.

From outside came the clang of horseshoes on the playing peg and the shouts of men, playing, encouraging, jeering. But in the barn it was quiet and humming and lazy and warm.

Only Lennie was in the barn, and Lennie sat in the hay beside a packing case under a manger in the end of the barn that had not been filled with hay. Lennie sat in the hay and looked at a little dead puppy that lay in front of him. Lennie looked at it for a long time, and then he put out his huge hand and stroked it, stroked it clear from one end to the other. (81)

26. From outside came the clang of horseshoes on the iron stake, and then a little chorus of cries. Lennie got up and brought the puppy back and laid it on the hay and sat down. He stroke the pup again. [. . .]

Curley's wife came around the end of the last stall. She came very quietly, so that Lennie didn't see her. She wore her bright cotton dress and the mules with the red ostrich feathers. Her face was made up and the little sausage curls were all in place. She was quite near to him before Lennie looked up and saw her. In a panic he shoveled hay over the puppy with his fingers. He looked sullenly at her. (83)

27. "I get lonely," she said. "You can talk to people, but I can't talk to nobody but Curley. Else he gets mad. How'd you like not to talk to anybody?"

Lennie said, "Well, I ain't supposed to. George's scared I'll get in trouble."

She changed the subject. "What you got covered up there?"

Then all of Lennie's woe came back on him. "Jus' my pup," he said sadly. "Jus' my little pup." And he swept the hay from on top of it.

"Why, he's dead," she cried.

"He was so little," said Lennie. "I was jus' playin' with him... an' he made like he's gonna bite me... and' I made like I was gonna smack him... an'... an' I done it. An' then he was dead." (83)

28. She moved closer to him and she spoke soothingly. "Don't you worry about talkin' to me. Listen to the guys yell out there. They got four dollars bet in that tenement. None of them ain't gonna leave till it's over."

"If George sees me talkin' to you he'll give me hell," Lennie said cautiously. "He tol' me so."

Her face grew angry. "Wha's the matter with me?" she cried. "Ain't

I got a right to talk to nobody? Whatta they think I am, anyways? You're a nice guy. I don't know why I can't talk to you. I ain't doin' no harm to you." (84)

29. Lennie chuckled with pleasure. "You bet, by God," he cried happily. "An' I had some, too. A lady give me some, an' that lady was—my own Aunt Clara. She give it right to me—'bout this big a piece. I wisht I had that velvet right now." A frown came over his face. "I lost it," he said. "I ain't seen it for long time."

Curley's wife laughed at him. "You're nuts," she said. "But you're a kinda nice fella. Jus' like a big baby. But a person can see kinda what you mean. When I'm doing my hair sometimes I jus' set an' stroke it 'cause it's so soft." To show how she did it, she ran her fingers over the top of her head. "Some people got kinda coarse hair," she said complacently. "Take Curley. His hair is jus' like wire. But mine is soft and fine. 'Course I brush it a lot. That makes it fine. Here—feel right here." She took Lennie's hand and put it on her head. "Feel right aroun' there an' see how soft it is."

Lennie's big fingers fell to stroking he hair. (86)

30. Lennie was in a panic. His face was contorted. She screamed then, and Lennie's other hand closed over her mouth and nose. "Please don't," he begged. "Oh! Please don't do that. George'll be mad."

She struggled violently under his hands. Her feet battered on the hay and she writhed to be free; and from under Lennie's hand came a muffled screaming. Lennie began to cry with fright. "Oh! Please don't do none of that," he begged. "George gonna say I done a bad thing. He ain't gonna let me tend no rabbits." He moved his hand a little and her hoarse cry came out. Then Lennie grew angry. "Now don't," he said. "I don't want you to yell. You gonna get me in trouble jus' like George says you will. Now don't you do that." And she continued to struggle, and he was angry with her. "Don't you go yellin'," he said, and he shook her; and her body flopped like a fish. And then she was still, for Lennie had broken her neck.

He looked down at her, and carefully he removed his hand from over her mouth, and she lay still. "I don't want ta hurt you," he said, "but George'll be mad if you yell." When she didn't answer or move he bent closely over her. He lifted her arm and let it drop. For a moment he seemed bewildered. And then he whispered in fright, "I done a bad thing. I done another bad thing." (87)

31. The sun streaks were high on the wall by now, and the light was growing soft in the barn. Curley's wife lay on her back, and she was covered with hay.

It was very quiet in the barn, and the quiet of the afternoon was on the ranch. Even the clang of the pitched shoes, even the voices of the men in the game seemed to grow more quiet. The air in the barn was dusky in advance of the outside day. A pigeon flew in through the open hay door and circled and flew out again. Around the last stall came a shepherd bitch, lean and long, with heavy, hanging dugs. Halfway to the packing box where the puppies were she caught the dead scent of Curley's wife, and the hair arose along her spine. She whimpered and cringed to the packing box, and jumped in among the puppies.

Curley's wife lay with a half-covering of yellow hay. And the meanness and the plannings and the discontent and the ache for attention were all gone from her face. She was very pretty and simple, and her face was sweet and young. Now her rouged cheeks and her reddened lips made her seem alive and sleeping very lightly. The curls, tiny little sausages, were spread on the hay behind her head, and her lips were parted. (88)

32. From around the end of the last stall old Candy's voice came, "Lennie," he called. "Lennie," he called. "Oh, Lennie! You in here? I been figuring some more. Tell you what we can do, Lennie." Old Candy appeared around the end of the last stall. "Oh, Lennie!" he called again; and then he stopped, and his body stiffened. He rubbed his smooth wrist on his white stubble whiskers. "I didn't know you was here," he said to Curley's wife.

When she didn't answer, he stepped nearer. "You oughten to sleep out here," he said disapprovingly; and then he was beside her and—"Oh, Jesus Christ!" He looked about helplessly, and he rubbed his beard. And then he jumped up and went quickly out of the barn.

But the barn was alive now. The horses stamped and snorted, and they chewed the straws of their beddings and they clashed the chains of their halters. In a moment Candy came back, and George was with him.

George said, "What was it you wanted to see me about?"

Candy pointed at Curley's wife, George stared. "What's the matter with her?" he asked. He stepped Christ! He was down on his knees beside her. He put his hand over her heart. And finally, when he stood up, slowly and stiffly, his face was as hard and tight as wood, and his eyes were hard. (89)

33. The deep green pool of the Salinas River was still in the late afternoon. Already the sun has left the valley to go climbing up the slopes of the Gabilan mountains, and the hilltops were rosy in the sun. But by the pool among the mottled sycamores, a pleasant shades had fallen.

A water snake glided smoothly up the pool, twisting its periscope head from side to side; and it swam the length of the pool and came to the legs of a motionless heron that stood in the shallows. A silent head and beak lanced down and plucked it out by the head, and the beak swallowed the little snake while its tail waved frantically. (94)

34. Suddenly Lennie came appeared out of the brush, and he came as silently as a creeping bear moves. The heron pounded the air with its wings, jacked itself clear of the water and flew off down river. The little snake slid in among the reeds at the pool's side.

Lennie came quietly to the pool's edge. He knelt down and drank, barely touching his hips to the water. When a little bird skittered over the dry leaves behind him, his head jerked up and he strained toward the sound with eyes and ears until he saw the bird, and then he dropped his head and drank again.

When he was finished, he sat down on the bank, with his side to the pool, so that he could catch the trail's entrance. He embraced his knees and laid his chin down on his knees.

The light climbed on out of the valley, and as it went, the tops of the mountains seemed to blaze with increasing brightness. [. . .]

And then from out of Lennie's head there came a little fat old woman. She wore thick bull's-eye glasses and she wore a huge gingham apron with pockets, and she was starched and clean. She stood in front of Lennie and put her hands on her hips, and she frowned disapprovingly at him. [. . .]

Aunt Clara was gone, and from out of Lennie's head there came a gigantic rabbit. It sat on its haunches in front of him, and it waggled its ears and crinkled its nose at him. And it spoke in Lennie's voice too. (94-96)

35. "Tend rabbits," it said scornfully. "You crazy bastard. You ain't fit to lick the boots of no rabbit. You'd forget 'em and let 'em go hungry. That's what you'd do. An' then what would George think?"

"I would not forget," Lennie said loudly.

"The hell you wouldn'," said the rabbit. "You ain't worth a greased jack-pin to ram you into hell. Christ knows George done ever'thing he could do jack you outa the sewer, but it don't know good. If you think George gonna let you tend rabbits, you're even crazier'n usual. He ain't. He's gonna beat hell outa you with a stick, that's what he's gonna do."

Now Lennie retorted belligerently, "he ain't neither. George won't do nothing like that. I've knew George since—I forget when—and he ain't never raised his han' to me with a stick. He's nice to me. He ain't gonna be mean." (96)

36. "Well he's sick of you," said the rabbit. "He's gonna beat hell outa you an' then go away an' leave you."

"He won't," Lennie cried frantically. "He won't do nothing like that. I know George. Me an' him travels together."

But the rabbit repeated softly over and over. "He gonna leave you, ya crazy bastard. He gonna leave ya all alone. He gonna leave ya, crazy bastard."

Lennie put his hands over his ears. "He ain't, I tell ya he ain't." And he cried, "Oh! George—George—George!"

George came quietly out of the brush and the rabbit scuttled back into Lennie's brain.

George said quietly, "What the hell you yellin' about?"

Lennie got up on his knees. "You ain't gonna leave me, are ya, George? I know you ain't."

George came stiffly near and sat down beside.

"No."

"I knowed it," Lennie cried. "You ain't that kind."

George was silent.

Lennie said, "George."

"Yeah?"

"I done another bad thing."

"It don't make no difference," George said, and he fell silent again. (97)

37. Only the topmost ridges were in the sun now. The shadow in the valley was blue and soft. From the distance came the sound of men shouting to one another. George turned his head and listened to the shouts. [. . .]

The little evening breeze blew over the clearing and the leaves rustled and the wind waves flowed up the green pool. And the shouts of men sounded again, this time much closer than before.

George took off his hat. He said shakily, "Take off your hat, Lennie. The air feels fine."

Lennie removed his hat dutifully and laid it on the ground in front of him. [. . .]

George had been listening to the distant sounds. For a moment he was business-like. "Look acrost the river, Lennie, an' I'll tell you so you can almost see it." (98-99)

38. Lennie turned his head and looked off across the pool and up the darkening slopes of the Gabilans. "We gonna get a place," George began. He reached in his side pocket and brought out Carlson's Luger; he snapped off the safety, and the hand and gun lay on the ground behind Lennie's back. He looked at the back of Lennie's head, at the place where the spine and skull were joined.

A man's voice called from up the river, and another man answered.

"Go on," said Lennie.

George raised the gun and his hand shook, and he dropped his hand to the ground again.

"Go on," said Lennie. "How's it gonna be. We gonna get a little place."

"We'll have a cow," said George. "An' we'll have maybe a pig an' chickens... an' down the flat we'll have a... little piece alfalfa—"

"For the rabbits," Lennie shouted.

"For the rabbits," George repeated.

"And I get to tend the rabbits."

"An' you get to tend the rabbits." Lennie giggled with happiness. "An' live on the fatta the lan'."

"Yes."

39. Lennie turned his head.

"No, Lennie. Look down there acrost the river, like you can almost see the place."

Lennie obeyed him. George looked down at the gun.

There were crashing footsteps in the brush now.

George turned and looked toward them.

"Go on, George. When we gonna do it?"

"Gonna do it soon."

"Me an' you."

"You... an' me. Ever'body gonna be nice to you. Ain't gonna be no more trouble. Nobody gonna hurt nobody nor steal from 'em."

Lennie said, "I thought you was mad at me, George."

"No," said George. "No, Lennie. I ain't mad. I never been mad, an' I ain't now. That's a thing I want ya to know."

The voices came close now. George raised the gun and listened to the voices.

Lennie begged, "Le's do it now. Le's get that place now."

"Sure, right now. I gotta. We gotta."

And George raised the gun and steadied it, and he brought the muzzle of it close to the back of Lennie's head. The hand shook violently, but his face set and his hand steadied. He pulled the trigger. The crash of the shot rolled up the hills and rolled down again. Lennie jarred, and then settled slowly forward to the sand, and he lay without quivering. (100)

40. George shivered and looked at the gun, and then he threw it from him, back up on the bank, near the pile of old ashes. [. . .]

But George sat stiffly on the bank and looked at his right hand that had thrown the gun away. The group burst into the clearing, and Curley was ahead. He saw Lennie lying on the sand. "Got him, by God." He went over and looked down at Lennie, and then he looked back at George. "Right in the back of the head," he said softly.

Slim came directly to George and sat down beside him, sat very close to him. "Never you mind," said Slim. "A guy got to sometimes." [. . .]

Slim said, "You hadda, George. I swear you hadda. Come on with me." He led George into the entrance of the trail and up toward the highway.

Curley and Carlson looked after them. And Carlson said, "Now what the hell ya suppose is eatin' them two guys?" (100-101)

3

남성중심주의 사회의 고정된 가치관에 도전하는 안토니아

      지금까지 생태학의 논의에서 몸보다는 마음이 자연을 접근하는 절대화된 의미체계로 작용하여 왔다. 이는 우리의 삶이 자연경험에 있어 처음부터 끝까지 몸으로 출발하여 몸으로 끝나면서도 몸의 가치를 정당하게 평가하지 못하는 인식론적인 오류를 범한 것에 기인한다. 이제 우리는 자연을 자아실현의 장소로 환원하는 마음의 생태학의 획일화된 범주화에서 벗어나 자연환경을 오감으로 경험하는 몸의 생태학에 새로운 의미를 부여할 필요가 있다.1) 지금 우리에게 마음의 자아보다 몸의 자아가 그 어느 때보다 필요한 이유는, 주체와 객체로서 마음과 몸의 이분법적 인식론의 극복 못지않게 생동감 넘치는 신체적 경험의 진정성이 중요하기 때문이다.

---

1) 요즘 몸은 철학, 문학, 사회학, 인류학, 심리학, 그리고 의학 등 여러 학문영역에서 중요한 논의 주제가 되고 있다. 플라톤은 현실세계에는 불변하는 그 어떤 것도 존재하지 않는다고 믿고 이들을 넘어서는 영구불변의 이데아를 열망하였다. 플라톤에게 있어 이데아는 감각을 통해 느낄 수 없는 오직 절대화된 마음을 통해서만 가능하다.

서양 철학사를 살펴보면, 몸과 마음은 각기 상이한 문화로 표현되어 왔다. 인간 개개인에게 있어 각자의 몸이 복잡한 신체적 기관으로서 효능적인 생산적 기능을 갖추고 있음에도 불구하고, 그것은 마음의 대척점에서 언제나 주체로서의 위상을 잃은 채 대상화되어 왔다. 이 같은 몸의 타자화는 플라톤의 이데아에서 비롯되고 있는데, 그는 몸으로 직접 느끼는 물질세계를 불신하면서 몸이 영혼을 담는 일회적 그릇이자 이상세계로의 진입을 가로막는 장애물에 불과하다고 여겼다. 그런데 최근 현상학자들을 중심으로 몸의 타자화에 대한 반론이 만만치 않게 제기되고 있다. 조지 라코프와 마크 존슨은 인간의 이성이 신체화된다면, 인간의 자아개념이 넓고 깊게 수렴될 수 있다고 여기면서 신체화된 자아의 진정성을 강조하고 있다(92). 또한 노양진은 우리의 모든 경험이 '신체화되어' 있다고 주장하면서 몸에 대한 인식의 수정을 촉구하고 있다. 그는 "마음의 철학에서 몸의 철학으로의 전환은 많은 것을 요구한다. 그것은 특정한 주제나 이론의 변화에 그치지 않고, 우리 사유의 본성 자체에 대한 시각의 전환을 요구하기 때문이다"(8)고 말하면서 잊힌 존재인 몸의 복원을 강조하고 있다.

그러나 몸의 생태학도 생물학적 본질주의를 간과하고 지금까지 자연과 함께 차별받아 왔다는 인식에 집착할 경우 또 다른 이원화의 함정에 빠질 우려가 있다. 인종으로서의 몸이나 성적 기호로서의 몸처럼 몸의 생태학에 특정한 문화가 덧칠되면 몸의 다양한 얘기는 창조되기 어렵다. 데보라 슬라이서Deborah Slicer는 몸의 성스러운 속성과 몸이 지닌 복합적인 의미를 강조하면서 몸에 부여한 특정한 문화적, 정치적 기호들을 결코 수용할 수 없음을 분명히 하고 있다.

나는 어떤 지리적 장소든 소위 "고향"으로 통하고 있는 것처럼 우리 자신의 몸에도 정말 현명해야 한다고 생각한다. 이점은 여성들과 남성들 모두에게 적용된다. 남성들과 여성들은 대개 서로 다른 생식능력에 의해 다소 다른 몸의 지대에 거주하고 있다. 더 큰 차이는 몸의 정치학과 관련이 있다. 대부분 서구의 남성들과 여성들은 똑같이 그들의 몸과 대지와 혼란스럽고 건강하지 못한 관계를 유지하고 있으며, 우리가 빈번하게 이와 관련되는 것은 신성모독이다. 나는 여기서 당신의 몸이 신전이라는 격언을 반복하려는 것이 아니다. 그 같은 격언은 내가 오류를 밝히려 하는 세계관의 유형을 정확하게 반영하고 있다. 말하자면 당신의 몸은 성스러운 다른 어떤 곳에 거주하는 것이다. 나는 당신의 몸이 성스러움 그 자체라고 말하려 한다. (113)

몸이 누구에게는 해당되고 누구에게는 해당되지 않는다거나, 혹은 어디에는 적용되고 어디에는 적용되지 않는다는 것은 신체기관으로서의 몸의 유기적인 생산기능을 도외시 하는 것이다. 몸을 정치적 약호로 환원하거나 몸을 특수한 문화로 포장하는 의미체계에 집착하는 것은 유기적인 신체기관으로서의 몸의 다양한 기능을 간과하고 있는 것이다. 생태여성주의자들Ecofeminists이 여성의 피지배성과 자연의 피지배성을 상호 연관시켜 여성과 자연을 동등한 속성으로 범주화하는 경향(Warren 4-5)은 몸의 복합적 의미를 축소시킬 우려가 있다.

사실 우리에게는 몸의 생산기능을 간과하지 않으면서도 몸의 복합적인 의미를 수용하는 혜안이 필요하다. 몸은 다양한 방식으로 개별적으로 반응하므로 다층적인 사회관계들과 물리적 현상들이 교차하는 유동적인 장소이자 생명력을 발산하는 주체적인 체험의 장소로 통하고 있다(Slicer 114). 현상학적 관점에 살펴보면 인간 개개인이 특수한 시·공간 속에서 겪는 각별한 신체적 경험은 각자 고유한 의사소통의 의미체계를 담고 있어, 다른 그 어떤 것보다 생산적인 사회 담론이 될 수 있다. 에드워드 케이시Edward S. Casey는 몸의 자아를 역사와 문화 속에 자리 잡은 장소성과 밀접하게 연관시키면서 "몸이 없는 장소가 없는 것처럼 장소 없는 몸도 없다. [. . .] 우리는 장소 속에서 신체화된다"(104)고 강조한다. 몸은 "실현되지 못한 우리 사고의 공통의 뿌리"(Casey 50)로서 일상생활의 경험적 요소와 밀접한 관계를 맺는다는 점에서 삶의 자아와 연결될 수 있다.

20세기 초반에 미국의 서부 네브라스카를 중심무대로 활동한 윌러 캐더의 세계관은 현상학적 시각에서, 특히 몸의 자아의 관점에서 살펴보면 새롭게 접근될 수 있다. 캐더는 개별 생명체들의 원초적인 욕망구조를 놓치지 않는 가운데 특정한 장소 속에 흐르는 자연세계의 끊임없는 변화에 주목하고 있다. 캐더의 장소중심주의적 자연관은 자아실현의 덫에 걸려 다양한 실체를 원형대로 체험할 수 없는 서구 형이상학주의자들의 이성중심주의적 자연관과는 구별된다. 캐더의 세계관은 생태학에 진화론을 접목한 생태학적 다위니즘의 형태를 띠고 있는데, 그녀의 생태의식은 결코 자연을 자아실현의 장소로 바라보는 고정된 대지윤리로 환원되지 않는다. 캐더는 인간 내부의 원시적인 생명력에 주목하면서 자연과 조화된 인간의 삶의 방식에 남다른 관심을 보이지만, 생태환경을 관념화된 자아로 채색하거나 은유화의 함정을 놓지 않는다. 캐더가 강조하는 모든 생명의 근원으로서의 자연은 때로는 그 자체로서 숭엄한 존재로 머물러 있으면서도 때로는 인간을 압박하고 처벌하는 존재로 다가온다. 이런 점에서 캐더의 자연관에는 위계적이고 계층적인 대지윤리가 성립되지 않는다.

캐더가 1918년에 발표한 『나의 안토니아』는 일반적으로 "대평원 소설들"(the prairie novels) 중에서 네브라스카로 이주 온 동유럽인들이 토착민과 함께 생활하면서 그곳의 대지를 일궈내는 모습을 묘사한 대표적인 생태소설이다. 작가는 보헤미아 이주민 가정의 장녀인 안토니아 쉬멜다가 온갖 시련을 겪은 후에 대농장을 가꾸어 가는 과정을 미국인 짐 버든의 시각을 통해 서술하면서 마음(혹은 문화)보다는 몸(혹은 자연)에 흐르는 힘찬 생명력에 주목하고 있다. 안토니아가 네브라스카의 대지와 연관된 생명력의 주된 동력으로 작용하고 있다는 점에서 그녀의 몸은 외적 현상의 지각뿐만 아니라 그녀의 고유한 자아가 내포된 유기적인 사회적 관계들을 함축한다고 말할 수 있다. 이는 안토니아의 몸이 네브라스카의 대지와의 관계속에서 자아실현의 장소와 대상으로 환원되는 문화적 기호나 의미체계로인식되기보다는 다양한 사회적 관계를 생산적으로 발산하는 신체화된 자아의 구현체임을 말해주고 있다. 따라서 저자는 안토니아의 열정적인 생활상과 생명력으로 충만한 네브라스카의 대지를 접근하면서 한편으로는 안토니아의 몸의 자아를, 다른 한편으로는 안토니아의 몸의 자아와 네브라스카의대지와의 다층적인 관계성을 성찰하고자 한다.

제임스 우드레스는 캐더가 친구인 엘리자베스 쉬플리 서전트에게 "나는 새 여주인공을 이렇게 하고 싶어. 사방에서 사람들이 볼 수 있도록탁자 중앙에 놓인 희귀한 물건처럼 말이야"(175)라고 밝혔다고 하는데, 이러한 인물의 구상에는 작가의 고향 친구인 애니 새디렉 파벨카가 롤모델이되었다. 캐더는 『나의 안토니아』를 쓰기 2년 전인 1916년 여름에 고향인레드 클라우드를 10여 년 만에 방문하여 죽마고우인 파벨카의 명랑하고 선량한 모습을 보고 그녀야말로 "이 고장의 활기차고 건강한 미의 승리를 나타낸다"(Brown 199)고 묘사했으며, 그 이후로 그녀를 롤모델로 삼아 이 작품을 썼다. 이는 캐더가 분수령 일대 개척지의 이민 여성들을 관찰하면서"이들이야말로 진정한 삶의 가치를 터득했다"(Sergeant 17)고 밝히고 있는것에서도 드러난다.

이 소설에서 캐더가 구현하고자 하는 자신의 친구 파벨카가 지닌 '건강한 미와 진정한 삶의 가치를 갖춘 인물상'에는 레나 링가드, 타이니 소더볼, 그리고 안토니아가 주로 거론될 수 있다. 하지만 레나가 노르웨이 이민자의 맏딸로서 블랙 호크에서 힘든 밭일을 하다 이를 그만두고 도시에 나가 양재기술을 배워 성공하고, 타이니도 블랙 호크의 시골생활에 이어 도시의 호텔에서 일하다 알래스카에 진출해 금광에도 투자를 하여 많은 돈을 벌지만, 이들은 파벨카의 롤모델에 결코 부합되지 못한다. 이들은 독신으로 살면서 힘든 환경을 극복한 자립심이 강한 여성들이지만, 선량한 마음과 진실한 생활이 몸에 체득되어 있지 않다. 이들은 가족관이 부재할 뿐만 아니라 네브라스카의 대지와 그곳에 살고 있는 이웃들과도 우호적인 친분관계를 맺지 못한 채 극도로 이기적인 삶을 살고 있는 인물들이다. 캐더의 견지에서 보면 이들은 도식화된 자아실현의 기제에 빠져 양육하는 자애로운 여성으로서의 자질을 상실하고 있다.

레나는 가난한 집안에서 너무 고생하여 결혼생활이란 비참하고 불결한 것으로 단정한 나머지, 남자들이 구혼해도 결혼할 생각이 전혀 없다. 짐이 "가정생활이 모두 다 그런 건 아니야"(157)라고 이의를 제기하여도 레나는 "거의 비슷비슷해. 누군가의 손아귀 밑에 있기는 마찬가지다"(157)라고 반문한다. 레나에게 있어 가정생활과 가축을 돌보는 일은 "항상 어린애들이 너무 많고, 화난 남자 어른과 병든 여인 주위에 산더미처럼 쌓인 일거리가 있는 곳"(157)이자 "내가 소떼를 몰고 소젖을 짜기 시작한 이후로 내 몸에서 소 냄새를 도저히 씻어낼 수가 없다"(157)처럼, 잊고 싶은 과거에 불과하다. 또한 타이니는 "세속적으로 가장 견고한 성공을 거두게 된 사람"(160)으로서 다른 일에는 흥미가 전혀 없고 모든 일을 성공을 위한 전략으로만 생각하고 돈 버는 것만이 그녀의 유일한 관심사인 사람이다. 그녀의 금광사업 모험담은 짐에게 "이미 진이 빠져버린 이야기"(161)로만 들린다.

레나와 타이니가 이민 2세로서 참담하게 겪었던 궁핍한 삶과 논밭에서 힘들었던 육체노동에 대한 기억에 사로잡혀 행복한 삶을 누리지 못하는 것에는 이들의 굴절되고 왜곡된 자의식이 자리 잡고 있다. 이들은 미국의 꿈을 이룬 인물들로서 경제적으로 성공하여 샌프란시스코에서 풍요로운 생활을 누리고 있지만, 가부장적인 남성중심주의 사회체제를 거부하는 독립적인 여성이라는 도식화된 삶 자체에 너무 집착해 있기 때문에 진정한 삶의 가치를 찾지 못하고 있다. 짐은 레나가 인간의 형체에다 옷을 입히는 작업에 흥미를 느끼는 것이 "자신의 몸을 제대로 가릴만한 옷도 없이 지냈던 세월과 상관이 있을 수 있다"(150)고 여기면서 자립심이 강한 여성상이라는 정형화된 삶의 패턴에 매몰되어 있는 주된 요인을 그녀의 과거와의 단절과 연관시켜 생각한다. 타이니가 헝커강에서 동상에 걸려 발가락을 셋이나 절단하는 상해를 당해 발을 약간 절뚝거리는 것을, 짐은 "헝커강의 사광의 소유자로부터 나름대로의 대가를 받았다"(161)고 비아냥거리면서 그녀의 신체적 장애를 성공적인 삶 속에 가려진 도덕 불감증과 결부시키고 있다.

그런데 고답적인 자아실현에 함몰되어 있는 레나와 타이니의 삶과는 달리, 안토니아는 네브라스카 대지와의 관계 속에서 충동적이고 자유분방하게 생활하면서 때로는 자신의 운명에 체념하고 순응하기도 하고, 때로는 사회적인 관습과 통념에 과감하게 도전한다. 안토니아의 아버지 쉬멜다는 보헤미아에서 이주해온 그해 겨울에 이민 자본금까지 사기를 당하여 토굴 속에서 짐승처럼 비참한 생활을 하다 첫 겨울을 넘기지 못하고 스스로 목숨을 끊지만, 그녀는 결코 절망에 빠지지 않는다. 안토니아는 춤 교습소에서 만난 바람둥이 래리 도노반이 그녀와 결혼을 약속한 후 그녀를 이용만 하고 도주해 버린 후에도 사생아를 임신한 채 오빠 앰브로쉬의 집으로 돌아온다. 스티븐스 부인이 안토니아를 찾아갔을 때 그녀는 "전 울고 싶지 않아요. [. . .] 너무 오래 기다리느라 인내심이 다 없어졌나 봐요"(167)라고 말하면서 자신의 운명을 곧바로 체념하고 새로운 환경에 적극 대처한다. 그녀는 이웃 사람들로부터 조소와 놀림의 대상이 되지만 사생아를 혼자서 낳은 후 거친 황무지를 오빠보다 더 많이 개간하겠다고 대담하게 경쟁하기도

한다. 또한 안토니아는 동네 사진사가 "아기 사진에 절대로 싸구려 틀을 끼우지 못하게 하더군요"(162)라고 말할 정도로 주위 사람들의 시선을 전혀 의식하지 않고 딸 사진을 금테 액자에 끼워 마을의 사진관에 걸어 놓는다.

이처럼 안토니아가 자신의 딸에게 더 나은 삶의 터전을 마련해 주겠다고 결연한 삶의 의지를 다지는 자세는 네브라스카의 대지 속에서 싹트기 시작하는 주체적 삶과 다름없다. 레나와 타이니가 과거와 단절하는 가운데 독립적인 여성상을 구축하려는 태도와는 달리, 안토니아는 아버지가 고향에서 즐겼던 보헤미아 문화를 네브라스카에서 꽃피우려 한다. 안토니아는 "난 항상 아빠하고 이야기하고, 아빠하고 의논해. 나이를 먹어갈수록 난 아빠를 더 잘 알게 되고, 더 잘 이해하게 되었어"(170-71)라고 말하면서 밭에서 아버지가 쓰던 모자를 쓰고 아버지의 장화를 신고서 몸소 아버지의 역할을 떠맡으면서 보헤미아에서 아버지가 만든 것과 똑같은 과수원을 가꾼다. 안토니아에게는 레나의 의상에 대한 지나친 집착이나 타이니의 발가락 절단과 같은 결핍요소들이 드러나지 않는 가운데 그녀의 얼굴엔 "색다른 힘"(175)과 "타고난 건강과 정열의 빛"(169)이 넘쳐나고 있다. 스티븐스 부인이 "타고난 어머니더라"(175)고 말하듯 신중한 자제력과 건강한 열정, 진심으로 가득 찬 믿음이 안토니아의 몸에서 풍겨나고 있다.

실제로 짐이 20년 후 네브라스카에 돌아와 추억 속의 안토니아를 만났을 때 지하 저장고에서 뛰어나오는 그녀의 아이들을 통해 생명의 힘을 몸소 경험하는데, 이 때 아이들의 활발하고 쾌활한 모습은 짐에게 생명의 폭발과 같은 느낌을 준다.

열한 명의 아이들이 지하실에서 와르르 물려나오는 광경은 캄캄한 어둠 속에서 밝은 세상으로 터져 나오는 생명의 빛과 흡사할 뿐만 아니라 생명의 화신으로 다가온다. 안토니아가 손으로 나무껍질을 비벼대면서 "난 나무들이 마치 사람인 것처럼 사랑해"(179)와 "이것들은 나에겐 내 자식들

같이 여겨졌거든"(179)라고 말하는 대목에서 짐은 그녀의 몸에서 풍겨나는 넉넉한 마음이 담긴 몸의 자아를 직감한다. 안토니아의 몸은 "아직도 상상의 나래에 불을 붙여주는 그 어떤 힘"(186)이나 "평범한 것들 속에서도 의미를 보여주는 눈짓 하나 혹은 몸짓 하나로 상대방을 순식간에 사로잡는 힘"(186)으로 짐에게 다가온다. 이는 안토니아의 삶이 힘든 육체적인 경험을 통해 몸의 자아로 확장된 보편적인 진리임을 본능적으로 깨닫게 해준다.

안토니아의 가슴속에 흐르는 강렬한 힘과 아낌없이 베푸는 그녀의 관대한 마음씨는 그녀의 육체에 모두 드러나고, 이는 네브라스카 대지의 정기와 신비로운 생명력이 안토니아의 몸에 체득화되어 있음을 말해준다. 짐이 안토니아가 사과나무에 손을 대고 사과를 쳐다보는 모습에서 흐뭇한 기분을 느끼는 것은, 그가 태곳적부터 내려오는 인간 본연의 선량한 마음씨를 엿볼 수 있는 인식의 폭이 깊고 풍부해졌기 때문이다(Wirth 41).

하지만 캐더는 안토니아의 이러한 모습에 생명을 잉태하는 대모지신이나 미국의 아담과 같은 정형화된 의미를 부여하지 않고 거친 자연환경과 유기적으로 호흡하는 생활 속의 대지의 인간이라는 시각을 시종 잃지 않고 있다. 안토니아의 몸은 네브라스카의 대지와 관련된 생명력의 주요 동력으로 작용하면서 내적 현상의 작용뿐만 아니라 외적인 상호관계들을 지각하는 자아실현의 토대가 된다. 또한 안토니아의 몸의 자아는 특정한 문화와 정치적 기호로 채색된 개념화된 자아실현이 아니다. 그녀의 몸의 자아는 "자연이 여성처럼 소외되어 왔기에 여성적이라든가 여성이 몸의 본질이기에 자연의 본질로 바라보는 생태여성주의자들의 시각"(Warren 4)처럼 도식화된 패턴으로 생각할 수 없다. 웬델 베리가 "우리의 몸과 대지의 취급 사이에 깊은 유사성이 있다는 것은 결코 놀라운 일이 아니다"(97)고 강조하듯 안토니아의 몸의 자아는 네브라스카의 대지와 깊은 연관성을 맺고 있다. 하지만 "몸에 대한 경멸이 노예, 노동자, 여성, 동물, 식물, 대지 자체에 대한 멸시로 언제나 나타난다"(97)고 주장하는 웬델의 견해에 캐더의 몸의 자아는 결코 부합되지 않는다. 반면 안토니아의 몸의 자아는 범주화된 주체로 함몰되지 않는 가운데 형식과 관념의 벽을 허물고 반위계적 생태사회를 새롭게 창출할 수 있는 생산적인 매개원이 될 수 있다(Slicer 114). 남성과 여성이나 문화와 자연의 대립과 구분을 해체하는 반위계적 생태사회의 맥락에서 살펴보면, 안토니아의 몸의 자아는 공감의 여지는 있으나 여성생태주의에 담긴 자연의 피지배성과 여성의 피지배성과의 연계와 이들의 문화적 층위로는 확장될 수 없다. 안토니아의 몸이 단순한 신체기관으로 머물지 않고 네브라스카의 대지를 중심으로 일어나는 갖가지 사건들을 다양하게 체험하는 그녀의 경험적 자아가 된다는 점에서 그녀의 몸의 자아는 단순한 외적 육체만을 지각하는 대상이 아닌 네브라스카의 대지를 유기적으로 경험하는 인식의 주체가 된다.

안토니아가 네브라스카의 대지 속에서 육체적 경험을 통해 그녀 자신의 자아를 온몸으로 체득하고 있기에 그녀에게는 대지가 곧 자아이고, 그의 자아가 곧 대지이다. 대지의 힘이 원초적인 토대가 되고 있는 안토니아의 몸의 자아가 대지모신의 원형으로 정형화될 경우, 네브라스카의 대지와의 관계 속에서 생산적으로 형성된 안토니아의 구체적인 경험세계는 형이상학적인 자아실현의 의미체계로 기호화되어 고유한 가치를 상실할 수 있다. 안토니아를 재생시키는 힘이 땅에서 우러나오는 정기에 바탕을 두고 있고, 열 한 명의 아이들을 길러 낸 안토니아의 생명력이 대지에 충실한 몸의 자아에서 비롯된 것이기 때문이다. 안토니아가 정서의 명령에 따라 가정을 이루고 많은 아이들을 길러내면서 새 생명의 창조에 기쁨을 느끼고 있는 것은 네브라스카의 자연현상에 그녀 자신의 몸을 내던졌기 때문에 가능한 것이다.

따라서 안토니아에게 네브라스카의 대지가 끊임없이 자양분을 제공하는 생명의 터전이라는 점에서 안토니아의 삶은 자연현상을 몸으로 직접 체험하고 삶의 변화에 적극 대처하는 신체화된 자아이자, 네브라스카의 대지의 정기를 고스란히 담고 있다. 현실 속 일상적인 삶에서 천성이 쾌활하고 명랑하면서도 진솔한 모습을 시종일간 유지하고 있는 짐의 할머니와 할링 부인이 풍기는 기품은 안토니아에게서 그대로 재현되고 있다. 안토니아는 매사에 민첩하고 활기가 넘쳐흐르고 모든 일을 질서정연하고 조화롭게 해결하는 짐의 할머니, 권태감이나 무관심이라고는 찾아볼 수 없는 할링 부인처럼 네브라스카의 대지 속에서 명랑한 천성과 애타심을 몸소 직접 체득한 것이다.

이 소설에서 짐은 미국 버지니아 태생의 토박이 백인 남성이자 서술자로서, 보헤미아 출신의 안토니아가 네브라스카의 대지에서 생활하는 모습을 줄곧 관찰하는 입장에 있다. 이 소설의 초반기에는 짐에게 네브라스카의 대지는 상실한 어머니로 표상되는 영적인 의미를 전달해 주는 수단에 불과하고 그 자체로서는 가치를 지니지 못하여 그의 의식은 위계적인 자연관에서 벗어나지 못한다. 짐의 자연경험은 네브라스카의 대지를 직접 몸으로 체험하는 안토니아의 경험세계와 결부되기에, 네브라스카의 대지의 본질에 대한 성찰과는 거리가 멀고 생동감이 부재하기 마련이다. 그러므로 짐이 경험한 대지의 물상들은 안토니아의 실천적 자아가 부여하는 가치를 전달하는 껍데기요 수단에 불과하여 의인화의 함정에 빠져버린다. 짐의 네브라스카의 대지관찰이 자연 그 자체보다는 그것과 관계되는 이차적인 정신적인 층위에 가치를 부여하고 있어 몸보다는 마음이, 자연보다는 문화가 상위에 군림하고 있는 계층적인 이원론에 빠진다.

이 소설에서 짐의 네브라스카 대지의 경험은 어머니의 품안에 대한 그리움과 네브라스카의 이주열차에 함께 동석한 안토니아와 묘하게 얽혀 들어가면서 그 의미를 더해 가고 있다. 짐은 어린 시절 몸으로 경험했던 생명력으로 충만한 대지에 대한 기억을 떠올리게 되고, 그 추억은 네브라스카의 블랙 호크에 도착하기 직전 자신도 모르게 "웅크리고 잠을 잔"(10) 모습이나 할머니 집에서 느낀 "지하 부엌의 상쾌한 기분"(12)이나, "따뜻한 목욕탕"(12)의 느낌처럼 그에게 결핍된 모성의 이미지로 의인화되고 있다. 짐이 네브라스카의 대지에서 경험했던 추억과 어머니의 뱃속과 같은 안전하고 따뜻한 느낌, 어머니의 양수와 자궁을 떠올리게 하는 할머니의 지하 부엌방에서 느끼는 행복감은 20년이라는 세월 동안 마음 둘 곳을 찾지 못하고 허송세월한 짐이 안토니아를 다시 만났을 때 경험하는 느낌으로 고스란히 유지되고 있다.

짐에게는 네브라스카의 원시적인 초원에서 일하던 안토니아에 대한 기억과 그녀와 함께 나누었던 추억이 그의 삶의 형태로 치환되고 있다. 짐이 10살 때 부모를 잃은 후, 할머니와 함께 살기 위해 고향인 버지니아를 떠나 네브라스카에 도착했을 때 목격한 서부의 대초원은 울타리와 언덕과 나무하나 없이 막막했다. 네브라스카의 대지는 "저 대지와 저 하늘 사이에 나는 존재마저 지워지고, 흔적도 없어지는 것 같이 느꼈다"(11)고 말하듯 인간의 도전이나 개입을 조금도 허용하지 않는 태초의 원시 그대로의 위압적인 모습으로 짐에게 다가오지만, 그는 어머니의 품안으로 여겨지는 할머니네 지하 부엌방의 포근함에서 위안을 얻는다. 또한 짐은 블랙 호크에 도착한 다음날 아침, 할머니가 계곡의 하류지역에 자리 잡고 있는 대지로 데려갈 때, 그곳에서 버지니아의 고향 집과 죽은 어머니의 품안과 흡사한 느낌을 받는다. 짐에게 이 계곡은 조용한 은둔지 같으면서도 편안한 안식처로 다가온다.

이 지역은 계곡의 하류 쪽이라 침식과 퇴적작용이 활발하게 일어나 상류 쪽의 건조하고 바람이 휘몰아치는 평원보다 토양이 비옥하고 습기가 풍부하여 "상실과 획득의 역사"(Howarth 5)를 품고 있다. 이 지대는 대지

속에 속이 텅 비어있는 오목한 지세를 갖추고 있어 짐에게 "자궁과도 같은 생명부양의 안전한 장소"(Howarth 4)로 다가온다. 오랜 세월에 걸쳐 이 지대에 발생한 침식과 퇴적 작용은 끊임없이 변화를 거듭하고 있는 '자연의 순환성'과 같은 생태계의 역동성을 고스란히 품고 있으며, 이는 짐의 어머니 상실과 안토니아의 만남뿐만 아니라 그녀의 삶의 역경과 생명력을 구현하는 토대가 된다.

또한 짐에게 있어 어머니의 품안과 다름없는 네브라스카 대지는 보헤미아 출신 이방인 여성 안토니아와 만나게 되면서 그녀와 관계된 경험과 결부된다. 짐은 블랙 호크 지역에 정착한 안토니아와 더불어 네브라스카의 대평원에서 마음껏 뛰놀며 그곳의 대지를 호흡하는 계기를 갖게 된다. 짐이 아늑하고 편안하게 느꼈던 할머니네 지하실과 유사한 뗏장 집에서 안토니아가 실제로 살고 있는 모습을 확인한 후부터, 그의 그리움의 대상은 안토니아와 그녀의 경험 세계로 전이되고 있다. 짐이 안토니아와 함께 공유했던 추억은 일생동안 자신에게 가장 아름다운 기억으로 남아 토굴 같은 뗏장 집에서 생활하고 있는 안토니아에게 영어를 가르쳐 주던 시절에 대한 그리움과 함께 상승작용을 일으키며 짐의 의식을 지배한다.

반면 짐의 안토니아에 대한 갈망은 네브라스카의 대지 속에 내재된 생명력의 호흡이라기보다는 어머니에 대한 그리움의 단순한 대상에 불과하다. 이는 짐이 러시아인 피터네 집 부근에 프레리 도그들의 거주지에서 방울이 12개나 되는 1미터 60센티 크기의 방울뱀을 죽이는 사건을 통해서 그의 무의식 속에 잠재하고 있는 자연생물체를 지배하려는 욕망을 은연중에 노출하는 것에서 드러난다. 짐이 안토니아가 보는 앞에서 직접 뱀을 죽이는 행위는 남성중심주의적 우월의식을 무의식적으로 드러낸 것으로 볼 수 있다. "큼직한 뱀을 죽인 것은 나였다. 나는 이제 어른이 된 것이다"(33)에서처럼 그는 소년기의 짐에서 성인기의 짐으로 입문하면서 어머니에 대한 그리움을 극복하고 가부장제적인 남성중심주의를 드러내고 있다. 안토니아에 대한 짐의 우월의식은 자연생물체의 지배욕망의 작용과 연결된다. 짐이 변호사가 된 후 안토니아에게 곧 돌아오겠다고 다짐했지만 20년이 지난 후에야 그 약속을 이행한 것은 그동안 그가 행했던 안토니아에 대한 말과 행동 속에 허위의식이 담겨 있었다고 볼 수 있다. 짐이 변호사의 사무적인 일로 매년 서부지역에 서너 번 씩 방문하면서도 안토니아를 만나는 일을 계속 미루어 오다 레나의 권유에 못 이겨 만난 것 또한 그녀에 대한 진정한 마음의 부재를 드러낸 것으로 볼 수 있다. 짐은 "어린 시절의 환상을 잃고 싶지 않아 안토니아와의 만남을 지연시켜왔다"(173)고 애써 변명하지만 안토니아는 그에게 유희적 놀이의 대상에 불과하였던 것이다.

하지만 짐은 안토니아와의 마지막 만남에서, 이미 앞서 자세히 살펴보았던 것처럼 열 한명에 달하는 아이들이 발산하는 폭발할 것 같은 생명력을 목도한다. 짐은 그 경이로움에 놀라 잠시 정신을 차리지 못하고 일순간 현기증을 느끼는데, 이는 지난 날 짐의 세속화된 삶이 터질 것 같은 생명력의 폭발 앞에서 깨끗하게 정화되는 카타르시스를 겪고 있음을 말해주고 있다. 이는 짐이 그동안 마음속에서만 간직했던 안토니아에 대한 은유화의 허울을 벗고 스스로 각성하는 재생의 과정을 재현하고 있다. 짐이 안토니아를 자랑스럽게 여기는 것이 "토니의 따뜻하고 어여쁜 얼굴, 다정한 두 팔, 그녀 속에 있는 진실한 마음"(123)인 것처럼 짐의 각성 세계는 네브라스카의 대지를 직접 몸으로 체험하는 안토니아의 경험세계와 상호 유기적으로 결부된다. 생기발랄한 아이들이 짐에게 특별히 충격을 주고 있는 것은, 자식이 없는 자신의 처지에 대한 비관이라기보다는 그의 정체성 상실에 대한 각성의 의미를 담고 있다(Blackburn 155). 아울러 짐의 현기증 증세는 짐이 말로만 약속하고 실천하지 못한 그의 허위성(Wirth 41), 스토리텔러로서의 역할(Woolley 152), 그리고 관리자로서의 임무(Dooley 74)에 대한 뼈

저린 자각과 각성의 의미를 담고 있다. 짐이 안토니아와 그녀의 아이들을 통해 네브라스카 대지의 생명력과 포용력을 깨닫게 되는 것은, 그녀가 "인간과 자연의 조화 속에 살아가는 삶과 연관된다"(Merchant 156)는 것에 대한 각성의 의미를 담고 있다. 짐머맨이 "여성이건 남성이건 인간의 가치를 존중하는 것이야말로 존재하는 모든 것에 대한 외경심이 발로되는 필수적인 단계"(43)라고 말하듯, 네브라스카의 대지와 진정으로 호흡하는 안토니아는 가부장제주의, 남성중심주의, 여성중심주의, 그리고 여성생태주의 등과 같은 편협한 스펙트럼의 기준에서 벗어나 생활 속의 건강한 숭고미를 느끼게 한다. 짐은 안토니아를 통해 네브라스카 대지의 대평원에서 대자연의 생산성과 살아 움직이는 대지의 원시적인 힘과 영혼을 느낀다.

캐더의 몸의 자아는 자연에 가치를 부여하는 보편적인 영혼이나 도식화된 자아실현을 거부하고 특수한 시공간 속에 작용하는 생명력이 충만한 장소에 토대를 두고 있다. 캐더의 생태의식은 선험적이고 추상적인 사유를 통하여 형성된 마음의 자아에 토대를 두고 있다기보다는, 안토니아가 네브라스카의 대지를 몸소 경험하면서 매순간마다 느끼는 선량한 마음에 근거하는 몸의 자아와 깊이 관계한다. 그러므로 안토니아의 몸의 자아에는 제국주의, 가부장제주의, 남성중심주의, 여성중심주의, 여성생태주의, 환경중심주의, 그리고 심층생태주의 등에서 논의되는 인종차별주의, 계급차별주의, 성차별주의, 그리고 자연차별주의와 같은 억압과 지배의 기제와 이에 반하는 해방과 저항의 반기제가 설득력을 발휘하지 못한다. 안토니아가 시련을 통해 온몸으로 대지와 호흡하면서 대지를 일구고 아이들을 양육하는 행위는 형이상학적 자아실현의 과정이 결코 아니다. 안토니아의 몸의 자아는 언어나 담론에 의해 재구성되는 계층적인 자연관에 빠지지 않고, 네브라스카의 대지에서 경험하는 생명력을 체득하는 수평적인 자연관과 다름없다.

캐더는 인간 내부의 원시적인 생명력에 집중하면서 자연 속의 인간의 다층적인 삶의 방식을 다루고 있다. 안토니아는 피상적으로 보기에는 자연을 개척하고 지배하는 인간상인 듯하나, 대지와 함께 자주적이고 주체적인 삶을 영위하며 생태의식이 풍부한 삶을 몸으로 직접 구현하는 자연 친화적인 인물이다. 안토니아가 평생 동안 경험한 네브라스카의 대지와 그곳의 신비로운 정기의 힘은 몸으로 자아를 실현하는 생명력으로 충만한 몸의 자아의 원천이 되고 있다. 안토니아의 경험적 가치인 돌봄과 양육과 인내의 삶은 가부장제주의, 남성중심주의, 여성중심주의, 여성생태주의, 환경중심주의, 그리고 심층생태주의에서 논의되는 문화적 구성물이나 본래적 가치의 결과라기보다는 신체적인 경험의 과정과 흔적과 기억의 산물이다. 안토니아의 열정적인 선량한 자아는 광활한 네브라스카의 대지와 직접적인 관계 속에서 형성되고 있기에 고정된 의미체계로 범주화하거나 정신적인 층위로 확장될 수 없다. 다시 말해서 그녀의 몸의 자아는 네브라스카의 광활한 대지와 상호작용하면서 생명력을 생산적으로 배태하고 있기에 계층적인 자아로 함몰될 수 없다. 안토니아의 몸의 자아는 육체와 경험이 서로 분리될 수 없을 만큼 긴밀히 연결되어 있어 신체화된 마음이면서도 경험적 자아로서의 대지다. 우리가 안토니아의 충동적이고 자유분방한 행동에서 기쁨을, 그녀의 결연한 의지에서 강인한 생명력을, 그리고 운명에 순응하고 체념하는 자세에서 선량한 진솔함을 생생하게 지각할 수 있는 것은 그녀가 네브라스카 대지에서 몸으로 직접 체험한 가치들이 결코 선험적이지 않는 가운데 그녀의 자아실현으로 다가오기 때문이다.

캐더의 생태의식은 생태학, 진화론과 깊은 관련이 있다. 캐더의 견지에서 보면 생물체는 다소 간의 변종이나 기회주의적인 순응을 거듭하면서 역동적인 활력을 회복하는 존재이다. 캐더는 생물학적 입장에서 장소 속에 모든 개체 단위의 역할이 있고, 또 다른 장소에서는 다른 개체 단위와 연결되는 하나의 큰 생태학적 공동체를 형성한다고 본다. 캐더는 우주에 존재하는 모든 생물체들의 유기적인 연관성과 결부되는 생태학적 전일적 사고를 하면서도, 이러한 상호 관계성을 감각적 경험을 통해 체득하는 과정을 우선 과제로 삼는다. 캐더가 생태학적인 전일적 사고를 인지하면서도 특수한 장소성을 중시하는 것은 그녀가 생물학적 속성을 사실 그대로 수용하기 때문이다. 그러므로 캐더의 생태의식이 생물학적 순환 속에 일어나는 생물체의 변화 과정과 깊이 연결되어 있다는 점에서 안토니아의 몸의 자아는 네브라스카의 대지의 생태를 충실하게 반영한다고 볼 수 있다. 안토니아의 몸의 자아의 견지에서 보면 네브라스카의 대지에 작용하고 있는 적자생존의 정글법칙도 어쩔 수 없는 생물권 변화의 한 과정이자 생태적 순환성과 연관된다. 이런 점에서 안토니아의 몸의 자아는 생태주의와 진화론이 함께 얽혀 있는 캐더의 생태의식을 합목적적으로 재현한다고 볼 수 있다.

■ Main Points in *My Ántonia*

1. I first heard of Ántonia on what seemed to me an interminable journey across the great midland plain of North America. I was ten years old then; I had lost both my father and mother within a year, and my Virginia relatives were sending me out to my grandparents, who lived in Nebraska. I travelled in the care of a mountain boy, Jake Marpole, one of the 'hands' on my father's old farm under the Blue Ridge, who was now going West to work for my grandfather. Jake's experience of the world was not much wider than mine. He had never been in a railway train until the morning when we set out together to try our fortunes in a new world. (9)

2. While my grandmother was busy about supper, I settled myself on the wooden bench behind the stove and got acquainted with the cat—he caught not only rats and mice, but gophers, I was told. The patch of yellow sunlight on the floor travelled back toward the stairway, and grandmother and I talked about my journey, and about the arrival of the new Bohemian family; she said they were to be our nearest neighbours. We did not talk about the farm in Virginia, which had been her home for so many years. But after the men came in from the fields, and we were all seated at the supper table, then she asked Jake about the old place and about our friends and neighbours there. (13)

3. There in the sheltered draw-bottom the wind did not blow very hard, but I could hear it singing humming tune up on the level, and I could see the

tall grasses wave. The earth was warm under me, and warm as I crumbled it through my fingers. Queer little red bugs came out and moved in slow squadrons around me. Their backs were polished vermilion, with black spots. I kept as still as I could. Nothing happened. I did not expect anything to happen. I was something that I lay under the sun and felt it, like the pumpkins, and I did not want to be anything more. I was entirely happy. Perhaps we feel like that when we die and became a part of something entire, whether it is sun and air, or goodness and knowledge. At any rate, that is happiness; to be dissolved into something complete and great. When it comes to one, it comes as naturally as sleep. (16-17)

4. I remember Ántonia's excitement when she came into our kitchen one afternoon and announced: "My papa find friends up north, with Russian mans." [. . .]

   I asked her if she meant the two Russians who lived up by the big dog-town. I had often been tempted to go to see them when I was riding in that direction, but one of them was a wild looking fellow and I was a little afraid of him. Russia seemed to me more remote than any other country—farther away than China, almost as far as the North Pole. Of all the strange, uprooted people among the first settlers, those two men were strangest and the most aloof. Their last names were unpronounceable, so they were called Pavel and Peter. They went about making signs to people, and until the Shimerdas came they had no friends. (24)

5. Much as I liked Ántonia, I hated a superior tone that she sometimes took with me. She was four years older than I, to be sure, and had seen more other world; but I was a boy and she was a girl, and I resented her protecting manner. Before the Autumn was over, she began to treat me more like an equal and to defer to me in other things than reading lessons. This change came about from an adventures we had together. (29)

6. We were examining a big hole with two entrances. The burrow sloped into the ground at a gentle angle, so that we could see where the two corridors united, and the floor was dusty from use, like a little highway over which much travel went. I was walking backward, in a crouching position, when I heard Ántonia scream. She was standing opposite me, pointing behind me and shouting something in Bohemian. I whirled round, and there, on one of those dry gravel beds, was the biggest snake I had ever seen. He was sunning himself, after the cold night, and he must have been asleep when Ántonia screamed. (30)

7. When I turned, he was lying in long loose waves, like a letter 'W.' He twitched and began to coil slowly. He was not merely a big snake, I thought—he was a circus monstrosity. His abominable muscularity, his loathsome, fluid motion, somehow made me sick. He was as thick as my leg, and looked as if millstones couldn't crush the disgusting vitality out of him. He lifted his hideous little head, and rattled. I didn't run because I didn't think of it—if my back had been against a stone wall I couldn't have felt more cornered. I saw his coils tighten—now he would spring,

spring his length, I remembered. I ran up and drove at his head with my spade, struck him fairly across the neck, and in a minute he was all about my feet in wavy loops. I struck now from hate. Ántonia, barefooted as she was, ran up behind me. Even after I had pounded his ugly head flat, his body kept on coiling and winding, doubling and falling back on itself. I walked away and turned my back. I felt seasick. (31)

8. On the morning of the twenty-second I wakened with a start. Before I opened my eyes, I seemed to know that something had happened. I heard excited voices in the kitchen—grandmother's was so shrill that I knew she must be almost beside herself. I looked forward to any new crisis with delight. What could it be, I wondered, as I hurried into my clothes. Perhaps the barn had burned; perhaps the cattle had frozen to death; perhaps a neighbor was lost in the storm. [. . .]

   Presently grandfather came in and spoke to me: "Jimmy, we will not have prayers this morning, because we have a great deal to do. Old Mr Shimerda is dead, and his family are in great distress. (55-56)

9. I knew it was homesickness that had killed Mr Shimerda, and I wondered whether his released spirit would not eventually find its way back to his own country. I thought of how far it was to Chicago, and then to Virginia, to Baltimore—and then the great wintry ocean. No, he would not at once set out upon that long journey. Surely, his exhausted spirit, so tired of cold and crowding and the struggle with the ever-falling snow, was resting now in this quiet house. (59)

10. When spring came, after that hard winter, one could not get enough of the nimble air. Every morning I wakened with a fresh consciousness that winter was over. There were none of the signs of spring for which I used to watch in Virginia, no budding woods or blooming gardens. There was only－spring itself; the throb of it, the light restlessness, the vital essence of it everywhere: in the sky, in the swift clouds, in the pale sunshine, and in the warm, high wind－rising suddenly, sinking suddenly, impulsive and playful like a big puppy that pawed you and then lay down to be patted. If I had been tossed down blindfold on that red prairie, I should have known that it was spring. (69)

11. When the sun was dropping low, Åntonia came up the big south draw with her team! How much older she had grown in eight months! She had come to us a child, and now she was a tall, strong young girl, although her fifteenth birthday had just slipped by. I ran out and met her as she brought her horses up to the windmill to water them. She wore the boots her father had so thoughtfully taken off before he shot himself, and his old fur cap. Her outgrown cotton dress switched about her calves, over the boot-tops. She kept her sleeves rolled up all day, and her arms and throat were burned as brown as a sailor's. Her neck came up strongly out of her shoulders, like the bole of a tree out of the turf. One sees that draught-horse neck among the peasant women in all old countries. (70)

12. "Oh, better I like to work out-of-doors than in a house!" She used to sing joyfully. "I not care that your grandmother say it makes me like a man. I like to be like a man." She would toss her head and ask me to feel the

muscles swell in her brown arm.

We were glad to have her in the house. She was so gay and responsive that one did not mind her heavy, running step, or her clattery way with pans. Grandmother was in high spirits during the weeks that Ántonia worked for us. (78)

13. I had been living with my grandfather for nearly three years when he decided to move to Black Hawk. He and grandmother were getting old for the heavy work of a farm, and as I was now thirteen they thought I ought to be going to school. Accordingly our homestead was rented to 'that good woman, the Widow Steavens,' and her bachelor brother, and we bought Preacher White's house, at the north end of Black Hawk. This was the first town house one passed driving in from the farm, a landmark which told country people their long ride was over. (81)

14. Grandmother often said that if she had to live in town, she thanked God she lived next the Harlings. They had been farming people, like ourselves, and their place was like a little farm, with a big barn and a garden, and an orchard and grazing lots—even a windmill. The Harlings were Norwegians, and Mrs Harling had lived in Christiana until she was ten years old. Her husband was born in Minnestoa. He was a grain merchant and cattle-buyer, and was generally considered the most enterprising business man in our county. He controlled a line of grain elevators in the little towns along the railroad to the west of us, and was away from home a great deal. In his absence his wife was the head of the household. (83)

15. Whenever we rode over in that direction we saw her out among her cattle, bareheaded and barefooted, scantily dressed in tattered clothing, always knitting as she watched her herd. Before I knew Lena, I thought of her as something wild, that always lived on the prairie, because I had never seen her under a roof. Her yellow hair was burned to a ruddy thatch on her head; but her legs and arms, curiously enough, in spite of constant exposure to the sun, kept a miraculous whiteness which somehow made her seem more undressed than other girls who scantily clad. The first time I stopped to talk to her, I was astonished at her soft voice and easy, gentle ways. The girls out there usually got rough and mannish after they went to herding. (92)

16. Winter comes down savagely over a little town on the prairie. The wind that sweeps in from the open country strips away all the leafy screens that hide one yard from another in summer, and the houses seem to draw closer together. The roofs, that looked so far away across the green tree-tops, now stare you in the face, and they are so much uglier than when their angles were softened by vines and shrubs.

In the morning, when I was fighting my way to school against the wind, I couldn't see anything but the road in front of me; but in the late afternoon, when I was coming home, the town looked bleak and desolate to me. The pale, cold light of the winter sunset did not beautify—it was like the light of truth itself. When the smoky clouds hung low in the west and the red sun went down behind them, leaving a pink flush on the snowy roofs and the blue drifts, then the wind sprang up afresh, with a kind of bitter song, as if it said: "This is reality, whether you like it or not. All those frivolities of summer, the light and shadow, the living mask of green that trembled over everything, they were lies, and this is what was underneath. This is the truth." It was as if we were being punished for loving the loveliness of summer. (96)

17. Winter lies too long in country towns; hangs on until it is stale and shabby, old and sullen. On the farm the weather was the great fact, and men's affairs went underneath it as the streams creep under the ice. But in Black Hawk the scene of human life was spread out shrunken and pinched, frozen down to the bare stalk. (100)

18. The dancing pavilion was put up near the Danish laundry, on a vacant lot surrounded by tall, arched cottonwood trees. It was very much like a merry-go-round tent, with open sides and gay flags flying from the poles. Before the week was over, all the ambitious mothers were sending their children to the afternoon dancing class. At three o'clock one met little girls in white dresses and little boys in the round-collared shirts of the time, hurrying along the sidewalk on their way to the tent. Mrs Vanni received them the entrance, always dressed in lavender with a great deal of black lace, her important watch-chain lying on her bosom. She wore her hair on the top of her head, built up in a black tower, with red coral combs. When she smiled, she showed two rows of strong, crooked yellow teeth. She taught the little children herself, and her husband, the harpist taught the older ones. (107)

19. There was a curious social situation in Black Hawk. All the young men felt the attraction of the fine, well-set-up country girls who had come to

town to earn a living, and, in nearly every case, to help the father struggle out of debt, or to make it possible for the younger children of the family to go to school.

Those girls had grown up in the first bitter-hard times, and had got little schooling themselves. But the younger brothers and sisters, for whom they made such sacrifices and who have had 'advantages,' never seem to me, when I meet them now, half as interesting or as well educated. The older girls, who helped to break up the wild sod, learned so much from life, from poverty, from their mothers and grandmothers; they had all, like Ántonia, been early awakened and made observant by coming at a tender age from an old country to a new. (109)

20. It was at the Vannis' tent that Ántonia was discovered. Hitherto she had been looked upon more as a ward of the Harlings than as one of the 'hired girls.' She had lived in their house and yard and garden; her thoughts never seemed to stray outside that little kingdom. But after the tent came to town she began to go about with Tiny and Lena and their friends. The Vannis often said that Ántonia was the best dancer of them all. I sometimes heard murmurs in the crowd outside the pavilion that Mrs Harling would soon have her hands full with that girl. The young men began to joke with each other about 'the Harlings' Tony' as they did about 'the Marshalls' Anna' or 'the Gardeners' Tiny.' (112)

21. Ántonia's success at the tent had its consequences. The iceman lingered too long now, when he came into the covered porch to fill the refrigerator. The delivery boys hung about the kitchen when they brought

the groceries. Young farmers who were in town for Saturday came tramping through the yard to the back door to engage dances, or to invite Tony to parties and picnics. Lena and Norwegian Anna dropped in to help her with her work, so that she could get away early. The boys who brought her home after the dances sometimes laughed at the back gate and wakened Mr Harling from his first sleep. A crisis was inevitable. (113)

22. In those days there were many serious young men among the students who had come up to the university from the farms and the little towns scattered over the thinly settled state. Some of those boys came straight from the cornfields with only a summer's wages in their pockets, hung on through the four years, shabby and underfed, and completed the course by really heroic self-sacrifice. Our instructors were oddly assorted; wandering pioneer school-teachers, stranded ministers of the Gospel, a few enthusiastic young men just out of graduate schools. There was an atmosphere of endeavour, of expectancy and bright hopefulness about the young college that had lifted its head from the prairie only a few years before. (139)

23. We turned to leave the cave; Ántonia and I went up the stairs first, and the children waited. We were standing outside talking, when they all came running up the steps together, big and little, tow heads and gold heads and brown, and flashing little naked legs; veritable explosion of life out of the dark cave into the sunlight. It made me dizzy for a moment. [. . .]

As we walked through the apple orchard, grown up in tall blue-grass, Åntonia kept stopping to tell me about one tree and another. I love them as if they were people, she said, rubbing her hand over the bark. There wasn't a tree here when we first came. We planted everyone, and used to carry water for them, too—after we'd been working in the fields all day. Anton, he was a city man, and he used to get discouraged. But I couldn't feel so tired that I wouldn't fret about these trees when there was a dry time. They were on my mind like children. Many a night after he was asleep I've got up and come out and carried water to the poor things. (179-80)

24. Åntonia had always been one to leave images in the mind that did not fade—that grew stronger with time. In my memory there was a succession of such pictures, fixed there like the old woodcuts of one's first primer; [. . .] She lent herself immemorial human attitudes which we recognize by instinct as universal and true. I had not been mistaken. She was a battered woman now, not a lovely girl; but she still had that something which fires the imagination, could still stop one's breath for a moment by a look or gesture that somehow revealed the meaning in common things. She had only to stand in the orchard, to put her hand on a little crab tree and look up at the apples, to make you feel the goodness of planting and tending and harvesting at last. All the strong things of her heart came out in her body, that had been so tireless in serving generous emotions.

It was no wonder that her sons stood tall and straight. She was a rich mine of life, like the founders of early races. (186)

25. I had the sense of coming home to myself, and of having found out what a little circle man's experience is. For Ántonia and for me, this had been the road of Destiny; had taken us to those early accidents of fortune which predetermined for us all that we can ever be. Now I understand that the same road was to bring us together again. Whatever we had missed, we possessed together the precious, the incommunicable past. (196)

4

후기산업사회 속에서 환상과 실재를 혼동하는 에디파

오늘날 후기산업사회를 움직이고 있는 다국적 카르텔은 퓨리터니즘과 서구 제국주의의 연속선상에서 살펴볼 수 있다. 퓨리터니즘이 제국주의로 이행되는 과정은 경제적인 측면에서 출발한다고 볼 수 있는데, 근대자본주의 정신이 퓨리터니즘에서 연유한다고 보았음은 베버의 「청교도윤리와 자본주의 정신」에 잘 나타나고 있다. 그는 이러한 요소가 가장 전형적으로 구현된 곳이 미국을 포함한 서구제국주의라고 보았다. 16, 17세기 유럽제국과 신대륙에서는 구시대의 봉건적 농본주의가 붕괴되고 근대적 중상주의가 새로운 경제체제로 정착되었는데, 이 과정에 퓨리터니즘의 근면과 극기의 정신주의에 내포된 물질 지향주의가 자본주의의 경제활동에 대한 촉매 역할을 하였다. 이렇게 하여 태동된 자본주의 체제는 19세기 중엽 산업혁명을 계기로 가속화되어 인간을 억압하는 체제로 나아갔다. 퓨리턴 사회가 양분한 선택된 집단과 탈락된 집단이 근대 자본주의의 정착 과정에서 각각 착취 계층과 피착취 계층으로 그 맥이 이어진 것이다. 그 후 근대 선진자본주의 국가들은 20세기를 기점으로 군사력을 앞세워 그들의 지배범위를 넓히고 영토를 확장하는 제국주의 정책을 펼쳤다고 할 수 있다. 그러나 2차 세계대전을 정점으로 후기산업사회 속에서 제국주의자들은 경제와 문화논리로 재무장하여 국가의 경계나 이념의 벽을 넘어 세계 전역에 그들의 의도를 관철하고 있다.

핀천은 이러한 제국주의자들의 지배욕을 서구합리주의자들의 기계론적 세계관에서 찾으며, 이 같은 세계관에 바탕을 둔 제국주의의 지배논리가 현대의 엔트로피적 혼돈의 위기를 낳는다는 입장을 견지하고 있다. 이 혼돈의 위기는 제국주의자들이 인간을 포함한 생물권 전체를 수학법칙에 적용되는 기계처럼 통제하고 자신들의 지배체제 반대편에 서 있는 타자들을 모두 주변화시키고 배제시킨 결과라는 것이다. 로저 헨클은 그의 핀천론에서 "식민주의가 현재 세계의 정신적인 질병의 주원인이다"[1])고 말하고 있거니와, 핀천은 제국주의자들의 비인간적 행위가 사회에 미치는 폐단에 대해 단순한 지적 차원을 넘어 강하게 항의하고 있다.

핀천은 단편 『장미 아래에서』를 시작으로 『브이』, 『49호 품목의 경매』, 『중력의 무지개』에서 제국주의의 비인간적 실상을 지적하고 비판하는 과정에서 그들의 지배체제가 조종하는 인과론적 연속성과 배후의 연계성을 집중적으로 추적한다.[2]) 『장미 아래에서』와 『브이』는 20세기 전반기의 제국주의의 정치적이고 군사적인 지배속성을 다룬다면, 『49호 품목의 경매』와 『중력의 무지개』는 다국적 카르텔을 통한 제국주의자들의 경제적이고 문화적인 지배논리를 취급한다. 『49호 품목의 경매』는 『중력의 무지개』보

---

1) Roger B. Henkle, "Pynchon's Tapestries on the Western Wall," *Pynchon: A Collection of Critical Essays*, p. 98.
2) Thomas H. Schaub, *Pynchon: The Voice of Ambiguity*(Urbana: U of Illinois P, 1981), pp. 78-79.

다 먼저 발표되었지만, 『49호 품목의 경매』의 다국적 카르텔의 활동영역은 『중력의 무지개』의 1940년대 초반 다국적 기업의 활동보다 20년 정도 후인 1960년대의 복잡한 사회정세를 담고 있다. 따라서 『49호 품목의 경매』가 훨씬 복합적인 후기상업주의의 양상을 다단계적으로 반영한다. 1940년대의 정치, 사회, 경제구조의 복잡한 상황 하에서 은밀한 활동모습을 보이는 아이지 화벤을 위시하여 지멘스, 쉘 등의 다국적 기업들은 '그들'이라는 지배체제의 의미체계 구축을 노골화하였지만, 이러한 다국적 카르텔의 시장독점주의 논리가 『49호 품목의 경매』에서는 이미 사회전반에 깊숙이 침투하여 현대인들의 의식을 마비시키고 있다.

제국주의자들은 2차 세계대전을 끝으로 표면적으로는 그들의 식민지를 떠났지만, 실제로는 시장과 문화의 지배자로서 식민지를 변함없이 통치하고 있다. 핀천의 관점은 앞서 설명한 대로, 지금의 제국주의는 주변식민지들이 소유하고 있는 영토를 강점하여 그들의 삶을 조종하던 과거의 직접적인 지배형태를 포기하고 있지만, 그들의 통제 논리는 정치, 경제, 사회, 문화적으로 과거의 그 자리에 여전히 남아 있다는 것이다.[3] 이 말은 식민주의와 식민지인이라는 예전의 단순한 구분이 지배와 종속에서 상호공존으로 바뀌고 있지만 그 근본적인 태도와 시각은 변하지 않고 있다는 뜻이다.

다국적 카르텔들은 가시적인 것 배후에 다른 질서를 추구하는 양면적인 특성을 보이는데, 이러한 예는 후기상업주의가 가장 번창한 캘리포니아의 중심 도시 샌나르시소의 이중적인 모습을 통해 알 수 있다. 이 도시는 특별 목적의 채권 발행지역, 쇼핑 중심지, 고속도로로 통하는 수많은 길 등을 통해 모두 하나같이 질서 정연하다는 인상을 준다. 그러면서도 이곳은 무질서하고, 화려하면서도 배후에 비밀조직 활동을 벌이고 있다는 느낌을 준다. 이 도시는 자본주의 사회의 다변적 기능화에서 비롯되는 복잡하고 다

---

3) Michael W. Doyle, *Empires*(Ithaca: Cornell UP, 1986), p. 45.

양한 변화들과 하부단계의 비밀활동이 가장 활발한 지역이므로 후기산업사회를 반영하는 대표적인 지역이 되고 있다. 이 도시를 지켜보는 에디파가 '트렌지스터 라디오의 배선회로', '상형문자', '지평선 위에 가득 찬 스모그' 등 묘한 계시적인 문구를 떠올리는 데에서 다국적 카르텔이 주도하는 후기 상업주의의 양면성이 암시된다. 이 도시에 자리 잡고 있는 집들과 거리들은 외관상으로는 질서정연한 듯하지만 어떤 숨겨진 복잡한 의미를 전달하려는 강한 의지가 내포되어 있는 것 같기 때문이다. 당시 포스트모던 상황이 맹아 단계였던 캘리포니아는 전통과 모던, 보수와 진보, 우익과 좌익 사이의 거듭된 긴장이 조성되고 있었는데,4) 이 도시의 보수주의자들이 주축이 된 통치자 집단들은 표면적으로는 소비의 메카인 이 지역의 쇼핑광장으로 이곳 사람들을 안내하지만, 그 이면에서는 자본과 결탁하여 초국가적 카르텔을 창설하여 자유주의적 변화의 물결에 강력히 대응하는 움직임을 보였다.

그 단적인 예로 샌나르시소에 중심 본부를 두고 있는 요요다인 우주항공회사는 샌나르시소의 전경처럼 첨단기술을 뽐내면서 그 무엇을 감추는 듯한 묘한 분위기를 풍기겨, 현란하고 화려한 표면과 은밀하게 조직화된 이면의 배후를 이중적으로 드러낸다. 이 회사는 소속원들의 발명특허권까지 빼앗고 개개인의 창의성과 다양성을 침해하는 후기산업사회의 대표적인 다국적 기업이다. "한 개인의 성장과정 중 어린 시절에는 학교에서 발명가의 신화를 세뇌당하고, 성인이 되어서는 자신의 권리를 요요다인 회사같은 악마에게 넘김으로써 정체성을 상실하게 된다"는 마이크 펄로피언의 언급에서처럼 요요다인 항공회사는 조직화를 통해 개개인의 특수한 영혼을 몰개성화하고 획일화시킨다. 이 회사에서 면직당한 한 간부사원은 어릴 적부터 성인이 되기까지 사장 아니면 죽음이라는 극단적인 사고를 하고 자라면서

---

4) Morris Dickstein, *Gates of Eden: American Culture in the Sixties*(New York: Basic Books, 1977), p. 97.

는 승진을 위해 피나는 노력을 했다. 그런데 그는 그 회사의 다른 전문직 간부에 의해 해임되고 자신의 업무는 'IBM 7094'라는 기계로 대치되어 버린다. 심지어 그가 실직을 당한 후 3주간의 고민 끝에 자살을 결행하려 할 때, 그 회사의 전문직 간부는 "3주간 걸린 당신의 자살 결심의 경우 IBM 7094는 백만분의 12초 정도 걸릴 텐데 당신의 실직은 당연하군요"라고 말한다. 이는 요요다인 항공회사가 주도하는 후기산업사회의 비인간적 속성이 어느 정도인지 가늠할 수 있는 말이라고 하겠다.

　　이 회사의 통제체제는 중심부 속에 은밀히 숨어 그 모습을 드러내지 않는 가운데 팀워크란 미명하에 그들의 관리대상자들을 획일화시키고 균일화시켜, 창조적이고 개성적인 가치체계를 무너뜨리고 있다. 이런 까닭에 이 회사 소속원들은 패턴화된 조직생활 속에서 서로 간의 커뮤니케이션이 단절되고 자신의 개성을 발휘하지 못한 채 하나같이 동질화된 모습을 보인다. 요요다인 회사 소속원의 동질화는 '캘리포니아 쇼핑센터'로 대표되는 다국적 카르텔이 현란한 소비체제와 'TV', '라디오' 등 대중매체 속에 깊숙이 침투하여 등장인물들의 환상을 조장하고 내적인 분열을 가속화시키는 데서 비롯된다.[5] 터퍼웨어 파티에서 막 돌아온 미국의 중산층 가정주부 에디파가 삶의 공허감에 시달리고, 그녀의 남편 무초가 중고 자동차 판매상의 근무경험을 역겨워하면서 디스크자키로 일하는 과정에서 LSD를 상용하여 환각상태에서 비정상적인 활동을 하는 데에는 이들도 모르게 다국적 카르텔이 조성하는 거짓된 꿈의 기호가 캘리포니아 전역의 표면문화에 스며들어 경쟁심을 조장하기 때문이다.[6]

---

5) Joseph Hendin, *Vulnerable People: A View of American Fiction Since 1945*(New York: Oxford UP, 1978), p. 21. Daniel Hoffman, ed. *Harvard Guide to Contemporary American Writing*(Cambridge: The Relknap Press of Harvard UP, 1979), pp. 39-41. 핀천에게 있어서 기술 문명에 의한 통신 매체들의 발달은 전 세계적인 상호 이해와 조화를 약속해 주는 긍정적인 것이 아니라, 오히려 그것에 접하는 인간들을 획일화시키는 부정적인 측면이 강하다.

6) Mark Conroy, "The American Way and Its Double in *The Crying of Lot 49*," *Pynchon Notes*

이들 인물은 경쟁대열에서 자신도 모르게 소비욕망에 흠뻑 젖어 의식의 마비현상을 겪고 자기주체의 상실을 겪는 분열증 증세를 보이게 된다. 마크 콘로이는 장 보드리야르의 견해를 언급하면서 이들 인물들의 끊임없는 소비욕망의 추구는 캘리포니아의 쇼핑센터에 의해 관리되고 유통되는 거짓된 가치와 코드부호들이 에디파를 포함한 각 개인의 삶의 영역을 규격화시키는 데서 비롯된다는 견해를 밝히고 있다.7) 그의 입장에 따르면 소비자가 상품 자체 못지않게 상품 기호의 구매에 관심을 갖는 것은 상품구매를 통해 자신의 존재와 위신과 명예를 과시하려는 욕구가 숨어 있다고 하겠다. 이 경우, 상품은 소유자의 구매욕구 뿐만 아니라 그의 사회적 계급욕구의 충족을 대변하므로 상품 자체로서의 의미보다는 사회적 계급의 기호로 전이된 것이다.

다국적 카르텔은 자본의 논리를 앞세워 대중들의 기호상품을 통제하는 관리세계를 형성하는데, 관리세계에서 구매자들은 스스로 결정할 수 있는 자유로운 선택이 보장되지만, 그 선택은 구매자들의 욕구를 자극하는 기호로 규격화된다. 결과적으로 구매자들은 상품 자체보다는 관리자들이 선정하는 상품의 기호를 구매하고 있는 셈이다. 보드리야르는 소비자들에 의해 구매되는 소비상품 대상들은 이들이 쓰이는 기능 측면에서 보다는 사회적 위상의 의미에서 소비되고 있음을 강조한다.8)

소비 자체가 상품 구매자의 욕구뿐만 아니라 구매자의 존재와 사회계급을 대리만족 시켜주며, 그 결과 기호의 구매를 통한 상품 소비행위가 사회적 위상으로 전이되는 현상이 일어나고 그 과정에서 계급상승의 욕구

24-25 (Spring-Fall, 1989), p. 49.

7) *Ibid.*, pp. 45-46.

8) Jean Baudrillard, *For a Critique of Political Economy of the Signs*, trans. Charles Levin(St. Louis: Telos, 1981), pp. 55-56. Mark Conroy, "The American Way and Its Double in *The Crying of Lot 49*"에서 재인용.

충족이 이루어지는 것이다.9) 다국적 카르텔은 상품의 관리체제의 통제자인 기업이 만들어낸 스타일들을 패션쇼와 광고 등을 통해 전시하게 되면 미디어는 소비자들에게 가상의 환상을 부추기는 소유와 비소유, 즉 만족과 소외라는 이원화된 분리정책을 펼치는 것이다. 바로 이점은 미디어가 소비자들에게 사전에 위조된 가상의 환상을 제시하여 소비패턴을 규격화할 때 얼마든지 가능한 일이므로 미디어의 상품의 구매촉구는 상당한 사회문제를 야기할 수 있는 위험성을 안고 있는 것이다.

소비자들의 환상적인 계급욕구 속에 다국적 카르텔의 시장독점주의가 의도하는 전략이 숨어있다. 소비 관리자들은 소비의 중심에서 소비 수행자들의 활기찬 교환 그 자체보다는 그들이 환각적인 퇴폐로 흐르도록 조종하는 까닭에 현란하고 화려한 쇼핑센터로 대변되는, 일견 번영하는 것처럼 보이는 산업주의적 소비문화가 에디파를 포함한 미국의 중산층 가정주부들의 생활전체를 사로잡고서 그들을 퇴폐로 인도하고 있다.10) 이들 소비자들은 상품구매 선전과 일부 구매자들이 규정하는 거짓된 꿈의 기호에 현혹되어 그 기호를 소유하지 못하는 경우 소외감에 시달리기에 그들은 끝없는 퇴폐화된 소비의 광장으로 빠져들 수밖에 없다.

자본주의의 상업주의적 소비문화가 제공하는 대리만족과 욕구충족, 이들이 강요하는 추상적이고 동질화된 생활 사이에서 에디파는 내적 갈등을 겪지만 그녀는 스스로 그 갈등으로부터 벗어날 수 있는 분별력을 지니고 있다. 다행히도 그녀는 소비문화에 내재된 공상적인 기호에 한편으로는 만족하면서도, 다른 한편으로 심한 공허감과 악몽에 시달린다. 그녀는 스스로 분류기능을 가졌고, 인버라리티의 유산집행 문제가 그녀의 생활에 갑자기 개입한 까닭에 지루한 일상생활 속에 삶의 활력과 의욕을 불어넣어 엔

---

9) Mark Conroy, "The American Way and Its Double in *The Crying of Lot 49*," p. 46.
10) *Ibid.*, p. 48.

트로피적 혼란 상태를 어느 정도 극복할 수 있었다. 환상적인 소비생활 속에 현실적인 고민이 개입되고 다국적 언어의 주인공이자 캘리포니아 부동산 재벌기업인 인버라리티의 목소리가 그녀의 의식의 경계지점에 맴돌기 시작하면서부터 그녀는 현혹적인 소비행위 자체를 즐기는 가운데서도 그 이면의 소비관리체계의 은밀한 움직임들을 감지하므로 자아분열증적 위기를 모면할 수 있다. 그녀의 경우 소비문화가 조성하는 엔트로피적 혼란 세계에서 맥스웰수호정령을 만난 셈이다.

그러나 에디파의 남편 무초는 소비체계의 은밀한 관리조직이 조성하는 거짓된 환상의 기호에 극심한 의식의 마비현상을 겪을 뿐, 맥스웰수호정령을 만나지 못한다. 자아분열증을 일으키게 만드는 이들의 거짓된 꿈의 기호는 무초가 소비체제의 은밀한 관리조직이 주도하는 중고차의 끊임없는 교환행위에 의해 심한 우울증을 겪게 만들면서 또 다른 거짓된 꿈을 계속 추구하도록 환상을 조성하기 때문이다. 콘로이는 무초에게 자동차는 시간과 공간 속에 펼쳐지는 환상적 투사물의 대상일 뿐만 아니라 자신의 정체성을 자극하는 수단이라고 설명한다.[11]

5년 전 중고차 판매원이었던 무초에게 있어서 그의 환상의 집착은 절망적인 상황을 경험한 후부터 더욱 가속화되었다. 그의 환상은 절망의 샐러드처럼 회색빛 재와 농축된 배기가스, 먼지와 더러운 때로 똑같이 칠해져 있는 이 중고차 판매장 속에서 동질성 이외에 어떤 가치도 찾을 수 없다. 흑인, 멕시코인, 백인들이 일주일 내내 행렬을 지어 자신들의 차를 더 나은 차와 교환하는 모습에서 그는 끊임없는 근친상간의 행위이외의 광경을 떠올릴 수 없다. 이것이 그의 환상을 가속화시키는 가운데, 무초는 중고차 판매장의 공포로부터 벗어나 라디오 방송의 디스크자키라는 직업을 통해 자신을 보호해 주는 완충역할을 기대한다.

---

11) *Ibid.*, p. 49.

그러나 무초의 디스크자키 직장도 십대들의 환상적인 꿈처럼 거짓된 기호에 불과할 뿐 그의 진정한 자아를 채워주지 못하므로 그의 편집증적 환상은 완화되지 않는다. 폭력이나 유혈 충돌도 없이 헌 물건을 새 물건과 교환하는 끝없는 트레이드인의 의식, 즉 교환행위가 너무나 그럴듯해서 예민한 무초는 견디기 힘들었던 것이다. 그가 아무리 이 일에 면역되었다 하여도 각 차의 주인들, 또는 각 차의 그림자들이 고장 난 부분만을 바꾸어 가려고 하는 것은 수긍할 수 없다. 그는 이것이 다른 사람들의 미래와 인생과는 상관없이 이익만을 추구하는 행위와 흡사하다고 느끼기 때문이다.

그는 방송을 통해 십대들의 거짓기호와 그들의 꿈에 동참하는 기분을 느끼지만 사실은 자신의 직업에 양심의 위기를 느끼는 상태에 있으므로 그에게는 매일 매일이 또 하나의 패배인 셈이다. 디스크자키라는 현재의 직장이 그의 내적 분열현상을 치료하기보다는 오히려 더욱 가속화시키는 것이다. 에디파의 고문 변호사 로즈만이 빠져 있는 TV도 무초의 음악처럼 헛된 꿈을 심어 주지만 이룰 수 없는 거짓된 꿈의 기호임에도 그는 그 실상을 인식하지 못하고 있다. 로즈만의 경우 강한 정신분열 증세를 보이면서 TV와 실제생활을 구별하지 못한 채 TV 쇼프로에 시리즈로 방영되고 있는 유명한 변호사 페리 메이슨에게 지나친 경쟁의식을 느끼고 있다. 그는 페리 메이슨처럼 성공적인 변호사가 되고 싶었으나 그것이 불가능했으므로 그를 마음속으로 파멸시키기를 원했다. 그러므로 TV는 로즈만의 환상적인 꿈을 자극하는 매체는 되지만 아이러니컬하게도 그것은 그의 현실생활을 불행하게 만드는 원인으로 작용하고 있는 것이다.

에디파의 정신과 의사 힐라리어스는 환상에 대한 집착이 너무 강렬해서 LSD 이외에 어느 것에도 만족감을 얻지 못하고 있다. 그는 과거 나치 연류경험으로 인해 비정상적인 정신분열 현상을 보이는 정신과 의사인데, 동네 병원으로부터 얻은 '다리'라는 프로젝트 사업의 실험을 위해 가정주부들을 활용해오던 그가 환상과 실제생활을 구분하지 못한 채, 에디파에게 환상을 간직하고 그것을 수용하라고 주문할 정도이다.

이처럼 힐라리어스, 로즈만, 그리고 무초 등이 포장되고 전도된 가치체계나 거짓된 기호만을 탐닉하고 있는 상태에서 이들은 LSD와 TV, 라디오를 통해 자신들의 삶의 이상을 찾지만 이들의 실제 삶은 이들 대중매체의 흉내나 모방에 불과하다. 이들이 다른 타자들과의 상호관계성 속에서 자아실현을 하는 대신 조금씩 자신들의 내적 자아의 상실감과 박탈감을 겪는 까닭은 이들이 대중매체의 도식적이고 통제적인 힘을 의식하지 못하고 맹목적으로 마비적 심취에 빠져들기 때문이다.

이 같은 제국주의의 비정한 소비지상주의에 의해 통제되는 무초, 힐라리어스, 로즈만이 자아분열증 후에 직면하는 미래의 종말적인 모습은 『브이』의 베니 프로페인의 악어 소탕에서 은유적으로 드러난다. 뉴욕 하수구의 악어들은 후기산업주의의 배제되고 소외된 타자의 전형을 대변하는 메타포로서, 이들은 아이들이 장난감으로 사용하다 하수구에 버린 아기악어들이다. 하지만 이들은 그곳 하수구에서 자신들의 꿈을 포기하지 않고 자신들의 위치가 복원되기를 기다리면서 자라온다. 유물론적 이데올로기의 시각에서 볼 때 무초, 힐라리어스, 그리고 로즈만 등은 주체에 의해 구매되고 사용된 후 용도 폐기되는 상품의 전형적인 상징이다.[12] 성인이 된 악어들은 주체의 용도 폐기 과정에서 생존하지만 파괴와 고립의 위협에 시달리다 죽음을 맞이하게 된다. 여기에 제도화된 조직의 파괴 패턴이 스며있다.[13]

악어들은 『중력의 무지개』에서 제국주의 정복자들에 의해 그들의 원거주지로부터 쫓겨나 상업적 활용을 위해 이 도시, 저 도시로 이끌려 다니는 킹콩과 유사하다. 악어들이 이용가치가 소모될 때까지 아이들 놀이의 장

---

12) Douglas Keesey, "Nature and Supernatural: Pynchon's Ecological Ghost Stories," *Pynchon Notes* 18-19(Spring-Fall, 1986), p. 92.
13) *Ibid.*, p. 92.

난감이 되는 경우처럼, 킹콩이 지닌 상품으로서의 호소력인 국적인 이미지가 제국주의자들에 의해 본래의 가치를 상실할 때까지 상업적으로 활용된다. 이들 악어와 킹콩은 언제든지 대체 가능한 타자들이다.14) 이들 타자들은 현혹적인 차이가 지루한 동질성으로 변질될 때까지 이용될 뿐이다. 어린 아이들과 사업가들이 아기악어와 킹콩을 싫증날 정도까지 활용한 후 모두 버리듯 주변화된 타자들은 제국주의 지배자들에 의해 식민지화되고 후에는 소비자본주의에 의해 구매되어 사용되다 용도 폐기되는 경로를 거친다. 여기에서 비정한 소비지상주의가 제국주의 대외정책이 만드는 내부적 이해관계의 수단과 밀접히 연관되어 있음을 볼 수 있다.

베니 프로페인은 이런 제도화된 용도폐기의 패턴을 읽지 못한다. 그는 다른 타자를 억압하는 주체로 착각한 나머지 자신의 위상만 고려하고, 자기이외의 타자의 입장을 고려하지 않는다. 하지만 베니 프로페인의 입장에서 보면 자신의 삶의 활동 영역보다 더 큰 구조와 제도의 일원으로서 부여된 책임을 수행하지 않으면, 자신도 미래에 파괴의 위험에 직면하기 때문에 생존하기 위해 어쩔 수 없이 이용될 수밖에 없기도 하다. 베니 프로페인 자신도 후기산업사회의 복잡한 사회구조에 의해서 희생되고 소외된 타자이나, 그의 인식 체계로서는 제도화된 패턴을 의식하는 데 근본적인 어려움을 겪고 있는 것이다. 프로페인이 악어들의 메시지를 이해하지 못한 원인은 타자에 대한 본능적 애정의 결핍보다는 획일적인 이분법에 의해 마비된 그의 의식에 있다.15) 그가 악어들의 추격 작업 때 악어들이 내뿜는 빛이 암시하는 경고의 의미를 사고하기 이전에 주체와 타자라는 기존의 이데올로기적 사고구조에 의해 편의대로 해석해 버리기 때문이다. 결국 베니 프로페인이 기존의 가치체계로 악어들의 몸짓을 잘못 해석하고 악어들을 소탕하는 행

---

14) *Ibid.*, pp. 92-93.
15) *Ibid.*, p. 93.

위는 뉴욕사회에 묵시록적인 엔트로피를 조장시키는 계기가 된다 하겠다.

이처럼 후기상업주의는 핀천의 인물들을 새로운 시장으로 데려가는 역할을 담당하지만 중심부까지 인도하지는 않는다. 다원주의라는 후기상업 자본주의 시장이 탈이데올로기적 전략에 의해 그동안 구분되었던 중심과 주변의 병존과 공존을 유도하며 유토피아적 순간을 연출하려고 시도하지만, 결코 자신들의 근본적인 의도와 속셈을 노출하지 않으므로 끝내 그들은 합의점을 찾지 못한다. 그들은 표면적인 제휴와 공존의 태도 이면에 엄청난 인과론적인 통제와 억압의 저의를 숨기고 자신들의 통제를 관철하려는 편집증에 사로잡혀 있다. 이런 까닭에 핀천의 인물들은 캘리포니아의 쇼핑센터와 요요다인 우주공학회사 같은 카르텔 기업의 자본과 권력이 서로 결탁하는 장면을 보지 못하고 그들이 조성하는 현란하면서도 화려한 소비광장과 소비행위만을 보고서 자신들 스스로 의식의 분열현상을 겪으며 자기도 모르게 소비의 현장 속으로 자꾸만 끌려 들어간다.

이들 다국적 카르텔은 그 기업 소속원들과 소비자들을 통어하면서 모두를 트리스테로 회원으로 동참하도록 종용하고 무초, 힐라리어스, 로즈만 등 핀천 인물 대다수는 트리스테로가 은밀히 조성하는 동질화의 함정에 빠져 제각기 의식의 마비현상을 겪고 일부는 정신분열증까지 앓게 된다. 가령 무초가 그녀의 아내 에디파에게 보내는 편지에 새겨진 "모든 음란한 우편물은 '체우국장'으로 보내시오"의 글귀로 '우체국장'postmaster이 '체우국장'potsmaster으로 표기된 암호를 통해 서로 교신하면서 트리스테로 회원에 동참해 보지만 이들은 캘리포니아 외곽 주변만 맴돌 뿐 깊숙한 중심부까지는 결코 이르지 못한다.

트리스테로가 주도하는 캘리포니아의 현란한 쇼핑센터와, 질서정연하고 효율적으로 운영되는 듯한 요요다인 회사는 의식의 마비 증세를 겪고 있는 무초, 힐라리어스, 로즈만 등을 『브이』의 베니 프로페인이 뉴욕 하수구의 악어들을 무참히 소탕하듯, 조금씩 조금씩 동질성이라는 균일화된 의식의 테두리 속에 가두고서 보이지 않는 힘을 행사하여 용도 폐기하고 있다. 무쵸, 힐라리어스, 로즈만 등 트리스테로 회원들은 자신들의 정체성을 주장하는 동시에 아이러니컬하게도 거부당하는 역설적 상황에 직면한다. 트리스테로는 현재의 요요다인 우주공학회사와 캘리포니아 쇼핑센터의 표면 활동, 피터 핀퀴드 협회의 이면의 활동영역들 전부를 포괄하고 종합하는 메타포로서, 한편으로는 통제와 질서의 의미체계를 지니지만 다른 한편으로는 혼란과 죽음의 의미를 지닌 역설적 상황을 조성한다. 그 배후세력을 알지 못하는 트리스테로 회원들은 라디오, TV, LSD 등을 상대로 삶의 의미를 찾으려고 애쓰지만, 애를 쓸수록 그들은 의미 없는 엔트로피적 혼란의 미로 속으로 빠져들 뿐이다. 트리스테로의 핵심세력이 언제나 이 혼돈의 미로 깊숙한 중심부에 개입하여 그들의 삶에 대한 강렬한 의지를 거짓된 꿈으로 대체시켜 동질화된 슐레미일적 인간으로 만들기 때문이다.

이처럼 자본과 기술이 권력과 결탁하는 후기산업사회 속에서 살아가는 개개인은 내심 자기들 스스로 가부장제, 권위주의, 엘리트주의 등 제국주의 속성들을 전복해야 할 제1차적인 대상으로 삼고 있지만 이들은 제국주의적 속성으로부터 실천적이고 행동적인 해방을 이루지 못하고 심리적인 해방만을 추구하게 되므로, 자신들의 사회적 소외만 가속화시키는 결과를 초래한다. 이들의 사회적 소외는 이들의 좌절된 욕망과 상호 충돌하는 과정에서 이들의 자아가 균열되고 분열양상을 띠면서 이질화되고 파편화되는 정서로 나아간다. 종전의 서구제국주의의 군사, 정치적 지배 하에서는 개별적인 주체가 자신들이 몸담은 닫힌 환경과의 싸움 후에도 밀폐된 공간 속에서 다른 모든 것과 절연된 채 개체의 답답한 고독으로 빠져들었지만, 그나름의 자립적인 영역을 갖고 있었다. 하지만 후기상업주의 시대의 인물 개개인은 이전의 주체중심의 아노미로부터 심리적 해방은 이루지만 이제는 주체로서의 감정을 느낄 자아를 더 이상 갖지 못하고 있다.

프레드릭 제임슨이 '새로운 정조'의 등장을 이 시대의 대표적인 특징 중 하나로 지적하듯16) 후기산업사회 속에서 살아가는 개개인은 스스로 테크노피아의 시대에 살고 있다는 환상에 집착하는 과정에서, 자유롭게 떠다니는 전혀 비개인적인 감정 같은 특정한 종류의 정조를 가진다. 이 파편화된 정서는 고도로 발전한 산업사회 속에서 사회구성원들이 전체로서의 사회에 대한 조망을 박탈당한 채 맞는 정체성의 위기에서 비롯되고 있다. 결국 제국주의의 지배논리가 세계를 극도의 파편화 상태인 엔트로피적 혼돈의 세계로 몰아넣고 있는 것이다.

---

16) Frederic Jameson, "Postmodernism or The Cultural Logic of Late Capitalism," *New Left Review* 146 (July-August, 1984), p. 58. 이 정서는 모더니즘의 정서의 퇴조를 의미하는 가운데 자아중심의 심리의 종말을 뜻한다.

5

탈산업주의를 선언하는 러드주의자들

　　자연환경에 대해 남다른 관심을 지니고 있는 토마스 핀천은 강한 기계거부자로 알려져 있다. 기계거부에 대한 그의 입장은 영국 산업혁명 무렵에 일어났던 '러다이트' 운동에 대한 열렬한 관심에서 드러나며, 이는 그가 1984년 「뉴욕 타임즈」의 "북 리뷰"에서 분명히 밝힌 기계거부의 탈산업주의 태도를 통해 재확인되고 있다. 영국 산업혁명 당시 귀리와 감자로 연명하던 직공들이 증기기관의 도입으로 실직을 우려해 벌인 기계파괴행위는 가담자들이 극형으로 다스려진 후 마무리되었지만, 러다이트 운동에는 단순한 기계거부에서 최근에 기계화와 자동화에 반대하는 운동이었다는 의미가 덧붙여져 반산업화 운동의 시조로 통하고 있다.

　　러드류의 인물들은 산업화에 의해 타락되어 이질화를 겪는 대표적인 언더그라운드 인물들로서, 그들은 지배문화가 구축하는 기계주의에 모두 반발한다. 뉴먼은 핀천의 인물들이 산업화의 피해자들이거나 희생자들이라는 측면에서 러드주의를 잘 반영하는 인물들이라고 말하는데, 이들이 기계문화의 획일성과 편협성의 대표적인 희생자들임에는 틀림없다.[1] 러드주의의 맥락에서 핀천의 인물들의 정신분열증 진단은 그의 소설에 등장하는 인물 개개인이 비인간적이고 맹목적인 기계문명에 의해 정신적 상처를 깊게받고서 아무런 방향 없이 요요적 삶을 영위하고 있다고 판단하기 때문이다. 이들 언더그라운드 인물들의 정신적인 굴절현상은 후기산업사회의 테크노피아를 거부했거나 아니면 그 테크노피아가 조성하는 현란한 환상에 너무집착한 나머지 사회전체에 대한 균형적인 조망을 박탈당한 채 비인간적인정조를 경험하는 데에서 비롯된다. 이들 개개인이 겪는 정신의 왜곡현상은굴절된 통제사회의 타락성을 반영하므로 지배체제가 인간성의 이질화에 대한 직접적인 책임이 있는 것이다. 그러므로 핀천이 2세기 전의 반기계주의적인 러다이트 운동에 관심을 가지는 근본적인 의도에는 후기산업화가 조성하는 기술지상주의에서 비롯되는 인간정신의 파편화와 이질화를 극복하려는 인식이 깔려있다고 판단된다.

핀천은 과학과 기술을 조직적으로 활용하여 윤택한 삶의 터전을 만들려는 과학주의자들의 본래 의도가 정치, 사회, 경제 등 모든 분야에 걸쳐서 왜곡되는 점을 우려한다. 이러한 현상은 인간 개개인이 무력감과 고립화의 정도를 넘어 이질화와 퇴폐화 현상을 겪는 데서 나타난다. 산업화에 따라 과학의 발전과 엔트로피가 불가분의 직접적인 인과관계를 맺고 있는 까닭에 과학과 기술의 발전에 따른 사회전반의 무질서와 퇴폐화는 피할 수없는 결과일 수밖에 없다. 에너지의 끊임없는 사용이 열사상태의 엔트로피현상을 초래하듯,[2] 다양한 정보의 유입이 차단된 폐쇄체제에서 산업화가인간을 부단히 통제하고 조직화하여 이질화와 퇴폐화를 야기 시킨다고 볼

---

1) Robert D. Newman, *Understanding Thomas Pynchon*, p. 9.
2) 데이비드 페퍼, 『현대환경론』, 이명우외 3인 옮김(서울: 한길사, 1989), p. 185.

수 있다.

　일반적인 의미에서의 엔트로피는 닫힌 체제 내에서 어떤 움직임도 변화도 일어나지 않는 열사heat-death 상태를 의미한다. 엔트로피가 극에 달한 상태에서는 어느 분자든지 동일한 열량을 가지고 있는 상태이고 온도의 차이가 없어 어떤 운동도 일어날 수 없는 죽음의 상태가 된다. 엔트로피 이론은 현대사회의 암울한 상황을 반영하여 닫힌 사회의 무질서와 혼돈의 위험성을 경고하는 적절한 메타포이다. 그런데 여기에서 말하고자 하는 엔트로피는 경직된 사회에서 소속 개체들의 동질화의 측도기준이자 현재 세계의 퇴폐화와 인간애 상실의 측정수치이다.

　핀천의 이 같은 엔트로피적 세계관은 사회전반의 타락에 따른 역사의 퇴보화를 믿고, 그 쇠퇴의 경로를 추적하는 데 관심을 보여 왔던 헨리 아담스의 견해를 반영한 것이다.3) 핀천이 강조하는 현재 세계의 엔트로피적 혼돈과 종말의 위기에 대한 견해는 몰타해안의 연락선 선장 메헤메트가 언급하는 세계의 사멸화의 견해로 "나는 너무 늙었고, 세상도 늙었죠. 하지만 세상은 항상 변해요. 우리도 변하긴 하지만 많이는 변하지 못해.... 세상과 우리는 태어날 때부터 죽기 시작한 거예요. 당신이 지금 행하는 게임은 정치죠"를 통해 은유적으로 표현하고 있다.

　메헤메트만큼 늙어버린 현재 세계의 사멸위기는 인간들이 자기들 스스로 조성한 산업문명과 전쟁에서 비롯된 까닭에 진정한 의미에서 과학과 기술이 현재 세계를 타락시키고 무질서화 시키는 주된 요인인 셈이다. 헨리 아담스가 "발동기와 성모 마리아"에서 지적하듯 20세기 역사의 과정은 쇠퇴의 행로이다.4) 20세기 과학발전의 상징인 동력Dynamo이 마리아Virgin가 상징하는 20세기 이전의 절대적인 정신주의를 대체시켰는데, 그 동력이 가

---

3) William M. Plater, *The Grim Phoenix: Reconstructing Thomas Pynchon*, pp. 4-5.
4) Norbert Wiener, *The Human Use of Human Beings*(New York: Avon, 1967), p. 380.

져온 막대한 에너지가 활용되는 과정에서 사용 불가능한 에너지를 엄청나게 분출하여 동력 중심의 사회는 걷잡을 수 없이 혼란되고 타락하였다. 핀천은 동력이 현재 세계의 엔트로피적 혼돈의 직접적인 원인을 초래하였다는 측면에서 과학과 기술의 발전이 역사 진보의 토대라기보다는 오히려 역사 타락의 원천이 될 수 있다고 믿는다.[5)]

과학과 기술이 가져오는 이러한 모순과 퇴폐는 베니 프로페인의 무기력한 속성에서 구체적으로 살펴 볼 수 있다. 우선 첨단산업의 폐해에 의해 직면하게 되는 베니 프로페인의 정체성의 위기는 그가 '인류 연구협회'에 근무할 때 무생물 슐레미일인 '쇼크'와 자기 자신 사이에 어떤 류의 인척관계 비슷한 감정을 느끼는 데서 나타난다. 그는 두개골 모양인 '슈라우드'라는 로봇에게 어딘지 모르게 추상적인 묘한 느낌을 받으며 대화까지 나누지만 "[. . .] 넌 영혼이 없잖아. 그러면서 무슨 큰 소릴 치는 거야... 넌 언제부터 영혼이란 걸 가졌니? 넌 어쩌자는 거야. 종교라도 가지겠다는 거니?" 곧 그는 공포감과 두려움에 사로잡힌다.

베니 프로페인이 두려워하고 공포감까지 느낀 슈라우드는 영혼이 없는 기계로서 과학적 상상력의 산물인 '프랑켄슈타인'이라는 괴물이 갖는 공포와 파괴의 위력과 흡사한 힘을 갖는다. 프랑켄슈타인이 인간의 노예가 되는 것을 거부하고 오히려 그를 만든 주인까지 살해하는 무서운 파괴자가 되듯, 인류연구협회가 만든 슈라우드도 베니 프로페인을 포함한 그곳에 근무하는 모든 소속원들을 기계로 교체하고 소모품으로 전락시키려 위협한다. 결과적으로 슈라우드라는 기계가 베니 프로페인을 포함한 인류연구협회 소속들보다 더 복잡한 활동을 하는 아이러니한 결과를 초래하는 것이다.

20세기의 전형적인 소외인물 슐레미일처럼,[6)] 베니 프로페인은 사회

---

5) William M. Plater, *The Grim Phoenix: Reconstructing Thomas Pynchon*, pp. 4-5.
6) *Ibid.*, p. 24. 프로페인은 받기만 하고 베풀 줄 모르는 슐레미일이다. 슐레밀-슐레마즐이라는 말은 유태 민요에 나오는 한 인물이 운도 없고 어리석어 세상을 약삭빠르게 살지 못한다는

속에서 진정한 소속 장소를 찾지 못하고 있다. 그가 거리를 활보하면서 의미 없고 무기력하며, 퇴폐적이고 비인간적인 삶을 살아가는 주된 원인은 기술주의가 우선되는 현대 문명사회에서 욕망좌절의 깊은 상처를 입었기 때문이다.[7] 그는 거리의 노동에 필수적인 기술이라 할 수 있는 기중기나 덤프트럭 등을 조정할 줄 몰랐고, 벽돌을 쌓고 줄자로 무엇을 재는 일에 서툴렀으며, 고도측량봉을 흔들리지 않게 잡지도 못한다. 그는 산업사회가 자신에게 강요하는 요구들에 대처할 의욕과 능력이 전혀 없는 속수무책의 상태에서 우연과 요행만을 기대한 채 거리를 헤매고 있을 뿐이다. 선원시절의 패거리들과 함께 그가 드나들던 주막 '선원의 묘지들'을 살펴보아도 반기거나 원하는 사람이 없다. 거리의 노동과 배회의 경험은 급속히 발전하는 기계문명에 대처하는 데 저해요인이 될 뿐, 그 자신의 내면과 외면에 아무런 변화를 주지 못하고 있다. 매키는 베니 프로페인의 삶이 엔트로피 세계에서 찾아볼 수 있는 퇴폐적 현상과 유사함을 설명한다.[8] 거리에서 프로페인의 방황은 결국 무의미한 일상생활에서 비롯되는데, 그가 병든 족속들이

뜻이다. 전자는 자기가 받는 피해까지도 불평 없이 받아들일 정도로 묵종적인 인간형을 말하고, 후자는 뒤로 넘어져도 코가 깨질 정도로 운이 없는 인간형을 말한다. 그러나 이들은 어리석고 운이 없지만 성실하고 끈기를 가졌기 때문에 마지막에 가서는 오히려 인간다운 삶을 성공적으로 영위할 수 있는 인물인 것이다. 그러나 이들은 초기의 슐레미일 인물보다 훨씬 무기력한 특성을 드러내었다. 그만큼 초기의 슐레미일 인물과 후기의 슐레미일 인물의 차이는 첨단화된 과학문명과 인과성을 지니고 있다. cf. Leo Posten, *The Joys of Yiddish*(New York: McGraw-Hill, 1958), p. 13.

7) Roger B. Henkle, "Pynchon's Tapestries on the Western Wall," *Pynchon: A Collection of Critical Essays*, p. 105. *A Farewell To Arms*의 Henry는 단독 강화separate peace를 맺은 후 개인과 사회의 갈등에서 사회를 거부하려고 발버둥 쳐 보지만 끝내 사회의 구속으로부터 벗어나지 못했고, *Dangling Man*의 Joseph과 *The Fixer*의 Yakov는 기계와 같은 거대한 사회에서 벗어나려 끝없는 시도를 했지만 사회의 지배를 벗어나지 못하는 슐레미일적인 삶의 패턴을 반복하였다. 그러나 이들은 무기력한 특성을 보이기는 하였지만 핀천의 퇴폐화된 인물들이 드러내는 기계와 같은 물체화된 속성을 보이지는 않았다.

8) Douglas A. Mackey, *The Rainbow Quest of Thomas Pynchon*(San Bernardino: The Borgo Press, 1980), p. 15.

지하도에서 벌이는 오락게임인 요요놀이를 자주 즐기면서 갖게 되는 이런 의미 없는 경험의 반복은, 닫힌 체제 내에서 에너지와 활력소의 감소로 이어지는 엔트로피현상의 조짐인 것이다.

베니 프로페인의 슐레미일적 삶의 특성은 20세기 중반기의 타락하고, 인간적 가치가 전도된 현대인의 삶의 보편적인 특성의 재현일 수 있다. 제국주의자들의 관광주의적 행각이 서구인들의 의식 속에 심리적 측면에서 간접적인 영향을 미쳤다면,9) 최첨단의 과학기술은 베니의 내적인 의식에 보다 직접적으로 관여하여 그의 의식을 왜곡하고 굴절시킨다 하겠다. 베니 프로페인의 슐레미일적 삶에서처럼 과학과 기술이 조성하는 퇴폐성을 입증하는 예로 인간 자체보다 기계를 더 숭상하여 비인간적인 물체화 현상을 유발하는 병든 족속들의 물신주의나 인간보철술 등을 들 수 있다. 물신주의와 인간보철술에 마비된 병든 족속들은 퇴폐성과 이질화의 정도가 베니 프로페인의 슐레미일적 삶의 타락 상태보다 더 심각한 페티시즘화 현상을 보인다. 이들의 페티시즘화 증세는 인간에게 돌이나 파괴된 건물의 파편 조각 같은 무생물의 속성이 나타나는 정신분열이다. 이러한 증세를 겪는 인간은 비현실적인 퇴폐주의로 빠져들수록 무생물과 더 가까워지는 속성을 지닌다. 이들이 과학과 기술의 발달로 비인간화의 희생물이 되어 자신들의 인간성 상실을 무생물이나 추상적인 이론들에다 덮어씌우기 때문이다.

그런데 성형외과의사 쉔메이커는 "[. . .] 어떤 남자아이는 아인슈타인으로, 어떤 여자아이는 엘리너 루즈벨트로 만드는 일도 생길 수 있겠지요... 내가 어떻게 사람들의 내부에까지 책임지겠느냐 말이에요. 내부는 역사의 사슬과는 아무 관계가 없는 이상에 불과하다"고 말하면서 성형수술만큼은 시대의 퇴폐화에 아무런 영향을 미치지 않는다고 항변한다. 쉔메이커

---

9) Roger B. Henkle, "Pynchon's Tapestries on the Western Wall," *Pynchon: A Collection of Critical Essays*, p. 101.

의 논리에는 병든 족속들의 일행이자 유태인의 후손인 레이첼이라는 여성이 코를 수술한다고 하여도 그녀의 자식들은 어쩔 수 없이 그녀의 조상인 유태인의 코 모양과 유전형질을 그대로 물려받으므로, 성형수술이 퇴폐화의 지속성에 인과적인 책임이 없다는 입장이 담겨 있다. 그러나 레이첼의 견해는 성형수술이 이론상으로는 후천적 형질이 유전되지 않는다는 가정하에서 인간의 물신화 속성에 역사적 연계성과 관련된 아무런 영향력을 미치지 않을지 모르지만, 성형수술을 받은 경험을 가진 여성들에게는 인과적 책임이 있다는 논리이다. 이들 여성들 대다수가 후에 어머니가 되어 원하지도 않는 딸에게 억지로 성형수술을 받게 하는 물신화된 태도를 보이는 까닭에 성형수술은 동시대인들과 후세들에게 영향을 미치는 인과성을 지니고 있다는 것이다. 비록 간접적일지 모르지만 성형수술은 왜곡되고 굴절된 개인의 의식이 연쇄적으로 지속되는 데 큰 영향을 미치면서 퇴폐분위기를 조성한다고 볼 수 있다.

물신화된 인간이 자신의 고유한 정체성을 잃어 가는 모습은, 에스터가 쉔메이커의 성형수술 논리에 정면으로 대응하지만 끝내 저항하지 못하는 데서 드러난다. 그녀는 코 성형수술을 받으며 외롭고 무기력한 느낌과 함께 심한 우울증에 사로잡히면서 돌멩이와 같은 물체화된 감정을 갖기 시작한다. 쉔메이커가 에스터에게 골반까지 성형수술을 강요할 때도 스스로 자신의 잠재의식 속에 숨어 있는 무한한 퇴폐적 욕구를 조소하지만, 그녀는 그 제안을 완강히 거절하지 못하고, 수동적인 자세를 취하며 물체화된 속성을 보인다. 그녀는 "다음엔 또 무엇이 될까요? 더 큰 유방을 원하겠죠. 그리고 그 다음엔 내 귀가 너무 크다고 생각하게 되겠죠. 이것 봐, 어째서 그냥 나만으로는 안되죠"라고 강력히 항변해 보지만 결국 거절하지 못한다.

한 개인의 성형수술 의식은 사회저변에 깔려 있는 퇴폐적 분위기의 단적인 반영이다. 성형 수술자들은 그들 스스로가 만든 기계에 정해진 반응밖에 보이지 못하는 자동인형같이 되어 가고, 무생물 같은 느낌과 함께 걷잡을 수 없는 비인간화의 과정을 걷기 마련이다. 그런데 여기서 말하는 비인간성이란 동물 같은 인간을 뜻하는 것이 아니라 인간이 물건의 부스러진 조작이라든가 깨진 돌멩이와 같이 되는 것을 말한다. 가령 프로페인이 인류연구협회에서 만난 인조인간 슈라우드에게 느끼는 기계의 습성이외에도, 텔레비전을 잠시도 놓치지 않고 감상하기 위해 팔 밑에다 전기회로장치를 설치한 뉴욕의 퇴폐족 퍼거스 막솔리디언, 머리의 문신, 유리눈알, 보석의 치, 황금구두를 신고, 머리에서 발끝까지 각종 인공보철로 장치한 비엔나에서 온 브이라는 여인, 베니 프로페인보다 자동차를 더 사랑하는 아울글래스, 모터사이클과 기관총을 마치 사람인 듯이 사랑하는 음식점 주인 피그보딩의 행위 등을 예로 들 수 있다. 이들이 이 같은 물신화의 상태에서 사랑이라든가 그 밖의 어떤 적극적이고 의미 있는 일을 할 수 없는 것은 당연하다.

핀천의 인물들이 엔트로피적 사멸로 치닫는 자신들의 사회에 환멸을 느끼는 원인은 과학제일주의에 있다. 이들이 겪는 정신분열과 의식의 굴절현상은 과학과 산업지상주의가 이들 개개인의 삶에 있어서 과거, 현재, 그리고 미래로 이어지는 의미의 연결고리를 단절하고 인간답고 보람 있는 삶의 의식을 박탈하는 데에서 비롯되는 정조인 것이다. 이들 개개인은 과학과 기술문명이 조성하는 파편화된 사회로 인해 삶의 공동의식이나 의미의 연결고리가 부서짐과 동시에, 현대적 시간 속에 살아가고 있는 상호관계성 없는 이질적인 현재의 표면현상들의 집합을 경험하는 과정에서 고립화와 물체화 현상을 경험한다고 하겠다.

기계주의에서 비롯된 산업화가 조성하는 모순과 병폐는 로스앤젤레스의 아름다운 자연환경에 제지공장을 불러들인 그곳의 백인사회와 '스파르타커스 작전'이라는 소년단의 자유롭고 순수한 활동 사이에 조성되는 갈등에서 드러난다. 『브이』를 발표한지 1년 후, 핀천은 <새터데이 이브닝 포스트>에 발표한 단편 『은밀한 화합』(1964)에서 기성세대와 신세대들의 의식 사이에 형성되는 대립양상을 산업주의자들과 탈산업주의의 갈등으로 은유화 한다.10) 소년단원의 일원인 에티엔느가 "아버지는 우리가 어른세대가 되면 모든 것이 기계화될 것이라고 말했어"라고 언급하듯, 기계적 세계관에 정신적인 바탕을 두고 있는 로스앤젤레스 백인사회는 제지공장의 자연개발을 허락하였다. 제지공장의 책임자는 그곳의 나무를 벌목하여 이윤을 챙기고 아이들이 자유롭게 뛰놀고 있는, '이르제'왕의 전설과 신비가 숨 쉬고 있는 숲을 주택단지로 개발하여 아이들의 환상과 동심의 세계를 침해하고 그 지역일대를 폐허로 변모시켰다. 백인사회가 아이들이 뛰놀던 환상의 고향인 이르제왕의 숲을 주택단지로 개발하였기 때문에 아이들에게 현존하는 것이라곤, 오직 그들이 거부하고 떠난 집의 '뜨거운 샤워 물'과 '마른 손수건', '침대 앞에 놓인 TV'와 '매일 밤 취침 키스 후 꾸게 되는 악몽', '황무지로 변한 마을의 풍경'뿐이다.11)

　　　로스앤젤레스의 백인사회 부모들이 대변하는 지배체제는 기계적 세계관에 토대를 둔 산업화와 끊을 수 없는 존재 사슬을 맺고 있으므로, 그들의 영역을 벗어나려는 아이들의 자유로운 행동은 묵과될 수 없다. 어느 날 민지버로우 마을에 베링톤 카알이라는 한 흑인가족이 이사 왔을 때, 백인공동사회는 그 흑인가족의 이주를 반대했지만 소년단원 아이들은 흑인소년 카알을 자신들의 소년단에 가입시킨 데 이어 알콜 중독자 맥아피의 아픈 감정의 상처를 치료하기 위해 그의 여자 친구를 찾아 나서는 등 세속적이

---

10) Stuart Barnett, "Refused Readings: Narrative and History in the Secret Integration," *Pynchon Notes* 22-23(Spring-Fall, 1988), pp. 82-83. Peter L. Cooper, *Signs and Symptoms: Thomas Pynchon and The Contemporary World*(Berkley: U of California P, 1983), pp. 53-58.

11) Tony Tanner, *Thomas Pynchon*, pp. 37-38.

고 타락한 기성세대의 세계관과는 대조적인 순수한 행동을 실천한다.

그러나 그로버 스노드의 주도 하에 이루어지는 소년 단원들의 활동은 그들 부모의 고질적인 고정관념의 벽을 끝내 넘지 못하고, 그들의 모임은 와해되고 해체되는 절망적인 결말에 이른다. 인습화되고 획일화된 기성세대의 구조에 부딪히는 것이다.12) 기성세대의 모순구조는 세상으로부터 버림받고 알콜 중독이 된 맥아피를 극진하게 보살피는 팀 산토라이가 수학의 신동이자 소년 단원의 리더인 그로버에게 '화합'의 의미를 질문하는 데서 은유적으로 전달된다. 여기서 그로버가 정의하는 화합은 '균형을 잡는 것', '적절한 순간을 포착하는 것,' 그리고 '상호조정'의 의미가 담겨 있지만, 일반적으로 차이의 반대 개념으로서 미분과 적분의 관계로 설명된다.

어른들은 모르고 있지만 백인 아이들과 흑인 아이들은 같은 학교에 다님으로써 이미 화합을 실천하고 있다. 그런데 진정한 조화가 실패하는 것은 수직선과 감옥문으로 은유화되는 백인사회의 인위적 허식과 고정관념 때문이다. 태너는 백인 사회가 흑인이라는 이유 하나만으로 칼과 맥아피를 아이들로부터 격리시키는 것이 편협한 고질적인 고정관념에서 비롯된다고 말한다.13)

기성세대가 소년단원으로부터 그들의 진정한 화합을 분리시켜 전설과 추억을 빼앗고 이들에게 물려주는 미래는 "와츠의 내면여행"에 등장하는 궁핍한 내면을 가진 사람들의 삶이다. 이들은 자신들의 삶과 인과관계를 맺고 있는 로스앤젤레스의 현란한 쇼핑센터와 단절된 채 그곳의 빈민가 모퉁이에서 서성거리며 배회하는, 미국의 꿈이 빚어 낸 파편 조각들이다. 이들 인물들의 공허한 삶의 근본 원인은 로스앤젤레스 뒷골목의 잿빛 분위기와 인과성을 가진 자연훼손과 그들의 놀이마당을 빼앗아 버린 산업화의 문

---

12) *Ibid.*, p. 38.
13) *Ibid.*, p. 39.

명이다.

핀천이 소년단원의 활동을 통해 산업지상주의 모순을 비판하는 데에는 몇 가지 의도가 포함되어 있다. 그는 청교도사회를 반영하는 남부사회의 편집증적인 고정관념의 모순을 은유적으로 희화하는데, 아이들의 순수한 시작의지가 가장 적절한 효과를 낼 수 있다고 판단한 것이다. 존 스타크는 "소년들의 등장이 핀천의 견해를 감상적인 차원으로 평가 절하할 우려는 있지만, 그는 사회분석과 통찰보다는 아이들이 느끼는 자신들의 도시공간에 대한 인식을 강조하는 데 비중을 두고 있다"[14]고 말한다. 이 견해는 핀천의 의도를 탈산업화 의지를 통해 도시가 대변하는 묵시록적 세계의 극복 가능성을 타진한다고 해석하는 것이지만, 아이들의 순수한 의식을 통해 통제 편집증과 저항 편집증의 의미체계의 허위성을 모두 패러디하려는 의도는 간과하는 것이다. 백인사회라는 기성세대가 갖는 통제편집증의 독단에 대한 적절한 대비 메타포가 순수한 속성을 지닌 아이들의 탈산업화 의지이고, 역으로 통제체제의 지배에 대한 반작용의 차원에서 원심력을 발휘하여 담론과 의미체계를 구축하려는 저항편집증의 이데올로기적인 허위와 위선도 아이들의 탈산업화 의지로 희화할 수 있다. 다시 말해서 아이들의 탈산업화 의지는 통제체제와 저항체제의 허위적인 담론세계를 안과 밖 모두 패러디할 수 있는 적절한 메타포인 것이다.

핀천은 다국적 카르텔이 주도하는 후기상업주의에 이어 과학주의에 의한 기술주의를 통제편집증의 의미체계로 지목하고 있다. 핀천의 이 같은 입장은 과학주의에 바탕을 둔 기계론적 세계관이 제국주의자들의 통제체제의 구축에 막대한 영향력을 행사하고 있다는 판단에서 비롯된다. 핀천은 제국주의자들이 기계론적 세계관을 통해 군사적이고 정치, 경제적인 지배를 가속화하는 과정에서 인간을 포함한 생물권 전체를 인본주의적인 재고과정

---

14) John Stark, *Pynchon's Fictions*, p. 103.

을 거치지 않고 개발하고 파괴하였다고 믿기 때문이다. 이들이 뉴턴 패러다임의 기계론적 세계관을 자연의 개발뿐만 아니라 인간의 지배구실로 활용하는 까닭에 생물권 전체는 기계와 다름없이 취급되고 있는 것이다.15)

제국주의자들이 지배를 위한 이데올로기적 전략으로 과학과 기술을 활용하기 때문에 과학과 기술주의에는 순기능과 역기능이 모순적으로 공존한다.16) 이 기계문명은 표면적으로는 조직화된 질서를 유지할지 모르지만 물신숭배나 인간성 상실과 같은 부정적인 결과를 초래하여 묵시록적인 상황을 조성하고 있다. 특히 후기상업주의 시대에 와서는 기계문명이 표면적으로는 군사적이고, 정치적인 이데올로기를 허물어뜨리는 역할을 담당할지 모르지만 경제와 기술주의적 결정론을 더욱 고착화하고 있다. 그 결과 현대인들은 과학과 기술의 발전에서 기대했던 인류의 질병과 고통 극복은커녕 정신적 불모지에서 이루 말할 수 없는 무력감과 고립에 시달리고 있다. 인간이 기술을 통제수단으로 이용하는 과정에서 아이러니컬하게도 기술에 의해 예속되는 역설적인 상황이 초래되고 있는 것이다.

따라서 핀천은 인간사회의 파편화 원인은 산업화에 의한 인간의 삶의 터전인 자연의 파괴에서 비롯된 것으로 판단하고 있다. 산업화에 따른 기술우선주의의 영향으로 인해, 현대인들의 현란한 소비 지향적 삶과 인간

---

15) Douglas A. Mackey, *The Rainbow Quest of Thomas Pynchon*, p. 48. F. 카프라, "생태학적 세계관의 근본 원리," 『과학 사상』, 제10호, 1994. F. 카프라, 『새로운 과학과 문명의 전환』, 범양 출판부, 1982. 현대 열사 상태의 무질서와 혼돈의 근본적인 원인으로서 기계론적 세계관은 데카르트의 이분법을 발전시킨 것이다. 데카르트에 따르면 물질세계는 하나의 기계일 뿐 그 이상의 아무것도 아니다. 물질에는 영혼이나 생명 정신이 존재하지 않는다. 자연도 기계 법칙에 따라 움직이며 완전한 기계로서 정확히 수학적 법칙의 지배를 받는다. 물질에 대한 기계적 세계관이 생물로 확대되면 식물과 동물은 단순한 기계로 생각된다. 인간의 경우 그의 뇌의 중심부에 이성적 영혼이 살고 있지만 그의 육체에 관한 한 동물, 즉 기계와 다름없다.
16) Ralph Schroeder, "From Puritanism to Paranoia: Trajectories of History in Weber and Pynchon," *Pynchon Notes* 26-27(Spring-Fall, 1990), pp. 75-76.

의 지배욕구가 자연의 무분별한 남획과 개발로 이어져 자연생태계는 현재의 상태로 파괴되었다. 아이들이 뛰어 놀던 이르제 왕의 숲을 개발하여 이용한 황량한 주택단지와 화려한 쇼핑센터, 홍수처럼 범람하는 대중매체의 꿈의 기호들, 이러한 것이 대변하는 소비도시나 캘리포니아의 생활양식의 배후 저변에는 수천, 수만 종의 생물체들이 더불어 살아가야 할 하나의 유기체인 자연환경을 마치 소수 인간만이 독점하고 소유할 수 있다는 것처럼 착각하는 인간중심주의적인 오만과 독선의 존재사슬의 생존법칙이 깔려 있다.17)

헨리 아담스는 "자연의 혼돈적인 속성에 인간의 질서화의 꿈이 개입된 후 우주가 엔트로피 세계로 변했다"고 말한 바 있다.18) 이는 자연에 대한 인간의 질서의 꿈이 지나쳐 생태계가 파괴되고 이로 인해 엔트로피가 발생하였다는 뜻이다. 17세기 이전의 세계관과 과학의 목표는 자연의 신비로운 속성을 존중하고 인간이 자연과 조화를 이루고 살면서 그것으로부터 삶의 지혜를 얻는 것이었는데, 과학의 발달과 함께 시작된 청교도들의 산업주의의 집착은 자연에 내포된 신비성을 인간으로부터 빼앗아 버렸던 것이다. 그 결과 인간과 자연 사이에 흐르는 삶의 유기적 관계와 의미 있는 공동체적 삶의 연결고리가 단절되어 개개인은 고립되어 온 것이다. 결국은 청교도들의 기계주의적 세계관이 현재와 같은 현대인들의 물체화, 페티시즘화 현상의 위기를 조성한 원인 제공자라고 볼 수 있다.

핀천은 지금처럼 자연환경을 인간의 무한한 욕구의 실현대상으로 삼아 개발하는 후기산업사회의 인간문명이 계속 추구될 때 환경파괴와 궤멸은 면할 수 없다고 생각한다. 이러한 핀천은 자연에 대해 새로운 인식태도를 보이는 타이론 슬로슬롭을 통해서도 탈산업화의 의지를 드러낸다. 1630

---

17) *Ibid.*, p. 48.
18) Henry Adams, *The Education of Henry Adams: An Autobiography*(Boston: Houghton Mifflin, 1961), p. 451.

년 존 윈스롭과 함께 신대륙으로 건너온 그의 선조 윌리엄 슬로슬롭은 "나뭇잎 하나에도 신의 뜻이 숨 쉬고 있다"고 여겼음에도 불구하고, 후대의 조상들은 "채석장에서 돌을 마구 채취하고 펄프 재료를 위해 마구 나무를 벌목하는 행위" 등 경제적 이익을 위해서는 무조건 자연을 개발하고 훼손하는 산업주의자들이었다. 타이론 슬로슬롭은 조상들의 자연훼손의 과오를 새롭게 인식하고 "나무도 개별적인 생활을 하고 있으며 자기 주변에 일어나는 상황을 의식할 수 있는 하나의 생명체이다"라는 말로 표현하며 자신을 자연의 일부로 여기는데, 이 같은 그의 견해는 제1대 선조인 윌리엄 슬로슬롭의 탈산업화 견해의 희구이기도 했다. 그는 '회사'에 의해 자신이 생체실험의 대상이 되었듯, 산업주의자들이 제각기 나무와 돌 하나하나를 벌목하고 채취하는 과정에서 자연을 훼손하고 불모화시키는 등 생태계 파괴를 무자비하게 자행했다는 사실을 인식하고 있다. 작중 화자는 『중력의 무지개』의 마지막 부분에서 윌리엄 슬로슬롭이 작사한 찬송가의 구절 "산마다 얼굴이 있고/ 돌마다 영혼이 들어 있네"를 언급한다. 이것은 핀천이 가지는 후기 산업화시대의 생태권에 대한 관심을 그대로 나타낸 것이다. 도지는 자연 체제에 관한 이해 이외에도 생태권의 주요 구성 요소로 아나키즘이나 지방 자치제 같은 자율체제와 도교 같은 정신주의를 강조하는데, 핀천은 도지의 이 같은 견해와 깊은 연관성을 맺고 있지는 않지만 이것은 그의 생태권에 대한 입장에서 많이 벗어나지 않는다. 핀천은 아나키즘이나 동양사상이나 소규모 공동체 등에 애착을 가지면서 기술지상주의 시대에 자연과 함께 하는 생태권의 직접적인 참여를 통해 현시대의 혼돈을 극복할 수 있는 길이 열린다고 판단하기 때문이다. 따라서 핀천은 자연생태계의 파괴에서 엔트로피적 혼돈을 거쳐 인간의 정체성의 위기로 이어지는 종말상황을 극복하기 위해서는 인간 모두가 자연생태계를 살리는 생태학적 삶의 양식을 찾아야 한다고 생각한다.

참고문헌 I

A. Books

Adams, Henry. *The Education of Henry Adams*. Boston: Houghton Mifflin, 1961.

Aldridge, John W. *The American Novel and the Way We Live Now*. New York: Oxford UP, 1983.

Baudrillard, Jean. *For a Critique of Political Economy of the Signs*. Trans. Charles Levine. St. Louis: Telos, 1981.

Bell, Daniel. *The Cultural Contradictions of Capitalism*. New York: Basic Books, 1976.

Berger, Peter L. and Thomas Luckman. *The Social Construction of Reality: A Treatise in the Sociology of Knowledge*. New York: Doubleday & Company, 1966.

Birns, Nicholas. *Critical Insights: Willa Cather*. California: Salem Press, 2012.

Blout, Brian. *A Short History of Malta*. New York: Frederic A Praeger, 1967.

Bouchard, Donald F. *Language, Counter-Memory, Practice*. Ithaca: Cornell UP, 1977.

Bradbury, Malcolm. *The Modern American Novel*. New York: Oxford UP, 1983.

Bradley, Sculley. ed. *The Adventures of Huckleberry Finn*. New York: W. W. Norton & Co., 1977.

Brown, Norman O. *Life Against Death*. New York: Vintage Books, 1959.

Bzonowski, Jacob. *The Common Sense of Science.* Cambridge: Harvard UP, 1978.

Bübber, Martin. *I and Thou.* Trans. Walter Kaufmann. New York: Charles Scribner's, 1970.

Cather, Willa. *My Ántonia.* New York: Oxford UP, 2006.

Chambers, Judith. *Thomas Pynchon.* New York: Twayne Publishers, 1992.

Chase, Richard. *The American Novel and Its Criticism.* Baltimore and London: The Johns Hopkins UP, 1980.

Clerc, Charles. ed. *Approaches to Gravity's Rainbow.* Columbus: Ohio State UP, 1983.

Cohen, Ralph. ed. *The Future of Literary Theory.* New York: Harper & Row, 1959.

Cooper, Peter L. *Signs and Symptoms: Thomas Pynchon and Contemporary World.* Berkley: U of California P, 1983.

Cowart, David. *Thomas Pynchon: The Art of Allusion.* Carbondale: Southern Illinois UP, 1980.

Derrida, Jacques. *Speech and Phenomena.* Trans. David B. Allison. Evanston: North Western UP, 1973.

_____. *Writing and Difference.* Trans. Alan Bass. Chicago: U of Chicago P, 1978.

Devall, Bill, *Deep Ecology.* Salt Lake City: Peregrine Smith Books, 1985.

Devoto, Bernard. *Twentieth Century Interpretations of Adventures of Huckleberry Finn.* New Jersey: Prentice Hall Inc., 1968.

Dickstein, Morris. *Gates of Eden: An American Culture in the Sixties.* New York: Basic Books, 1977.

Eliade, Mircea. *Cosmos and History: The Myth of the Eternal Return.* New York: Harper & Row, 1959.

Federman, Raymond. ed. *Surfiction: Fiction Now and Tomorrow.* Chicago: Swallow Press, 1975.

Fiedler, Leslie A. *Love and Death in the American Novel.* New York: Stein and Day, 1960.

_____. *Waiting for the End.* New York: Stein and Day, 1964.

Fogle, Richard Harter. *Hawthorne's Fiction: The Light and The Dark.* Norman: U of Oklahoma P, 1965.

Foucault, Michel. *The Archaeology of Knowledge.* Trans. A. M. Sheridan Smith. London: Tavistock Publications Ltd., 1972.

Fowler, Douglas. *A Reader's Guide to Gravity's Rainbow.* Ann Arbor: Ardis, 1980.

Galloway, David. *The Absurd Hero in American Fiction.* Texas: U of Texas P, 1970.

Gerber, John C. ed. *Twentieth Century Interpretations in The Scarlet Letter.* Englewood Cliffs, New Jersey: Prentice Hall, Inc., 1963.

Graff, Gerald. *Literature against Itself.* Chicago: The U of Chicago P, 1979.

Hamilton, Kenneth. *J. D. Salinger.* Wim.: B. Eerdman Publishing Co., 1967.

Harris, Charles B. *Contemporary American Novelists of the Absurd.* New Heaven, Conn.: College UP, 1971.

Hassan, Ihab. *Radical Innocence: Studies in the Contemporary American Novel.* Princeton: Princeton UP, 1961.

_____. *The Dismemberment of Orpheus: Toward a Postmodern Literature.* Madison: U of Wisconsin P, 1982.

_____. *The Postmodern Turn.* Columbus: Ohio State UP, 1987.

Helterman, Jeffrey & Richard Layman. *American Novelists Since Work War II.* New York: Gale, 1978.

Hendin, Joseph. *Vulnerable People: A View of American Fiction Since 1949.*

New York: Oxford UP, 1978.

Hipkiss, Robert A. *The American Absurd.* New York: Associated, 1984.

Hite, Molly. *Ideas of Order in the Novels of Thomas Pynchon.* Columbus: Ohio State UP, 1983.

Hoffman, Daniel. ed. *Harvard Guide to Contemporary American Writing.* Cambridge: The Relknap P of Harvard U, 1979.

Homestead, Melissa J., and Guy J. Reynolds. ed. *Willa Cather and Modern Cultures.* Lincoln and London: U of Nebraska P, 2011.

Horton, Rod W., Herbert W. Edwards. *Backgrounds of American Literary Thought.* 3rd. edition. Englewood Cliffs: Prentice Hall, 1974.

Hume, Kathryn. *Fantasy and Mimesis: Response to Reality in Western Literature.* London: Methuen, 1984.

_____. *Pynchon's Mythography: An Approach to Gravity's Rainbow.* Carbondale and Edwardsville: Southern Illinois UP, 1987.

Inge, Thomas. ed. *Huck Finn Among The Critics: A Centennial Selection, 1884-1984.* Washington D. C.: USA, 1984.

Jameson, Fredric. *Postmodernism* or *The Cultural Logic of Late Capitalism.* Durham: Duke University Press, 1991.

Kermode, Frank. *Art of Telling.* Cambridge: Harvard UP, 1983.

_____. *The Sense of an Ending: Studies in the Theory of Fiction.* London: Oxford UP, 1979.

Kraff, John Monroe. *Historical Imagination in the Novels of Thomas Pynchon.* A Bell & Howell Information Company: U.M.I. Dissertation Information Service, 1978.

Kramer, Hilton. *The Revenge of the Philistines: Art and Culture, 1972-1984.* New York: Free Press, 1985.

Laplace, P. S. *A Philosophical Essay on Probabilities.* New York: Dorer,

1951.

Lawrence, D. H. *Studies in Classic American Literature*. Penguin Books, 1971.

Lehan, Richard. *Theodore Dreiser: His World and His Novels*. Carbondale: Southern Illinois UP, 1969.

Levin, Harry. *Refractions: Essays in Comparative Literature*. Oxford: Oxford UP, 1966.

Lindberg, Gary. *The Confidence Man in American Literature*. New York: Oxford UP, 1982.

Lockridge, Earnest H. ed. *Twentieth Century Interpretation of The Great Gatsby*. Englewood Cliffs, N. Y.: Prentice-Hall, 1968.

Mackey, Douglas A. *The Rainbow Quest of Thomas Pynchon*. San Bernardino: The Borgo Press, 1980.

MaConnell, Frank D. *Four Postwar American Novelists*. Chicago: The U of Chicago P, 1977.

Man, Paul de. *Blindness and Insight*. Minneapolis: U of Minnesota P, 1983.

Matthiessen, F. O. *American Renaissance: Art and Expression in The Age of Emerson and Whitman*. New York: Oxford UP, 1941.

Maugham, W. Sommerset. *The Art of Fiction: An Introduction to Ten Novels and Their Authors*. New York: A New York Times Company, 1977.

McCaffery, Larry. *The Metafictional Muse: The Works of Robert Coover, Donald Barthleme, and William H. Gass*. Pittsburg: U of Pittsburg P, 1982.

McLuhan, Marshall. *Understanding Media: The Extension of Man*. New York: Mcgraw-Hill Paperback, 1965.

Miles, Donald. *The American Novel in the Twentieth Century*. London: Harper and Row Publishers, Inc., 1978.

Mitzman, Arthur. *The Iron Cage: An Historical Interpretation of Max Weber.* New York: Alfred A. Knopf, 1968.

Mizner, Arthur. ed. *F. Scott Fitzgerald.* Englewood Cliffs, N. J.: Prentice-Hall, Inc., 1963.

Moore, Harry T. ed. *Contemporary American Novelists of the Absurd.* Carbondale III., 1966.

Moore, Thomas. *The Style of Connectedness: Gravity's Rainbow and Thomas Pynchon.* Columbia: The U of Missouri P, 1987.

Newman, Erich. *The Great Mother.* Princeton: Princeton UP, 1963.

Newman, Robert D. *Understanding Thomas Pynchon.* Columbia: U of South Carolina P, 1986.

Nietzsche, Friedrich. *The Will to Power.* Trans. Walter Kaufmann. New York: Vintage Books, 1968.

Olderman, Raymond M. *Beyond the Waste Land: The American Novel in the Nineteen-Sixties.* New Haven: Yale UP, 1972.

Parrington, V. L. *Main Currents in American Thought.* New York: Harcourt, Brace & World, Inc., 1986.

Pierce, J. R. *Symbol, Signals and Noise: The Nature and Press of Communication.* New York: Harper & Row, 1961.

Pizer, Donald. ed. *Critical Essay on Theodore Dreiser.* Boston: G. K. Hall & Co., 1981.

Plater, William M. *The Grim Phoenix: Reconstructing Thomas Pynchon.* Bloomington: Indiana UP, 1978.

Poston, Leo. *The Joys of Yiddish.* New York: McGraw-Hill, 1958.

Potts, Stephen W. *Catch-22: Antiheroic Antinovel.* A Division of G. K. Hall & Co.: Twayne Publishers, 1989.

Pynchon, Thomas. *Gravity's Rainbow.* New York: Viking Press, 1980.

_____. *Slow Learner.* London: Pan Books, 1984.

_____. *The Crying of Lot 49.* New York: Philadelphia: J. B. Lippincott Ltd., 1966.

_____. *V.* London: Pan Books, 1963

Rabb, Theodore K., Robert I. Rotberg. eds. *The New History, The 1980s and Beyond: Studies in Interdisciplinary History.* Princeton: Princeton UP, 1982.

Rainbow, Paul. *The Foucault Readers.* New York: Pantheon Books, 1984.

Reynolds, Guy. ed. *Willa Cather as Cultural Icon.* Lincoln and London: U of Nebraska P, 2007.

Rosowski, Susan J. ed. *Willa Cather's Ecological Imagination.* Lincoln and London: U of Nebraska P, 2003.

Roth, Gunther, Clans Wittich. *Economy and Society.* Trans. Ephraim Fishoff. New York: Bedminster, 1958.

Russell, Bertrand. *The Scientific Outlook.* New York: Norton, 1962.

Said, Edward W. *Beginnings: Intention and Method.* Baltimore: The Johns Hopkins UP, 1975.

Sark, John. *Pynchon's Fictions.* Athens: Ohio UP, 1980.

Schaub, Thomas H. *Pynchon: The Voice of Ambiguity.* Urbana: U of Illinois P, 1981.

Scholes, Robert. *Fabulation and Metafiction.* Urbana: U of Illinois P, 1981.

Schulz, Max F. *Black Humor Fiction of the Sixties.* Athens: Ohio UP, 1973.

Siegal, Mark R. *Pynchon's Creative Paranoia in Gravity's Rainbow.* New York: Kennikat Press, 1972.

Slade, Joseph. *Thomas Pynchon.* New York: Warner, 1974.

Smart, Barry. *Modern Conditions, Postmodern Controversies.* London: Routledge, 1989.

Smith, Henry Nash. *Mark Twain: The Development of a Writer*. Cambridge, Mass.: Belknap Press, 1962.

Sontag, Susan. *Against Interpretation*. New York: Farrar, Straus & Gizoux, 1964.

_____. *Styles of Radical Will*. New York: Dell Publishing, 1978.

Tanner, Tony. *City of Words: American Fiction 1950-1970*. New York: Harper & Row, 1971.

Thompson, Michael. *Rubbish Theory*. London: Oxford UP, 1979.

Trilling, Lionel. *The Liberal Imagination*. New York: The Viking Press, Inc., 1950.

Trout, Steven. ed. *History, Memory and War*. Lincoln and London: U of Nebraska P, 2006.

Walcutt, Charles C. *American Literary Naturalism, A Divided Stream*. Meanneapolis: U of Minnesota P, 1971.

Waugh, Patricia. *Metafiction*. London: Methuen, 1984.

Weber, Max. *The Protestant Ethic and the Spirit of Capitalism*. Trans. Tlacott Parsons. New York: Charles Scribner's, 1958.

Wiener, Norbert. *The Human Use of Human Beings*. New York: Avon, 1967.

Wittgenstein, Ludwig. *Tractatus Logico-Philosophicus*. Trans. D. F. Pears and B. F. McGuiness. New York: Humanities Press, 1963.

Young, Robert. *White Mythologies: Writing History and the West*. New York: Routledge, 1990.

Zoellner, Robert. *The Salt-Sea Mastodon: A Reading of Moby-Dick*. Berkeley, California: U of California P, 1973.

김성곤. 『탈모더니즘 시대의 미국문학』. 서울: 서울대학교 출판부, 1989.

_____. 『포스트모더니즘과 현대 미국소설』. 서울: 열음사, 1990.

_____. 『탈구조주의의 이해』. 서울: 민음사, 1990.

노양진. 『몸 언어 철학』. 서울: 서광사, 2009.

리프킨, 제레미. 『엔트로피의 법칙』. 최연 역. 서울: 민음사, 1993.

부버, 마틴. 『나와 너』. 표재명 역. 서울: 문예 출판사, 1991.

베이츤, 그레고리. 『마음의 생태학』. 서울: 민음사, 1989.

이종수. 『막스베버의 학문과 사상』. 서울: 한길사, 1985.

푸코, 미첼. 『광기의 역사』. 김부용 역. 서울: 인간사랑, 1991.

페퍼, 데이비드. 『현대환경론』. 이명우 외 3인 역. 서울: 한길사, 1989.

B. Articles

Barnett, Stuart. "Refused Readings: Narrative and History in "The Secret Integration."" *Pynchon Notes* 22-23. Spring-Fall, 1988.

Barth, John. "The Literature of Exhaustion." *The Atlantic Monthly* 220. August, 1967.

_____. "The Literature of Replenishment." *The Atlantic Monthly* 379. January, 1980.

Berry, Wendell. *The Unsettling of America*. New York: Sierra Club, 1973.

Blackburn, Timothy C. ""Have I Changed So Much?": Jim Burden, Intertexuality, and the Ending of *My Ántonia*." *Willa Cather as Cultural Icon*. ed. Guy Reynolds. *Cather Studies* 7 (2007): 140-64.

Brown, Edward K. *Willa Cather: A Critical Biography*. ed. Leon Edel. Lincoln: U of Nebraska P, 1976.

Busch, D. H. et al. "Thermodynamics — The Second and Third Laws." *Chemistry*. Boston: Allyn & Bacon, Inc., 1978.

Casey, Edward S. *Getting Back into Place: Toward a Renewed Understanding of the Place World*. Bloomington: Indiana UP, 1993.

Dooley, Patrick K. "Biocentric, Homocentric, and Theocentric Environmentalism in *O Pioneers!, My Ántonia, and Death Comes for* the Archbishop." *Willa Cather's Ecological Imagination.* ed. Susan J. Rosowski. *Cather Studies* 5 (2003): 64-76.

Cohen, Herbert I. "A Woeful Agony Which Forced Me to Begin My Tale: *The Catcher in the Rye.*" *Modern Fiction Studies* 13. New York: New American Literary, 1963.

Conroy, Mark. "The American Way and Its Double in *The Crying of Lot 49.*" *Pynchon Notes* 24-25. Spring-Fall, 1989.

Ellis, Reuven J. "King Ludd Sets Up Shop in the Zone: Narrators Trickster in *Gravity's Rainbow.*" *Pynchon Notes* 18-19. Spring-Fall, 1968.

Enck, John. "John Barth: An Interview." *Wisconsin Studies in Contemporary Literature* VI. Winter-Spring, 1965.

Fiedler, Leslie. "Come Back to the Raft Ag'in, Huck Honey." *An Ending to Innocence.* New York: Stein and Day, 1955.

Howarth, William. "Ego or Eco Criticism?: Looking for Common Ground." *Reading the Earth: New Direction In the Study of Literature and Environment.* ed. Michael P. Branch, et al. Moscow: U of Idaho P, 1998. 3-8.

Jameson, Frederic. "Postmodernism or The cultural Logic of Late Capitalism." *New Left Review* 146. July-August, 1984.

Keesey, Douglas. "Nature and Supernatural: Pynchon's Ecological Ghost Stories." *Pynchon Notes* 18-19. Spring-Fall, 1986.

Klark, Marden J. "No Time To Be Sentimentering." *Mark Twain Journal* 21. Spring, 1983.

Lakoff, George, Mark Johnson. *Philosophy in the Flesh: The Embodied Mind and Its Challenge to Western Thought.* New York: Basic Books, 1999.

Leland, John P. "Pynchon's Linguistic Demon: *The Crying of Lot 49.*"

Critique XVI. 1974.

Mclaughlin, Robert L. "Pynchon's Angels and Supernatural Systems in *Gravity's Rainbow.*" *Pynchon Notes* 22-23. Spring-Fall, 1988.

Ozier, Lance W. "Antipointsman/Antimexico: Some Mathematical Imagery in *Gravity's Rainbow.*" *Critique* XVI. 1974.

Patterson, Richard. "What Stencil Knew: Structure and Certitude in Pynchon's *V.*" *Critique* XVI. 1974.

Pinsker, Sanford. "Heller's *Catch-22*: Protest of *Purer Eternis.*" *Critique* VII. Winter, 1964-65.

Pynchon, Thomas. "Is it O. K. To Be a Luddite?" *New York Times*. 28 October, 1984.

Schaub, Thomas. "Where Have We Been, Where Are We Headed?" *Pynchon Notes*. 1982.

Schoreder, Ralph. "From Puritanism to Paranoia: Tragectories of History in Weber and Pynchon." *Pynchon Notes* 26-27. Spring-Fall, 1990.

Sergeant, Elizabeth Shepley. *Willa Cather: A Memoir*. Lincoln: U of Nebraska P, 1963.

Siegal, Mark R. "Creative Paranoia: Understanding the System of *Gravity's Rainbow.*" *Critique* XVIII. 1977.

Simon, Scott. "Gravity's Rainbow Described." *Critique* XVI. 1974.

Sisman, L. E. "Hieronymus and Robert Bosch: The Art of Thomas Pynchon." *The New Yorker*. 19 May, 1973.

Slicer, Deborah. "Body as the Bioregion." *Reading the Earth: New Directions in the Study of Literature and Environment*. ed. Michael P. Branch, et al. Moscow: U of Idaho P, 1998. 107-16.

Stone, Edward. "Salinger's Carrousel." *Modern Fiction Studies*. 1985.

Ward, J. A. "The Function of the Cetological Chapters in *Moby-Dick.*"

American Literature 23. May, 1965.

Warren, Karen J. "Feminism and Ecology: Making Connections." *Environmental Ethics* 9 (Summer 1990): 125-46.

Wirth, Ann Fisher. "Out of the Mother: Loss in *My Ántonia*." ed. Susan J. Rosowski. *Cather Studies* 2 (1993): 41-71.

Woodress, James. *Willa Cather: Her Life and Art*. New York: Pegasus, 1970.

Woolley, Paula. ""Fire and Wit": Storytelling and the American Artist in Cather's *My Ántonia*." ed. Susan J. Rosowski. *Cather Studies* 3 (1996): 149-81.

Young, James Dean. "The Enigma Variations of Thomas Pynchon." *Critique*. 1968.

_____. "The Nine Gams of The Pequod." *American Literature* 25. January, 1954.

Zimmerman, Michael E. "Feminism, Deep Ecology, and Environmental Ethics." *Environmental Ethics* 9 (Spring 1987): 21-44.

박 엽. 「토마스 핀천 연구－과학과 기술의 발달과 인간가치」. 『영어영문학』 40권 2호. 서울: 한국영어영문학회, 1994.

_____. 「Pynchon 소설에 나타난 역사의식」. 『영어영문학』 37권 2호. 서울: 한국영어영문학회, 1991.

ㅎ